U0946390

庐隐（1899–1934），摄于1934年

1924 年留影

1929 年留影

1929 年春，庐隐（中）与友人程俊英（左）、罗静轩（右）合影

1931 年留影

1932 年于上海

庐隐首任丈夫郭梦良

1930 年，庐隐与第二任丈夫李唯建婚前合影

1921 年 1 月 4 日，文学研究会成立大会留影。前排左一为郭梦良，左三为庐隐

上海工部局女中教员合影（1931–1934 年间）。前排右二为庐隐

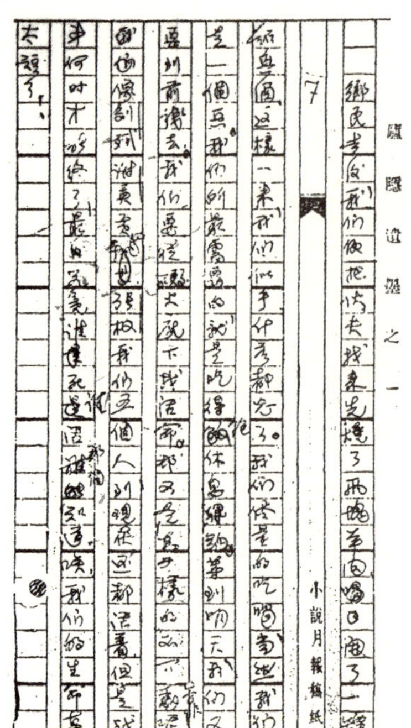

1932年，庐隐长篇小说《火焰》初稿手迹

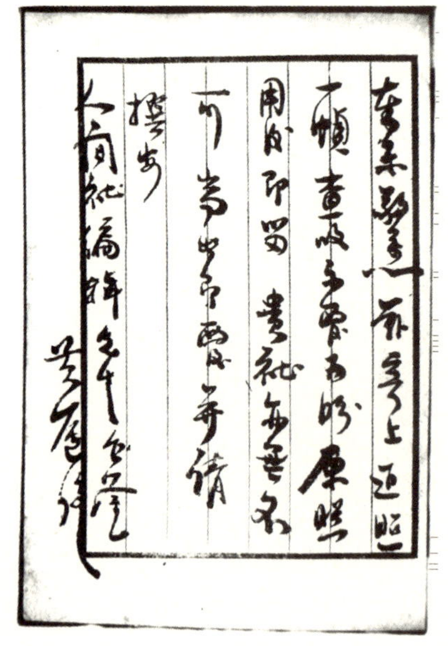

1934年4月，庐隐再复《人间世》杂志社信

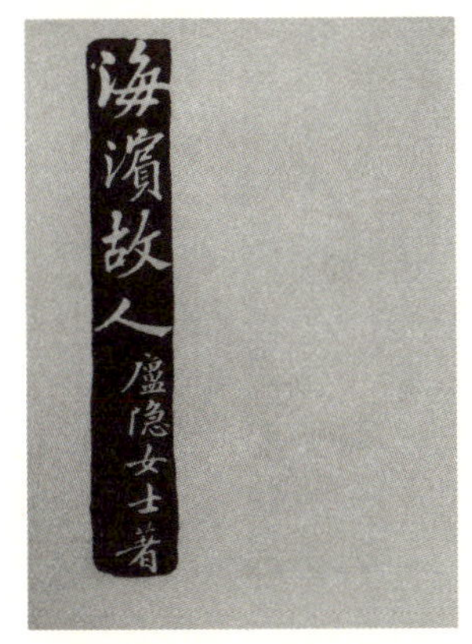

《海滨故人》，1925 年出版

《曼丽》，1928 年出版

《归雁》，1930 年出版

《灵海潮汐》，1931 年出版

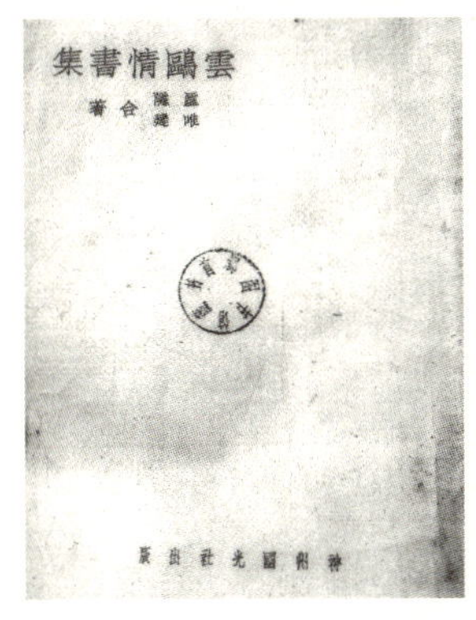

《云鸥情书集》，1931 年出版

《玫瑰的刺》，1933 年出版

《女人的心》，1933 年出版

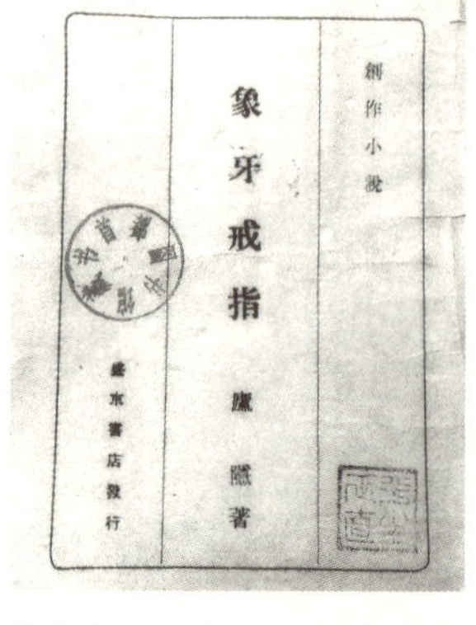

《象牙戒指》，1934 年出版

《庐隐自传》，1934 年出版

《格列佛游记》，1935 年出版

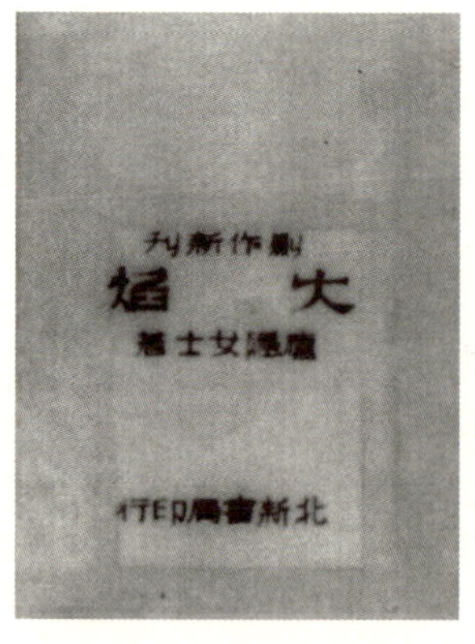

《火焰》，1935 年出版

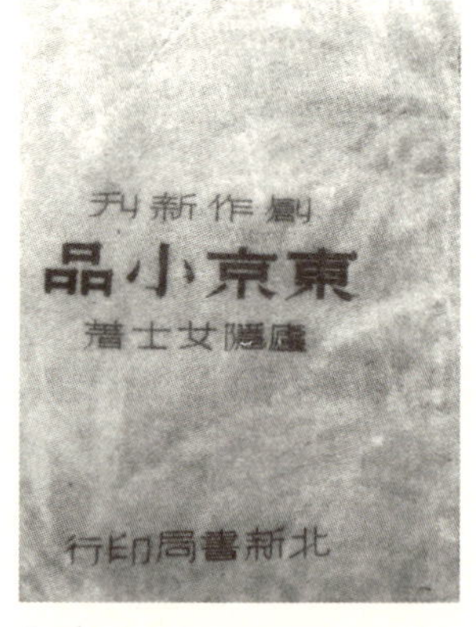

《东京小品》，1935 年出版

福建思想文化大系

总主编 张帆

庐隐全集

卷一

王国栋 编

海峡出版发行集团
THE STRAITS PUBLISHING & DISTRIBUTING GROUP
福建教育出版社

图书在版编目（CIP）数据

庐隐全集．第1卷/王国栋编．—福州：福建教育出版社，2015.9
（福建思想文化大系/张帆总主编）
ISBN 978-7-5334-6774-6

Ⅰ．①庐…　Ⅱ．①王…　Ⅲ．①中国文学—现代文学—作品综合集　Ⅳ．①I216.2

中国版本图书馆CIP数据核字（2015）第048335号

策划编辑　苏碧铨　祝玲凤

责任编辑　祝玲凤

装帧设计　季凯闻

福建思想文化大系
总主编　张　帆

Luyin Quanji
庐隐全集（全六卷）
王国栋　编

出版发行　海峡出版发行集团
福建教育出版社
（福州梦山路27号　邮编：350001　网址：www.fep.com.cn
编辑部电话　0591—83786906　83726290
发行部电话　0591—83721876　87115073　010—6027445）
出 版 人　黄　旭
印　　刷　福州万达印刷有限公司
（福州市仓山区橘园洲工业园仓山园19号楼　邮编：350002）
开　　本　890毫米×1240毫米　1/32
印　　张　70.125
字　　数　1515千
插　　页　16
版　　次　2015年9月第1版　　2015年9月第1次印刷
书　　号　ISBN 978-7-5334-6774-6
定　　价　428.00元（全六卷）

“福建思想文化大系”
出版说明

福建历史悠久，文化深厚。从《周礼》“七闽九貉”、《山海经》“闽在海中”算起，闽地拥有两千多年之悠久历史；从唐宋之变、闽地转成为华夏经济文化重心区域之一算起，闽人积累了一千多年之深厚文化。

闽地自古以来就是中外交通、海上丝路的起点，造就了闽人务实开明而复杂多元的文化传统；宋世以来，闽学深刻地影响了中华乃至东亚的文明世界，历千年而不衰，闽地由此成为文明社会的一个思想中心；近代以来，福建更是成为中国对外开放和社会转型的前沿阵地，在军事外交创建、政治经济革新与思想文化探索等方面留下了不可磨灭的功绩。

千百年来，闽地涌现了一大批站在时代前列的仁人志士，既有政治、经济、社会、军事、外交各领域的风云人物，亦有思想、宗教、文艺、翻译、科技各界别的不朽名家。

闽地文化如此多娇，引无数后学竞折腰。鄙社同仁多年来即有编纂“福建文库”之意，奈何条件有限，只能零散为之。令人欣慰的是，近来挖掘与重述福建悠久深厚历史文化之呼声日炽，已然提上议事日程并在规划之中。在此，我们不揣浅陋，在已有相关图书品种的基础上，与有关学术文化机构合作，先行推出“福建思想文化大系”，以为集大成者贡献绵薄之力。计划编辑出版的图书类别，包括名家读本、文献整理、田野调查、权威辞书、专题探索、史事新说、人物研究、年谱长编等等。

子曰：“温故而知新，可以为师矣。”我们相信，多方面、多层次地叙述、探究这些故人旧事，感受生生不息、开拓进取之闽人精神，或有助于重塑闽人文化之远大规模，复兴中华文明之主体地位，还望闽省内外各方大家多多支持，共襄盛举！

福建教育出版社

2015 年 7 月

本书前言

庐隐（1899—1934），20 世纪二三十年代中国文坛著名女作家，民国时期与冰心、林徽因齐名的“福州三大才女”之一。她是五四时期较早觉醒的女性作家，也是文学研究会首位女性会员。以其独特的人生经历、别具一格的文学创作和艺术风格，庐隐曾在当时文坛产生过巨大影响。在她短暂的 35 年人生、15 年写作生涯中，创作了包括长、中、短篇小说，散文，诗歌，杂文，剧本等题材丰富、数量可观的文学作品。这些作品，奠定了庐隐在民国文坛上的地位，使她成为五四时期杰出的女性文学先驱者和开拓者。由于她人生短暂，且去世时间早，她的光芒渐渐淡出人们的视野。

庐隐的作品，在她生前身后，即已出版 12 部单行本，包括《海滨故人》《象牙戒指》等经典之作；此后还陆续出版了不少选集，其中以钱虹编的《庐隐选集》（上下册，1985 年）、《庐隐集外集》（1989 年）规模和影响最大。这些选集，按各自的目标取向来选取篇目，难免有“遗珠”之憾。且经数十年，新发现的庐隐佚作还有很多。在这种情形下，整理出版一部庐隐作品全集，就显得时机成熟且有必要。

2013 年 5 月，在庐隐去世 80 周年纪念日前夕，福建教育出版社启动《庐隐全集》编辑出版计划，并邀请王国栋先生担任主编。王先生在高等院校从事中国现当代文学教学和研究近四十载，长期致力于庐隐佚文的钩稽拾补及其生平资料的考索引证工作。此次编辑全集，王先生集数十年研究之功，于新旧史料中细细爬梳钩沉，利用各种信息资源多方搜求，补齐了此前选集中未选之篇目，并另增数十篇散佚各处的篇目，从而使该书尽最大可能接近全集之“全”者。此外，全集之中还精选了一些与庐隐密切相关的、有价值的一手资料作为附录，尤其是一篇集合王国栋先生多年研究成果的《庐隐正传》，全面梳理和勾勒庐隐一生的生活轨迹和创作历程，为读者提供重要参考，提升了该书的附加值。

庐隐是现代重要的闽籍作家，《庐隐全集》是我社在继《严复全集》之后重力推出的又一部闽籍文化名人全集。沿着这种轨迹，我们希望在地方文化史料整理方面能有更多的建树，使学界文化界对闽人在近现代文化历史上的地位与贡献有更多更深入的认识，以此推动福建及中国近现代历史文化的进一步研究，扩大闽文化的影响力。

编辑体例

1. 本全集收入目前所能找到的所有庐隐作品，包括小说、散文、诗歌、杂文（含谈论、文论）、书信、序言、剧本、传记、祭文、广告、译文等，约240篇（部）。其中90多篇（部）为此次新增的佚文。

2. 本全集收入的庐隐各类作品，系于1920—1935年间写作、发表、出版，基本以年分系，大致按时间先后顺序编排。

3. 为尽量保留和还原庐隐写作原貌，本书编辑时，已出版过单行本的《海滨故人》《象牙戒指》等12个集子中的篇目，全部按编者提供的初刊本或影件进行核校，部分参校其他版本；其余能找到原稿影件或初刊影件的散篇，亦尽量按早期文本进行核校；除此之外的篇目，均按福建人民出版社的《庐隐选集》及书目文献出版社的《庐隐集外集》校订。因校本不一，全书用字有出现前后不一致者，如"像""象"、"的""地"混用等，亦各据原本，不予统一，在此作特别说明。

4. 本书正文校订时，以遵照原文为基本原则，有错字别字赘字者，保留原样，但在后面用［　］标注正字或加以说明；有缺字者，如能据上下文推断，以〈　〉补充，如无法辨识，即以□替代；外文说明，均依原稿用（ ），个别拼写有误者，径行改正。需特别说明的是，有个别篇目原文出现前后人名多处不一致者，则取其中之一，以便阅读，如《归雁》中“纫青”“纫菁”统一用“纫菁”，《女人的心》中“黎云”“梨云”统一用“梨云”等等，不另括注。

5. 本书标点符号使用，基本遵照原著习惯，只在个别未加引号或书名号之处，添加引号或书名号。部分标点明显有缺或有误，且影响正常阅读者，酌情添加或更正。

6. 各篇文末均标明发表或出版的日期、报刊名及转载、结集情形，系编者所加。

7. 全书除保留庐隐原注并作特别说明外，其余注释均为全集编者所加，在文中不一一注明。

8. 全书另列附录，有几种情形：一为原著早期以单行本出版时邵洵美、李唯建等人作的序，以附录的形式放在各相关篇目之后；二为与原文密切相关的背景资料，如信函、评论等，放在该篇之后；三为李唯建的《我和庐隐的初次见面》《咏怀篇（节录）》及全集编者的《庐隐正传》，作为庐隐生平资料的重要补充，放在全集正文之后，以为读者提供参考。

序　言

游友基

庐隐是"'五四'的产儿","觉醒了的女性"(茅盾《庐隐论》)。从1920年开始写作,在她仅35年的生命中,创作生涯15年,却为新文学奉献了《海滨故人》《曼丽》《灵海潮汐》《归雁》《云鸥情书集》(与李唯建合著)、《玫瑰的刺》《女人的心》《象牙戒指》《庐隐自传》《火焰》《东京小品》《格列佛游记》(译注)12部作品集,及散见于各种报纸杂志的论文、小说、散文、诗歌、剧本、文论、书信等,共140多万字。

茅盾赞叹她"'五四'时期的女作家能够注目在革命性的社会题材的,不能不推庐隐是第一人",她后来"改变了方向",在自己和自己的周围画起一个圆圈,把笔墨凝缩于对人的内部世界、对自我的探索上,偶尔探头朝外一望,就又缩了回去,于是出现了所谓"庐隐的停滞"。其实,庐隐并未停滞,她在"个性解放"主题和"人生是什么——人生到底做什么——女人又为了什么”的哲理思索中深入掘进，在众多作家从“个性解放”向“社会解放”的转型大潮中，这种执着的探索，创作大量小说，具有特别的意义。

庐隐的作品，具有悲剧美。她说：“我简直是悲哀的叹美者。”（《庐隐自传》）她“于悲苦中寓生路”（庐隐《创作的我见》）。她原想“游戏人间”，结果反被人间游戏了去，陷入“个性解放”幻灭的悲哀之中。其悲哀具有时代特征，也具有“人生一苦海”（尼采语）的哲学内涵，透露出女性性爱苦闷的心病、女性情智激战的痛苦、女性寻觅归宿的焦虑。其悲哀的抒写，主要以宣泄哀情为中心，来创造意境，安排结构，偏于直抒式、诉说式、倾吐式的主观抒情，喜用日记体、书翰体。去世前，抗日长篇《火焰》的发表，标志着悲哀美已为粗豪美所替代，这是庐隐步入开拓时期更值得首肯的“转向”，应予以重新评价。

庐隐在中国现代文学史和中国女性文学史上自有其无可替代的地位。

新时期以来，庐隐研究取得了明显的进展。但这些研究所凭依的却只是庐隐的大部分作品，而非其全部作品，这就难免缩小研究者的视域，限制其思路，甚至以偏概全，难以对庐隐做出全面、公正、准确的评价。因此，钩沉庐隐佚文，出版《庐隐全集》具有特别重要的意义。与庐隐同时代的重要闽籍女作家，如冰心、林徽因等，先后都出版了全集或文集，从某种意义上说，对她们的研究，领先于庐隐研究。其原因之一，就因为她们早有全集或文集。1987 年，庐隐的同乡同窗好友程俊英写了篇《回忆庐隐二三事》发表于《新文学史料》，深情忆念庐隐。同年，程因有人发现了庐隐的一篇佚文《新村底理想与人生底价值》而十分高兴，在《文学报》上发表《关于庐隐的一篇佚文》，“算是对昔日好友的一种纪念”。一篇佚文的发现，竟使程俊英如此兴奋，那么，如今有人发掘了庐隐的90余篇佚文，那九泉之下的程俊英教授该会同我们一起欢呼雀跃吧！发掘庐隐90余篇佚文，编辑出版《庐隐全集》的人，是庐隐的晚辈同乡王国栋教授。

王国栋教授长期从事中国现代文学的教学与研究，是我国新时期以来最早研究庐隐的专家之一。早在30余年前，他就发表了《庐隐生平著作简编》《庐隐年表》《庐隐影视脚本》及《庐隐集外诗文掇补》等文。30余年后，他撰述了《庐隐正传》，这是他研究庐隐的重大成果，拓宽了庐隐生平、思想、创作研究的领域。与此同时，他还在整理、编辑《庐隐全集》，从翻阅、抄录20世纪二三十年代的报纸杂志，搜集、辨析庐隐所有佚文，到走访当事人，征求庐隐研究者意见，可谓历尽艰辛。三十余载如一日，知其难仍举足奋进，一步步走来，终于，《庐隐全集》与广大读者见面了。

王国栋教授既长于史料钩沉，发掘遗珠，又善于进行理论分析，具有坚实的专业理论基础，著作颇丰，其研究有广度，有深度，他确然是独力担当《庐隐全集》编者的最佳人选。《庐隐全集》新收进90余篇（部）佚文，至少有以下几个新看点：

一、揭示庐隐对革命英烈情有独钟。过去选本未选这些小说。编者证实庐隐佚文《壮志长埋》中被杀害的P（寓意北京）大学教授智水，就是李大钊同志。当日下午庐隐还同李夫人去收埋尸体。小说所写情节，和庐隐的《归雁》《吊英雄》《英雄泪》相符，尤其是《归雁》中1927年4月23日日记载：游街时称他为“抢匪李××”；28日则记：“今天心情依然不好，早晨看报，知道智水被枪决了。”查党史，当日正是李大钊遭奉系军阀张作霖绞杀的忌日。证实这篇遗珠，便诠释了多篇缅怀这位英烈的诗文，让后人首次从中获悉他对庐隐的无限信任与深刻影响。除李大钊之外，庐隐还为壮志未酬身先死的秋瑾、喻培伦（见《烈士夫人》）、高君宇、胡也频，以及淞沪抗日阵亡英烈们立了传。

佚文《不安定的心》写的是，1927年8月北洋军阀孙传芳率部对南京国民党军进行反扑，南（京）军和北（洋）军相争，恐打到上海来，引发一场智识界各派的纷争。其实他们心里都有了逃难避灾之所：上海外国的租界。佚文《一鞭残照里》写国民党军在南京消灭了渡江反扑的孙传芳军，征战疆场的英雄奇云战胜北军，履行了情人枫若“至情人爱祖国更甚于恋人”的话。庐隐原想离政治远些，但从佚文《亡命》可窥见北平市党部欲逮捕她，让她“发现应走的新道路”。20世纪30年代，她更靠近政治，公开站出来，写杂文，揭时弊，为民请命，歌颂淞沪抗日勇士，反对南京政府不抵抗政策和捕杀“左联”作家，创作思想有了剧变。

二、新发现10篇“平民文学”佚作。庐隐在平民教育促进会写了20多篇“平民读物”，这些“平民文学”，突出一个“平”字，强调公民平等。其选材标准：注重感人至深的历史，注重平民所能效法的事实，含有为全人类世界之公民精神。无疑，这是庐隐创作领域的新拓展。这些感人的历史人物，上自国君（重耳）、大臣（介之推）、总统（林肯）、教育改革家（阿笛生），下至草芥小民（弦高、卜式），无论国籍，不分阶级、文化层次，唯好是用。他们身上无不闪烁着人性的光辉。他们大多来自“平民”阶层，如织草鞋出身的介之推，“谦让”，“不居功求报”；牛贩弦高，天性忠朴，挺身挽救祖国于一场危难；羊倌卜式，仁爱无私，慨然倾尽家产捐助国家，甚至愿为国死战；厂区工人的穷子弟阿笛生，“行善”，首倡环保；木匠的儿子、后来成为总统的林肯，追求民主、平等、公正。编者发现庐隐是译介美国教育改革家阿笛生（1818－1898）来中国的第一人。阿笛生看到厂区烟囱的煤烟黑云般排污，对工人孩子们的健康产生终生的毒害。他把孩子们一批批带到郊区去玩，去读书，呼吸青山绿水、树林草地间的新鲜空气。几周后，孩子们的脸都露出苹果般的红颜色，他改变了工业污染区广大孩子的命运，大受家长们赞颂。1874 年，他因创建“新鲜空气营”，被孩子们称为“父亲阿笛生”。后向全国推而广之，美国人没有一个不敬爱他！

无论是刻画感人的历史人物，还是描绘现实的社会人生，庐隐总是以充满“悲悯情结”的“平民情怀”，创作出我们今天才得以读到的“写实主义平民文学”。《月夜笛声》的反战情绪极为强烈。中秋月夜，军阀混战的战场边上，有孤零零两户人家，他们都为青年思念战死的哥哥的笛声所感染。一位老妇人悄悄来到这青年面前，合掌，跪拜。青年以为真看到了自己慈祥的母亲，一把抱住她，痛哭起来；而老妇人也以为每日倚门盼望的儿子回来了：谁说他死在战场永不回来了！儿子回来了！儿子回来了！尖锐的笑声后，她怀着满心的欢喜永远安息了。年轻寡妇见婆婆死去，也想到自己生不如死。《刘大嫂》中的刘大嫂是邱玉初中时要好的同学仰芬姊。自从邱玉来家探访之后，刘大嫂觉得自己好像井底青蛙，简直变成老妈子了！现在再想起丈夫那话，“女人就是女人，除当太太当母亲外，没有更好和更伟大的工作”，她再沉不住气了。她反复念着同学的话，“女人同时还负着别的责任。是人就应当工作，不要忘了兴趣和自由，这才是人类的生活，不然就和牛马奴隶的生活没分别了”。她开始觉得做一个独立人格的人，比别的更重要。这天，刘大嫂病了，饭菜迟些端上桌，丈夫竟推翻饭碗，破口大骂。妻子颤声道：“你向来拿女人不当人，我含泪忍受这数年，现在我觉悟了，我不能再相信你的话了！”细腻描写了女性的觉醒。《渺无音信》也是其他男作家写不出来的。陆清很节俭，到衙门上班，也舍不得乘电车。妻子也是能干有算计的女人。本来连寡母、两女儿，一家五口，日子过得还融洽。可是三年来又添了两个男孩，尤其是衙门常欠薪，这三个月甚至没拿回一分钱，妻子的陪嫁，或当或卖都垫用光了。到今日统共只剩两碗米，今晚怎么对付这一家子？陆清去幼年好友家，“借”字还没出口，对方就诉苦：“这年头难熬，家乡战事，麦子被兵践踏一点都没剩。”只好当了身上唯一的银表，换了粮食。眼看离行乞不远了。翌日赶到衙门查询发薪金的消息，会计答：“渺无音信。”陆清一口气接不上来，摔地而亡！具有正义良知的庐隐直面此惨状怎能不发声？然而，衙门欠薪，有理何处告？谈到教育，不可忽视佚文《危机》这篇庐隐唯一的少年文学作品。中学生张文和尤成正密谋脱离“专制”家庭，“投伙”土匪，学水浒英雄。他们从家里弄了钱，把书放在班上抽屉里，背着装食物的书包，直奔西直门，雇了两头驴子，任它无目标往前走。黄昏时走到了僻静小路上，一个驴夫动手抢夺书包，被尤成踢倒，两人背了书包，奋力向前猛跑，幸好遇到两个“游缉队”的兵，把他们一起带到区长处。问明情形，区长派人送他们回家。庐隐用“危机”作标题，意在强调：当教育在学校和家庭出现危机之时，势必倒逼孩子逃走寻找出路。距此 90 年后，《危机》还有警世意义，可见作品之深刻。

三、将《云鸥情书集》补成足本。庐隐在情书出版时添上开头和结尾，68 封情书组成了一部完整的小说。20 世纪 80 年代再版时，因篇幅所限，删除了首尾与 19 封情书，约占全书三分之一。其中情节缺失不少，读起来就像看旧小说“以下××字删”，让人大失所望。所幸全集编者存有手抄本，此次才补成足本。这本真实的情书面世，一时传为佳话。

四、关注女性生存现状与精神危机。这始终是庐隐作品最重要的主题之一。佚文《野妓拉客》写挣扎于社会最底层女性的悲哀，《飘泊的女儿》写同性恋不可行，“奇女子只是社会上的怪物，我们作不到”，女子的出路唯有找个合适的男子，嫁出去。《按摩》写和睦夫妻间的真情倾诉。两人似乎真心相待，但家庭生活单调、无聊，只能以谈论“按摩”这样的话题来逗趣。看来家庭亦非女性理想的归宿。路在何方？庐隐寻找不到答案。《恋史》也许是庐隐最美妙、最神秘、最动人的小说。几个大学女生在葡萄架下，有人提议各人报告自己的初恋历史。你推我让之后，刚好来了徽笙，推辞不了，于是，她开始讲述自己与寒星的“恋史”：自从读到诗人寒星的那篇“西洋小说”和恋歌，“我”就竭力追踪他的来历。有一次，在陶然亭畔“西式新坟”见到一位少年正在沉痛悼念亡友。他离去后，“我”上去看看，是“漱泉女士之墓”，墓背题有寒星《恋歌》诗句。“我”惊喜又悲凉。从此，开始在花笺上写情书。另一次在公园里，“我”与天天恋念的爱人寒星擦肩而过！抱病中，“我”天天写日记，写恋歌。有一天，同学送来白茶花与新杂志，“我”翻开首页，见一行大字：“艺术家寒星逝世!”还见到他的遗像。病愈后，“我”来到陶然亭鹦鹉冢焚哀诗，痛哭祭奠一场。小说通篇采取双线结构，明线是徽笙单恋诗人寒星，暗线则是寒星和恋着他的贵夫人的爱情；接着暗线浮出水面，寒星在西式新坟祭奠漱泉女士，漱泉女士疑似小说里的邻居贵夫人，人物关系扑朔迷离。徽笙惊喜，加紧追踪诗人，推动明线恋情发展。最后，艺术家寒星噩耗传来，徽笙祭奠，又使明暗两线交织于鹦鹉冢。小说的主题具有多元性。是警示世人，一厢情愿地“追星”，再美好，也徒然，还是曲折批评“单恋”和柏拉图式的精神恋爱，抑或歌吟纯真的感情？读者足可见仁见智。但有一点是明确的，即庐隐否定了徽笙所建构的爱的精神家园，那么，女性真正的精神家园在哪里？庐隐茫然，不知所之。这些佚文的发现，有助于推进对庐隐作品相关主题的研究。

五、提供庐隐的不少佚诗。这有利于读者认识庐隐作为诗人的一面。过去人们只知道庐隐以小说家著称，拥有广大的读者，这次读了她早期的《砍柴的女儿》《月下》《心弦之音》等11首佚诗，和编者钩沉出的《夜的奇迹》系列中的《素心兰》《空虚》《漠然》《我生活在沙漠上》《青春的权威者》与《梦》6篇散文诗，可以感受到庐隐的诗颇具特色。尤其是散文诗，想象奇幻，刚柔相济，纵横挥洒，意气凌云，它们跟庐隐的小说一样动人心魄。庐隐一生的不幸、悲哀、愤恨、矛盾，与她的追求、希望、幻灭，在这里有了更完整、更深刻、更美丽、更真情的抒写。可惜，最后岁月赶写的长诗《梦》仍是“未完”稿，虽然早已预告要出版《夜的奇迹》这本散文诗集，可最终还是未能让她如愿以偿！

六、更全面了解庐隐的译诗和译著。过去没人知道郭梦良在北大预科是读英语的，曾在华尔街学习过，并有大量译著发表。受他影响，庐隐早年也有译诗试作。此次，全集编者就收藏到她的旧译《爱情的丧歌》《夏天最后的一朵玫瑰》《少女的哀愁》三篇。这三首诗，当是庐隐失去郭梦良后所译，不免流露“悲哀的叹美者”的情绪。有人把它们同原诗对照，发现庐译相当传神。十年后，庐隐忽然执笔翻译世界十大名著之一《格列佛游记》，李唯建序云：“因鉴国内创作之浅薄，以为有藉西洋文学为鉴镜的必要，又目睹翻译界之一团黑气，遂毅然执笔。”他们夫妇确信，只有通过翻译名著，斟字酌句琢磨原文，才能领略大师作品的精妙绝伦。庐隐不负众望，《格列佛游记》出版时有人评道：原文简洁，译文颇为流利，详加注解，中英对照，一目了然。不幸，格列佛游历四国，庐隐只译了“两国”，上天不使永年，憾哉，痛哉！

七、首次披露庐隐集子所有的序文。这些序文是：菊农《〈曼丽〉序》、王礼锡《〈云鸥情书集〉序》、四郎（李唯建）《关于庐隐女士——〈女人的心〉代序》、邵洵美《庐隐的故事——〈庐隐自传〉代序》、李唯建《〈格列佛游记〉序》、李唯建《忆庐隐——〈东京小品〉代序》等。这些评论家、作家、诗人，熟悉庐隐的一切，娓娓道来，栩栩如生，真是知人之论、知心之话，对人们进一步认识庐隐其人其文大有裨益。同时，编者还搜集到庐隐致王礼锡、陆锡祯、李唯建、黄九如、林语堂、赵清阁等十封信件和部分遗墨，都弥足珍贵。此外，编者还披露了他珍藏已久、今人难得一见的庐隐12部作品集初版本的封面照。

仅依据上述七个新看点，王国栋教授亦功莫大焉。《庐隐全集》付梓，他嘱我作序。这序，本应由现代文学的史料学专家或德高望重的学者来写。但我与王国栋教授是老朋友。凭着对庐隐的敬、对福州十邑的爱，我斗胆写了这个序。不当之处，敬请大家指正。

2014年7月于花香园寓所。

（作者游友基，系福建师范大学文学院教授、享受国务院政府特殊津贴专家。）

总　　目

目　录

1922 年

1923 年

1920年

“女子成美会”希望于妇女

前几天我在《晨报》上看见郭君梦良的一评《“妇女解放”一国救急方法》的文[1]，就是组织“女子成美会”。这个会的宗旨，是使一般有觉悟而没有能力解放的妇女，达到她们解放的目的。我看完这篇文章，心里忽然发生一个疑问：为什么妇女本身的问题，要妇女以外的人来解决？妇女本身所受的苦痛，为什么妇女本身反不觉得呢？妇女也有头脑，也有四肢五官，为什么没有感觉？样样事情都要男子主使提携。这真不可思议了！

妇女解放的声浪，一天高似一天，但是妇女解放的事实，

---

① 郭梦良，名弼藩，字梦良，福州闽侯人。北京大学法学系毕业生，五四时期激进的民主主义者之一。1923 年同庐隐结婚。1925 年 11 月因患伤寒后忌食不慎，肠断而逝。这是庐隐首次与他在报上讨论妇女问题。

大半都是失败，这是什么缘故呢？这是因为妇女本身没有觉悟，所以经不起磨折，终至于失败。妇女本身没有觉悟，所以关系本身的问题，不能去解决。而想求那利害关系次一层的男子代为解决，这也是失败的一个原因。因为现在觉悟的男子，固然很多，然而迷梦不醒的，和那利用妇女解放“冠冕堂皇”名目，施行阴险狡诈伎俩的也不少。妇女本身若不觉悟，只管盲从，不但不能达到解放的目的，而且妇女解放的前途，生无限的阻碍。故我以为妇女解放问题，一定要妇女本身解决。但是解放二字是空洞的，必定要想出具体方法，使解放的理论，进到解放的事实。这个方法也很多：就譬如建设女子职业机关、女子工厂、工读互助团等等，本都是可以帮助妇女解放的具体办法。但是这些办法，都是第二步，因为妇女要作职业，必定先要各种职业的知识；要进工厂，也要有工厂的知识；就是工读互助团，也要有点普通知识；这种知识缺乏，就不能达到以上种种目的。所以我们现在要打算作一个过渡，使这一般有觉悟没有能力的女子渡过去，这渡船就是郭君梦良所说的“女子成美会”的组织，这种组织愈多愈好，因是可以救济我们女同胞“出水火登衽席”，这是与妇女有密切关系的；并且我们要想尊重自己的人格，断不可事事盲从他人。所以我盼望我亲爱的女同胞，快快起来，解决自身的问题，这是我对于“女子成美会”有厚望于诸姑姊妹们的！

九、二、十五

（本篇最初发表于1920年2月19日《晨报副刊》）

小重阳登陶然亭记

节后重阳，风光如昨；丹枫变色，黄菊飘香，渊明之酒兴酣；子美之诗情发；追怀古迹，游兴勃然。乃折柬约素心友，出南郭外，登陶然亭。裙屐凌风，尘虑尽涤；于是徘徊于大悲庵前；流连于婴武冢畔。友人喟然顾余而言曰："世事沧桑，瞬息百变，人生哀乐，一弹指间。以此亭论，当日座客常满，酒樽不空，慷慨悲歌，吟风弄月，风流儒雅，济济一堂，四壁留题，琳琅满目，何其盛也。而今安在哉？但见半亩苍葭，依稀带水；一坏［抔］黄土，隐约埋香；人生于兹，尚何兴趣之足云？"余闻其言，为怅然者久之。既而爽然若失曰：君何不思之甚也？夫物有荣枯，人有生死，天演之公例也。天地万物，新旧递嬗，尚不能无变迁，而况于人乎！盖变迁乃进化之源，无变迁则无进步；观夫太古，民风朴质，穴居野处，茹毛饮血；而所以有今日之文化者，盖皆原于变迁也。故世界变迁愈烈则变化愈速，苟无变迁，则世界万物皆成为麻木不仁。世界人类将永为冥顽不灵。虽寿齐彭祖，究何乐耶？变迁既不可逃，则前荣而后枯，此生而彼死，乃意中事耳；又何必作无益之悲耶？人生岁月有限，终日兢兢业业，尚难完我责任，尽我义务，况抚物伤情，触景生感，精神消灭，进取无心，自苦已甚；又负世尤深乎？人智独优，万物皆其刍狗；故世界文化，皆人为之，万物为人用，非人为万物用也。故此亭之今衰昔盛，乃吾人使之衰，使之盛；非其自盛自衰也。盖亭之为亭，人为之亭也，非天生之亭也。既人为之亭，人可使之画栋雕梁，亦可使之颓垣败瓦；盛者可使之衰；即衰者亦可使之盛；人又何必乐其盛而悲其衰也？况万物为人所用，则乐之由我，悲之由我，与物何涉？若因物而易我之悲喜，则我为物用矣。以万物之灵，而为物用，宁非太愚乎？且人生于世，禀天之赋，即当出其聪明才智，为世造福，若徒为忧伤感慨之怀，遗世独立之思，则奄奄了无生气矣。世亦何贵有此人乎？当此国运危急之秋，吾辈少年，正如向春花木，发荣滋长，希望殊未可量；苟努力上进，则国可转危为安，振弱为强；岂可效宋玉之悲秋，向秀之感逝，牢愁抑郁，以自损其天乎？友闻余言，逡巡避席而谢曰：“吾子之言，譬如当头棒喝，令人怀抱为之一开。”遂相与酌旨酒持蟹螯。远眺西山，低徊留之不能去。畅谈既久，夕阳西坠；寒风砭骨，潇潇落叶，沉沉暮色，速人［入］上道。乃与友人联袂经黑龙潭，野凫潭，黑窑厂，南下洼而归；归而余兴未阑，乃伸纸濡笔以为记。

（本篇最初发表于北京女子高等师范学校 1920 年 4 月 1 日版《文艺会刊》第 1 卷第 2 号）

金　陵

六月涉江汉，扁舟下金陵。
徘徊明故宫，俯仰感废兴。
道旁问故老，故老喟然譍①！
王气久消竭，皇陵狐兔凭；
唯有雨花台，终古自崚嶒。

（本篇最初发表于 1920 年 4 月北京女子高等师范学校《文艺会刊》第 1 卷第 2 号）

① 譍，通“应”，以言应对。

利己主义与利他主义

人不能离群独生，则我以外尚有人，于是除研究我底利害关系之外，还要研究人底利害关系，就叫做“利己”与“利他”。今欲研究这个问题，不可不先定“我”和“他”底界说。我他底界说，因时代不同，解说各异，约言之如左①：

一、家族主义时代。在家族主义时代，所谓我者，就是家族中底宗子；对于他家族说，就叫作他。

二、军国主义时代。在军国主义时代，所谓我者，就是国家底臣民；对他国说，就叫做他。

三、世界主义时代。到了世界主义昌明底时候，所谓我者，就是世界人类中底一分子；对于人类以外底物件，方称为他。

以上所说是他我底界限，因为范围不同，所以界说亦异，

① 竖排版“如左”，即为横排版“如下”。全书同。

利己利他主义底解释，也就不能一样。

家族时代，以利一家一族为利己；军国时代，以利一国为利己；世界主义，一旦流行，就必定要利人类，然后才能叫利己；若到这个时候，利己利他还有丝毫分别么？所以现在人说底利己，不外指家族观念，乡土观念，国家观念，实在是一种偏狭自私底见解，决不是彻底底议论。因为所谓“我”者，有“形体底我”和“精神底我”两种分别。形体底我，是有限底，是幻底，没有理性底，所以能把他我底界限分别很清楚。精神底我，是无在无不在，推而大之，自家族以至于天地万物，“莫非我也”，所以外界各种现象，无论是国家，是社会，是世界，是天地万物，都不是于我心没有喜戚的关系底。庄子说：“天地与我并生，万物与我为一。”孟子说：“万物皆备于我，反身而诚。”张横渠说：“乾称父，坤称母，民吾胞物吾与!”陆象山说：“宇宙即是吾心，吾心便是宇宙。”刘蕺山说：“人合天地万物以为人，犹之心合耳目口鼻四肢以为心。”这都是说我不是拘于形骸底，是精神底，并且由此可以证明我底范围不仅是一身一家一族一省一国而已，是无处没有“我”底，所以“利己”与“利他”是一样底，是互为因果底。兹分数项证明之，——

（甲）由行为底动机与结果言之

（A）有动机是利己而结果也利他底。凡一行为皆起于一种动机，动机有关系自己利害底，有关系他人利害底。然而无论他底动机，是关系自己，或关系他人，结果必互为影响。所以有动机是利己，而结果也利他底。比如农人种地，他底动机是利己底；但是他的结果，确成为利他底事情了。因为他为谋一己生活起见，所以去种田。他种田底动机，确没有利他底观念，但是收获丰裕，他自己吃不了，就可以售给别人。因此米谷价贱，人民生活程度日见低下，天下人都觉谋生容易。这种结果，岂不是也利他么？

(B) 有动机是利他而结果自己也有利底。人底行为，没有不影响到自己与他人底。详言之，人底行为，有裨益自己，必定也有裨益于他，但利他底结果，仍就影响到自己身上。墨子说，譬如有一个人有十个儿子，九个儿子都是好吃懒作，只有一个儿子尽力耕田，吃饭底人那么多，耕田底人那么少，那一个耕田底儿子，便该努力耕田。由此看来，就可以知道墨子底“摩顶放踵”，是因为当时底人都是浑浑噩噩底，眼见得就要受沉沦底痛苦了！墨子心里不忍，所以他才出来努力改革。他这种动机，是为一切众生底，但是国家底制度，从此就日渐完善，人人都可以“乐业安居”，岂不是于墨子也有利么？这就是动机是利他而结果自己也有利底。

(C) 有动机是害他而结果反害自己底。人底行为，不但有裨益于自己底必定也有裨益于他，就是有碍他人底，也就有害于自己。比如我要侵略人底土地，妨害人底自由，这是有碍于他底，但他一定也侵略我，妨害我，以图报复。看春秋时候，吴王夫差灭越，二十年后，越王勾践卒起而灭吴。这就是有碍他人底，亦即有碍于自己底明白证据。

(D) 有动机是自陷而结果也害天下底。古时伯夷叔齐不食周粟，饿死首阳山，他的动机不过是自陷。但是结果使天下人底思想受无限底影响，以为忠君就是爱国，互相仿效。这种误谬思想，充满天下，他底害处岂只自陷么？

由以上四项看来，就可以得以下两个结论：

(a) 无论动机是利己或利他，结果一定是“他我共利”。

(b) 无论动机是害己或害他，结果是“他我同受其害”。

(E) 普通误谬底思想。

1. 利己必定谋陷他人；

2. 利他恐怕亏损自己；

3. 妨害他人乃能利己；

4. 利己就不得不倾陷他人。

这几种见解，是完全谬误底，可以据哲学人格论来说。哲学家说人格是甚么呢？乃精神官体并能发挥其固有底人性啊。甚么又叫做人性呢？孟子曰：“人之所以异于禽兽者几希”，就是人有理性，禽兽没有理性。他的分别，就在这一点。所以荀子说“水火有气而无生，草木有生而无知，禽兽无知而无义；人有气，有生，有知，亦且有义。禽兽之异乎水火草木者，徒以有知觉耳，人之异乎禽兽者，徒以有义理耳。”因有义理，故有种种我之自觉，因有我之自觉，就可以知道世界无处没有我。**我底范围愈大**，**我底人格愈高**。因为觉得我与万物是一体，就没有他与我底分别。没有他我底分别，就没有“他利”“我利”底分别，也没有竞争底事情，与禽兽底弱肉强食才有区别。有了区别，始能称为人，所以泡尔生（Paulsen）说“国民各由其仁之观念发展之程度，第其品格之高下。”甚么叫作仁呢？就是天地万物没有一样不是我，万物与我是一体，就叫作仁。孟子说“仁者人也”。人能自觉有此性，就可以不囿于形骸底我，兢兢与人相争，人格自然日高，否则人与禽兽几希底分别，恐怕也没有了。所以我们要扩大我底范围，待人以我底心，利己利他，一视同仁，利己不必谋陷他人，谋陷他人一定不能利己，杨朱说："古之人损一毫利天下不为也，悉天下奉一身不取也，人人不损一毫，人人不利天下，天下治矣"，就是这个意思，并且利他未必亏损自己，看墨子说底爱人不必损己，就可知道了。又可以据生物学底"互助论"来说，人类有天赋底群性，且其所以能驱使万物，就在有互助团结底精神。若必有他我底界限，结果必至互相争斗，"两败俱伤"。

由此看来，我们又可以得以下二结论：——

（A）亏人以利己，不是真利己；

（B）亏己以利人，不是真爱人。

必定要——

（A）不妨害他人而利己，利己就是利他；

（B）不妨害自己而利他，利他也是利己。

但妨害二字要清楚，当分精神、物质二面说：

（A）有牺牲物质方面，而利益精神方面底。比如做慈善事业底人，牺牲他底金钱，使一般人受利益，大地上都现着和和熙熙底样子，人我精神上都感一种愉快。这就是牺牲物质方面而利益精神方面底。

（B）有牺牲精神方面而利益物质方面底，比如科学家尽他毕生底精力去发明种种器械。哲学家研究人生切要底问题，增长人类的幸福，这就是牺牲精神方面而利益物质方面底。

所以我们又可分几层说，——

（A）有牺牲自己精神，而使他人物质上得利底，表面好象是损己，实在是利人而且利己。

（B）有牺牲自己物质，而使他人和自己精神上均得利益底，所谓"杀身成仁"，就是个明白证据，所以我们谈利与不利，不能不量他底轻重，或舍弃物质，或牺牲精神。但苟能因牺牲自己底物质，而使他与自己精神上均得利益，就当牺牲物质，因为形骸底我，是有限底；精神的我，是可以千载不朽底。看中国底孔孟，西洋的耶稣，他精神底我，至今日固仍存在。

由此我们可以知道，人我本没有分别，利我利他是一样底，普通人底家国观念，乡土观念，是偏狭底，误谬底。我们人于此能详为辨明，世界上可以免了种种底惨杀争夺，世界和平就可以实现了。

（本篇最初发表于1920年4月1日北京女子高等师范学校《文艺会刊》第1卷第2号）

思想革新底原因

什么是思想？我们要讲思想革新底原因，不可不知道什么是思想（Thought）这个名词，实质上有种种底解释——

A 字义：《说文》“思字从囱心”。即自胸至心，有一贯底意思。想字《说文》“觊思也”，就是想象底意思。《周礼·祇稷「眡祲」》“十曰想”，想是有所象而思想底。合起来说：思想底作用就是心灵底作用罢了。

B 功能：思想底功能是甚么？就是一切生活以他为基础，学术文艺道德政治以他为根据。

C 性质：思想底性质有三种，（一）是泛想——只是脑筋常起一种不知不觉底活动，没有甚么价值。（二）想象——是有考察推测底态度，比较泛想，已进步，因而他底价值也比泛想高了。（三）沉思——除了推测考察底态度以外，还能寻出一般事物底法则原理，为有系统底发明。学术文艺道德等标准，都是从沉思出来。

我们现在已经明白思想底定义是——心灵底作用——学术文艺道德政治底根据。但学术道德法政，虽是由思想上发生，思想又由甚么地方发生呢？是不可不知道思想与事实底关系，现在分释如左：

A. 思想影响于事实：有一种思想，要发表出来，必定要影响到事实上去。所以当十七世纪底时候，卢梭（Rousseau）倡自然主义，著《民约论》，尊崇立法，就有法兰西底革命。尼采（Nietysche）主张超人学说，就有德国底军国主义，日本底帝国主义发生。这就是思想影响于事实底明白证据。

B. 事实影响于思想：看A项思想要影响到事实，那么事实就没有影响于思想吗？最近欧洲的大战争，德国以极强权底手段想达到他侵略底野心，但三年结果终归失败，因此就有公理战胜兵威底觉悟，而发生人道主义底思想。所以托尔斯泰（Tolstoy）的学说，就大受世人底欢迎。这就是事实影响于思想底证据。

据以上AB两项看来，事实与思想，是互为影响底了。故思想是要因事实而变迁而事实亦由思想而转移。由此我们就可以“探本溯因”，求得思想革新底原因了。

思想革新底原因！

A. 由于物质方面底压迫：俗话说道，“人急智生”，这句话实在可以代表思想，是由外界底压迫，才能革新。因为思想底功能可作一切生活底基础，所以凡物质不合于我们目下底生活，或不能满意，因而生出一种怀疑底心理。因为怀疑，所以就要探他底究竟。如果好可以从此深信不疑；不好，不免就要打破他，想出一种比较满意底代替他。这个比较新底思想，就是思想革新底结果。这是由于物质压迫，所以思想才能革新。

B. 由于精神上面底抑制：精神底表现是甚么？就是思想。思想能任意发挥，不受束缚，就是精神不受束缚。若思想不能任意发挥也就是精神不能自由。精神不能自由，人必觉得苦痛，就大不满意，要生一种反动来破坏束缚了。破坏不是容易底，必要想一个精密底方法，作为根据，来反抗破坏。因此从前以为满意底思想，必定变为不满意底，而另产出一种比较从前满意底。于是思想就得了革新底结果。

看以上两种原因，可以知道思想革新底缘故。外界底压迫是有功于思想革新底。不但不能压制我们底思想，束缚我们底思想，反是促进我们革新底速度。所以国家多事底时候，学术思想，必格外发达，我们中国东周时候，不是极乱的时代吗？所以那时的思想学术，极其"发皇"。今日俄国不也是政弛民困吗？所以他们底文明思想，有"一日千里之势"。所以我们有心革新思想底人，不要怕外界底高压。因为他愈压得严，将来反动愈利害。反动利害，改革也痛快，而思想革新底度数也大。若果没有外界底压迫，就是没有刺激，就觉得满意了，也就不怀疑，没有进步。因为怀疑是进步底第一步。第一步走到了，才有第二步，第三步底破坏。破坏才能建设。因为陈腐底思想，就象破烂底房屋，不把他根本推翻，永远不能建设出新底来。所以我们要思想革新就不要躲避外界底刺激，因为外界底压迫刺激，就是思想革新底唯一原因。

（本篇最初发表于1920年8月5日《人道》月刊第1号）

新村底理想与人生底价值

自从达尔文氏（Darwin）底种源论出世以后，“优胜劣败”就成为天演的公例；“弱肉强食”成为必然的趋势；而因此调一倡，人类底互相竞争，也就日盛一日，似乎不如此，就难得到淘汰底效果；没有淘汰底效果，人种永没有改善底希望；这是达尔文氏进化论底中心点，也曾倾倒一时的学者。但从此以后，人生底价值，只是图物质的进步，把人看作一部大机器，天天在那里不息工作，以期达到进化的目的，也就是天天在那里拼命竞争，以期达到“优胜劣败”的境地！而人生的欲望，是无底止的，没有日子可以满足的，从野蛮的时代想到文明的时代，从文明的时代想到比较更文明的时代，世界不断地进化，人类欲望不断地增加，所以人生底价值，只不过是上场的傀儡，被动的机器罢了！那么，人生还有甚么兴趣！有一般“醉生梦死”的，就只管为欲望的奴隶，终日忙碌，心神何尝片刻宁静，镇日为色欲奔走，何曾了解人生底价值，又何尝知道甚么是人的生活！还有一般比较清醒的，就觉得这种“醉生梦死”的生活是苦痛的，但为这“优胜劣败”底天演公例所压迫，不能不在同类竞争底漩涡里讨生活！终至于受物质的驱使，而感精神的苦痛，至于无法可解，惟有自杀了事！

照这样看起来，人生底价值何在？不能尽力发展自己底欲望，而求得人生底乐趣，惟受环境底支配，而牺牲自己底天才，世界虽有一日千里的进步，也不过增人苦恼罢了！进步究竟有甚么价值！所以专务物质的进步，不顾人的生活，这种进步是没有价值，是增进人底苦恼，那么，这新村的理想实现了，岂不是可恢复人生底价值吗？

新村底理想，其最大宗旨，是由不是人的生活，用和平的手段，造成人的生活。人的生活分物质、精神两方面：物质方面，使人得着安全的生活；精神方面，能自由发展，免去人类同类中的竞争，大家互相为助，互相依赖，各人发展各人所有的能力，求一个安全的生活，修正“优胜劣败”、“弱肉强食”同类竞争的法则，巩固人类底团体，而与天然物或异类竞争。这个竞争，本是不得已的，因为你不胜他，他必胜你！你不驾御他，他必侵略你！是势不两立的，所以我们才要和他竞争。至于同为人类，本有互助的必要，那容互相竞争，以至解体，而为天然界或异类所战胜！果如是，人徒有超物的才智，仍要受物质的支配，岂不失了人的价值吗？而新村底理想，正要挽此流弊，而倡互相和平的生活，使人人有生存的权利，无代价取得衣食住，且各尽对人类——社会——应尽劳动的义务。这在形体方面安全了，而精神方面，又可以自由发展，各按自己底才力发挥出来，谋共同的幸福，人人既不太劳，也不过逸，也不至于“醉生梦死”或自杀了！人生比较的有兴趣，方不至象一部大机器专供物质的驱策了！

由此看来，新村的理想实现，人生底价值方增，不然，这世界上除了惨杀相寻，就是侵夺互见，那有一刻安宁，一分乐趣！那么新村底理想与人生底价值，岂不是很有关系吗？至于这理想底实现，虽现在还差得很远，不过既有理想，终久总有实现的一天，我们努力前进，人的生活就可立操左券了[①]。

（本篇最初发表于 1920 年 12 月 5 日北京大学《批评》半月刊新村号第 4 号）

① 左券，古代契约分为两片，双方各执其一。左券由债权人收执，作为索偿的凭证。

1921 年

劳心者和劳力者

孟子说道："劳力者役于人，劳心者役人"，这话很可以代表数千年来，劳力者和劳心者的阶级制度了。这阶级的相差度数，是有一与三四十倍之比，就是劳力者三四十点钟的劳动，只抵得劳心者一点钟的劳动；所以大学教授，每一点钟的代价是三元，或五元，而人力车的劳动者，只得到小洋一角，这是很普通的例子，所以劳力者虽尽他毕生的力量去劳动，也未必能得到温饱，因此社会上的罪恶，惨痛的事情，就一天多似一天了。这都是因为阶级制度的流弊，极不平等极不人道的表现！

劳心的人为甚么能占世界上优胜的地位？他的原因，不外以下所列的几层了。

a. 思想之能力，足以支配万物：劳心者的思想，是有"运筹帷幄，决策千里"的能力，所以可以很安逸的得到物质的供给，和支配一切的劳动者，和奴使一切的人类和牛马一样的！

b. 思想家不易得，故世人多重视之：思想家实在是“难能可贵”的，所以才能在世界上占优胜的地位！

c. 劳心者的贡献于人类，多过劳力者的贡献；按劳心者的某种贡献于社会，他的效力实在是有千万倍于劳力者，并且没有劳心者的“决策”，劳力者也无所用其劳力，就比如发明水蒸气的运用，然后劳力者才能用其劳力构造种种机械，不然这机械，也无从下手制造了，这又是劳力者，不如劳心者势力的一点，劳心者所以占优胜位置的又一个原因。

以上三项的理由，诚足为劳心者之根据，而取得社会上优胜的地位，并且是劳力者没话可反抗的了，但我们试平心静气想想，这个根据恐怕不是很正当的呢，我们不妨逐层的研究一番，正当不正当就了若观火了！

第一层，我们先就劳心者的“运筹帷幄，决策千里”的一句话来说。劳心者固然有“运筹帷幄，决策千里”的思想，但他何以能现出来，成功事实呢？就比如军师“决策定计”极为完密，但不“拨兵调将”就无以用其谋，而从命的兵和将是劳心的呢？还是劳力的呢？设若没兵和将的劳动者替他表现，他这个“运筹帷幄，决策千里”，只等于纸上谈兵，又有甚么用处呢？由此看来，劳心者的思想能力，虽是以支配万物，而也因为万物能为所用，那么这个功劳就不独是思想家所应独占的呢！

第二层，思想家固然不易得，因为人的天才不同，这是一个原因，但劳心者的际会比较天才还要紧呢！劳心者，他所以能劳心，因为他得到劳心的际会，而这个际会起初是由一个出类拔萃的天才所独造的，没有甚么不公平，而后来的劳心的人，未必都是天才，而劳力的人，也未必没有天才，不过因为际会的关系，就是有天才，也不免要埋没了，那么这个劳心者，并不是不易得，而际会不许他，如此劳心者的“难能可贵”，不成问题了！我们也用不着因为他“难能可贵”，特别尊重他了！

第三层，劳心者的贡献多过劳力者的贡献，这话确是不错，但是因为他贡献的大，所以要得到比较多的代价，这话似乎也不见得正当，因为劳心者，对于社会的物质是没有直接生产的贡献，并且他的销费要几十倍于劳力者，而劳力者对于社会物质的生产，有直接的贡献；那么劳心者，就是有比较大的贡献于社会，也是应当的，公道的，没有必得特别高的代价的道理。

我们应当知道，社会的组织，不是很简单而有很清楚的界限的，是相助为理的，所以无论是劳力者，或是劳心者，都不能单独的生活，劳心者离开劳力者，无以表现他的思想；劳力者离开劳心者，无所用其劳力。就比如劳心者发明了科学的原理，这功劳是很大的了！而铁路的成功，机械的构造，岂不是那千万数的劳力者，终年苦辛，滴滴血汗构成的吗？更推广说来，这全世界灿烂的物质文明，哪一件不是要费许多劳力者辛苦经营出来的呢？

再者，劳心者，所以有价值的原因，不仅是在他思想的本身，贵在能表现他的思想，使人类能得到他的宝惠，而获得比较安乐幸福，才算有价值，若果无实利于人类，这个思想无论是如何的高超，他的价值也是表现不出来的，纵说他没有价值，也未尝不可呢！而要表现出他的价值，决不是劳心者本身所能作到的，必有待于劳力者的。照这样看来，劳力者的价值和劳心者的价值，是一样，没有高低，是很明了的了！

但是数千年的“役人役于人”的阶级，又如何能打破呢？

若在“役人役于人”的本身着手，是不能解决，因为这是不彻底的，“役人役于人”是果，其因则在社会不平等的工资制度，舍本而逐末，当然是无济于事的，必要从根本上着手，推翻一切不平等的制度，人人本着互助的天性，共同的精神，谋人类的幸福快乐，贡献的多寡，量力而为，总以得到快乐的人生，安宁的社会为目标的。人类的职分是如此，那么没有甚么人可以自居于人类以外，而支配人类种种的报酬，而社会上物质精神的福利，是人类个各［各个］应享受的，个各［各个］可以任意取得他所应要的，以足用为限，没有“你的”“我的”的分别，也没有你应当吃饭，我不当吃饭的正义，那少数劳心者的垄断，决不是人道所以为正当的，这是我们所当奋斗的努力的！

因为有少数劳心者的垄断，而生出种种阶级制度，流弊所及，不仅劳心者垄断而已，并且不劳力，不劳心，而得到比劳心、劳力的代价高出几十万倍的人，遍国都是，靠得法律上，“我的金钱”，残杀人类，奴使同胞，而一般可怜的劳力者，因为他的钱不是我的，就是劳苦一生，也只能得到最少数的代价，度他们的残喘，这种非人道的，不平等的制度，能使他“万岁千秋而不朽”吗？有头脑的同胞，大家澄心细想，我们对于这种制度应当持甚么态度，大家想罢！仔细的想罢！

（本篇最初发表于 1921 年 1 月 11 日北京大学《批评》半月刊第 6 号）

海洋里底一出惨剧

这时候正是六月中旬的天气，但在波涛起伏，海风澎湃的里头，太阳也就大减他的威风；那炙手的热势渐渐清凉了。少年医官更生坐在官舱里，耳壳里满了“喳！喳！喳!”机器转动的声音，和海里“山倒海崩”的波浪声相应和；忽回想从下船到现在整是两天了；计算明天下午一定可以到天津。

他想到这里，不知不觉走出了舱房，站在舢板的东头，对着海洋出神，只见这船在海洋中左一摆，右一歪，就好象荷花池里放着一个纸船一样的不稳当；再往四面一看，碧蓝的天映着这海水，变成一片无边无涯的碧绿；天和海，简直分不出界限来；更生看了，心里觉得摇摇无主，起了许多不可思议失望的思潮；但是那热烈的太阳，散了一片红光，照在海洋里，立刻把那惨绿的天和海，染成一片红的色采；那光线射在水里，受了曲折的作用，竟露出万道的金蛇在那里飞舞；他看了这绝好的景色，把一片的愁肠，和不可思议的失望，都涤除尽净了！但是不久太阳的红光，和海上的金蛇，渐渐消散，直到没有了。海角上捧出一轮皓月，足有一个盘子大小，四射着清碧流丽的光，照着这波浪起伏的海水，闪闪的放光，就象闪光的淡绿缎子，射着电灯的清光，放着那色采一样，他看得出神，忽一阵阵的海风吹在他的身上脸上，觉得有点凉了；就一步步走回舱房。

天上一片黑云，渐渐从东边涌上来，顷刻把碧蓝的天，清亮的月，遮得一毫看不见了，四面都是黑漆漆辨不出方向来；“呼喇！呼喇！”波浪的声音打在船身上，这船更加摆荡不定，船里的搭客，都头晕脑涨，觉得天地都在那里旋转；大家站不住，睡在那里不动；但船上的司机生仍旧不住的添煤炭，增加火力，往前奋勇的走；因为明天东方太阳一出，就可以进沽口了！

沉沉的夜色，更加着漫天的浓雾；这船仍不住的向前进；几个搭客睡在舱里，心里充满了惧怕，后来竟跑到船主那里阻止这船再往前进；船主很藐视的对他们看着笑：“诸位搭客放心！我这只船在这条路上来往，至少也有一二百次，像这种的天气风浪是常常遇见的，比这个利害的还有呢！诸位去休息休息罢！明天正午就到码头啦！”船主说完这话，衔着一枝雪茄狠命的往里吸，刹时间浓厚的白烟，一缕一缕从他鼻子里滚了出来，把他的脸遮得严严地；那几个搭客没法子，只得懒懒地走回舱房睡去了！

更生正睡得沉酣的时候，耳朵里忽听砰的一声，接着哭喊救命的声音，和海水灌进船舱噗通噗通的声音；他很快的跳下床铺，把砰砰乱跳的一颗心，勉强镇静了；把舱门推开一看，海面上直立着一块三角形的礁石。这船正撞在这礁石的一个角上，戳在那里不能动；更生赶紧走进舱房掀开被单，把那个票摺子——里头有二十余块银元票——和他一时一刻不能分离的眼镜拿好了，又把一件长衫裹在腰里，走出舱来；这时候雾气还没全消；但黑云已散了；一轮残月仍挂在天空里，照着满船的老少男女愁惨悲惧失望的脸色，益发惨凄的可怕！更生站在舢板上呆呆的出神，眼看着满船的人，攀绕着绳子争先恐后的向救生船那边逃生；有几个白发婆娑的老人和妇女，也不顾命的攀着绳子往下缒；但他们的力量究竟太薄弱，被人一挤，只听得“嗳呀！……砰！”的声音；海面上立刻起了一阵浪花和洄漩，这几个可怜的老人和妇女已经随着怒浪去得无影无踪了！更生也顾不得甚么，照样攀着绳子往下缒，才到半中间，忽一阵又热又咸的水，从头上直淋了下来，他支持不住，不能再往下去了，又慢慢登着船身往上升；到了舢板上，他实在疲倦了，坐在那里喘气，眼中的泪，不知不觉滚了下来，心想“再有一刻这船一沉，甚么事情都完！和乐的家庭！……嗳呀，莫非就此永诀了吗?”但这船还没有动静；船主站在那里催着搭客：“快逃！快逃！”更生没奈何揩了眼泪，又作第二次的逃命；这一次已经缒到离救生船只有五寸了；但很小的救生船，不能在海面久停；依旧不能等候更生，向前开走了；他无奈何只得用力的仍攀上去；这时候船上的人，差不多都逃完了；只剩下几个妇女和更生了；那几个妇女不敢下去，只对着海面惨凄凄的痛哭！更生的心几乎碎了！怔怔的发呆！救生船又回来了，船主又催着他们快逃；这几个妇女看看船舱的水，越进越多，眼看半点钟以内一定要沉下去；她们实在没法子，只得冒险往下缒，有几个灵便的是逃到救生船上去了；有几个依旧落在海里，被浪卷下海心去！更生看她们都逃光了，他才又攀着绳缒了下去；到得救生船上，他把绳子一放，“嗐呀！”一声晕在那里了！

船主看看满船上的人都走净了，他才离开这船，也攀着绳子上了救生船；一直向那个荒岛那边进发，再回过头看看那个戳在礁石上的大船，渐渐向西歪，一阵浪头冲了过来；呼喇一声，这只大船在海里一高一低向左右摆了两摆就不见了！只有那黑色的烟筒，迎着初出的朝暾闪闪放光！

更生随着众人到了那个荒岛上，峭壁直立，海风迎面吹来，虽是六月天气，也着实禁不住；他后来找到一个山穴躲在那里；但他已十分疲倦了；遂闭着眼倚在石头上养神；忽一声呼啸，从海洋里出来许多面目狰恶的海贼，往荒岛这边涌来；落难的搭客，吓得噤住口，你看着我，我看着你，渐渐把各人惊惧的眼光变成失望可怜的样子！呆在那里不动，有几个竟闭上眼睛，表示没有反抗的能力和希望！

这些海盗的来势极猛：大家都绝望了！忽然“霹拍！霹拍！”一阵连环枪的响声大作；人人都把手捂住了脸，不敢抬头看；但经过这一阵枪声以后，那海盗的呼啸声音，反倒没有了！只有十几个西洋搭客手里还拿着手枪，对海面望着，大家这才壮起胆子来，眼睁睁望着过路的船来救他们。

热烈的太阳，借着四面没有遮挡的孤岛，格外逞他的威风；用他暴虐的手段，晒得个个人脸上起泡；但这些逃难的搭客没有法子躲避，任他一直的荼毒！后来一阵海风从西北边吹起一朵黑云，把那热烈的太阳遮住，荒岛上立刻觉得凉爽了！但这黑云越积越厚，一滴滴地大雨点从半天空直洒下来；无情的海风也跟着助威！“呼！呼！砰！湃！”的声音，充满了逃难人的耳壳；倾盆的雨水倒在逃难人的身上；空气中充满水和水蒸气，白漫漫的更看不见甚么！他们没有分毫的力量违抗，只好由造物者去摆弄罢了！

大雨不久停住了；那热烈的太阳又拨开愁惨的黑云，很得意的露出他的娇红的笑靥，对着那群逃难的搭客，表示着安慰的意思；他们也露着感激侥倖的脸色，对太阳望着，似乎表示报答的意思！

“好了！好了！”远远一只商船从那边来了；那一面雪白通红的日本国旗，越看越清楚了；渐渐连船身都看见了！他们都奋起精神在那里拍掌呼救！看看这船再有十分钟就可以到了；他们的灾难眼看都没有了！和乐的家庭；甜美的生命，立刻就可以从残忍的凶神手里夺回来了！他们想到这里，脸上都露了笑容，所有惊惧忧愁都被这一线的光明，洗荡尽净了！

“唝呀！这只船怎么竟转他的船头直向北去？”他们于是又大大地失望了！他们放开喉咙喊“救命呀！……救命呀！”但这只船依旧不理，一直往前走，竟越走越远，连那高的烟筒，和红白的日本国旗，也看不见了！这时候的太阳渐渐往西斜，眼看得就要躲在海里，那苍茫的暮色又要来“承继大统”了！他们只有绝望对着那波浪掀天的海面出神。

一只很大的中国商船，满载著货物，很奋勇的往前进。

“唝呀！奇怪！那边荒岛上怎么有许多人？”这个少年的司机生说完这话，重新又把望远镜打到荒岛那边，细细的看，“奇怪！奇怪！……这一定是落难的搭客了！”

这船渐渐向荒岛这里进发，呜呜一阵汽笛声，顺着那海风，直吹到那荒岛上，绝望的搭客耳朵里；他们听了这个声音，很兴奋的立了起来，把绝望的心换了一个极热烈的希望心；不久那只船果然靠着荒岛停住了！船主问明了缘故，放下搭板，他们都欢呼踊跃的上了船。过了一夜，这船已绕出那七十二沽了。远远看见一片红灼灼的刺梅花，和一丝丝碧绿的垂杨，映着黄金色的太阳，在那里随风上下的飞舞，正是杨柳青的地方；但没有一刻的工夫便离了这清爽朴质的村庄，向着那“层楼叠阁，金碧辉煌”的天津飞驰；后来这只船的速度渐渐慢下去，傍着码头停住了。

更生随着众人上了岸，找到一家旅馆住下，他疲倦极了，也等不到天黑他便倒下睡了；几个老鼠在他屋里，跑来跑去，寻觅饮食；不提防把靠在门后头一个洋铁盆子弄翻了；“拍喇喇！”一声响，更生惊醒了，急急忙忙跳下床来，开了门就往外飞跑；跑到院子里怔住了；抬头看那屋子一间接着一间的站在那里；没有那可怕的怒涛骇浪，和惨凄呼救的声音；只有那清碧的月色，射在院子里大槐树枝上，吹着微微的凉风，一上一下的涌着，仿佛海里的波浪，正是旅馆的月色！

（本篇为庐隐最早发表的小说，刊于1921年1月25日、26日《时事新报》）

一个著作家

他住在河北迎宾旅馆里已经三年了，他是一个很和蔼的少年人，也是一个思想宏富的著作家；他很孤凄，没有父亲母亲和兄弟姊妹；独自一个住在这二层楼上，靠东边三十五号那间小屋子里；桌上堆满了纸和书；地板上也满了算草的废纸；他的床铺上没有很厚的褥和被，可是也堆满了书和纸；这少年终日里埋在书丛纸堆里，书是他唯一的朋友；他觉得除书以外，没有更宝贵的东西了！书能帮助他的思想，能告诉他许多他不知道的知识；所以他无论对于那一种事情，心里都很能了解；并且他也是一个富于感情的少年，很喜欢听人的赞美和颂扬；一双黑漆漆地眼珠，时时转动，好像表示他脑筋的活动一样；他也是一个很雄伟美貌的少年，只是他一天不离开这个屋子没有适当的运动，所以脸上渐渐退了红色，泛上白色来，坚实的筋肉也慢慢松弛了；但是他的脑筋还是很活泼强旺，没有丝毫微弱的表象；他镇天坐在书案前面，拿了一枝笔，只管写，有时停住了，可是笔还不曾放下，用手托着头部，左肘支在桌上不住的沉思默想，两只眼对着窗户外蓝色的天凝然神注，他常常是这样。有时一个黄颈红冠的啄木鸟，从半天空忽的一声飞在他窗前一颗树上，张开翅膀射着那从一丝丝柳叶穿过的太阳，放着黄色闪烁的光；他的眼珠也转动起来，丢了他微积分的思想，去注意啄木鸟的美丽和柳叶的碧绿；到了冬天，柳枝上都满了白色的雪花，和一条条玻璃穗子，他也很注意去看；秋天的风吹了梧桐树叶刷刷价响，或乌鸦噪杂的声音，他或者也要推开窗户望望，因为他的神经很敏锐，容易受刺激；遇到春天的黄莺儿，在他窗前桃花树上叫唤的时候，他竟放下他永不轻易放下的笔，离开他亲密的椅和桌，在屋子里破纸堆上慢慢踱来踱去的想；有时候也走到窗前去呼吸。

今天他照旧起得很早，一个红火球似的太阳，也渐渐从东方向西边来，天上一层薄薄的浮云，和空气中的雾气都慢慢散了；天上露出半边粉红的采云，衬着那宝蓝色的天，煞是娇艳，可是这少年著作家，不很注意，约略动一动眼珠，又低下头在一个本子上写他所算出来的新微积分，他写得很快，看他右手不住的动就可以知道了。

“当啷！当啷！”一阵钟声，已经是早点的时候了，他还不动，照旧很快的往下写，一直写，这是他的常态，茶房看惯了，也不来打搅他；他肚子忽一阵阵的响起来，心里觉得空洞洞地；他很失意的放下笔，踱出他的屋子，走到旅馆的饭堂，不说甚么，就坐在西边犄角一张桌子旁，把馒头夹着小菜，很快的吞下去，随后茶役端进一碗小米粥来，他也是很快的咽下去；急急回到那间屋里，把门依旧锁上，伸了一个懒腰，照旧坐在那张椅上，伏着桌子继续写下去。他没有甚么朋友，所以他一天很安静的著作，没有一个人来搅他，也没有人和他通信；可以说他是世界上一个顶孤凄落寞的人；但是五年以前，他也曾有朋友，有恋爱的人；可是他的好运现在已经过去了！

一天下午河北某胡同口，有一个年纪约二十上下的女郎，身上穿戴很齐整的，玫瑰色的颊，和点漆的眼珠，衬着清如秋水的眼白，露着聪明清利的眼光，站在那里很疑迟的张望；对着胡同口白字的蓝色牌子望，一直望了好几处，都露着失望的神色，末了走到顶南边一条胡同，只听她轻轻的念道："荣庆里……荣庆里……"随手从提包里，拿出一张纸念道："荣庆里迎宾馆三十五号……"她念到这里，脸上的愁云惨雾，一霎那都没有了；露出她娇艳活泼的面庞，很快的往迎宾旅馆那边走；她走得太急了，脸上的汗一颗颗像真珠似的流了下来；她用手帕擦了又走；约十分钟已经到一所楼房面前，她仰着头，看了看扁额，很郑重的看了又看；这才慢慢走进去，到了柜房那里，只见一个五十岁上下的老头儿，在那里打算盘，很认真的打，对她看了一眼，不说甚么，嘴里念着三五一十五，六七四十二，手里拨着那算盘子，滴滴嗒嗒地响；她不敢惊动他，怔怔在那里出神，后来从里头出来一个茶房，手里拿着开水壶，左肩上搭了一条手巾，对着她问道："姑娘！要住栈房吗？"她急忙摇头说："不是！不是！我是来找人的。"茶房道："你找人啊，找那一位呢？"她很迟疑的说："你们这里二层楼上东边三十五号，不是住着一位邵浮尘先生吗？""哦！你找邵浮尘邵先生呵？"茶房说完这句话，低下头不再言语，心里可在那里奇怪，"邵先生他在这旅馆里住了三年，别说没一个来看过他，就连一封信都没人寄给他，谁想道［到］还有一位体面的女子来找他！……”她看茶房不动也不说话，她不禁有些不自在，脸上起了一条红云和烦闷的眼光，表示出她心里很急很苦的神情！她到底忍不住了！因问茶房道：“到底有没有这个人呵，你怎么不说话？”“是！是！有一位邵先生住在三十五号，从这里向东去上了楼梯向右拐，那间屋子就是，可是姑娘你贵姓呵？你告诉我好给你去通报。”她听了这话很不耐烦道：“你不用问我姓什么，你就和他说有人找他好啦！”“哦！那末，你先在这里等一等我去说来。”茶房忙忙的上楼去了；她心里很乱，一阵阵地乱跳，现着忧愁悲伤的神色！眼睛渐渐红了，似乎要哭出来，茶房来了道：“请跟我上来罢！”她很慢的挪动她巍颤颤的身体，跟着茶房一步步的往上走；她很费力，两只腿像有几十斤重！

少年著作家，丢下他的笔，把地板上的纸拾了起来，把窗户开得很大，对着窗口用力的呼吸，他的心跳得很利害！两只手互相用力的摩擦，从屋子这头走到那头，来往不住的走；很急很重的脚步声，震得地板发响，楼下都听见了！“邵先生客来了！”茶房说完忙忙出去了。他听了这话不说甚么，不知不觉拔去门上的锁匙，呀！一声门开了，少年著作家和她怔住了！大家的脸色都由红变成白，更由白变成青的了！她的身体不住的抖，一包眼泪，从眼眶里一滴一滴往外涌；她和他对怔了好久好久，他才叹了一口气，轻轻的说道：“沁芬！你为甚么来？”他的声音很低弱，并且夹着哭声！她这时候稍为清楚了，赶紧走进屋子关上门，她倚在门上很失望的低下头，用手帕蒙着脸哭！很伤心的哭！他这时候的心，几乎碎了！想起五年前，她在中西女塾念书时，有一天下午，正是春光明媚，她在河北公园一块石头上坐着看书，我和她那天就认识了，从那天以后，这园子的花和草——就是那已经干枯一半的柳枝，和枝上的鸟，都添了生气，草地上时常有她和我的足迹；长方的铁椅上，当下午四五点钟的时候，有两个很活泼的青年，坐在那里轻轻的谈笑；来往的游人，往往站住了脚，对她和我注目，河里的鱼，也对着她和我很活泼地跳舞！哼！金钱真是万恶的魔鬼，竟夺去她和我的生机和幸福！他想到这里，脸上颜色又红起来，头上的筋也一根根暴了起来，对着她很绝决［决绝］的道："沁芬！我想你不应该到这里来！……我们见面是最不幸的事情！但是……"她这时候止住了哭，很悲痛的说道："浮尘！我想你总应该原谅我！……我很知道我们相见是不幸的事情！但是你果然不愿意见我吗？"她的气色益发青白得难看，两只眼直了，怔怔地对着他望，久久的望着；他也不说甚么，照样的怔了半天，末后由他绝望懊恼的眼光里掉下眼泪来了！很沉痛的说道："沁芬！我想罗頫他的运气很好，他可以常常爱你，作你生命的寄托！……无论怎么样穷人总没有幸福！无论甚么幸福穷人都是没份的！"她的心实在要裂了！因为她没能力可以使浮尘得到幸福！她现在已经作了罗頫的妻子！罗頫确是很富足，一个月有五百元的进项，他的屋子里有很好的西洋式桌椅；极值钱的字画，和温软的绸缎被褥，铜丝的大床；也有许多仆人使唤，她的马车很时新的，并且有强壮的高马，她出门坐着很方便；但是她常常的忧愁，锁紧了她的眉峰，独自坐在很静寞的屋里，数那壁上时计摇摆的次数；她有一个黄金的小盒子，当罗頫出去的时候，她常常开了盒子对着那张相片，和爱情充满的信和诗神往，有时微微露出笑容，有时很失望的叹气和落泪！但是她为了甚么？谁也不知道！就是这少年著作家也不知道！她现在不能说甚么，因为她的心已经碎了！哇的一声一口鲜红的血从她口里喷了出来；身体摇荡站不住了！他急了顾不得甚么，走过去扶助她，她实在支持不住了！她的头竟倒在他的怀里，昏过去了！他又急又痛，但是他不能叫茶房进来帮助他，只得用力把她慢慢扶倒［到］自己的床铺上，用开水撬开牙关，灌了进去；半天她才呀的一声哭了！他不能说甚么，也呜咽的哭了！这时候太阳已经下了山，他知道不能再耽误了！赶紧叫茶房喊了一辆马车送她回去。

她回去不久就病了，玫瑰色的颊和唇，都变了青白色，漆黑头发散开了，披在肩上和额上，很憔悴的睡在床上，罗倾急得请医生买药，找看护妇，但是她的血还是不住的吐！这天晚上她张开眼往屋子里望了望，静悄悄地没一个人，她自己用力的爬起来，拿了一张纸和一枝笔，已经辛苦得出了许多汗，她又倒在床上了！歇了一歇又用力转过身子，伏在床上，用没力气的手在纸上颤巍巍地写道："我不幸！生命和爱情，被金钱强买去！但是我的形体是没法子卖了！我的灵魂仍旧完完全全交还你！一个金盒子也送给你作一个纪念！你……"她写到这里，一口鲜血喷了出来，满纸满床，都是腥红的血点！她忍不住眼泪落下来了！看护妇进来见了这种情形，也很伤心，对她怔怔的望着；她对着看护妇点点头，意思叫她到面前来，看护妇走过来了；她用手指着才写的那信说道："信！折……起……"她又喘起来不能说了！看护妇不明白，她又用力的说道："折起来……放在盒子里……""啊呀！"她又吐了！看护妇忙着灌进药水去！她果然很安静的睡了；看护妇把信放好，看见盒子盖上写着“送邵浮尘先生收”，看护妇心里忽的生出一种疑问，她为甚么要写信给邵浮尘？“啊呀！好热！”她脸上果然烧得通红；后来她竟坐起来了！看护妇知道这是回光反照；她已是没有多少时候的命了！因赶紧把罗缬叫起来；罗缬很惊惶的走了进来，看她坐在那里，通红的脸，和干枯的眼睛又是急又是伤心！罗缬走到床前，她很恳切的说道：“我很对不住你！但是实在是我父母对不起你！”她说着哭了！罗缬的喉咙，也哽住了，不能回答，后来她就指着那个盒子对罗缬说道：“这个盒子你能应许我替他送去吗？”罗缬看了邵浮尘三个字，一阵心痛，像是刀子戳了似的，咬紧了嘴唇，血差不多要出来了！末后对她说道：“你放心！咳！沁芬我实在害了你！”她一阵心痛，灵魂就此慢慢出了躯壳，飘飘荡荡到太虚幻境去了！只有罗缬的哭声和街上的木鱼声，一断一续的，兀自伴着失了知觉的沁芬在枯寂凄凉的夜里！

隔了几天在法租界的一个医院里，一天早晨来了一个少年——他是个狂人，——披散着一头乱蓬蓬地头发，赤着脚，两只眼睛都红了，瞪得和铜铃一般大，两块颧骨像山峰似的凸出来，颜色和蜡纸一般白，简直和博物室里所陈列的骷髅差不多；他住在第三层楼上，一间很大的屋子里；这屋子除了一张床和一张桌子药水瓶以外，没有别的东西；他睡下又爬起来，在满屋子转来转去，嘴里喃喃的说，后来他竟大声叫起来了，“沁芬！你为甚么爱他！……我的微积分明天出版了！你欢喜吗？哼！谁说他是一个著作家？——只是一个罪人——我得了人的赞美和颂扬，沁芬的肠子要笑断了！不！不！我不相信！啊呀！

这腥［猩］红的是甚么？血……血……她为甚么要出血？哼！这要比罂粟花好看得多呢！”他拿起药瓶狠命往地下一摔，瓶子破了！药水流了满地；他直着喉咙惨笑起来；最后他把衣服都解开，露出枯瘦的胸膛来，拿着破瓶子用力往心头一刺；红的血出来了，染红了他的白色小褂和裤子，他大笑起来道：“沁芬！沁芬！我也有血给你！”医生和看护妇开了门进来，大家都失望对着这少年著作家邵浮尘只是摇头叹息！他忽的跳了起来，又摔倒了，他不能动了，医生和看护妇把他扶在床上，脉息已经很微弱了！第二天早晨六点钟的时候，这个可怜的少年著作家，也离开这世界，去找他的沁芬去了！

（本篇最初发表于 1921 年 2 月 10 日《小说月报》第 12 卷第 2 号，后收入《海滨故人》集）

近世戏剧的新倾向

一、绪　论

人类是一种情感动物，喜怒哀乐，悲欢恐惧，都不过是情感的冲动。这种冲动的表示，必有所凭借，或宣之于口，或现之于面，或用手足的表演。借这个发抒感情的动作，取历史上社会上种种事实，作为表演的材料；用明确的言语，模拟的态度，间以铿锵悦耳的音乐，作为表示的精神，这种含规谏和探索，有组织的艺术，就是戏剧。戏剧的精神既在讽刺规谏，及促人觉悟，或解决人生某项问题，予人以探索研究的引力；所以戏剧是活的文学，随时代精神而变迁。自有戏剧以来，其中的趋势已屡变而不一变，最初希腊古典剧如爱斯基尔（Aiskhylos B. C. 525－456），莎福克力斯（Sophokles B. C. 496－406），岫梨比德斯（Euripides 480—406）诸人，皆此时代戏剧的代表。第二时代是近世古典剧，如法人拉西英（Rocine 1639—1699），意大利亚尔裴安里（Alfieri 1740—1803）诸人是。第三时代是近世浪漫剧，如英人莎士比亚（William Shakespeare），德人盖安德（Goethe 1749—1833），西班牙加尔特伦（Pedro Calderon）等是。第四时代为现代写实剧，如马德林（Martelli），伊孛生（Ibsen 1828—1906）等是。更近则德人苏特曼（Sudermann 1857—　）及霍甫特曼（Hauptmann 1862—　）诸人，复倡新浪漫派的戏剧。此五时代戏剧趋向的不同，都由于社会的情形不同。按从前社会组织阶级极严，都是贵族当权，平民无与，所谓“士之子恒为士，农之子恒为农”；所以那时候文艺界的作品，除了君主贵族的遗事，和英雄豪杰的纪录外，没有别的。所以古典派的文学，有典雅，沉静，均齐，调和之趣味，含着贵族华丽的色采。到了后来，民众的势力，一天大似一天，政治上社会上都是平民占重要的地位，文学也就由古典派一变而为浪漫派，含着神秘诗歌传奇的趣味。且文学从前多流于空想，其所描摹的人生，也都是奇形怪状，就是所谓神秘和传奇的色采。其后科学的方法日渐昌明，思想起了最大的影响，于是写实剧就应运而生了。写实主义的文艺，有不加修饰，有实际及客观的趣味。就以上诸点看来，文学的趋势，是由时代精神而变迁，戏剧是文学中最有价值的一种，其变迁更为明显。故吾人欲知近代戏剧的新倾向，不可不着眼于现代的精神；明白现代精神，则于近世戏剧的新倾向，也就了若指掌了。

第一节，戏剧的起源

戏剧的起源可分历史上和心理上两方面说：

A 历史上 当古希腊的时候，戏剧已经萌芽。Aristotelês说悲剧起于Dithyrambs，为Dionysos日者，市民假妆为Satyroi歌舞以娱神；一转而为歌队；再转而为戏剧。而喜剧则起于村社。西洋戏剧的起源是如此。反观中国，其原因也正相同，看王国维著《宋元戏曲史》，曾引《楚语》说："古者民神不离，民之精爽不携贰者，而又能齐肃衷正……如此则神明降，在男曰觋，在女曰巫。"《说文解字》说："巫祝也，女能事无形以舞降神者也。"又《商书》说："恒舞于宫，酣歌于室，时谓巫风。"《郑氏诗谱》说："是古代之巫，实以歌舞为职。"这就是中国古时用巫祭神，而祭神时必用歌舞的证据了，和希腊正同出一辙，为后世戏剧的起源。

B 心理上 歌舞起初是用为祭神的，但究竟神是甚么东西？为甚么要祭他？这又原于当时人民心理上的迷信，和感情的发抒。盖原始民族知识浅鄙，不知宇宙一切现象，受自然法则的支配，以为冥冥之中，必有一物，其权力乃至广漠，足以主宰万物；吾人的生死祸福，皆操诸其手；因不能不媚之以求福利，种种祭祀典礼，如迎春赛秋诸仪式，都应运而兴。至于祭神之时，何以必用歌舞？这就是因为心理上的喜怒哀乐悲欢疑惧的感情，蕴蓄五中，要想发泄出来，不能不凭借于歌舞，就是《诗序》所说的"情动于中则形于言；言之不足则嗟叹之；嗟叹之不足，则咏歌之；咏歌之不足，不知手之舞之，足之蹈之也。”这就是歌舞的起源。

第二节，戏剧的趋势

戏剧的趋势，从古代到现在，共分四期：——

（1）希腊古典剧；

（2）近世古典剧；

（3）近世浪漫剧；

（4）现世写实剧。

以上四种时代的历史，兹略分述如下：——

（1）希腊古典剧　当纪元前（600—700）之间，是希腊文艺全盛的时代，沙福克力斯（Sophoklês）、爱斯库尔斯（Aiskhylos）、岫梨比德斯（Euripides）三大作剧家，并于其时出现于希腊雅典的戏坛上。他们戏剧有四大特色：（1）戏剧的效果，能圆满实现；（2）表现宗教的精神，其擅长处常表现于宗教与艺术的交叉点；（3）含有典雅之趣味；（4）以合唱为主，不重作工而重歌唱。

（2）近世古典剧　当中世纪的时候，法意诸国也盛行宗教剧，采取《新旧约》上的事情，作为材料，在教堂表演。但此时的戏剧，反不如古代希腊时。到了十六世纪，才有戏剧大家意人亚理哇史德氏（Ludovico Ariosto 1474—1533）及十八世纪初叶，意国大剧家麦否氏（Scipione Maffei 1675—1755）出，《梅陆和浦》的曲名，乃流行于世。后来又由意国传播于法国，及至意国的亚尔弗里氏（Alficri）出，此派的潮流，就达到极点。直到十八世纪末叶，意大利近世悲剧制曲家亚儿弗里氏为第一人，并且集近世古典剧的大成。

（3）近世浪漫剧　当希腊戏剧全盛时代，——十六世纪后半期，到十七世纪前半期，——英国伦敦剧场中亦放一异采，空前绝后的莎士比亚乃于此时出现，此派戏剧趋重自由，富兴趣，有绘图性质，与希腊戏剧的贵整齐，重崇高，含雕刻性质的正相反对。

（4）现代写实剧　写实剧最盛于近七十年中，此派重自然的及客观的描写，打破从前种种的束缚。此时代发生二大潮流：一表现极端理想主义，如德人李罗银（Lessing 1729－1781）及马德林等的神秘剧；其一则偏于极端的写实主义，如伊孛生等的社会剧。

第三节，戏剧与时代的关系

亚理斯多德说：“人生幼年，就有模仿他人的本能。”而演剧就是一种自然的模仿。所以每一时代的戏剧，其所模仿的，都是各时代的风俗习惯；戏剧的趋势，恒依社会情形而变迁。今将其变迁的大略分述如下：

A　由贵族进于平民　从前社会的组织极简单，文人生活的范围极小，他们所注意的，只是君主贵族一班特别阶级的生活，和英雄豪杰的特殊事业，所以这时代的文学是贵族的。到后来民众的势力日渐扩张，政治上社会上平民皆着着争先，和那些贵族争衡。文人加以鼓吹，所以大家不再注意贵族的生活，来从平民的生活上着眼；文学的趋势，也就由贵族的而变为平民的了。

B　由空想进于现实　从前的文学所描写的都是些“无稽之谈”，和“怪诞不经”的情节，只重空想，不计是否合于事实。所有的文学如“神女赠佩”，“刘阮上天台”种种故事，出人意料以外。迨至近代科学日渐昌明，那种神怪的言论，不复有存在的价值；于是文学取材和思想，不能不趋于实际生活方面。

C　由奢侈进于实用　前者文学家看文学为一种奢侈品，供人娱乐的，所有文章法式，只求“华丽装璜［潢］”“堆叠填砌”用以献媚贵族，供他们的玩赏；或遁世嫉俗，遣自己的胸怀。至于切近人类生活的问题，大家反以为琐碎细故，不屑措意。其后因实业革命，生活程度逐渐增高，平民生际日益艰苦，一般文人以悲天悯人为念，不能不把奢侈的文学化除，而变为实用的文学了。

第四节，近世戏剧的趋势

就以上所说的，我们可以知道戏剧与时代的关系的密切；那末，我们要知道现代戏剧的新倾向，第一不可不知道时代的精神。自法国革命以后，直至欧战终止，百余年间，世界潮流的变迁，有一日千里之势。思想界的改革，和社会上的组织，也都由束缚的地位而进于解放和自由的地位。其最著者如美州的“黑奴解放”，俄罗斯的“农奴解放”，和“博尔雪维克”主义的实现①，都是亘古以来未有的大举动。他如欧战残杀的结果，人类才觉悟战争的罪恶，而向人道主义的方向进行。世变

---

①　博尔雪维克，即布尔什维克。

既如此的剧烈，文学安能不受其影响？于是近世戏剧的趋势，也就可得而说了。

近世戏剧前半期是写实主义的作品，如伊孛生的《公民之敌》，《傀儡家庭》和托尔斯泰的《黑暗的势力》，其他如“劳动问题”的《每日面包》，“妇女问题”，“婚姻问题”等问题剧，及法国的莫泊三（Maupassant 1850—1893）、左拉（Emile Zola 1840—1902）等的作品[①]，皆是描写社会或人生片段的黑暗情形，提出种种问题，求大家解决，是主张“艺术的人生化”。但其专描摹人生表面的事实，为尽其能事，以科学的眼光，悲观的态度，解释生命问题，因而不免趋于极端的物质方面，使人生一种愁苦惨凄的人生观；所以法国的文学家路得（Rod）说：“写实派——自然派——的文学，只能描写‘不变’的和‘肉体’的情状，和现在的潮流不合。”因此写实主义，渐不为一般学者所信仰，新浪漫主义的戏剧乃起而代之。此时象征主义遂盛极一时，如苏特曼，霍甫特曼，都弃了他们以前的写实主义，而从事于象征主义的作品。他们是主张纯艺术的，因艺术有他高尚的目的，不是仅可利用于一时的。比利时人梅德林克（Maeterlinck 1860—　），著《麦伦公主》，《群盲》，《绿鸟》等剧，皆取象征主义，连爱尔兰的文艺复兴派，也趋向这种主义上，于是新浪漫派的戏剧，遂于二十世纪舞台上别开一生面了。中国旧戏亦间含象征派的观念，如戏台上全不用布景，又扬鞭作马，持楫为船，这也含象征意味，但不尽合理。美国小说家Garland说：“今日欧美戏剧毫无生气，参以中国的戏剧，或可

① 莫泊三，即莫泊桑。

另开生面，而导引观者的兴趣。”由此就很可以看出象征主义的戏剧，在今日所占的优势了。这就是今日戏剧的新倾向。

（本篇最初发表于1921年4月1日北京女子高等师范学校《文艺会丛刊》第3号）

小说的小经验

小说是甚么？现在虽然没有很的确的解释，但大概说起来，可以说他是：用剪裁的手段，和深刻的情绪，描写人类社会种种的状况的工具；且含有艺术的价值，浓厚的兴致，和自然的美感，使观者百读不知厌，且不知不觉而生出强烈的同情，忘记我相，喜怒哀乐都受他的支配的一种文学。小说应具的要素系如是，但我们用甚么方法才能作到呢？我觉得这个答案，是决不是没作过小说的人，所能揣想出来的；也不是典籍上可以学得来的；这就是我要作这篇文章的意思。

当我第一次作小说的时候，我对于取材，结构，措辞等，都著著趋于失败；但这时候我对于小说的创作，并不以为难事；只本着《汉书·艺文志》上“街谈巷语道听途说”的话作起来。当我听见同学某君口述“那个可怜的女子”的时候，我并没甚么感想，只是把他照直平铺直叙的写来；等到写完之后，自己看了一遍，觉得“昏昏欲睡”；但是再拿起莫泊三、佐拉他们的小说一看，便立刻清醒起来，我因此不能不生出一种怀疑心来：“奇怪呵！我作的小说怎么这样没精彩呢?”我一遍两遍以至于无数遍的这样寻思，结果我悟出一点道理来了。——也就是我作小说的一点小经验，现在约略写下一点，或者能给初作小说的同志作一个小小的参考的材料。

灵机是作小说的唯一要素。我们人的灵机有时是潜伏在脑海深处，这时候我们的直觉非常薄弱，对于宇宙的万象，没有特别的注意，当这时候绝没有作好小说的可能；就是勉强作出来，不过是一篇器械的记录，所以我们作小说凡遇到这种时候，只可放下笔，到空气新鲜的场所走走；看看天上的白云，和鲜红的彩霞，使精神活泼泼地休息些时；潜伏的灵机就渐渐的涌现出来，对于接触于五官的东西，都有一种深刻的印象和吸力；将从前已过的印象连环式的勾引出来，这时候思潮便和“骇涛怒浪”般涌起，一种莫明其妙的喜怒哀乐之感，也充满了脑子；这时候提笔直书，便能“一泻千里”，不着痕迹，绝不致［至］于使人看了生倦。不过灵机的发动，与环境有极大的关系；若终日闭住在一所沉闷干燥的屋子里，灵机必不易发动，必要常常和自然界接触，受“自然”的洗礼才可。

灵机是作小说的精髓，取材、结构、措辞少了灵机的发动，都是不能工的。但是灵机是天才不是人力，而取材、结构、措辞是工夫，所以作小说要取材结构之得，当多看多作是唯一的方法，至于措辞，一方面要有强烈的想象力，和直觉力，一方面是对于平日耳闻目见的事，加以细密的观察，如此措辞才能各得其当，不然万口一律，必不能描写得深刻而精当，便难引起观者的同情了。

（本篇最初发表于1921年5月29日《时事新报·文学旬刊》第3号）

一 封 信

冬天的日子实在太短，现在太阳只露着些微弱的残照，射在玻璃公司的黑烟筒上，一闪一闪的放光。屋子里也渐渐黑上来，但那火炉里熊熊的火光，却照耀着地毯现出一片红润；我坐在炉边一张卧椅上，四面沉寂的空气围绕着我，差不多要睡着了。

铛铘铘一阵电话铃响，我就赶忙走过去接了，原来是我的朋友王彝西的电话，约我到她家里参观她们的家庭康乐会的成立会，我很高兴的答应了，披上围巾，戴上手套，叫了一辆车子，约有一刻钟就到了。许多来宾已经都坐在礼堂里，我进去也照样的坐下，恰好才开会。她的兄弟克逊报告了开会的宗旨——建设新家庭为改造社会的基础——跟着就是她小弟弟仕予，年纪只有七岁，也有一篇很明了恳切的演说，满屋子鼓掌的声音，劈拍劈拍响个不住；后来她们姊妹三人又有一个很美丽的跳舞，约有一点钟这会开完了。来宾出了礼堂，散在各屋子，三五成群的谈笑，我就和彝西还有几个同学围着炉子成一个半圆圈坐着，大家说故事猜谜；热闹极了；在这个个人快愉充满心田的景象中，忽然我心里起了一个念头，因问彝西道："清漪有信来吗?"彝西听了这话并不答言，凝神从他衣袋里拿出一封信来，我心里很急，等不到她递给我，早就夺过来了。文宣她们也急着要看，因而我就把这封信高声念了出来，下面的话，正是清漪说的：

"我亲爱的老友彝西：我们又有两个礼拜没通信了——因为没甚么可告诉你的话，所以也就不写，昨天我忽得到一件很可怜的消息——这个你应该也是这样想；前几个月，你到我家里来，梅生不仍旧是一个很活泼天真的小女孩子吗？我想你总能记得她今年只有十五岁；但是她是一个很微弱可怜的小羊，她的母亲没有能力保护她，因为没有饭和衣服，使她很活泼的生长，所以当她十二岁的时候，就常到我家里帮她母亲作活，——她母亲在我家佣工差不多够八年了——那时候我就很爱她，每逢我有空的时候，常常教她认字；她很聪明，一双漆黑明亮的眼珠，你不是也称赞过她吗？我很佩服你的眼光，她实在是一个天才！

"我曾记得有一次，从学堂里回来，抄了一个很好听的唱歌，我就和着钢琴唱了两遍，她在旁边凝神听着，等我唱完了，她笑嘻嘻和我说她也愿意唱这个歌，要我教她，我想她通共只认了不到二百个字，怎能唱这歌呢？我就告诉她说：'你没有这个能力，等过些日子再教你。'她听了这活很不高兴，后来她再三说她要试试看，我没法子，就教了她一遍，老友！你猜怎么样？她竟唱出来了！如此的才质，我真没有多见呢！

“我自从知道了梅生的天才，我格外的喜爱她，这时候我家里曾请一个先生教我弟妹，因也叫梅生和他们一齐念书；她的精神益发畅快活泼，一直这样过了两年，她已经是十四岁了。她的母亲因为要到乡下看她外祖母去，也要把她带回去，过了一年萧妈仍旧到我家来，但是梅生竟没同来，我心里很奇怪就问她，萧妈还未答言，已经先哭了！

“呀！老友！可怜的历史，就从此开始了！

“萧妈哭了半天，才断断续续的说道：‘小姐！梅生……死……死了！……嗐！’

“我听了这一句话，心里不知是苦是愁！呀！老友！一个人若是忽然听见她夙昔所爱的人好好的便死了；这不是一件很伤心的事情吗？……

“但是梅生到底为甚么死的呢？我不能不追问；后来听萧妈说，才知道梅生因为她外祖母病了，没钱买药，和他们庄子上陈大郎借了二十块钱，陈大郎本是一个‘为富不仁’的恶棍，他看见梅生就起了不良的心，所以才把钱借给她！

“老友！你想乡下人知道甚么？何曾知道因这有限的二十块钱，便把个可爱的孩子——或者将来的天才——送掉了！

“有一天晚上，濛濛的细雨，把个村庄浇得非常湿润，在村子东头有一间小茅屋，外面的篱笆墙已经倒了一半，茅屋的土墙也破了一个洞，从这洞里，露出一线黯淡的灯光，射在那棵小枣树的树枝上，树枝被风吹得上下飘宕，隐隐约约好像是一个美人在那惨绿灯光下跳舞似的。这时候屋子里发出一阵呻吟的声音，一个七十多岁的老媪，睡在木板床上，这上头除了一捆稻草，和一床又薄又破的被窝以外，没有别的。一个中年妇人，坐在这老媪的床沿‘愁眉不展’，脸上露出无限愁苦憔悴的形状，不住用手替睡在床上的老媪，在胸口上不住的摩挲，屋角有一个三脚破炉，上头斜放着一个沙吊子，那炉子里有几块烧残的煤球，还有些许火气，旁边站着一个满身褴褛的女孩子，面上黑灰涂满了，但是她那明亮的眼珠；和雪白的牙齿；红润的嘴唇；苦闷，肮脏，却掩不住她的秀媚聪明！

“这时候忽听中年妇人轻轻的说道：

“‘梅生呀！这屋子露风，……外婆怕吹，你想个法子把他补上罢！’

“老友！你看到这里，应该很明白这屋里的老媪，就是萧妈的妈；中年妇人就是萧妈了，至于那个可爱的女孩子，除了梅生还有谁呢？呀！可怜呵！老友！梅生的外婆年纪很大，况且又没钱调养，所以不到十几天，这个‘睡病呻吟’的老媪，便两眼一闭，七十五年的岁月，就此结束了！

“梅生外婆死的时候，身上只有一件很薄的棉袄，和一条破旧的棉裤，此外除了一张破桌子，和一个三脚火炉沙吊子，更没有甚么，现在人虽死了，药钱可以不必再费，但是埋葬的一笔款怎么样呢？先借陈大郎的十块钱，早就用得精光，萧妈左思右想，也想不出一个好法子来，末后还是托人向陈大郎又借了十块钱，买了一口薄棺材，把老媪装起来，葬在义冢上，萧妈的心事才算完了。但是借陈大郎的钱又怎么还呢？

“老友呀！我知道你必定也要发这个疑问。

“梅生这天一早起来，一轮红日正射在这茅屋上，屋子里立刻明亮了；梅生帮着她妈收拾床上的稻草，和扫净地上的灰尘；

萧妈坐在床上包他们几件已经破了的衣裳；预备第二天早上回北京。这时候忽听见篱笆旁的一个老黑狗汪汪叫个不住，梅生掀开那破穴上补的纸向外张望，只见一个年约三十八九岁的男人正向里走……一直走到屋里。

"'啊唷，陈老爷你来啦……怎么好？钱！'

"'钱啊？日子真好快，眼看又到了秋天收获的时候了。佣人割粮食，正等着用钱呢！'

"老友呀！你想萧妈她一年到头的辛苦，只有三十多块钱的进项，她吃饭穿衣那一样少得了钱？一时那有二十块钱拿出来还人家呢？我听萧妈说到这里，很替她为难！你觉得怎么样？

"过了两天庄上的刘二——陈大郎的管家——又来了，立逼着萧妈还钱，并且不只二十块，连本带利二十五块呢！她有甚么法子还？只好再三再四的恳求陈大郎暂宽些时；但是陈大郎本居此为奇货，又怎能放松她们呢？后来陈大郎竟越发狠起来，他说若是不还钱，就要到县里去打官司。可怜萧妈吓得只是发抖。

"老友，你应当知道，法庭待乡下人是甚么样？那一群如狼似虎的衙役，和可怕森严的公堂；什么人见了都是胆寒。

"萧妈她自然不敢去了！但是陈大郎的目的达到了！……

"老友，穷人真是可怜呢！……甚么是世界，简直是一座惨愁怨苦的地狱！

"在一天下午，庄南那所高大青砖瓦房，东边上屋里，一个年纪三十多岁的妇人，脸上的脂粉涂得极厚，把本来青黄色的皮肤都遮过了；但那干枯细长的绉纹，反被粉衬得格外显明；一双狠毒而嫉妒的眼珠，露着逼人的凶光；穿着一身花缎的衣裤，盘脚坐在床上，床中间放着一份抽大烟的器具；烟杆上还留着抽余的烟灰；这时候门外走进一个三十左右的男人，头上戴着瓜皮小帽，身上穿着一件蓝布大衫，像是听差模样，向这妇人道：‘太太，那件事情已经打听着了，大约老爷的意思太太总是知道的，小人不敢胡说。’

“这妇人很愤恨的大声说道：‘死不长进的老货！……她现在到底在那里？赶快把她带进来！’

“仆人应了一声‘是’退出去，没有五分钟的工夫带进一个人来，眼中充满了泪水，映着太阳亮晶晶发出愁苦惧怕的光来；两只腿索索地抖个不住！低着头跟这仆人向里走，才一进门，这妇人睁大了她那赛铜铃的眼珠，把这个微弱失去保护的小羔羊，上下打量个不住！末后忽听她从鼻子里哼了一声道：‘模样倒还妖精似的，怪不得惹得他——那个恶鬼——千方百计弄了来！好呀！我可叫你们安生呢！’

“末后这妇人自言自语的说了半天，她的气越说越旺，竟厉声向梅生道：‘你既到了我这里，第一要知道规矩，早上天没亮就得起来，扫院子，烧火，预备开水；晚上伺候着我们都睡了才许你睡，没得我的话，不准和别的人说一句话，或出这屋子一步，晚上就拿张板凳在门后头搭铺睡觉……这些话，都听见了没有？’梅生吓怔了，不知要说甚么。这妇人看她不应，走过去，伸出手来，狠命在她左右颊上打个不休；牙血和鼻血染了她的大襟和脸上，斑斑点点好像开残的桃花落片，但这妇人怒气还没消，听梅生痛哭，益发火上加油，从床底下拿一块棉花塞住她的嘴，从墙上摘下一根藤鞭，用力毒打！

“老友啊！可怜她细嫩的皮肉上，怎经得起这无情的夏楚呢?

“我写到这里，我的眼泪已经不能安份在泪胞里存着，竟夺眶而出了，你也有同情吗?”

我把这封信念到这里，我的心跳起来；我的眼泪充满了眼眶，遮住了瞳人，我竟不能再往下念了，彝西和文宣她们，也低下头不说甚么，这时侯屋子里十分沉静，只听见风吹树枝，刷拉刷拉的响，和远远狗叫的声音罢了！停了好久，我又续着念下去：

“梅生遭了这顿毒打，竟痛得昏沉过去，第二天满身都露着青紫的伤痕和浮肿；活泼的眼睛也失了清莹皎洁的光；眼皮肿了起来，像两个核桃是［似］的。

“萧妈听了这个消息，赶紧跑到那里，但陈家的仆人不许她进去，她没能力反抗，站在门口痛哭了一阵，自己回去了！

“过了几天，陈家后院厕所旁边，有一间矮小的破屋子，窗格子已经被风打得斜在一边，从这窗户看进去，很模糊，看不见甚么，因为太阳已经下山了，但那细弱的呻吟声，和惨凄的哭声，却顺着风吹过来，末后在这呻吟声中更夹一种哀厉的呼声‘妈呀！……痛……天啊！’喊了许久，但是没有一个人应她，或安慰她！若有只是那冥冥中的上帝罢了！

“哀号的声音，渐渐微弱，还余着些许断续的呻吟声，如此支持了一夜，直到第二天的阳光重照到这个破屋子来的时候，那微弱的小羔羊面上露着笑容，因为她已经离开这五浊世界，人间地狱，到极乐园去了！

"老友！梅生的结果就是如此了！我所要告诉你的，也就由此告一段落，但是老友！你对于这段悲剧觉得很平常吗？……我心里不知为什么，好像有一种东西填住了我的气管似的，我实在觉得不平！……这或许是我没有多经验，你以为怎样呢？……可是你再来我家的时候，永不能见那个聪敏可爱的小孩子了！只有她的影子，和她的命运，或者要永久存在你脑子里，因为这是很深的印象！再谈！"

我把这封信念完了。大家仍旧沉默，回想前一点钟彝西姊妹兄弟开会的乐趣，大家不能再愉快，因为愁苦的同情充满了大家的心田！

铛，铛，铛，壁上的钟一连响了十下，这才觉得时候已经不早，遂都分途回去；我也坐了车子，趁着昏沉的夜色，映着几点的疏星，冒着寒风晚雾回来，到了家里，这个很深的印象，仍不住在我脑子里回旋，直到现在！……

（本篇最初发表于1921年6月10日《小说月报》第12卷第6号，后收入《海滨故人》集）

一个病人

伊在床上不住的转侧，听更夫已经打过起更了，但是可恶的睡神故意作弄，不肯亲近伊，只是把那楼下惨凄无力的呻吟声，时时送到伊的耳朵里，作无情的缠搅，伊百无聊赖的心坎里，更加上这不可思议悲痛的感情，禁不住一股热泪沿着两腮落满了，白色的衣襟上，立刻现出一片湿痕。

惨淡的呻吟声，益发凄苦起来，好象将要处决的囚犯，临死的哀音刺激得伊不能更忍耐了！长叹了一声，从帐子里伸出头来，看着天空，朦胧的月儿，被几片浮云遮得时隐时现；一线清碧幽冷的寒光，和那闪烁不定的星光，映着满屋子，现出一种使人萧条沉默的色采来。楼下病人哀苦的呻吟声，在这寂静黯淡的空气里，有一种不可意想的魔力，伊的心几乎碎了！莫名其妙伤心痛苦的哭声呜咽不绝的在空气中震荡。

一阵无力欲罢不能的咳嗽声，夹着喘息不接气“咳！咳！

……”地呻吟声，含着无限疲毙［敝］的情形；伊心里忽觉得一阵跳动，把为伊自身悲哀的情绪，完全剥夺尽了。觉得楼下的病人，无限病的痛苦都涌上伊的观念界来：“呵！可怜的陈妈！现在怎么样了？……十分的痛苦吗？”伊不禁隔着楼板向下殷勤的慰问。

楼下顿时寂静了！但是没有一刻，陈妈委曲惨凄的哭声又发作了。过了好久，才听见她颤巍巍地道：“看这样子……多半是没有几天的命了！……唉！”伊听完这话，又是一阵伤心，正要想用话来安慰她；忽又听见一个微弱抖战的小孩哭着道：“妈妈！你歇歇吧！若果一累岂不更难好了吗？……那时爹爹怕不把我……”陈妈呜咽的哭声，掩住琴儿——可怜的孩子的话，只听见陈妈带喘带嗽哀声道：“琴儿，我一定不舍得撇下你，但是你那无情无义的爹爹，看我病到这个样子，……还是……只顾赌！……我哪里还有甚么指望？……他若果有点良心，……咳！琴儿！……”

可怜的琴儿，天真烂漫的小心坎中，怎能禁得起这愤怼和悲痛的打击呢？由不得一声呜咽伏在她娘怀里痛哭，她娘的呻吟声益发惨凄夹着痛心的哭调。伊满心的失望，更受了环境的支配；寸心几乎被哀痛的情绪捣烂了！倚在床栏上，闭住两眼，但是那珠泪仍制不住滚滚地向下流，喉中哽咽得一句话也说不出来，只是暗恨苍天多事，倘在上次得猩红热的时候，便把伊的灵魂早早收回，人世的一切苦恼悲痛都不能来欺凌了——这病苦的同情无限的辛酸，又何致于更尝呢？伊的神经昏乱了，但见眼前，无数魑魅，一个个伸拳擦掌，凶狠狠地瞪视，似乎对伊说：“这就是人的世界，一切的真象呵！”

这时琴儿的哭声，益发惨痛了！牵着陈妈的衣襟，死死不放，似乎一放，她慈爱的母亲便要被凶狠的妖魔夺去，“琴儿！……可怜你！……咳！娘的心已经碎了！亲爱的孩子！……你不用哭吧！你狠心的父亲，十五年来的夫妻……真是不是冤家不对头，他又何尝有些微情义待我们呢！……”陈妈说到这里，一阵心痛，便昏了过去，琴儿十分狼狈，似乎失了怙恃的小羊羔惨凄慌恐，不住声的叫道：“妈呀！……妈呀！”不见陈妈答应，益发大声痛哭起来。

伊受了绝大的打激，顾不得头昏，扶着梯子急忙跑下楼去，一眼便看见陈妈仰面躺在床上，象蜡纸般惨白的面孔上，两只陷入灰暗的眼窝下，隐约着亮晶晶的泪痕，在雪白无色的嘴唇两边，渍满了白沫。琴儿红着两只眼睛，喘吁吁地伏在她娘怀里，无限可怜失措的眼光，刺激伊似乎着了魔似的，一手拉住了琴儿，怔怔地望了半天，脸上的颜色忽然惨白起来，后来忽一声长叹道：“琴儿！我实在不如你呵！……你为母亲的爱而痛苦……如此的深刻！倘若你的母亲康健了，你便似那院子里的玫瑰花，受了雨露的浸润，喷香吐露的开起来了！……”

琴儿不明白伊所说的话，仍旧只是痛哭，伊也不理会她，只是坐在堂屋里那张卧椅上，怔怔地回想，“适才的悲痛，原不是为着病人而悲痛，不过病人的呻吟声，确能免却自己悲痛的单调罢了！陈妈所以病，病中的苦况；琴儿的哭，哭的情绪，自己觉得从未理会得，因为世界上没有可以解决——彻底解决的事情，所以一向只觉‘生的苦痛’是无可如何的，但并不知陈妈病的苦痛，能引动自己今夜的伤心，和增加伤心的量，不然或者容易忘怀些，也许现在已经睡觉了，暂且可以离开苦痛的神……”伊回想到这里，忽听见“嗳呀”一声，陈妈已经是清醒过来了。看见了伊，不禁垂泪道：“小姐！我……怕没甚么指望，只可恨……偏偏留下这个……累人牵挂的……咳!”陈妈说到这里又咽住了，只是似怜似恨的向琴儿望着。琴儿那一对漆黑含着乞怜情绪的眼珠，正好射过来，一种神秘的心电传布到陈妈的心里，一滴滴的痛泪，落在褥单上，竟化成了杜鹃的血，点点斑斑，伊的视线不忍不避开了。

陈妈和琴儿这时候都不作声了，寂静的夜益发觉得无限苍凉，伊躺在那张卧椅上，无限起伏的思潮如狂浪般在伊心里涌现；伊因悄悄地走到窗子跟前，拉开窗帘，但见满天星斗，个个放出豪光，遮着月色的浮云也都被风吹散，现出一轮圆轮倩影，清莹透澈，使伊顿生出无限超逸现实的思想，觉得世界上一切躁怒愤怨之情，被这自然全都洗刷干净了。就是那床上呻吟不绝的病人，和那黄河两岸筑堤的苦工——憔悴悲伤的精神里，都能得到这多情普遍——无阶级“一视同仁”的月儿的安慰，只可惜他们时时隐伏在那衣食住的深幕里没有机会接近一切的自然……

“呀！可怜的她，刺人肺腑的呻吟声又继续着送到我深愁酷恨的心里来！……伟大的自然，你终不能以慰藉少数人的来慰藉所有的人类吗？可怜的病人！人原是世界的原动力呵！……你要亲近自然，——有决心亲近他，自然便亲近了呵!”伊自言自语的说着，忽一阵扑铎、扑铎丧人肝胆的木鱼声，无情的更夫，不住的敲着向这边走来。伊不忍卒听，但那更夫这次继续敲着的数目，偏偏格外多些，细细地数来，正是五更天了，黑暗苍茫的夜色，已渐渐透出光明来，但是一个病人——世界上无限的一个病人，他们未尝少休止的呻吟声——黑暗中的呼吁，谁相信光明已是渐渐来到呢！

（本篇最初发表于1921年6月30日《时事新报·文学旬刊》第6号）

红 玫 瑰

伊拿着一朵红玫瑰，含笑倚在那淡绿栏杆旁边站着，灵敏的眼神全注视在这朵小花儿上，含着无限神秘的趣味；远远地只见伊肩膀微微地上下颤动着——极细弱呼吸的表示。

穿进玻璃窗的斜阳正射在我的眼睛上，立时金星四散，金花撩乱起来，伊手里的红玫瑰看过去，似乎放大了几倍，又好似两三朵合在一处，很急速又分开一样；红灼灼地颜色，比胭脂和血还要感着刺目，我差不多昏眩了。“呵！奇怪的红玫瑰。”或者是拿着红玫瑰的伊，运用着魔术使我觉得方才“迷离”的变化吗？……是呵！美丽的女郎，或美丽的花儿，神经过敏的青年接触了，都很容易发生心理上剧烈的变态呢！有一个医生他曾告诉我这是一种病——叫作“男女性癫痫”。我想到这里，忽觉心里一动，他的一件故事不由得我不想起来了。

当那天夜里，天上布满着阴云，星和月儿的光都遮得严严的，宇宙上只是一片黑，不能辨出甚么，到了半夜竟淅淅沥沥地下起雨来，直到了第二天早起，阴云才渐渐地稀薄，收起那惨淡的面孔，露出东方美人鲜明娇艳的面庞来，她的光采更穿过坚厚透明的玻璃窗，射在他——一个面带青黄色的少年脸上。“呀！红玫瑰……可爱的伊！”他轻轻地自言自语的说着，抬起头看着碧蓝的天，忽然他想起一件事情——使他日夜颠倒的事情，从床上急速的爬了起来，用手稍稍整理他那如刺猬般的乱发，便急急走出房门，向东边一个园子里去。他两只脚陷在泥泞的土里，但他不顾这些没要紧的事，便是那柳枝头的积雨，渗着泥滴在他的头上脸上，他也不觉得。

园中山石上的兰草，被夜间的雨水浇了，益发苍翠青郁，那兰花蕊儿，也微微开着笑口，吐出澈骨的幽香来；但他走过这里也似乎没有这么一回事，竟像那好色的蜂蝶儿，一直奔向那一丛艳丽的玫瑰花去。

那红玫瑰娇盈盈地长在那个四面白石砌成的花栏里，衬着碧绿的叶子，好似倚在白玉栏杆旁边的倩妆美人——无限的姣艳。他怔怔地向那花儿望着，全身如受了软化，无气力的向那花栏旁边一块石头上坐下了。

过了一刻，他忽然站起来，很肃敬向着那色比胭脂的玫瑰怔怔的望了半天，后来深深的叹了一声道：——“为什么我要爱伊，……丧失知觉的心，唉！”

他灰白的面孔上，此刻满了模糊的泪痕，昏迷的眼光里，更带着猜疑忧惧的色采，他不住的想着伊，现在他觉得他自己是好像在一个波浪掀天的海洋里，渺渺茫茫不知什么地方是归着，这海洋四面又都是黑沉沉地看不见什么，只有那远远一个海洋里照路的红灯，隐隐约约在他眼前摆动，他现在不能放过伊了——因为伊正是那路灯，他前途的一线希望——但是伊并不明白这些，时时或隐或现竟摆布得他几次遇到危险——精神的破产。

他感到这个苦痛，但他决不责怪伊，只是深深地恋着伊，现在他从园子里回来了，推开门，壁上那张水彩画——一束红艳刺眼的红玫瑰，又使他怔住了。扶着椅背站着，不转眼对着那画儿微笑，似乎这画儿能给他不少的安慰。后来他拿着一支未用的白毛羊毫笔，沾在胭脂里润湿了，又抽出一张雪白的信笺在上面写道：

“我是很有志气的青年，一个美丽的女郎必愿意和我交结……我天天对着你笑，哦！不是！不是！他们都说那是一种花——红玫瑰——但是他们不明白你是喜欢红玫瑰的，所以我说红玫瑰就是你，我天天当真是对着你笑，有时倚在我们学校园的白石栏里；有时候就在我卧室的白粉壁上，呵！多么娇艳！……但是你明白我的身世吗？……我是堂堂男子，七尺丈夫呵！世界上谁不知道大名鼎鼎的顾颖明呢？可是我却是个可怜人呢！你知道我亲爱的父母当我才三四岁的时候，便撇下我走了，……他们真是不爱我……所以我总没尝过爱的滋味呀！错了！错了！我说谎了！那天黄昏的时候，你不是在中央公园的水榭旁，对着那碧清的流水叹息吗？……我那时候便尝到爱的滋味了。

“你那天不是对着我表示很委曲的样子吗？……他们都不相信这事——因为他们都没有天真的爱情——他们常常对我说他们对于什么女子他们都不爱；这话是假的，他们是骗人呵！我知道青年男子——无处寄托爱情，他必定要丧失生趣呢，……”

他写完很得意的念了又念，念到第三次的时候，他脸上忽一阵红紫，头筋也暴涨起来，狂笑着唱道：

“她两颊的绯红恰似花的色！
她品格的清贵，恰似花的香！
哈哈！她竟爱我了！
柳荫底下，
大街上头，
我和她并着肩儿走，
拉着手儿笑，
唉！谁不羡慕我？”

他笑着唱，唱了又笑，后来他竟笑得眼泪鼻涕一齐流出来了，昏昏迷迷出了屋子，跑到大街上，依旧不住声的唱和笑，行路的人，受了示唆，都不约而同的围起他来。他从人丛中把一个二十余岁的青年——过路的人拉住对着人家嘻嘻的笑；忽然他又瞪大了眼睛，对着那人狠狠的望着，大声的叫道：“你认得我吗？……是的，你比我强，你戴着帽子，……我，我却光着头；但是伊总是爱我呢！我告诉你们，我是很有志气的人，我父母虽没有给我好教育，哼！他们真是不负责任！你们不是看见伊倚在栏杆上吗？……哝呀！坏了！坏了！”

他大哭起来了！竟不顾满地的尘土，睡倒泥土中，不住声的哀哭，一行行的血泪，湿透了他的衣襟。他的知觉益发麻木了，两只木强的眼睛[①]，竟睁得象铜铃一般大，大家都吓住了，

---

① 木强（jiàng），倔强，恣意孤行。

彼此对看着。警察从人丛中挤进来，把他搀扶起来，他忽如受了什么恐怖似的，突然立起来，推开警察的手，从人丛里不顾命的闯了出来；有许多好事的人，也追了他去；有几个只怔怔地望着他的背影，轻轻的叹道："可怜！他怎么狂了！"说着也就各自散去。

他努力向前飞奔，迷漫的尘烟，围随着他，好似"千军万马"来到一般，他渐渐的支持不住了，头上的汗象急雨般往下流，急促的呼吸——他实在疲倦了，两腿一软，便倒在东城那条胡同口里。

这个消息传开了。大家都在纷纷的议论着，但是伊依旧拿着红玫瑰倚着栏杆出神，伊的同学对着伊，含着隐秘的冷笑，但是伊总不觉得，伊心里总是想着：这暗淡的世界，没有真情的人类——只有这干净的红玫瑰可以安慰伊，伊觉得舍了红玫瑰没有更可以使伊注意的事，便是他一心的爱恋，伊从没梦见过呢！

他睡在病院里，昏昏沉沉。有一天的功夫，他什么都不明白，他的朋友去望他，他只怔怔地和人家说："伊爱我了！"有一个好戏谑的少年，忍着笑，板着面孔和他说："你爱伊吗？……但是很怕见你这两道好象扫帚的眉，结婚的时候，因此要减去许多美观呢！"他跳了起来，往门外奔走，衰软无力的腿不住的抖颤，无力的喘息，他的面孔涨红了。"剃头匠你要注意——十分的注意，我要结婚了，这两道宽散的眉毛，你替我修整齐！咦！咦！伊微微的笑着——笑着欢迎我，许多来宾也都对着我这眉毛不住的称美，……伊永远不会再讨厌我了！哈哈！"他说着笑着俯在地上不能动转。他们把他慢慢地仍搀扶到床上，他渐渐睡着了。

过了一刻钟，他忽然从梦中惊醒，拉着看护生的白布围裙的一角，哀声的哭道：“可恶的狡鬼，恶魔！不久要和伊结婚了，……他叫作陈棻……你替我把那把又尖又利的刀子拿来，哼！用力的刺着他的咽咙，他便不能再拿媚语甘言去诱惑伊了！……伊仍要爱着我，和我结婚，……呵！呵！你快去吧……迟了他和伊手拉着手，出了礼拜堂便完了。”说到这里，他心里十分的焦愁苦痛，抓着那药瓶向地上用力的摔去，狠狠的骂道：“恶魔！……你还敢来夺掉我的灵魂吗？”

他闭着眼睛流泪，一滴滴的泪痕都湿透了枕芯，一朵娇艳的红玫瑰，也被眼泪渲染成愁惨憔悴，斑斑点点，隐约着失望的血泪。他勉强的又坐了起来，在枕上对着看护生叩了一个头，哀求道：“救命的菩萨，你快去告诉伊，千万不要和那狡恶的魔鬼——陈棻结婚，我已经把所有生命的权都交给伊了；等着伊来了，便给我带回来，交还我！……千万不要忘记呢！”

看护生用怜悯的眼光对着他看：“呵！青黄且带淡灰色的面孔，深陷的眼窝，突起的颧骨，从前活泼泼地精采那里去了？坚强韧固的筋肉也都消失了——颠倒迷离的情状，唉！为甚么一个青年的男子，竟弄成差不多象一个坟墓里的骷髅了！……人类真危险呵！一举一动都要受情的支配——他便是一个榜样呢！”他想到这，也禁不住落下两滴泪来。只是他仍不住声的催他去告诉伊。看护生便走出来，稍避些时，才又进去，安慰他说：“先生！你放心养病吧！……伊一定不和别人结婚，伊已经应许你的要求，这不是可喜的一件事吗？”他点点头，微微地笑道：“是呵！你真是明白人，伊除了和我结婚，谁更能享受这种幸福呢?”

他昏乱的脑子，过敏的神经，竟使他枯瘦得象一根竹竿子；他的朋友们只有对着他叹息，谁也没法子能帮助他呵!

日子过得很快，他进病院已是一个星期了。当星期六下午的时候，天上忽然阴沉起来，东南风吹得槐树叶子，刷刷价刺着耳朵响个不休，跟着一阵倾盆大雨从半天空倒了下来；砰澎，刷拉，好似怒涛狂浪。他从梦中惊醒了，脆弱的神经，受了这个打激，他无限的惊慌惨凄，呜呜的哭声，益发增加了天地的暗淡。

“唉呀！完了！完了！伊怎经得起这个摧残？……伊绯红的双颊，你看不是都消失了吗？血泪从伊眼睛里流出来啦，看呵！……唉唉!”

“看呵！……看呵!”我此时心里忽觉一跳，仰起头来，只见伊仍是静悄悄地站在那里，对着我微微地笑，“伊的双颊何尝消失了绯红的色呢?”我不觉自言自语的这么说，但是那原是他的狂话，神经过敏的表示呵！嗳！人类真迷惑的可怜！……

(本篇最初发表于1921年7月10日《小说月报》第12卷第7号)

创作的我见

甚么是创作？人云亦云的街谈巷议，过去的历史记述，摹仿昔人的陈套，抄袭名著的杂凑，而名之曰“创作”，这固是今日——过渡时代欺人的创作，在中国乃多如“恒河沙数”，不过稍具文学知识的人，对此不免“齿冷”了。

足称创作的作品，唯一不可缺的就是个性，——艺术的结晶，便是主观——个性的情感，这种情感绝不是万人一律的，纵使“英雄所见略同”，也不过是“略同”，绝不是竟同，因个性的不同，所以甲乙二人同时观察一件事物，其所得的结果，必各据一面，对于其所得的某点，发生一种强烈联想和热情，遂形成一种文艺，这种文艺使人看了，能发生同情和刺激，就便是真正的创作。

宇宙间的森罗万象，幽玄神妙，——常人耳目所不易闻见和观察不到的地方，创作家都能逐点的把他轻描浅抹的表现出来，无形之中，使人类受到极大的感化，所以创作家的作品，是人类精神的粮——创作家的价值于此可见。

创作家的可贵既如上述，但因其有绝大的影响力，所以他所负的责任也非常大，故我对于创作的意见，不能不略说一二……

创作家的作品，完全是艺术的表现，但是艺术有两种：就是人生的艺术（Arts for life’s sake），和艺术的艺术（Arts for art’s sake）。这两者的争论纷纷，莫衷一是；我个人的意见，对于两者亦正无偏向。创作者当时的感情的冲动，异常神秘，此时即就其本色描写出来，因感情的节调，而成一种和谐的美，这种作品，虽说是为艺术的艺术，但其价值是万不容否认的了。

今更进而论内容的趋向。人类社会，各种现象，固是千差万别，但总而言之，其所演成者，不外悲剧、喜剧二种而已。喜剧的描写，易使人笑乐，但印象不深，瞬息即杳，因喜乐的事，其性不普遍，故感人不切，难引起人的同情。至于悲剧的描写，则多沉痛哀戚，而举世的人，上而贵族，下而平民，惨凄苦痛的事情则无人无之，所以这种作品平易感人，而能引起人们的反省。况今日的世界，天灾人祸，相继而来，社会上但见愁云惨雾，弥漫空际，民不聊生，人多饿死；但一部分又酣歌醉酒，昏沉终日，贫富不均，阶级森严，人们但感苦闷，终至日趋颓唐，不知求所以苦闷的原因，从黑暗中寻觅光明，遂至苦上加苦，生趣毫无，自杀的青年一天增加一天，其悲惨真不忍细说！所以创作家对于这种社会的悲剧，应用热烈的同情，沉痛的语言描写出来，使身受痛苦的人，一方面得到同情绝大的慰藉，一方面引起其自觉心，努力奋斗，从黑暗中得到光明

——增加生趣，方不负创作家的责任。

不过人们当苦痛到极点的时候，悲剧描写的同情固可以慰藉他，但作品之中不可过趋向绝望的一途，因为青年人往往感“生的苦闷”，极易受示唆，若描写过于使人丧胆短气，必弄成唆使人们自杀的结果，所以必于悲苦之中寓生路——这是我对于创作内容倾向的意见。

（本篇发表于1921年7月10日《小说月报》第12卷第7号）

月夜里箫声

在月夜里头吹箫，本是最平常的事，我也不知听过多少次，或者自己也曾对着月儿吹过多少次呢。当我看着澄清圆润含情微笑的月儿，正好似倩装素娥，倚着蔚蓝的屏风站着的时候，便感着一种神秘的美，有时在这静穆的美底境界下，听着那微风送来悠扬爽耳的箫声，我的魂灵就象离开躯壳，拥着一朵白云，飞跑到不知多高远的天上去；有时或者也会无缘无故的落下泪来，但这都不过霎那印象，过不了几个钟头，也就化为乌有了。

今夜那清幽的月儿，依旧倚着蔚蓝的屏风而立，远远地箫声也照样的响着，我呢？也不过还是二十年前来到世上，我的身体或者高了些，大了些，别的仍依然是我呵！但是这奇怪的月儿，和静穆夜里的箫声都似乎变了，从前的月儿是含笑向我，现在的月儿为什么如此惨淡呢？那箫声更是呜咽凄恻使我不能听了！唉！我真不耐烦，我真怀疑，我俯在栏杆上不住出神；顿觉着全身麻木，我禁不住了，因离开窗栏倒在床上凝想。

仿佛间一个人走到我面前说："你不是要知道今天月夜里的箫声何以异常悲恻吗？走吧！到了那里自然明白！"我正在苦闷怀疑已到极点的时候，听见这种好消息，怎不欢喜呢？便立刻跟了那人，出了我家的门，随他走去。这时候街上行人已很稀少，那月光射在地上，益觉寂静凄凉，我一边走着，一边想着今天，世界为什么竟如此暗淡，这道旁的乞丐呻吟悲苦的声音，更使人鼻酸泪流，我只顾不住的思想，也不知道走了多远，忽听见那人道："到了！"我这时才宁神细看：呀！真奇怪，在那烟水苍茫的海面上，一只小船，被四面的怒浪打激着，左右地摆荡，上下地颠沛，一个女子却不慌不忙地拿着一把箫吹着，那种凄恻幽咽，比适才在我家里所听见的还要加甚几倍，我真不明白，她怎么也不怕，倘若这浪头再来得勇猛些，她岂不要被卷进波心，供鱼鳖的馋涎吗？我真不忍不救她，因大声对着她说："快把船拢了岸吧！这波浪眼见得，就把你卷进海里去了！"那女子听了这话，便叹了一口气道："我不愿意回到那边没有生趣的岸上去！我一定要努力，战胜这阻止光明的波浪，回到那边人的世界上去，那边的月儿是永远含着笑的，因为她永远不曾看见那世界上有谁流过泪，或者烦恼的。"

"呵！我真不明白，除了我所处的这个黑暗的世界外，难道还有什么光明的世界吗？"我不禁自言自语的这么说着。那个女子听了，因冷笑道："你莫非很知足你所处的世界吗？自然啦！你本没有到贫民窟阿三家里看过，你也没到那富人钱德家里去过，你怎么知道你那世界里头只有几个是人，其余都不过是人的奴隶和机械呢！但是你终久要明白，那时你也要和我一样和这些恶波浪争斗了！”

我现在似乎有些明白了，但是我终久不知道她为什么要吹着箫呢？怀疑充满我的心，我自然不能不问她。“你不明白我吹这箫的意思吗？这是心的哀音，是要唤醒那些作梦的人，使他们知道他们的世界是悲苦的，快回到光明的岸上来。”她说完因又把那箫放在唇边抑抑扬扬吹起来了！

我因回想方才对我说的那阿三和钱德的一段话来，我还是不明白她完全的意思，因为阿三和钱德全都是我们城里的两个居民，本全都是人类，不过阿三是穷人，钱德是富户罢了！莫非富人便是人，穷人便不是人吗？我想到这里，便和那女子说，我现在要到钱德和阿三家里去看看，因为我总不明白他们谁是人，谁不是人。

那女子对我微笑着说：“你明白了他们的分别，便一定要舍弃了你以前的世界，回到光明的人世界来呵！我们在未来的光明岸上再见罢！”我也说了一声：“再见吧！”就回头到城东边一条狭窄污秽的小胡同里来，因为阿三他是住在那里。

寂静夜里的月儿，照在阿三家的破了一角的土炕上，阿三的儿子小宝，全身除了肚子上盖着一块破烂的蓝粗布外，都是赤裸裸露着青黄，满了泥垢的肉。头枕着他娘的膀臂，睡得正甜，他娘露着满面憔悴的愁容，时时的反侧，对着那月儿流泪。阿三是拿着一把竹杆的烟杆，在地下一块石头上坐着，敲着那烟杆对他的妻子道：“那米糠已经又完了吗？明天早上不是又要闹饥荒！这时候才十点多钟的光景，说不得累，我还得出去拉几点钟车子吧！”

“唉！这真是没法子，……但是你的病还没大好，也是焦心呵！”他妻子说着，满眼含着泪，借着月光向着阿三可怜地望着！

“咳！你不用管那些吧！一个人舒服点，一家就全要饿死了！你听着门吧！我就得去拉！”阿三说着拉着车子出去了。

钱德从聚乐部里出来，因为家里车子还没来，他随叫了一辆车，这个拉车子的人，正是阿三，虽有病但他不敢不勉强装出很壮健的样子，不然坐车的就要不雇他拉了！钱德坐上车子，便把脚拼命的打着那脚铃，催道：“快点拉呵！”阿三便飞奔向往前跑了几步，便支持不住，又歇下来，就听见钱德在车上怒骂道：“你没吃饱是怎么着？走两步便歇下来！我看你们这种人不饿死是不肯作工，你要是吃饱了不愿意拉，就放下来吧！我花钱还怕没车子坐吗？”说着他便要跳下车来，阿三慌了，便又拼命地跑了几步，忽碰的一声，阿三便倒在地下了，钱德也由车上摔了下来，还是呶呶地叫骂不休。后来警察走过来，细看阿三已是气绝身亡，便向钱德说：“钱老爷，他已经死了，怎么办呢？”钱德因从口袋拿出一张名片和十块钱来说：“他也算得什么？不过看他可怜，给他买个棺材吧！”说完便大踏步，往前走了。

我看到这里只觉得喉中如梗，说不出一句话来，只站在阿三旁边垂泪，便想起阿三的妻和子来，不禁呜咽痛哭起来。但是奇怪，我今夜不知为了什么，哭也哭不出声，心里真说不上来的焦灼，忽听见箫声又在我耳旁响起来，便又想到那海洋中的女子来，因想这个世界真是不可一日安居了，黑暗凄迷竟到这步田地！我便离开阿三飞奔到海边去，远远看是那女子依旧在那里吹着箫儿，我便说道："你所说的一切，我全都明白了！我和你一齐去吧！"

"回去吧！你明白还在这里作甚么?"领导我来的那个人说着用力在肩上打了一下，我一吓，定睛一看，原来不是别人，正是我的妹妹，她对我微微地笑着道："你梦见什么了，看把枕头都哭得湿透了！"

"咳！原来是一场梦呵！但愿它是梦，阿三一家子都靠他吃饭呢！……"我说到这里，仍止不住伤心落下泪来，看着那月儿依旧惨淡着，那继续的箫声依旧幽咽着；满地上映着月光，好似一片苍茫的海水。我睡在床上，心旗摇摇就仿佛随着那梦中的女郎把无限的哀伤，用凄恻的哭声，〈传〉到这寂静沉晦睡梦里的人的心中，作为月夜里的箫声，永远不断的箫声，引导提醒所有人们到光明的岸上去。

（本篇最初发表于1921年7月30日《时事新报·文学旬刊》第9号）

整理旧文学与创造新文学

一国文学，从他诞生，以至现在，其中历程是很长的，且又因果相生，而形成今日的文学，所以新文学与旧文学绝不是没有关系的。要想创造新文学，所以不能不先知道旧文学。而中国的旧文学，向无系统的历史，如挚虞《文章流别论》，虽系论文章源流的专书，不但现在已失传了，且其亦未能包括从古至今的文学统系；他如《文心雕龙》论文学的源流正变很详，但也不能算是一种真正的文学史；唯有《文史通义》一书，其于古今学术渊源辄能条别而知其宗旨，但又非纯粹文学史；至于近年里新出刊的文学史，其中固也有很可取的，但求其能以科学精神，把吾国破碎的、零片的文学，成为一贯不紊的历史，似尚未有，所以现在有志研究文学的人对于中国文学的渊源，及其因果得失，很难得到正确的知识，而文艺界热心的诸君，对于创造新文学的提倡，唯恐不力；而对于旧文学的整理竟置于不理，遂使创造新文学的，唯以崇拜外国文学为事，大有凡是外国的都是好的，所谓创造新文学，又大半是模拟外国的，这一方面固是中国人缺乏创造的精神，而安于因袭的故智；而一方面实因其未尝了解中国旧文学的真面目，要想创造真正的中国新文学自是不可能的事。

当我们作一件新衣服的时候，旧衣服固然可以弃掉了，不要了。不过我们要想作的新衣服，没有那件旧衣服原有的毛病，或者长了，短了，太大了，太小了，这时候我们对于旧衣服的毛病在哪里，我们总得先完全明白，不然所作的新衣服，仍不免要有旧衣服的毛病，这个比喻，我们很可以用在创造新文学，必先要明了旧文学的得失；而要晓得旧文学的得失，必须先整理旧文学，不然我们中国的文学，既杂且多，又复散佚不整，要是没有一部分人用他们的精力，把他整理出来，要想研究旧文学的人，必大感困难，终至于落得“白首穷经”的不经济及痛苦，因此也许要减少创造新文学的量，及变劣其质了。

因此我们就很可以明白，创造新文学固然重要，而整理旧文学也不是可以轻视的事。而在今日中国的情形，整理旧文学，实比创造新文学更要紧，但是我并不希望热心文学的诸君全数致力于整理旧文学，但也不希望热心文学的诸君全数致力于创造新文学。因为这两件实在是应并重的呵！

（本篇最初发表于1921年7月30日《时事新报·文学旬刊》第9号）

两个小学生

国枢今天早晨绝早就起来了。月儿的倩影还隐约云端，偷窥世人未醒的酣梦呢！他急急穿好衣服，也顾不得吃点心，背上他的小书包——里面装着昨夜他亲爱的母亲替他预备的饼，和鲜黄色甜美可口的鸡蛋糕；还有红如胭脂的苹果——他含着微微的笑容；轻轻走出街门，向东约走一里多路，他便站在一家红漆大门前面，用小手轻轻拍了两下：呀的一声门开了；一个年纪和他相仿佛的孩子，也含着微微的笑容，愉快的眼光，走上前来，拉着国枢的手，两人并肩走到靠西边的一间书房里去。国枢带着喜悦和惶恐疑惧的余情，轻轻问他的小伴侣道："坚生——你母亲没有拦阻你吗？"

"可不是吗？我几乎急得要哭了，后来还是我姊姊说也去，母亲才答应了！你呢？……"

国枢听坚生问他，含着笑道："我也是和你一样；母亲起先一定不许我去，她说：'这么点小孩子，也学管那些事；请甚么愿？倘若闯出祸来，岂不是白吃亏吗？没的吓得爹妈的心都碎了！'我没有说话，但是我就急得哭起来了！我爹爹想了半天才说：'他们学生去请愿，按理说只有有效没效罢了。断不至有甚么意外的祸事，他既是一定要去，也就让他去，小孩子们也应该使他们锻炼锻炼。'我母亲这才没说甚么，末了又嘱咐我早点回去，……我还怕她今天早起又许翻悔，不叫我去，所以我一早就出来了，也没告诉她呢。"

坚生道："我们今天去了，不知总统答应我们的要求不答应呢？……现在快七点了，我们快去吧！你看这天上的雨还没止住，母亲要是知道一定不叫我们去呢！"

"对啦！我们赶紧走吧！"

说着他们俩手牵着手走出大门，天上布满着阴云，雨点如联珠般淅淅沥沥落个不止；他们两个并无些许畏怯的样子，活泼泼地支着一把雨伞往前走去；脚底下沾满了滑泥，几次要滑倒，但是他们互相牵扯着，才没有摔下去。

几个他们的同伴，从远远走过来了，彼此含笑取下帽子行了早晨见面的礼：络续着走向白色粉墙，那边一个黑油漆大门里去。大门的两旁还挂着两块五尺长的木板，写着北京公立第二高等小学校字样。他们进去了，但是满院里站满了他们的同学，正在乱糟糟搬运白纸小旗，见他们俩进来了，很欢迎地叫道："呀！你们来了，好啊！"说着递过两面旗子来，他们接了旗子，见大家都按着秩序，排起队伍来，也就赶紧插进队中，一个稍大的学生——他们的代表，站在高台阶大声的说道："今天我们大家为了教育的前途，都抱着绝大牺牲去和政府请愿，但愿诸位亲爱的同学，还要有坚持到底的精神，人人不要露出畏怯的气象，并且在街上走的时候，大家更要保持好秩序，现出我们学生无上的尊严。”

他的话说完，仍回到队中，这时候大家脸上都露出勇敢庄严的样子来，在他们队伍的前面，那一个年纪最小的汴忱，披着满肩的黄黑色的头发，挺直胸膛，含着微微的笑容，头也不回地，跟着大队前面两个拿旗子的学生向前去。现在走到转湾［弯］的地方了，国枢一眼正看见他那小同学尊严的样子，立刻受了暗示，更直起他们的身体，放齐他们的脚步。

不久他们的目的地到了，那金字辉煌的高等师范学校的扁额已在面前，他们益发振起精神，用整齐和谐的脚步向操场里面去，忽听见耳旁刷刺、刷刺的声音，好似风吹落叶那般清脆，眼前一片白旗，上下飞舞，有如穿花蝴蝶活泼而踊跃，这就是所有的学生，欢迎他们的小朋友的诚意；他们脸上都含着笑容，但是无论他们怎样的伪饰，那一种深藏灵府的惨愁悲愤的情绪，仍旧不时的流露出来；看着他们纯洁无瑕的小朋友，满身淋着无情的愁雨，沾着泞腻的污泥，衬着他们时时振作活泼的精神，益发使他们灵魂上感受一种委曲难伸的苦痛，大家不约而同的寂静了，只听见微微地叹息声，在空中回旋萦绕，含着无限悲哀恻怨的味道。

哨子响了，大家都预备着进发，于是踏踏地脚步声充塞在空气里头，大队直向西长街公府门口走去，街上过路的人，看了这个大队——冒雨前进的大队，不禁受了一种暗示，竟停止他们的脚步，忘了他们所急要作的事，只是怔怔地站在那里

——无限怀疑的表示，有的和他的同伴说："这不知又为了甚么事呢？这些个学生们究竟也想不开，放着优游行乐的地方，不去开心，却来这大雨底下淋着，莫非说他们这么作，就能感动那衣冠禽兽的什么……这些孩子们更是无辜受罪了！"国枢听了那人的话，不觉抬头对他望望，只见那人眼圈红着，眉峰绉着，似乎要哭的样子，自己也不知道为甚么，就觉得鼻子一酸，落下泪来。坚生一回头，正好看见，不知甚么缘故，因轻轻地扯他的手道："是不是冷了，肚子痛吧！"国枢喉咙里哽咽得不能回答，只是摇摇头，坚生正要再往下推究的时候，不提防花拉一声，两人都吓怔了。

公府面前那两扇大铁门，现在闭得紧紧的——适才惊人的声响，就是这个拒绝公道的铁门作他胜利的快鸣呢！——一队队的黄衣卫兵和警察，层层叠叠地站满了公府的门前，凶狠狠地对着这些手无寸铁的学生，就好似身临十万雄兵大敌是［似］的，——他们聚精会神的各处调派救兵，后盾埋伏，煞费苦心啊！但是学生们为了公理而来，公理就是他们的唯一的兵器，对着这些——兵士和武器，他们并不畏怯，停止在公府的门口，冀得公理战胜最后的胜利。

他们现在不前进了，虽是助威的淫雨，冷峻的气焰时时刺激他们的皮肤，僵冷他们的热血，他们绝不退后一步，就是那小小的国枢和坚生也只紧紧互握住他们的手；抵抗天公的恶作剧。两只黑漆似的眼睛，不住望着他们自己所委任的代表，表示一种坚决诚挚的样子，希望他们能得到圆满的结果，但是铁门紧紧闭住，没有一点同情的卫兵，安能了解他们这些孩子们赤心热肠呢？他们只明白他们每月是有八块钱的薪水，这是他们的主人——唯一的主人的恩典赏给他们的，他们才能不委身沟壑，并且还能作威作福欺压他们的同类，他们得到这许多利益，怎能不格外感激他们的主人呢？至于这些学生们，究竟算得了甚么啊！他们这么想着，益发觉得他们的恩人的可感，这些学生可恶了！所以他们的面容，越变越凶，国枢和坚生的手也越握越紧，他们不能更矜持了。恐怖的神已经打破他们紧闭的心门，闯入占住了，他们嫩弱的心灵几乎碎了！他们的面色渐渐失掉红润，转入苍白而黯淡了！

“他们不开门，怎么办呢？”国枢低声和坚生说；坚生摇摇头不回答甚么，只是垫起脚来，看着那许多欲入不得站在门口焦愁满面的代表，叹了一声，紧紧握住国枢的手道：“咦！怎么好？”国枢禁不住打了一个寒战；彼此对看着发闷，如是的过了两点多钟，一些办法也想不出来了！

远远地一队人也向这边来了，手里也拿着白色旗子，但是国枢和坚生望过去，这些来人，没有和他们一般大的同伴，只是有胡须和他们父亲和叔叔相仿佛的人们，他们不明白到底是谁。“呀！那不是我们的吴老师吗？”坚生一壁嚷着，一壁禁不住手舞足蹈起来了。适才的满面愁容，顷刻都洗刷干净。又见自己队里的同伴，各个人都举起旗子，正如早晨欢迎他们的一样。这时候人声嘈杂，国枢和坚生也不觉跟着“哈拉，哈拉”的乱叫；这队人渐渐走近总统府那座铁门前面了。但这两扇门仍旧关得一条缝都没有，只听见一声“往前进呵！”果见人头攒动，一齐向前蜂涌而进，国枢和坚生和他们的小朋友也一齐向前拥进；但是还没走上两步，只听见哝呀哭叫的声音，把这愁闷的空气，更一变而为惨凄悲痛的空气了。

国枢和坚生正在往前走，前面的人忽一齐向后退，后边的人不提防被这一挤，更加着满地的滑泥，都滑倒地上，这两个可怜的孩子也不能倖免了！国枢摔在路旁，头部碰伤，鲜血被面，一时支持不住昏晕过去，及至清醒过来，抬头向前一看，但见适才那些如虎狼的卫兵，举着枪干［杆］刀把，不分头面，对着他们的教师和同学，正在乱砍哪！刹时间哭声震天，鲜血湿透了他们的衣服，更流到地上和泥水渗和得暗红刺目，国枢正看到心碎魂越的时候，忽听见一声凄苦的惨叫“国枢！好痛啊!”国枢一吓回头一看，隔他约有十步光景，他亲爱的小朋友坚生，满面鲜红的血倒在那一堆的泥水里，愁苦的形状，把国枢的心刺碎了，一声哀叫又昏过去，任他的朋友怎样呼救，他也不曾知道啊!

行路的人，看了这两个小学生——可怜的孩子，万分的凄惨，都赶紧回过头去，偷拭他们同情的辛酸泪，不忍再看那两个孩子了。

这时候的雨，仍是沛然未息，新华门一带已变作血肉横飞的战场，什么人民代表的总统府的尊严，早已烟消云灭，不知去向了！便是那不懂人事的苍天，也把那助威的淫雨，化作悲惨哀悯的痛泪，滴在那些被黑暗压制，有怀莫伸的学生们身上，作深情的慰藉和洗刷了。

这绝大的惨剧——摧人肝胆的惨剧，和那两个小学生的哀呼，便是“不仁”的天地，也不忍目睹了！现在已是背过他光明的脸，露出那黑暗沈沈的背影来，惟有那三层楼上一间小屋子里，露出些微黯淡的灯光；夹着两个孩子呼痛和呻吟的悲声，从那窗隙里送了出来。

“唳！这些孩子们，永远不肯听话！他们的任性，只是苦了无数作母亲的心！”

“谁说不是呢？我早就说，不用去，去了也没有用处！他们这些大人那有工夫来理你们这些无力无财的秀才，他偏不听，还有他爹纵着他，说甚么请愿是法律应许的行为，不能干涉啦，我也不知道这些，自然让他去了……现在果然闯出这么个大祸来，还说甚么法律呢？……这孩子真不叫人省心！养活了这么大，也不是容易！……倘若有个好歹……！那便怎么……”

她伤心泪哽住喉咙不能再往下说了！那一个母亲也禁不住伤心，她们的话头断了，只是呜咽的哭声破了夜的沈寂。

微弱的呻吟声，打断她们的哭声，一个小孩子巍颤颤地声音叫道：“娘啊！……那边的兵又拿着刀，砍破坚生的头了，嗳呀！……怕呵！”说着不住用手摸着他头上包的那块白布，脸上露出极可怜恐惧的颜色——灰白而惨淡！

他母亲带着哭声安慰他道：“国枢啊！你醒醒吧，不用怕。娘在这里看着你呢！坚生也在这里，没有人来打他，你放心呵！”

国枢果睁大了眼睛，对着他慈爱的母亲的脸上望着道：“娘呵！你为甚么哭？他们的心比石头还硬呢！哭是没用的，那两扇门是永远不开的啊！……”

坚生这时清醒了，听见国枢的话，一阵心急，竟哭道：“呵！那门永远不开吗？……娘呵！怎么办？”说着握着他母亲的手不住的流泪，两个母亲看见两个孩子可怜的样子，忍不住把住他们的头，悲悲切切地哭作一团。

惨凄的哭声，刺碎了全医院的病人的心，无数同情的叹声，和那母子的血泪，衬出无限夜的苍凉，和世界的黑暗来！

（本篇最初发表于1921年8月10日《小说月报》第12卷第8号，后收入《海滨故人》集）

“作甚么?”

四马路上来往的行人真多呵！路两旁店铺里的电灯，大的小的，闪烁着好似万颗明星，强烈的光芒射得我的眼睛酸了！我坐在车上，闭紧眼睛，避开这刺目的光线，但是隆隆的电车声，呼呼的汽车声，人们嘻笑声，车夫喝道声，嘈嘈杂杂，益觉得明显地打入我的耳壳里，我的心灵真要应接不暇了。

明亮的大街，很快地过去了；大店铺也渐渐稀少了，逼射眼球的强光也渐渐黯淡了；我的眼皮也就睁开，但是万道金蛇似的光线，还似乎仍在眼前，惝恍迷离，眼睛所接触的事事物物，都模糊辨不清；只是来往不绝的人影，和穿梭般从我面前经过，留些微弱的印象罢了。

乱烘烘的声音，惹得我十分的烦躁，正想把耳朵掩上，忽从路旁黑暗的胡同口，发出一种细弱而带凄惨的调笑声音道：“呦！你好惬意呵！我们一道白相吧！”这奇异似笑似哭的声音，禁不住引诱我回头看看，只见一个年约二十上下的女子，满身穿着湖色衣裤，脸上抹着很厚的脂粉，勉强掩住悲哀和惧怕的笑谑声，拉住一个身穿短衣的男人，轻薄的调谑，那个男子起先挺着胸膛走着，这时忽被她拉住，回过头对她望了一望，恶狠狠地喝道："作甚么?"

那个女子怔了一怔，忽低下头去，似乎在那里挥弹眼泪……

"哼!"一声严厉冷刻，含着无限的惨毒的表示，从站在那女子身左边一个黑胖的妇人喉咙里发出来，我的寒毛管不知不觉竖了起来，好似被刺骨的冷风吹着样的。我仔细地看看那个妇人，只见她两只凶恶寡恩的大眼，睁得圆圆地，两颊上的横肉真好似恶魔的丑象，那女子更是吓得身体发抖，声音呜咽着，对着那些过路的男子，老的，少的，中年的，她含着眼泪轻薄地巧笑着，"这里白相吧……这里白相吧!"

一个个男人，到了她面前，有的好似遇到魔鬼，低头急急地走过去了。有几个且戏谑着，骂詈着，也扬长的过去了。

我坐着车子，车夫不稍逗留，很快的便离开这个地方，走得很远了。我回过头来，还仿佛听见她在那里对着过路的男人轻薄笑着说"这里白相吧!"和那些男子很恶地回答说"作甚么?"

这实在是应该问的一句话，因为没有人注意她究竟是作什么呢!

（本篇最初发表于 1921 年 8 月 10 日《时事新报·文学旬刊》第 10 号）

砍柴的女儿

伊眼皮盖住了眼球，
疲倦的倚在白杨树旁，
黄金色的柔发，
散垂在伊的肩上，
一担黄的，绿的木柴，
安稳的放在伊的足边；
斧子亮晶晶的发着清光，
伊微笑的睡容，
好似黄昏斜阳一般鲜艳，
伊不是安琪儿！
是村子里砍柴的女儿——

工作完后的安乐者！

（本篇最初发表于1921年8月10日《时事新报·文学旬刊》第10号）

王阿大之死

在半个月以前，牌州街市上已经布满了很利害的谣言，——“直军眼看得打到牌州来了！”州内的居民，都纷纷地避乱；街上不时有拉行李的车子，和挑行李的挑夫们经过。开茶馆的王阿大这一天下午依旧拿了一张白木的长板凳，放在茶馆门口的左边坐着，嘴里吸着他那根三尺多长的竹杆烟袋，黄褐色的烟油，渍染得他的指甲，成了黄褐色了。王阿大吸着烟，观看来往的行人，觉得今天更比前两天稀少了——并且人人脸上都露着愁苦的颜色，他知道就是为着那个谣言了！

一个少年的渔夫，叫做常德的，走过王阿大茶馆门口，见王阿大坐在长板凳上吸烟，便走近一步叫道：“王大叔生意好呵！”王阿大闻声仰起头来，用右手取下他那铜边的花镜，向常德看了一眼，慢慢地说道：“常德，你听见什么信息吗……”常德应道：“我一向没到这地方来，今天刚到；适才在三叉路口遇见小七和他的四哥，他们告诉我说：‘这地方又住不得了——眼看着直军就打下来了！’我正不知道仔细，打算来问你老人家呢！到底怎样呵？这又是为着什么事呢？”

这时候又有许多装着行李的车子，从这里经过，阿大指给常德看道：“你看街上这个情景，那话儿八成是实在了！唉！再看几天吧——要是……我们打算关了茶馆的门，回到家里去呢！今天你回去，顺便把这话告诉你大婶子吧！”说着把烟嘴里吸残的烟灰在墙上敲尽了，正好几个喝茶的客人，向茶馆这边来，阿大忙着来招呼，常德也回去了。

七八月的天气本是极清爽的，蔚蓝澈澄的天空里，没有一片浮云，鲜明的太阳光，照着完完全全牌州的地面；可是街上却静悄悄地十分萧条呢——就是天天坐在茶馆门口长板凳上的王阿大，也不知去向了——再看那茶馆的门，也是闭得紧紧地，锁着一把大黄锁，走过街上的人，都是惊惶失措，低着头往前奔去，因为恐惧的压迫，使他们顾不得喘气。

三五个兵士，背上荷着机关枪，聚拢在街心，低声细语的谈说；当他们谈得起劲的时候，常常把眼光移到牌州那座城楼上去，他们隐隐听着远处炮弹激打的响声，和一股一股的白烟，随风飘荡，顿时觉得空中烟尘迷漫，在晴朗的天空中，平白地罩上了一层愁幕！居民家家紧闭着大门，荒凉的街市，使人觉得好像到了大疫的城里咧！

王阿大从前几天，把茶馆的门关锁了，便回到他那庄子上去。这个庄子在河堤底下，所以他天天约着常德，拿着钓鱼竿，背着竹子编成的筐子，到大河的下流去钓鱼，倒是顶方便呢！如此过了几天，阿大没听见牌州有什么动静，吃了早饭他便骑着驴往牌州来打探消息，眼看快到了，忽左右涌出一群兵士把阿大拦住，不许他往前去，其中一个少年兵士，向前喝着道："你这老儿真不懂事，这是什么时候？什么地方？也由得你乱闯！"阿大是个深明世故的人，听如此说，他便赶紧跳下驴来，陪着笑和兵士们拱拱手道："老汉糊涂，求老总们担待担待吧！"忽远处又走过一个兵士来，看见阿大，便高声叫道："老王！你到这里来了吗！"众兵士见他是同营牛新的熟人，大家也就转过笑脸和阿大说道："你和我们牛大哥认得呵！那我们都是熟人。你怎么不早说呢？"这时牛新已经到了面前，向阿大道："你今天跑到这里作什么？……你的茶馆不是早已关了门吗？"阿大道："早关门了！可是这几天总没听见什么信息，很纳闷的，想打听打听，不想已是不许人来往了，幸亏遇见了你，和诸位老总们！外面到底怎么样啦！""哼！直军已经到了牌州界，一两天就开仗呢！你看着吧！又有热闹瞧呢！这里不许人出入，你没什么事，还是回去吧！"

阿大和他们闲谈了一会，也就骑着驴子回去了。阿大的庄子上，种了许多秋麦，现在也都抽穗了！他住的房子，是用茅草盖成的，一共三间，在房子东边，用竹篱圈出不到半亩地的一个菜圃来，里面的油菜白菜萝卜……都长得委实茂盛，开着金黄色的菜花，惹得五色的蝴蝶绕着花儿左右上下的飞翔。在菜圃的南边有一个小小的猪圈，里头喂着四只大黑母猪，这四只母猪一年总要生许多小猪呢！所以阿大和他的妻、女儿很能过着平安富裕的日子。

这天早晨，天气很好，阿大高高兴兴地叫了常德，依旧拿着钓竿背着鱼筐，到那河边去了！他们两个一老一少沿堤并肩往前走着；钓鱼的好运，美丽的天空使他们十分快活，忽然阿大想起那件事来，因向常德说："我们天天到这儿钓鱼倒是很自在呢！但是那话儿要是实现了怎么样呢？""呵！这是谁都不能先知道呢！"常德叹着气，回答了阿大。现在他们两个都各自寂静着预想那未来可怕的命运来到；但是不久他们便到了他们的目的地，当他们向那每日坐的老地方坐下的时候，他们不约而同的都嘘了一口气："唉！"就是如此他们彼此都能明白彼此的心事了！现在他们放下钓丝，沉默着等那些倒运的鱼，来上他的钓钩。

"咦——咦他们来了！"阿大战兢兢地说着，连钓竿都吓得落在水里去了！常德回头怔怔往那边一群兵士望着，果然他们都要向这边来，但是他再细看这些人，不是荷着那露着亮晶晶刺人的尖刀的枪，他们是手里拿着掘地器具，他们不明白这是什么意思？后来他们打听着了，原来是直军因攻打牌州不下，叫兵士们把全口的磁矶堤掘决呢！阿大听了这话，吓得面色惨白，心头抖战！想是这堤内几百人家的生命财产，只消半天大水便都要断送干净！因叹道："唉！今年百姓们受的苦也就够了——谁想到还有这一场意外的水灾呢！常德！我们去分头告诉他们吧！"

阿大喘着跑回去，把这消息对大家说了，他们都大大惊惶失措，他们真不明白上帝是什么意思？但是人吃人总不是很自然的一件事呀！现在他们想出一个挽救的法子来，他们派了阿大还有几个乡里长者，奔到直军帐前，跪在那里苦苦哀求，免了他们这一次的水灾罢！这时吴将军正在和参谋协商进攻的事，听了这些乡民的哀告，便怒喝道："这是军国大事，汝辈细民懂得什么？……再不安分起去，便当叫军士们逐出你们去了！”他们有什么法子呢！只好安分回去，但是他们究竟安分不得呢！

这个消息传开了，堤内居民立刻鼎沸起来，他们相信人虽要吃人，但是母亲究竟没有不爱儿女的！他们现在团团抱住痛哭，真是十分愁惨的事咧——便是那无知的乌鸦也绕树“呀！呀！”地哀叫，似乎知道惨凄的命运，就要来到了！阿大看了这种惨状，听了这种哀音，心头好似用刀子刺透，又是痛苦，又是愤恨！“唉！作什么人呵，还不如那狗呢！”阿大此时几乎把他哀痛的心迸了出来！

阿大回家去了，但他还没到那竹篱门的时候，早见他的妻和女儿金子都哭着迎将出来；他的妻牵住阿大的手，哽咽着“苦呀！……”阿大看着他的妻，泪流满面，那种惨凄的情状，使他恨不立刻闭了眼，“咳！像这种的日子，死了也罢！”阿大现在不能不心恨上帝呢！“爹爹，我们死了，还能在一块吗？”金子由她那天真烂漫的眼光里，表示出一种极怕离开她父母的可怜情绪！阿大的心真要碎了，勉强忍住痛泪，用手抚弄她的头颤声说道：“好孩子！……唉！上帝一定保佑你！……”“隆隆，砰湃”一阵响声，从远而近，好似千军万马的驰骤奔腾；又好似山崩地裂，惨凄呼救的哀声，倾刻间嘈嘈杂杂，闹成一片。阿大惊极大叫：“水来啦！快逃吧！”他们三人，跄踉前奔，可怜他们的腿已经软了，如何跑得动！阿大看见路旁有一株合抱的大槐树，便扶了她母女二人爬上去，她们几次爬上一半又落下来，阿大直急得筋根根暴起，好容易才爬上去。等到阿大的左腿登上去的时候，那白茫茫的大水，已如倒峡倾海般地，奔逐而来，奔腾的潮声，呜咽幽恻，似乎为人们诉说无限生命的惨运！阿大伏在树枝上，低头南望，他们辛苦经营的那三间的茅屋，菜圃，猪圈，和那给他生厚利的黑猪，不消两阵潮水冲来，已经把一切所有的交还上帝了！水上无数的浮尸，男的女的，母亲抱着爱子的，一一都从他们面前流过去，其中更足使他们伤心的，便是那东邻的刘小二的尸首，他们想起小二帮他们喂猪，种菜，种种的好处，他们不能不格外心痛！那东边一阵“救命”的呼声真好凄惨呵！阿大的妻说：“你听！你听！那不是常德的声音吗?”阿大侧着耳细听了一会叹道：“可怜的常德，这也是一辈子呵!”回想那可爱的钓鱼的同伴，从此便要永远分手了——这真是使人难堪的事，也没有过于此的。常德呼救的声音渐渐微弱了！那浮尸便也随着一个浪头，过去了！

阿大看着潮水，叹息说：“河堤再不堵上，这棵树也要倒了!”金子听了她父母的话，她并不为着死而惧怕，因为她没有明白死的秘密，是足使人伤心的！她所怕的是和她亲爱的父母分离，所以她现在紧紧牵着她父亲的衣襟，和母亲的手，就足以使她抵抗所有的恐惧了！

“乒乒乓乓”一阵枪声响着，阿大站在树枝上往前面看，只见许多受灾的百姓，还有可怕的兵士，因避水努力地爬上堤去，可怜他们还没站稳，已经又被一个弹子打落水中了，阿大叹道：“他们始终活不成呵!”他们带血的尸首，也跟着潮水，从这树边流过去了！

跟着又是一阵潮水，冲过许多尸首，有的头上穿了一个穴的，有的胸前还在冒血呢——这一带的水，都被他们的血，染得鲜红的，那一阵阵的血腥，更是使人鼻子发痒，阿大眼看着这些惨象——一生第一次看见的惨象，使他心弦不住地抖战，几次险些从树上掉了下来！

现在又是几阵潮水冲过来，阿大觉得树身已有些动摇了！他知道他见上帝诉说不平的时候，将要到了！但是他究竟忘不了个可爱的女儿，他拉着她的手，热泪不知不觉的滴在她的手上，使她感着说不出的痛苦！他的妻闭着两目，口中喃喃，在那里求神默佑，但是究竟有什么用。

这时候太阳已经渐渐西斜了，这堤内一百里的地方，不消半天的工夫，已都成了汪洋大海，白茫茫的一片大水，映着微弱的阳光，说不尽无限的惨淡！

“呵！树身已经斜了！”阿大正这么说着，忽听金子“啊呀！”一声哀叫，已经是失足落水中，她的母亲睁开眼睛一看哀声叫道：“儿呀！”便把手一放，一个漩涡，这可怜的母亲，也随着女儿去了！阿大怔怔地看着水面，忽然间觉得他眼花撩乱，全体发抖，看着他的妻和女儿的尸首，竟紧紧相抱，瞪着眼睛，绕树飘荡，似乎不忍离去的意思，阿大不能更忍了，纵身跳下水去，浮到那两个尸首面前，只听“苦呀！”一声，这水面便起了一个漩纹，没有一刻，漂上三个尸首，但是不久也被潮水冲下去了。

过了几天，兵士牛新又来到牌州，这时候这地方的水还没退尽呢。牛新和他的同伴走到阿大从前开茶馆的地方，但见墙倾门倒，要不是认定方向，几乎认不得，这便是前些日子，许多人们坐着喝茶，谈笑的茶馆！“唉！从前多么热闹呵！现在呢！人生真不过如此呢！”牛新想到这里，便不能更想起那茶馆主人，坐在长板凳上的王阿大来了，他和同伴说：“你记得王阿大吗？……可怜现在已经完了！”

“可不是完了吗？这个年头谁保得住呢！唉！象咱们更不知道那天就完了呢！”他的同伴回答他这话的时候，眼圈红着，差不多落下泪来！

他们叹息了一会，也就离开这个地方回去了；但是在他们的脑子里，永远忘不了那件事，便是茶馆主人王阿大的死！

（本篇最初发表于 1921 年 9 月 4—6 日《时事新报·学灯》）

哀　音

这一天黄昏的时候，吃过晚饭，我独自倚着临街的露台，红木栏杆旁边纳凉。这条马路很清静，我凝望了半天，不见有车马经过，只有三五个走路的人，静悄悄地沿着马路的两旁慢慢走过罢了。在这寂静的境地中，不时听见一阵阵的秋风，吹着路旁的冬青树，沙沙地发响，一种清脆带着凄凉的秋声，打进我的耳壳，不知不觉鼓动我的心弦，成一种细微不可捉摸的波荡，一缕幽秘的情绪，直从深深的心田中抽出，渐冲到脑海里面去，使我打了一个寒噤，顿时间感得宇宙无限的秘密；但这种不可解说的深幽玄伟，是使人愉悦呢？或是使人愁苦，恐怕没有人可以把他分析出来呵！我但觉得有时似受了伟大造物主的安慰，又有时似受魔鬼的揶揄，或又似忘了一件很重要的事，使我不住回溯以往的印象，忽愁忽喜忽惊忽惧，复杂而不调和的情绪，直要捣碎我的心灵！

一个蝙蝠，忽斜刺里从我头上飞过，我不提防受了他一惊；仰头上视，但见沧溟澄澈的天空，莹净不着纤尘，真好似一面宝镜，顿使我起伏不定的心潮，忽如止水般的平静了！眺视空际，渐见明星历落现出，光芒闪烁，如缀万盏宝灯，更望远处，则炊烟缕缕，从烟囱中冒出，随风袅娜，萦绕树梢，如披云雾。

无数的新印象，逐渐奔入我的脑海中，更由此而勾引起许多旧印象，徘环［徊］好似车轮的转动。不过隐约模糊，正象立在远远的山峰上，看城市里如演电影一般，刹那间便都烟消云灭了。

一声铿镪［锵］，隔院的少年，又弄琵琶了，音韵初而悠悠扬扬，使人有“羽化登仙”，“出尘绝俗”的思想，再而渐渐哀婉凄恻，似乎诉说无限哀怨悲慨的心弦中所蓄储的秘密一般。我此时如痴如醉，涕泪交流，竟不能自制；正在魂飞神越的时候，琵琶声忽戛然而止，继听一个少年的声音叹道：“对着明月皎洁的秋夜，回首武汉，焦栋败垣，满地尸骸，咳！……更不知凄凉到甚么地步呢？”说着不住在屋子里转来转去，哀苦的心事，似乎要借两只脚的劳动而遣散他。

“惺哥！这两天文玉有信来吗？”我细听是女子的声音，想是这个少年的姐妹了，因露台东边的板壁破了一块，我望过去，只见那女子的容貌，和少年极仿佛，更自信所推测的是不错了。

这时少年应声道：“武汉经这次涂炭以后，满境凄凉，但是文玉实在更是吃苦不浅，前天听冷尘说，十五那一夜文玉家里，遭乱兵抢劫，他的妹妹……唉！因拒乱兵的凌辱，竟遭毒手，现在尸骸还未能掩埋呢！他的母亲听说现在正在卧病，……”

少年说到这里，哽咽不能成声，那女子更是呜咽悲泣凄惨万状，我赶紧回头去，不敢再看他们灰白的面孔了！

“咦！”一声的叹息从那女子的喉管冲出，接着又听那女子低声道：“文玉为什么不照他的计划办呢？”“哦！这究竟是治标忘本呵！不想从根本上着手，终是白牺牲！”少年说着又唏嘘了半晌。

“悭哥！这世界已搅乱到这个地步，我们便眼睁睁地看他这么闹下去吗？”

“华妹！有心人谁不作如是想！但是今日社会，已如金疮脓溃，不连骨子一齐割掉，怎望痊愈？”

“膨膨”一阵叩门声打断了他们的话头，一个邮差送进一封快信来。我从板壁的隙孔望过去，见那少年拿了信，坐在一张藤椅上，那女子便站在他的身后。少年一面看信，一面眉峰紧皱，脸色逐渐惨白，女子竟嘤然一声，软瘫在那旁边的篷布床上，两行眼泪，如断线珍珠般落个不住，哽咽难言的凄苦形状，我不禁也陪了许多热泪！

忽听那少年咽着声音道：“苦呵！文玉！”便掩面而泣。这时候已是二更，街市上益觉冷清，树叶风悲吹着瑟瑟凄响，兼着他们的哭声，真不啻身入鬼境呢！

停了些时少年又说道：“长江滚滚，文玉葬身此间倒也干净！但是苍苍烝民的厄运正不知何日得了！……按文玉夙志怕正难瞑目呢?！……知其如此短见，转不如……咳！便让他实行当日的计划……！母死妹亡，家是破了！”

女子哭道：“悭哥！……似此……无边苦海……的……世界，我们一齐死了吧！”

少年听了这话，低头垂泪，不发一言，半晌忽站起来，整整衣襟，长叹一声，走到女子面前，用手拍着那女子的肩道："华妹！你不要只是感情用事，上月中旬，在西湖秋瑾墓旁，吾妹曾发下什么誓愿！……'光明'是指望谁把他引照到黑暗的地方来，几个有志的青年尚易灰心自杀，未来的黑暗更不堪设想了。"

"惺哥！照你便怎样办呢?"

"怎么办吗？华妹，坚忍不拔的精神便是打破黑暗的利器；一点真实伟大的爱心便是光明的根苗了。"少年说到这里，只见他们各自低头沉思，不复再讲下去了，但是由他们坚决的眼光中，我似乎已经明了他们现在的意向……

沙剌剌一阵冷风，迎面吹来，我觉得满身寒战，便回到屋里，看看壁上的钟已是两点了！倒头睡下，万感纷集，辗转反侧，直至鱼更五跃，方才朦胧睡去。次日醒来，回想夜间的事，心头兀自不住的乱跳呢！

（本篇最初发表于1921年9月10日《时事新报·文学旬刊》第13号）

迷路的羊

上帝哟！
转过你光明和霭的面孔吧！
黯淡阴郁的森林中，
布满了伊愁叹的悲声，
恐布［怖］的泪痕。
上帝！伊是迷路的羊呵！
谁来指示伊应走的途径？
唉！上帝……

（本篇最初发表于1921年10月3日《益世报·女子周刊》）

安眠的儿

唉！可爱的儿！
在儿四围的空气寂静着，
站在儿旁边的伊微笑着。
呵！儿的双颊是玫瑰染成，
儿的朱唇露着天使的笑容，
儿的心灵便是上帝的精神，
纯洁真诚，
洗刷净伴伊安眠，母亲的愁云，
呵！可爱的儿，儿是安眠之神。

（本篇最初发表于1921年10月3日《益世报·女子周刊》）

秋风秋雨

是秋雨？是愁泪？
一样的点点滴滴！
是风号？是猿啼？
一样的切切凄凄！
唉！
孤雁躲了——；
哀鸿去也！
我呢？
滴不尽的秋雨呵！
你漂了我去吧！
飐不断的秋风啊！
你吹了我去吧！

（本篇最初发表于1921年10月10日《益世报·女子周刊》）

心弦之音

变化无穷秘密的心呵！
谁曾认识你来？
你发出的不是宫商之调，
不是律吕之声，
不可捉摸的心弦之音呵！
你告诉了人们什么呢？
爱憎的冲突吗？
善恶的交战吗？
紧闭的心幕呵！
你开放了吧！
在上帝面前谁都不能隐藏呵！

（本篇最初发表于1921年10月17日《益世报·女子周刊》）

影

座上的我便是墙上的她。
静悄悄的夜呵！
她和我已经不至于孤单哟；
你纵低了你的呼吸，
把黑幕罩住了大地，
使我看不见所有的人类，
但是她和我总是永久相依。
多情的她不为了名利离开我，
也不为了谗言疏淡我；
只有那光明绝命了，
她便将无限的深情殉了她，
那时纵便要弃了我，
使我受黑暗的支配和束缚。

但是她曾和我说：——
“亲爱的朋友！
我们永不要离开呵！”
咳！……可爱的她，
这未来的命运谁能知道呢？

（本篇最初发表于1921年10月17日《益世报·女子周刊》）

一件小事

昏暗的光线，罩住了大地；一阵的寒鸦都从半天空飞到他们的巢里来，人们都知道这是黄昏到了，马路上的煤气灯也都放出他们的光焰使行路的人得不少的便利！

学校里的茶话会现在已是告了终结，我依旧坐了车子出顺治门往我家里来；车夫努力向前拉，用他的四肢和筋肉的力；我却是努力用我的脑子的力沉沉地默想已过去的印象和电影般一幕幕的现出在我的面前，可恼的，可恨的，甜密［蜜］的，苦辣的，——这些滋味我一样样都尝着了！

车子如风般的向前驰，藉着教场口那掌煤汽灯的光；现在车子进了口啦，昏沉愔［暗］淡照路的油灯，他的光焰十分的微弱！好似那将死的病人，他是自顾不暇，怎能照应到行路的人们！

车夫放缓了他的脚步；慢慢地向前走去，越走越僻静，他的脚步也越放慢，还幸月亮这时已拨开浓云与世人们作多情的慰藉，这个惧怕黑暗的前途，才算是有了救星！

前面密层层黑漆漆地一片又高又大的槐树，树枝被风吹得沙沙价发响，不知这时车夫的心理是怎么样？我可是觉得心里朴踊踊地乱跳，这一刹那的景象，实在是凄楚极了！

一棵两棵的槐树，我已从他们面前过来了，我预计着再经过四五棵树就可以到我家的门口，走到最后的第二棵树旁边，忽见一个高大魁伟的人影，矗立在树干旁边；一只手叉着腰；一只手拉着一个洋车夫的手臂；凶恶的眼光，映着我家门口的油灯，闪烁得十分可怕！

我的车子已到了门口；我下车后，不愿意就进去；因为惊奇的神支配着我；我站在门口怔了半天，远远地看着他那长大的巨灵掌，打在车夫的脸上，怒骂的声音，都几乎为这声响遮掩得分辨不清了！

惊丧胆气微弱车夫的声音，深深地打入我的耳壳里来：——

"老总！您要看着我成就成！……我……拉您去就是啦！"

"我告诉你，得赶快的走；大爷的事情忙着呢！……要是一步步地挪，小心你的耳光子！"

他们的谈话，现在终结了；那位老总是坐在车子上了；挨耳光的车夫顾不得说话没力气，拉着车子却要和牛马般的努力向前飞奔！一转眼车子已去得很远，我呢？还是怔怔地站在台阶上，好像不知道这时候是夜深风冷，因为我一腔的无明火现在正烧得旺旺地呢！

看门的老陈出来了，他的脚步声竟惊醒了我迷惘的心灵，回转身子走到房里，坐在自由椅上；想想这个，想想那个；一件件使人愤怒悲哀过去的印象，都浮上观念界来。

睡魔替我来驱逐这些使人扫兴的材料；我的心灵渐渐失了知觉；我倒在床上睡了；过了一点钟——我忽从梦中惊醒；瞪目直视，“呵！何尝有他们的影子——车夫和老总莫非都是梦吗？……唉！算了吧！……这只不过是世界上头的一件小事呵！”我想到这里，我又仿佛心里舒服了一点；便又沉沉睡去，等到醒来，已经是满窗红日了！那一件小事呢？仍旧深深地印在我的心幕上！

十，二十，一九二一，北京

（本篇最初发表于1921年10月24日《益世报·女子周刊》）

雪

（一）

她不住在空中飞舞，努力的工作，
刹那间装璜［潢］得这世界，洁白，庄严，
黑的，脏的，卑污的……
全不见了，
只有那洁莹的六角结晶——
铺满了大地。

（二）

忽然太阳露出他热烈的笑魇［靥］；
逼得她躲在地里，
她所有的工作全都失败了！
那黑的，脏的，卑污的——

仍旧露出来！
只有那山阴屋后，
留着些残痕遗迹。

（三）

呼，呼，一阵怒吼，
震得衰□枯柳刷刷乱抖；
地满面幂着惨雾愁云，
一滴滴的泪水和泥土结成冰块，
亮晶晶的向风姨射着，
畏缩！冷涩！

（四）

风姨吼得倦了——
声音渐渐低弱。
黑漆漆，静悄悄，是此刻的境地。
更有那孤庙的油灯，
放着微弱的寒光，
照着她灰白僵硬的身体，
凄惨，可怕！

一九二一、一月十九在北京

（本篇最初发表于1921年10月25日《益世报·女子周刊》）

月　下

盈盈地清波依旧吗？
小园里的秋草——
暗自里憔悴了多少？
今夜呵！却是——
影对，形双；
语欢言畅！
不似露冷衣单。
温存的绵密的爱呵！
深深地浸润了我和她！
我和她——
今朝的月下呵，
不听见白杨声萧萧！
寒蝉嗟呀！

唉！怪呦！神秘的“爱之花”！

（本篇最初发表于 1921 年 10 月 31 日《益世报·女子周刊》）

黄　英[①]

予与友人至中央公园赏菊，见菊丛中有黄花，标其签曰黄英，予似有所悟感，因作黄英一首。[②]

黄英呵！
谁和你曾相识？
清照拿你比人瘦，
渊明引你为和音；
黛玉曾问你“偕谁隐”？
但是谁知你的真性情？
年年中央公园里谁曾给你个“的评”？

① 黄英，黄菊之一种。庐隐学名亦曰黄英，有所感悟，借以为自己画像。

② 此诗原刊后还有友人的一首和诗。此友人名姓不详。

你的貌邈［藐］小；
你的形冷清；
你的心包括万物；
你的情温存乐生，
“物相即我相”！
真纯洁的天然差是你的知音！

（本篇最初发表于1921年11月7日《益世报·女子周刊》）

灵魂可以卖吗

荷姑她是我的邻居张诚的女儿，她从十五岁上，就在城里那所大绵纱工厂里，作一个纺纱的女工，现在已经四年了。

当夏天熹微的晨光，笼罩着万物的时候，那铿锵悠扬地工厂开门的钟声，常常唤醒这城里居民的晓梦，告诉工人们作工的时间到了。那时我推开临街的玻璃窗，向外张望，必定看见荷姑拿着一个小盒子，里边装着几块烧饼，或是还有两片咸肉，——这就是工厂里的午饭；从这里匆匆地走过，我常喜欢看着她，她也时常注视我，所以我们总算是一个相识的朋友呢！

初时我和她遇见的时候，只不过彼此对望着，仅在这两双视线里，打个照会。后来日子长了，我们也更熟悉了，不像从前那种拘束冷淡了；每次遇见的时候，彼此都含着温和的微笑，表示我们无限的情意。

今天我照常推开窗户，向下看去，荷姑推开柴门，匆匆地向这边来了，她来到我的窗下，便停住了，满脸露着很愁闷和怀疑的神气，仰着头，含着乞求的眼神颤巍巍地道：“你愿意帮助我吗?”说完俯下头去，静待我的回答，我虽不知道她要我帮助她作甚么，但是我的确很愿意尽我的力量帮助她，我更不忍看她那可怜的状态，我竟顾不得思索，急忙地应道：“能够！能够！凡是你所要我作的事，我都愿意帮助你!”

“呵！谢上帝！你肯帮助我了!”荷姑极诚恳的这么说着，眼睛里露出欣悦的光采来，那两颊温和的笑痕，在我的灵魂里，又增了一层更深的印象，甜美，神秘，使人永远不易忘记呢！过了些时，她又对我说：“今天下午六点钟的时候，我们再会吧！现在我还须到工厂里去。”我也说道：“再会吧!”她便回转身子，匆匆地向工厂的那条路上去了。

荷姑走了！连影子都看不见了！但是我还怔怔地俯在窗子上，回想她那种可怜的神情，不禁使我生出一种神秘微妙的情感，和激昂慷慨的壮气；我觉得世界上可怜的人实在太多，但是像荷姑那种委曲沈痛的可怜，我还是第一次看见呢！她现在要求我帮助她，我的能力大约总有胜过她的，这是上帝给我为善的机会，实在是很难得而可贵的机会！我应当怎样地利用呵！

我决定帮助她了！那末我所帮助她的，必要使她满足，所以我现在应该预备了。她若果和我借钱，我一定尽我所有的帮助她，她若是有一种大需要，我直接不能给他，也要和母亲商量把我下月应得的费用，一齐给她，一定使她满足她所需要的。人们生活在世界上，缺乏金钱，实在是不幸的运命呢！但是能济人之急，才是人类互助的精神，可贵的德性！我有绝大的自尊心，不愿意作个自私自利的动物，我不住的这么想，我豪侠的壮气，也不住的增加，恨不得荷姑立刻就来，我不要她向我乞求，便把我所有的钱，好好地递给她，使她可以少受些疑难和愁虑的苦！

我自从荷姑走后，我心里没有一刻宁贴，那一股勇于为善的壮气，直使我的心容留不下，时时流露在我的行动里，说话的声音特别沈着，走路都不像平日了。今天的我仿佛是古时候的虬髯客和红拂那一流的人，“气概不可一世。”

今天的日子，过得特别慢，往日那太阳射在绵纱厂的烟筒尖上，是很容易的事情，可是今天，我至少总有十几次，从这窗外看过去，日影总没到那里，现在还差一寸呢！

“呵！那烟筒的尖上，现在不是射着太阳，放出闪烁的光来吗？荷姑就要来了！”我俯在窗子上，不禁喜欢得自言自语起来。

远远地一队工人，从工厂里络绎着出来了；他们有的向南边的大街上去；有的到东边那广场里去，顷刻间便都散尽了。但是荷姑还不见出来，我急切地盼望着，又过了些时，那工厂的大铁门，才又“呀”的一声开了，荷姑忙忙地往我们这条胡同里来，她脸上满了汗珠，好似雨点般滴下来，两颊红得直像胭脂，头筋一根根从皮肤里隐隐地印出来，表示那工厂里恶浊的空气，和疲劳的压迫。

她渐渐地走近了，我们的视线彼此接触上了，她微微地笑着走到我的书房里来，我等不得和她说什么话，我便跑到我的卧室里，把那早已预备好的一包钱，送到荷姑面前很高兴的向她说：“你拿回去吧！若果还有需用，我更想法子帮助你！”

荷姑起先似乎很不明白地向我凝视着，后来她忽叹了一口气，冷笑道："世界上应该还有比钱更为需要的东西吧！"

我真不明白，也没有想到，荷姑为什么竟有这种出人意料的情形？但是我不能不后悔，我未曾料到她的需要，就造次把含侮辱人类的金钱，也可以说是万恶的金钱给她，竟致刺激得她感伤，唉！这真是一种极大的羞耻！我的眼睛不敢抬起来了！羞和急的情绪，激成无数的泪水，从我深邃的心里流出来！

我们彼此各自伤心寂静着，好久好久，荷姑才拭干她的眼泪和我说道："我现在要告诉你一件小故事，或者可以说是我四年以来的历史；这个就是我要求你帮助的。"我就点头应许她，以下的话，便是她所告诉我的故事了。

"在四年前，我实在是一个天真活泼的小孩子，现在自然是不像了！但是那时候我在中学预科里念书，无论谁不能想像我会有今天这种沉闷呢？"

荷姑说到这里，不禁叹息流下泪来，我看着她那种凄苦憔悴的神气，怎能不陪着她落下许多同情泪呢？等了许久，荷姑才又继续说：——

"日子过得极快，好似闪电一般，这个冰雪森严的冬天，早又回去了，那时我离中学预科毕业期，只有半年了，偏偏我的父亲的旧病，因春天到了，便又发作起来，不能到店里去作事，家境十分困难，我不能不丢弃这张将要到手的毕业文凭，回到家里侍奉父亲的病！当然我不能不灰心！但是这还算不得什么，因为慈爱的父母，和弟妹，可以给我许多安慰，不过没有几天，我的叔叔便托人替我荐到那所绝大的绵纱厂里作女工，一个月也有十几块钱的进项，于是我便不能不离开我的父母弟妹，去作工了，幸亏这时我父亲的病差不多快好了，我还不至于十分不放心。

“走到工厂临近的那条街上，早就听见轧轧隆隆的声音，这种声音，实含着残忍和使人厌憎的意思，足以给人一种极大不快的刺激，更有那乌黑的煤烟和污腻的油气，更加使人头目昏涨！

“我第一天进这工厂的门，看见四面黯淡的神气，实在忍耐不住，但是这些新奇的境地，和庞大的机器，确能使我的思想轮子，不住的转动，细察这些机器的装置和应用，实在不能说没有一点兴趣呢！过了几天，我被编入纺纱的那一队里，那个纺车的装置和转动，我开手学习，也很要用我的脑力，去领会和记忆，所以那时候，我仍不失为一个有活泼思想的人，常常从那油光的大铜片上，映出我两颊微笑的窝痕。

“那一年春天，很随便的过去了！所有鲜红的桃花托上，那时不是托着桃花，是托着嫩绿带毛的小桃子，榆树的残花落了一地，那叶子却长得非常茂盛，遮蔽着那灼人肌肤的太阳，竟是一个天然的凉篷。所有春天的燕子、杜鹃、黄莺儿，也都躲到别处去了，这一切新鲜夏天的景致，本来很容易给人们一种新刺激和新趣味。但是在那工厂里的人，实在得不到这种机会呢！

“我每天早晨，一定的时间到工厂里去，没有别的爽快的事情和希望，只是每次见你俯在窗子上，微笑着招呼，那便是我一天里最快活的事情了！除了这件，便是那急徐高低永没变更过一次的轧轧隆隆的机器声，充满了我的两耳和心灵，和永远用一定规矩去转动那纺车，这便是我每天的工作了！我的工作实在使我厌烦，有时我看见别的工人打铁，我便有一个极热烈的愿望，就是要想把那铁锤放在我的手中，拿起来试打两下，使那金黄色的火星，格外多些，似乎能使这沈黑的工厂，变光明些。

“有一次我看着刘良站在那铁炉旁边，摸擦那把铁锤子，火星四散，不觉看怔了，竟忘记使纺车转动，忽听见一种严厉的声音道‘唉!’我吓了一跳，抬头只见管纺纱组的工头板着铁青的面孔，恶狠狠地向我道：‘这个工作便是你唯一的责任，除此以外，你不应该更想什么；因为工厂里用钱雇你们来，不是叫你运用思想，只是运用你的手足和机器一样，谋得最大的利益，实在是你们的本分!’

“唉！这些话我当时实在不能完全明白，不过我从那天起，我果然不敢更想什么，渐渐成了习惯，除了谋利和得工资以外，也似乎不能更想什么了！便是离开工厂以后，耳朵还是充满着纺车轧轧的声音，和机器隆隆的声音；脑子里也只有纺车怎样动转的影子，和努力纺纱的念头，别的一切东西，我都觉得仿佛很隔膜的。

“这样过了三四年，我自己也觉得我实在是一副很好的机器，和那纺车似乎没有很大的分别，因为我纺纱不过是手自然的活动，有秩序的旋转，除此更没有别的意义。至于我转动的熟习，可以说是不能再增加了!

“在那年秋天里的一天——八月十号——是工厂开厂的纪念日，放了一天工，我心里觉得十分烦闷，便约了和我同组的一个同伴，到城外去疏散，我们出了城，耳旁顿觉得清静了！天空也是一望无涯的苍碧，不着些微的云雾，只有一阵阵地西风吹着那梧桐叶子，发出一种清脆的音乐来，和那激石潺潺的水声，互相应和。我们来到河边，寂静的站在那里，水里映出两个人影，惊散了无数的游鱼，深深地躲向河底去了。

“我们后来拣到一块白润的石头上坐下了，悄悄地看着水里的树影，上下不住的摇荡，一个乌鸦斜刺里飞过去了。无限幽深的美，充满了我们此刻的灵魂里，细微的思潮，好似游丝般不住地荡漾，许多的往事，久已被工厂里的机器声压没了，现在仿佛大梦初醒，逐渐地浮上心头。

“忽一阵尖利的秋风，吹过那残荷的清香来，五年前一个深刻的印象，从我灵魂深处，渐渐地涌现上来，好似电影片一般的明显：在一个乡野的地方，天上的凉云，好似流水般急驰过去，斜阳射在那蜿蜒的荷花池上，照着荷叶上水珠，晶晶发亮，一队活泼的女学生，围绕着那荷花池，唱着歌儿，这个快乐的旅行，实在是我一生最大的幸福呢！今天的荷花香，正是前五年的荷花香，但是现在的我，绝不是前五年的我了！

“我想到我可亲爱的学伴，更想到放在学校标本室的荷瓣和秋葵，我心里的感动，我真不知道怎样可以形容出来，使你真切的知道！”

荷姑说到这里，喉咙忽咽住了，眼眶里满含着痛泪，望着碧蓝的天空，似乎求上帝帮助她，超拔她似的，其实这实在是她的妄想呵！我这时满心的疑云乃越积越厚，忍不住的问荷姑道：“你要我帮助的到底是什么呢？”

荷姑被我一问，才又往下说她的故事：

“那时我和我的同伴各自默默地沈思着，后来我的同伴忽和我说：‘我想我自从进了工厂以后，我便不是我了！唉！我们的灵魂可以卖吗？’呵！这是何等痛心的疑问！我只觉得一阵心酸，愁苦的情绪，乱了我的心，我一句话也回答不出来！停了半天只是自己问着自己道：‘灵魂可以卖吗?’除此我不能更说别的了！

“我们为了这个痛心的疑问，都呆呆地瞪视那去而不返的流水，不发一言，忽然从芦苇丛中，跑出四五个活泼的水鸭来，在水里自如的游泳着，捕捉那肥美的水虫充饥，水鸭的自由，便使我们生出一种嫉恨的思想——失了灵魂的工人，还不如水鸭呢！——而这一群恼人的水鸭，也似明白我们的失意，对着我们，作出傲慢得意的高吟，不住‘呵，呵!’的叫着，这个我们真不能更忍受了！便急急地离开这境地，回到那尘烟充满的城里去。

“第二天工厂照旧开工，我还是很早地到了工厂里，坐在纺车的旁边，用手不住摇转着，而我目光和思想，却注视在全厂的工人身上，见他们手足的转动，永远是从左向右，他们所站的地方，也永远没有改动分毫，他们工作的熟练，实在是自然极了！当早晨工厂动工钟响的时候，工人便都像机器开了锁，一直不止的工作，等到工厂停工钟响了，他们也像机器上了锁，不再转动了！他们的面色，是黧黑里隐着青黄，眼光都是木强的，便是作了一天的工作，所得的成绩，他们也不见得有什么愉快，只有那发工资的一天，大家脸上是露着凄惨的微笑！

“我渐渐地明白了，我同伴的话实在是不错，这工厂里的工人，实在不止是单卖他们的劳力，他们没有一些思想和出主意的机会，——灵魂应享的权利，他们不是卖了他们的灵魂吗?

“但是我永远不敢相信，我的想头是对的，因为灵魂的可贵，实在是无价之宝，这有限的工资便可以买去?或者工人便甘心卖出吗？……‘灵魂可以卖吗？’这个绝大的难题，谁能用忠诚平正的心，给我们一个圆满的回答呢！”

荷姑说完这段故事，只是低着头，用手摸弄着她的衣襟，脸上露着十分沉痛的样子，我心里只觉得七上八下的乱跳，更不能说出半句话来，过了些时荷姑才又说道：“我所求你帮助我的，就是请你告诉我，灵魂可以卖吗？”

我被她这一问，实在不敢回答，因为这世界上的事情不合理的太多呵！我实在自悔孟浪，为什么不问明白，便应许帮助她呢？现在弄得欲罢不能！我急得眼泪湿透了衣襟，但还是一句话没有，荷姑见我这种为难的情形，不禁叹道：“金钱虽是可以帮助无告的穷人，但是失了灵魂的人的苦恼，实在更甚于没有金钱的百倍呢！人们只知道用金钱周济人，而不肯代人赎回比金钱更要紧的灵魂！”

她现在不再说什么了！我更不能说什么了！只有忏悔和羞愧的情绪，激成一种小声浪，责备我道：“帮助人呵！用你的勇气回答她呵！灵魂可以卖吗？”

（本篇最初发表于 1921 年 11 月 10 日《小说月报》第 12 卷第 11 号，后收入《海滨故人》集）

祝《晨报》第三周的纪念[①]

（一）

缥缈的云端里，
隐约着无数缟翼珠缨的使者；
她们奏着和平的雅乐，
唱着庆祝的歌儿，
向那文化的骄子，
微笑着轻轻地唱道：
“幸喜你已三周了！
尘世的万种罪恶，

① 此诗是作者为北京《晨报》成立三周年而作。

光明的障碍全仗你打破，
打破了那黑暗的形形色色！”

（二）

婉妙的歌声歇了！
诸使者渐渐地隐入云端里；
那四散的光采罩住他，
红光中现出文化的骄子；
轻轻地祷告诸神说：
“愿你时用甘露浸润我，
时用和风吹拂我，
从三周直至无数的三周，
永远健旺着把世界改革！”

（本篇最初发表于1921年12月1日北京《晨报》第9版）

思　　潮

开着窗户，对着场圃，很暇豫的眺望：绿草刚刚萌芽，碧桃却含着无限的春意，对人微微笑着——轻盈而娇艳；花影射在横塘里，惹得鱼儿上下的征逐；清闲快乐，这么过一生，便北面封王也比不上这个好呵！在这波清气爽的境地，几个亲密的朋友，拉着手在这草地上散步，唱着甜美的歌儿，天上的安琪儿都要羡慕呢！要是倦了，就坐在这块滑润的石头歇着，听水声潺潺地流着，整［正］是一种天然的音乐，这石头多少“玲珑透剔”呵！……呀！像是甚么地方也有这么一块？……哦！不错，三个卷着头发，露着雪白小腿，蓝眼睛白脸蛋的小女孩，倚在那石头上，三四个游公园的男学生，拿着照像器给她们拍照，那个顶小的，忽然垂着眼皮，突着嘴叫道：“萧妈！我生气啦！”这个声音娇憨而清脆，惹得四围许多男的女的老的少的，都张着嘴，眯着眼，嘻嘻哈哈地笑个不住。奇怪呵！他们真像上了机器似的，嘴里不住叫着“这孩子真有意思！……真有意思，嘻嘻嘻！”眼睛眯着，不细看简直看不出缝来。

一个老头，一只手拿着一根拐杖；一只手摸着胡子；弯曲着腰，也是“哈哈哈”地笑；她更奇怪，倚在小山石上，一边张着嘴笑得哝呀，哝呀的，一边眼泪却好像“断线真珠般”往下坠。

忽然大家都寂静了；许许多多的眼神，都集中在那三个天真烂熳的孩子身上；她们也很知道照像是一件很要注意的事情；挺直了腰，放好手，仰着头，碧蓝的三对小眼，也都聚精会神，对着像架那边望着，现在已是准备好了，一个男学生笑着对她们说：“别动呵！要照啦！”忽然顶小的那个，眼睛一转，不知想起甚么？赶紧转过头来，对着她那个看妈嚷道：“你瞧，你瞧，那边一只小狗狗；……一只狗狗。”说着小手不由得举起来往远处——一只西洋狮子狗伏的地方指着；跟着小腿也不觉得抬起来，一步一步的向前迈，渐渐迈得更快，竟跑着追起那个小狗来了。

许多经过她们旁边的游人，都站住看她们；起初人们都怔怔地望着她——追小狗的女孩子；灵魂都被她那活泼天真的微妙勾了去，寂静和幽秘是这时候的空气；忽然一回头，见那两个稍大的女孩子，仍旧很稳静的站在那里，预备和希望照一张很整齐的相；这才提醒了大家，一阵哈哈的笑声，立刻破了空气的寂静。

她追着小狗，跑得累了，细弱的娇喘，涨得柔嫩的面皮，红艳直像浇着露水，新开的紫玫瑰花。额上的头发，也散了下来，覆在脸上；小手不住在胸口摩挲，望了众人一眼，又犇犇跳跳地跑开了；跑到萧妈面前，接了小白帽子，斜歪着戴在头上，憨皮的样子和稚琴简直差不多；当天热的时侯，在大马路上不是时常看见稚琴戴着那顶白蓬布帽子摇摇摆摆的走过吗？得意而且活泼的神情，时时从她眼睛里流露出来；公司门口那架大镜子，当她走过这里的时候，必要照一回。

照镜子原是靠不住的事情啊！从前新世界里放着八架镜子，每一架镜子，把人照成一个样子，八架镜子就把人照成八个样子，德福她长得极胖——在学堂里验起身体来，她的体重总在一百五十斤以上，她可是极不相信她是真胖，那天她逛新世界，看见一个个来逛的太太小姐们，都很细挑，竟惹起她的怀疑心来："我果比她们胖吗？"这个念头老在她心里起伏，恰好她走到这架镜子面前——一个照人细长的镜子里，立刻露出一个"长身玉立"的她，这一喜欢真非同小可啊！她不觉自言自语的道："人家都说我胖，块头大不好看，他们真是没眼睛呢？绍玉她在我们一堆算是顶小顶瘦的了，可是和我也差不多呢！到底是镜子有准啊！"

胖子顶怕人说胖，可是爱睡觉，就足以作胖子的特征呢，姚先生他也是一个胖子，脂肪真多呵，五脏都被脂肪蒙住了，脑子也胶住啦，所以顶喜欢睡觉，无论坐在车上或是椅上，到不了三分钟，就可睡着；站在门槛上，或柱旁边，也是立刻要打呼的……那天他站在台阶上，看人家行结婚礼，嘴里还衔着一枝吕宋烟，忽然烟卷从他嘴里掉了下来；跟着"了不得，快着，快着……"一阵的乱叫，大家都吓住了，抬头往对面一看，原来是他又睡觉了，险些儿摔下来，幸亏旁边的人扶得快，不然怕免不了头破血流呢！——野狗又得一顿饱了。

嘿！野狗吃人血真可怕呢！上次西郊外，难民阿三，不是被野狗把腿咬断了吗？血流了一地，像一道小红河似的，野狗不久就把他喝干了！人真可怜呵！作了难民更可怜，对了他们“泣饥号寒”的同类，谁有良心能不为他们叫屈呢？我们当然要帮助他们，使他们得到平安；他们又何尝不希望人家拯救他们？只是他们的运气不好，有心的又没力，有力的又没心！他们就是把一只耕地的肥牛牵出来卖，这个牛也不受他们的支配呢！无论卖给谁，它都要用它那个犄角，作抵抗的武器，和人家拚命呢！必得等到王大来了，用一种甚么降魔的方法，他才帖帖服服跟他去了……世界上没有方法是不能作事呵！

人家说王大知道牛脾气，所以他能降伏牛，这些难民他不知道牛脾气，又怎么会降伏牛，以至于要牛救济他们呢？乡下人真不懂事呵！那个马惊了，赵老婆子不知道躲进屋里去，反倒躲在放螃蟹的木桶里；螃蟹本是“横行公子”，他怎解得救济人？赵老婆的脚，竟被他那两把大翦子夹得出了血，只得不顾命的从桶里窜了出来；一个不小心，木桶倒了，养螃蟹的腥水，浇了她一身，直像一个雨淋的水鸡，像刺猬般的缩作一团；怎么不可笑呢！

公园的小孩，……胖子都赶不上这个有趣，哈哈！我不禁对着天空大笑起来。

“嘿！你莫非真得了神经病吗？”她——我的表妹推了我一下；我才定了神，四面的看看，除了从窗户射进来的阳光，照着壁上的钟闪闪放光——似乎是新鲜的以外；其余的布置没改平日分毫的样子。刚才所涌现我眼前的东西，原来都是起伏不定的思潮，那个傻老太太也只是从前的印象——现在的思潮呵！……

（本篇最初发表于1921年12月10日《小说月报》第12卷第12号，后收入《海滨故人》集）

1922 年

一个女教员

在张家村里，前三年来了一个女教员。她端婉的面目，细长的身材，和说话清脆的声调，早把全村子里的人们哄动了。李老大和牛老三都把他们的孩子，从别的村子里，送到这儿来念书。

这所村学正是在张家村西南角上，张家的祠堂里。这祠堂的外面，有一块空地，从前女教员没来的时候，永远是满长着些杂草野菜，村里的孩子们，常到这里来放牛喂羊；现在呢，几排篱笆上满攀着五色灿烂的牵牛花，紫藤架下，新近又放了一个石儿，几张石鼓，黄昏的斜阳里，常常看见一个白衣女郎，和几个天真的孩子在那里讲故事。

在几个孩子中间，有一个比较最小的，她是张家村村头张敬笃的女儿，生得象苹果般的小脸，玫瑰色的双颊，和明星般的一双聪明流俐的小眼，这时正微笑着，倚在女教员的怀里，用小手摩挲着女教员的手说："老师！前天讲的那红帽子小女儿的故事，今天再讲下去吗？"

女教员抚着她的脸，微微地笑道："哦！小美儿，那个红帽子的小女儿是怎么样一个孩子？……""哈，老师！姐妹告诉我，她是一个顶可爱的女孩儿呢……所以她祖母给她作一顶红帽子戴……老师！对不对？"

别的孩子都凑拢来说："老师！对不对？"女教员笑答道："美儿！……可爱的孩子们，这话对了！你们也愿意，使妈妈给你们作一顶红帽子戴吗？"

小美儿听了这话，想了一想，说："老师！明天见吧！……我回去请妈妈替我作帽子去。"小美儿从女教员的怀里跑走了，女教员目送着她，披满两肩的黑发的后影，一跳一窜，向那东边一带瓦房里去了。

其余几个孩子，也和女教员道了晚安，各自回去了。女教员见孩子们都走了，独自一个站在紫藤花架下，静静地领略那藤花清微的香气。这时孩子们还在那条溪边，看渔父打鱼，但是微弱的斜阳余辉，不一时便沉到水平线以下去，大地上立刻罩上了一层灰暗色的薄暮，女教员不禁叹道："紫藤花下立尽黄昏了！"便抖掉飞散身上的紫藤花瓣，慢慢地踏着苍茫暮色，掖着满天星斗，回到房里去。

一盏油灯，吐出光焰来，把夜的昏暗变成光明，女教员独坐灯下，把那本卢骚作的教育小说《爱米尔》翻开看了几页，觉得自己现在所处的环境，正是卢骚所说天然的园子，那个小美儿和爱米尔不是一样的天真聪明吗？……

她正想到这里，耳旁忽听一阵风过，窗前的竹叶儿便刷刷价发起响来，无来由的悲凉情绪，蓦地里涌上心头，更加着那多事的月儿，偏要从窗隙里，去窥看她，惹得她万念奔集，……想起当年离家状况，不禁还要心酸！而岁月又好象石火流光，看看已是三年了！慈母倚闾……妹妹盼望……这无限的思家情绪……她禁不住流下泪来！

夜深了！村子西边的萧寺里，木鱼儿响了几数遍，她还在轻轻地读她母亲的信！

> “敏儿：一去三年，还不见你回来，怎不使我盼望！……去年你二哥二嫂到天津去，家里更是寂寞了！我原想叫你就回来，但是为了那些孩子们的前途，我又不愿意你回来，好在你妹妹现在已经毕业了，她可以安慰我，你还是不用回来吧！
>
> 你在外头不要大意了，也不要忘了‘努力’，你自己的抱负固然不小，但我所希望于你的，更大呢！敏儿！你缺少甚么东西，写信回来好了！
>
> 你的母亲写”

她知道母亲的心，是要她成一个有益社会的人类分子，不是要她作一个朝夕相处的孝女，她一遍两遍地念着母亲的信，也一次两次地受母亲热情的鼓励，悲哀恋家的柔情，渐渐消灭了！努力前途的雄心，也同时增长起来，便轻轻地叹道：“唳！‘匈奴未死［灭］，何以家为’！”想到这里，把信依旧叠好，放在抽屉里，回头看看桌上的小自鸣钟，已经是两点多了，知道夜色已深，便收拾去睡了。

过了两天正是星期日，早上学生来上了课，下午照例是放半天假，小美儿随着同学们出了课堂，便跑到女教员的面前，牵住她的衣襟说："老师！我妈妈说，明天就给我戴上那顶红帽子了。"女教员见了天真纯洁的小美儿，又把她终身从事教育的决心，增加了几倍，因而又想起人类世界的混浊，一般的青年不是弄得"悲观厌世"，便是堕落成"醉生梦死"，交际场中，种种的龃龉卑污，可怜人们的本性，早被摧残干净，难得还有这个"世外桃源"！现在的我，才得反朴归真呢！她想到这里，顿觉得神清气爽，因笑着把小美儿的手，轻轻地握着，叫她跟自己回到屋子来。

小美儿才跨进门槛，就闻见一阵果子香，往桌上一看，在一个大翠绿的洋磁盘子里，堆着满满一盘又红又圆的苹果，女教员走到那放苹果的桌子跟前捡了一个最红艳的，给了小美儿，并且还告诉小美儿说："可爱的小美儿，你脸上的颜色，好像这个苹果。你好好爱惜这个苹果，不要使他变了本来的样子，你也永远不要失了你的天真，……可爱的孩子，你愿意吗？"美儿笑着点了点头。于是女教员又说："好！你现在去叫他们都来，我们今天该讲小亨利的故事了。"

小美儿一壁唱着，一壁跳着出去了。女教员便从里间屋子里搬出好些小椅子来，在外头那间书房的地上，把椅子排成一个半圆形，中间放着一张小圆儿，儿上放着一盘鲜红的蜜桔，还有一盒子洋糖。女教员自己又从院子里，荼蘼花架上剪下两枝茶色的荼蘼花来插在一个粉红色的花瓶里。女教员安置清楚了，便坐在中间的那张小椅子上，等了一刻，许多细碎的脚步声，从外面进来了，女教员照例地唱起欢迎小朋友的歌道：——

“可爱的小朋友呵！
污浊的世界上，
唯有你们是上帝的宠儿；
是自然的骄子；
你们的心，象那梅花上的香雪，
自然浸润了你们；
母爱陶冶了你们；
呵！可爱的小朋友！
她为了上帝的使命，
愿永远欢迎你们，
欢迎你们未曾被损的天真！”

孩子随着歌声，鱼贯而入，静静地挨着次序坐下，女教员现在准备说那小亨利的故事了，孩子们都安静听着，女教员开始说了：——

“亨利是个黄头发，像金子一样黄，和蓝眼睛的外国孩子，他有一把顶好的斧子，是他父亲从纽约城里买来给他的。……”

孩子们都喜欢得笑起来了，一个孩子问女教员说：“老师……，那把斧子是不是前头有尖？……”一个孩子抢着说：“老师，我家里，也有一把斧子，是我爹爹的……”

孩子们就这么谈起话来，这个故事也就不再往下说了。女教员把果子加糖分给他们。到了黄昏的时候，孩子们就要告辞回去了。女教员收拾完了桌椅，想到院子里去散步，这时候管祠堂的老头儿，拿了一个纸卷和一封信进来，女教员见是家里寄的信，便急忙打开看了一遍，知道没什么事，这才把心放了，再去拆那捆纸卷，原来是北京寄来的新闻纸，她便摊开来，一张张往下看，看到第三张，忽见报纸空白地方，注着几个红色的钢笔字道“注意这一段”，她果真留意去看，只见这一段的标题是：

“社会党首领伊立被捕!”

她看了这个标题，脸上立刻露着失望和怆凄的神色，对着那凝碧的寒光流下泪来，心中满含着万千凄楚的情绪。更加着墙根底下的蟋蟀不住声的悲鸣，似乎和她说，现在的世界已惨淡到极点了！她真不知何以自慰，拿起报纸来看看，竟越看越伤心……历年来，百姓们所受的罪苦已经是够了，这次伊立又被捕，唳！从此国家更多事了！这种不可忍的罪恶压迫，谁终能缄默？她想到这里，勇气勃发，她决意要出去和惨忍的虎狼奋斗了！她从笔架上拿下一支笔来，向那张雪花笺上，不假思索地写道：——

“振儒同志：

去年在九月里得到你报告近况的信，并且蒙你劝我立刻到广东去，当时我一心从事教育事业，有毕生不离开张家村的志愿，因为我厌恶城市的伪诈，和不自然的物质生活，所以回信便拒绝了你，……但是心里也没有一时不为这破裂的时局愁虑！

今天看你寄来的报，知道伊立终至被捕，这种没有公道的世界，还能容我的缄默吗？我的血沸了！我的心碎了。

振儒！我决心……咳！我写到这里我的气短了，你知道这一阵西风送来的是甚么声音吗！……小美儿——可爱的孩子们的歌声呵！……唉！我不能决定了！……我现在不告诉你走不走吧！……清净的环境，天真的孩子，他们已经把我的心系得牢极了！……”

她现在不能再往下写了，只是怔怔地思前想后，愤怒，悲伤，……种种不一而足的情绪全都搅在一起，使她神经乱了，使她血脉停滞了，昏沉沉倒在床上，到了第二天她病了。孩子们走到她床前慰问她，益使她的心酸辛得痛起来。她想，无辜的孩子，若是她走了，他们的小命运谁更能替他们负责任呢？……眼看得这些才发芽的兰花儿，又要被狂风来摧残了……她想着眼圈红了，怕伤孩子们的心，便假托睡觉，把头盖在被里了。

孩子们见老师睡了，便都慢慢地溜出去，在院子里，小美儿便说道：“老师病了，亨利的故事不能讲，咳，也不知道亨利的父亲给他那把斧子作什么用？”

一个孩子说：“我知道，一定是叫他帮着他父亲去割麦子，前天库儿不是告诉咱们说，他用一把斧子，替他爸爸割了好些麦子吗？听说他爸爸还为了这个给他买糖吃呢！”

孩子们谈到这里忽又都跑开了，因为小桂儿，又牵出那黄牛，到东南角去放去了，……小桂儿又会吹笛子，他们常看见他骑在黄牛背吹出顶好的调子来，现在他们又都赶到那里去听了。

女教员的病，过了两天也就好了，孩子们仍旧都来上课，只是小亨利的故事老没机会接着讲下去，并且天天黄昏的时候也不见女教员坐在那紫藤架底下了。孩子们谁也猜不到为甚么。小美儿有一天走到女教员的身边，问她什么时候再讲亨利的故事，女教员就哭着说："可爱的孩子，不要着急，我将来一定要告诉你们亨利怎么样用他的斧子，你们以后大了，或者也能和小亨利一样好好去用，那上帝所赐给你的斧子……现在你还小呢，不能作这件事，但在你的小心眼里，不能不常常这么想！聪明的孩子，你懂得我的话吗？我希望上帝赐给你更大的机会，使你明白了我的意思那就好了……呵！可爱的孩子，天不早了，你回去吧！"

小美儿也就答应着回去了。

有一天下课以后，女教员绕着那清澈的小河，往张敬笃家里去，和敬笃请了一个星期的事假。第二天早晨，太阳刚晒到房顶上，小桂儿牵着那匹老黄牛，在草地里吃草，忽见女教员手里提着一个竹子编成的小箱子，和一个生客，二十多岁的男人，往城里的那条大道上去。后来小桂儿听张家村里的人说，那是女教员的哥哥，来接她回北京去，因为她的病还没大好，这次回去养病，他们心里这么揣度着，嘴里也就这么说着，女教员自己并没和他们这么说过。

孩子们因为女教员回去了，便都放下书本，到田里帮助他爹妈去作活，拾麦穗。小美儿有时也能帮她妈提着小提篮，给她爹送菜到田里去，她现在果真戴上那小红帽子。初秋的天气本不很凉，戴了这红帽子竟热得出了汗，帽子的红颜色便把她的小白额和双颊都染得象胭脂一般，于是村子里的人们便都叫她作小红人了。

日子过得象穿梭那么快，女教员已经是走了六天，孩子们预算着第二天女教员便应该回来了。他们不敢再和小桂儿玩，各人都回去把书包收拾了，把书温习了两遍，提防着第二天女教员要问，并且他们又记挂着那没讲完的小亨利的故事，他们十分盼望女教员就来。

到了黄昏的时候，孩子们看着他们的父母，作完活，大家都预备着回去了，孩子又聚拢来互相嘱咐，明天早点起来到书房去等女教员，或者就要讲亨利的故事了。

第二天是阴天，小美儿起来了，还以为没出太阳，早得很，十分的高兴，她妈替她梳好了头，她自己戴上了那顶红帽子，拿着书包，到书房里去。她跳着进了门，迎面便见库儿拿着一把亮晶晶的小斧子，往外走，见了小美儿便站住道："美儿，你看这把斧子，不是前头有尖吗？我带来等会子问老师和亨利的斧子一样不一样？"

小美儿高兴得跳起来道："好，好，你拿进来吧！"他们两个小人儿便牵着手进去了。

这时候别的孩子们全都早来了，见了小美儿他们更是欢喜。小美儿走到自己的位子上坐下，他们心里筹算着老师总该来了！孩子们便都安静坐着。过了十分钟孩子们又等得不耐烦了，库儿拿着斧子在鞋底上磨，小美儿怕他碰破了脚，竟吓得叫起来，这时候就都乱哄哄地噪起来了。书房的门忽然慢慢地开了，女教员轻轻走了进来，孩子们又都安静了！小美儿又站起来，给女教员恭恭敬敬鞠了一躬，别的孩子也都想起来了，接二连三地和女教员行礼。女教员对着孩子们勉强笑了一笑，但是微红的眼圈里满满盛着两眼眶的珠泪儿，静静地站在窗户前头，好象要哭的神气；孩子们便都呆呆地望着女教员不敢出声，便是最淘气的库儿也轻轻地把斧子放下了。

女教员极力把眼泪向肚里咽尽，慢慢地转过头来，对孩子们叹息着“咳”了一声说：“可爱的孩子们！这几天你们都作了甚么事?”孩子们又活动起来了，库儿更急着从那桌子底下把斧子举起来，小美儿便拍手道：“斧子，斧子，小亨利的故事，老师，小亨利的斧子和这个一样吗？前头也有尖吗?”

女教员现在坐在讲台上那张椅子上了，孩子们也都安静坐下，等着女教员说话，但是今天奇怪极了，女教员坐下半天，还没听见她开口，只是对着每一个孩子的脸，不住地细望；越望脸上的颜色也越转越白，最后竟发起抖来，孩子们真是糊涂极了，在他们的小脑子里，现在都布上了一片的疑云，从他们的眼里的确可以看得出来呢！

等了一会儿，女教员才轻轻地问道：“孩子们，……你们都记挂着小亨利的故事吗？好！我现在可以告诉你们以下的事了：小亨利拿了他父亲给他的那把尖利的斧，恭恭敬敬站在他父亲的面前，父亲就抚着他的头说：‘好孩子，你是上帝的使者，这把斧子也是上帝命我赐给你的，因为你所住的园子里，现在生了许多的毒草，你拿了这把斧子，赶紧起来除掉他，使那发芽的豆子黄瓜好好长起来。’小亨利是个顶有志气的好孩子，当时领了父亲的命，便独自到园子里去了。

“那些毒草上面长了许多刺，把小亨利的手刺破了，流了许多的血，小亨利虽然痛得要痛哭，但是他为了父亲的命令和瓜豆的成长，他到底忍着痛把毒草铲尽了。那末他又来到父亲的面前，交还这把斧子，他父亲喜欢得在上帝面前替小亨利祝福……”①

孩子们听完这段故事，个个喜欢得嚷起来，女教员便走到孩子们面前，柔声地道：“孩子们，你们都愿意用你们的斧子和亨利一样吗？”孩子们都齐声应道：“愿意！愿意！”

女教员退到讲堂那边，打开放在桌上的那个纸包，拿出十几张相片来，对孩子们说：“愿意看这个相片吗？”孩子们都一齐挤拢来看，里头有一个眼睛最快的阿梅，这时已嚷起来道：“老师，老师，那像片是老师！”于是别的孩子，都急起来，因为他们没有看到。女教员说：“孩子们，坐下，我分给你们每人一张。”孩子们这才都回到他们自己的坐位上去。

女教员把照片一张张都写上他们的名字，然后走下讲台，一张张送到孩子们面前，并且在每一个孩子的额上吻了一下吻，到最后的一个正是小美儿，女教员的眼泪忍不住竟滴在她的额上，小美儿仰起头来，用疑惑的眼光，对女教员望了一望，轻轻说道：“老师！老师！”女教员的心更是十分痛楚！

这时候门外一阵脚步声向这里来，女教员心里明白，和这些可爱的小羔羊分别的时候到了。她的眼泪更禁不住点点滴滴往下流，孩子不明白，只吓得发怔。

一个少年，推开门进来了，孩子们见了这奇异装束的生客，大家都静默了，不敢出一点声音，他们想这个生客穿的衣裳，还象那书上画的外国人。孩子们正在心里猜想，忽听那生客说：“是时候了，……他们都在门外等候。”只听女教员点点头并不

---

① 用斧子铲除毒草，势必要经历流血痛苦的过程，但可以使豆子黄瓜好好生长起来，其寓意是很明显的。这正是上帝训练小羊的方法。

答言，那生客回过头来对着那些孩子望了望；也不禁叹息一声，眼圈红着，把脸转到外面去了。

孩子们正在不得主意的时候，忽听见女教员抖颤的声音说："可爱的孩子们！我现在要走了！以后别的老师来了，你们要听他的话，……孩子们，我们再见吧！"孩子们这才知道老师要走了，全都急得哭起来，小美儿跑到老师的面前，抱着女教员的腿哭道："老师你别走吧……我永远不愿意离开你！……"

女教员见了小美儿这种情形，更不忍心走，只是那个客人又在催促，女教员对着孩子说："时候到了！……我们再见吧！孩子们，好好地用你们的斧子呵。"说着勉强忍泪笑了一笑，便走出去了，孩子们好象失了保护的小羊，十分伤心地哭泣，女教员不忍细听，急急地走出书房。到祠堂外头，见许多同志都在那里等候，女教员便请他们到前面去等，自己回房去收拾行李。

这时管祠的老头儿递进一封信来，女教员拆看念道：

亲爱的姐姐！

前几天听说姐姐要回来了，母亲喜欢得东张西罗，东厢房现在已经收拾好了，铁床也安放好了，那新帐子，还是我和母亲亲手作起来的呢，姐姐呵！你可回来了，母亲那一天不念几遍呢！从上礼拜她老人家就天天数日历！

昨天二哥哥从天津回来，带回来许多吃品，母亲也都留着等你回来一块吃呢！姐姐到底什么时候回来？我们都到火车站去接你。

你的妹妹湘琴上

女教员把这封信翻来复去看了好几遍，差不多都被眼泪浸烂了，想着母亲和妹妹倚闾盼望，不知道要如何的急切，但是自己不能回去！……咳！为了社会的罪恶，她不能不离开这些小学生，也不能回到融合的家庭里安慰白发的慈亲……她勉强忍住了伤心，匆匆忙忙写了一封回信道——

亲爱的妹妹！

你接到这封信必定要大大地失望！母亲必更加伤心，但希望妹妹多多安慰老人家！千万不要使她过分难受！

现在我已决定和同志们一齐到广东去了，至于甚么时候回来，自己也不能知道，总之“匈奴未灭，何以为家[家为]?”近几年来国运更是蜩螗[1]，政治的腐败，权奸的专横，那一件不叫人发指？百姓们受的罪，稍有心肝的人，都终难缄默；按我的初志，本想从教育上去改革人心，谁知天不从人愿，现在的事情，竟越弄越糟，远水原救不得近火，这是我不得不决心去为人道牺牲，不得不忍心撇下家庭和那些可爱的孩子们！

门口外都被他们站满了！用他们纯洁的真情，给我送行；我荣幸极了，这世界上除了他们还有更可贵的东西吗？但愿上帝保佑他们使他们永不受摧残吧！

现在时候已经很急了！我也不再说别的话，只是以后你们多留心些报纸好了，我恐怕事情很忙，或者不能常写

① 蜩螗，古指蝉。蜩螗之鸣，扰乱民心，纷扰不宁。

信呢！

你的姐姐上

女教员写完这封信，匆匆拿了行李走出来，孩子们都拥上来牵着衣襟，露着十分依恋的神气！女教员一个个安慰了他们，才对那些来送行的村中男女道谢，这时车子已预备齐，女教员不得已上了车子。车子走动了，孩子们还在远远地喊着“老师！老师”呢！

车子离开村子已有一里多路了，女教员回转头来还能看见张家村房顶氤氲的炊烟，绕着树随风向自己这里吹来，仿佛是给她送行。女教员对着这三年相依的村庄，说不尽的留恋，但是不解事的马竟越走越快，顷刻已进了大官道，张家村是早已看不见了，女教员才叹了一口气，决意不再回顾了！

一九二一，十一，二十二，北京

（本篇最初发表于1922年2月21日、3月1日《时事新报·文学旬刊》第29、30号）

一个月夜里的印象[1]

“灵筠她是一个活泼妙曼的女郎，脸上时时流露着和蔼的笑容；她不知道世界上有烦恼的事，更不明白甚么是耻辱和惨酷；她是喜欢研究自然科学和美学的一个有聪明有才智的女子……”

这个印象忽然浮上我的观念界来，我闭目宁神体贴她的优美恬静；要想把她描写出来，作我小说的材料，和美感的凭借。

一阵微风，轻轻把窗子吹开，一股清光射进我屋子来，呀！原来适才如雾如烟的细雨已经过去了；天上的乌云也都散尽；一轮皓月，也盈盈含笑露出她的面庞来。清光布满了大地，美丽的花影，迎着月光，荡着微风，隐约象美人临风轻舞；忽一阵清幽哀侧［恻］的箫声，断断续续从风中送过来，悠悠扬扬，

---

① 以下庐隐最早写的四篇小说，1920 年 12 月北大《批评》旬刊曾有预告。均被收入“文学研究会丛书”，延迟一年半才出版。

流荡回旋，真有“三日绕梁”之慨。

我的灵魂被这神秘和微妙的感情浸润醉了。一枝秃笔不知不觉放了下来，拧灭了案前的电灯，屋子充满了沉静的空气和清碧的亮光；一种说不出来神秘的感情，飘飘荡荡细微好象游丝，从神经总枢流露出来，散布到全身血管，立刻象是受了一种神秘的暗示，心房不住地跳动。

那如怨如慕、如泣如诉的箫声，刺得我的心都碎了；我的四肢也都软化了；我倚在赤栏杆旁怔怔地出神，我的心灵仿佛腾云驾雾，莫名其妙地落下泪来；歇了半晌，箫声住了。但是一阵低微凄切的歌声又由空气中送过来道——

“月儿呀！你照遍了山和水，
独撇下山阴下那只微弱的小羊！
清风呀！你吹散了宇宙的尘埃，
偏不能吹散伊的烦恼！
他们为了恋爱！
无意中留下了伊；
结果抛弃了伊！
惨云愁雾遮没伊的光明——
呵！是伊的罪吗？”

呀！好奇怪的歌，到底为了甚么？唱歌的人又是谁呢？……我不能知道。

但是我的思想永没有停住，想了又想，一个强烈的印象，现出在我的前面。

那座雅丽的庭园，在一天月色极好的夜里；一架绿叶繁茂的葡萄树下，他坐在那里，对着月儿不住的叹息，好久好久，他从衣袋里拿出一张六寸大的相片来，映着月光，隐约一个少妇，站在海边的岩石旁，一只洁白的小狗，伏在她的脚底下；她露着微微的笑容，态度十分娴雅。

他正在看得出神的时候，前日孤儿院中买来的那个女孩儿，恰好也到这里来玩耍；他忽然的心里一惊，不住对她看着——

"为甚么这么相像?"他不知不觉说出这句话来，但是他又赶紧咽住。

"你姓甚么？你的父母是谁？现在在那里?"

"先生，这个要问上帝，我一切都不知道!"她虽是这样说，但她的神气忽然变了，凄切哀怨的面纱，立刻罩在她的脸上。停了些时，她望着他手里拿的相片问道："先生，那是谁的相片?"

他被她一问，忍不住落下泪来，哽咽了半晌，才向她问道："你认得我吗?"

"先生，我知道你姓吴，我认识你底时候在前天下午三点钟时；以前我不认得你，因为那天……是我初次到你这里来。"

"不错！你是前天到我家里来的，这相片上的人，你……你认得她吗?"说着把相片送到她面前，她接了，不禁"嗳呀!"的一声叫了出来——"这是谁？我好象见过，……或者我当真见过，但是我不记得是那一年，更不记得她是谁；但是她的影子时常在我脑子里，或隐或现。"

"你喜欢这照相上的人吗?"

"她若果待我好，我自然要喜欢她。"

“现在谁待你最好？……”

“先生，谁待我最好呵，——就是他——白毛的狮子狗，他时时刻刻给我作伴，安慰我，你看他现在不是还卧在我的身旁吗？”

“哦！他是待你最好？奇怪！奇怪！”

“先生，你别看它是个狗，他最有爱情的，他待我是最好；无论日里夜里他都要作我的保护神，安慰者，所以我一向只喜欢他，他比无论甚么人待我都好！”

“哈！好孩子，我待你怎么样？你始终不喜欢我吗？”

“先生，你是贵重的人，你待我和我的同伴都很好，但我总觉得我的小狗对我更要亲切些，并且贫贱的人，不能任意喜欢贵人呢！”

“你的父母，你喜欢他们吗？”

“我应当要喜欢他们，因为他们是我的父母，他们养育我，保护我，常常亲近我……但是，先生，我是个不幸的人！我和别人不一样；我是没有父母的人！我最小的时候，是住在育婴堂，和我亲近的人，是一个四十多岁的老媪！她皱纹满了的面皮——很露着苍老的样子，她天天喂我牛奶；因为不幸的人是得不到母亲乳哺的。后来我大了，他们送我到孤儿院去；那里有许多和我一样没有父母的小朋友，和我亲近；常常能爱我，安慰我；比我忍心抛弃我的父母好得多呢！我的父母抛弃了我，我为甚么要喜欢他们？他们无故的生了我，又无故的抛了我；使我作一个失了保护的小羊羔，任人侮辱！一个自己不知道自己父母的人，谁提起来不要来讥讽他呢？先生这不是一件最难堪的事吗？”

"但是你现在要是知道了你的父母是谁，你恨他们吗？还是爱他们呢？"

她沉思半晌应道："或者可以不恨他们；但是我总要问他们为甚么撇下我呢？"

忽然他们的声音都停止了，他脸上露着十分惭愧凄切的样子，看她那幽怨悲哽的神气，几乎要哭出来，但是他始终忍住了。后来又向她道：

"你实在是一个顶聪明，顶可怜的孩子，我明天送你到学堂里去念书，你愿意吗？"

"先生，当真的吗？你实在待我比我父母要好得多！我若是进了学堂，那些亲爱的朋友——和我一样不知道他们父母的朋友，一定要羡慕我得了一个好运气，先生，我真十分地感谢你，我的父母害我，使我不能喜欢他们！世上的人常常叫我做私生子，这不是顶不名誉的事情吗？孤儿院的院长曾和我说过……呀！先生你为甚么哭了？"

"老实对你说罢！这世界上还有你的父亲呢。"

"先生，你说甚么？谁是我的父亲？先生，我永远没有看见我的父亲，更没有听见说我有父亲！"

"你父亲和你母亲……"

"呀！先生，我也有母亲吗？谢上帝！"

"你有母亲，并且是一个有貌有才的母亲；她和你父亲两人都有极浓挚深厚的爱情；因为不得家里的应许，结果就在前此十七年五月的时候，在一个刘牧师家里行了秘密婚礼，但是你外祖父家里因为要得一个候补道的缘故，勒令你母亲嫁给某部长作继室；那时距你生下来才五个月，因为没有地方寄养，就把你送到育婴堂去。但是不到半年，你母亲因忧愁，急，得了病，不久就死了！……你父亲是你祖父的独子，不能不再娶，但是他无时无刻不念你和你的母亲呢！……”

她受了极大的感动，伏在椅背上恸哭，呜呜咽咽的哭声立刻破了夜的沉静。

这个印象，很显明的印象，逐层的浮上心来，到了这印象的结果，哀怜和不平的同情充满了我的心田！

远远的箫声又悠悠扬扬的响起来了！“月儿”的歌又送到我耳壳里来。呀！吹箫的人是谁？不是前两年我在隔壁花园里所看见的女郎——那个私生子吗？……

箫声歌声慢慢静止了。忽一声深沉怨恻的叹息，在这沉静寂寞的空气中发出来；我全身的汗毛似乎都竦了起来，一股辛酸的味，贯通全身的动静脉，更由鼻子里透了出来，神经也起了极大的变动——悲愤填满了胸中！但那不解事的月儿，却很得意的立在碧蓝澄清的天空对着我微笑——含着讽刺的微笑——呵！烈焰烧毁我的心；爆烈我的血管；一朵红云涌上脸来；我迷迷昏昏地坐下了——坐在一张藤椅上。这时心里不更想甚么，也不能想甚么；忽然眼前一阵黑，恐惧的感情，将我唤醒了。定睛细看西北涌起一片沉默浓厚的黑云，遮住吐青光的月儿，大地上顿现出黯淡的景象；我那思潮起伏，汹涌澎湃的心灵不能支持了，昏昏好似睡去。

“朴铎”“朴铎”一阵响，更夫打三更了，我才清醒来，懒懒地走到屋里，把电灯拧亮，那张没作完的《活泼的灵[illegible]》小说稿，还在桌上。

不久更夫走了，夜越发的寂静，不更听见甚么；只是私生子……强烈的印象萦绕着我，直到光明来临。

（本篇最初发表于1922年5月“文学研究会丛书”《小说汇刊》，商务印书馆初版）

邮　差

热烈的阳光，已渐渐向西斜了；残照映着一角红楼，闪闪放着五彩的光芒；疲倦的精神，重新清醒过来，我坐在靠窗子边一张活动椅上，看《世界文明史》，此时觉得眼皮有些酸痛，因放下书，俯在窗子上向四面看望，远远的白烟从棉纱厂的高烟囱里冒出来，起初如一卷棉絮，十分浓厚，把苍碧的天空遮住了。但没有多大时候，便渐渐散开，渐渐稀薄，以至于不可再见。

“当啷啷”一阵脚踏车的铃响，一个穿绿色制服的邮差，身上披着放信的皮袋，上面写着“上海邮局”字样，一直向重庆路进发，向着我家的路线走来。

呀！亲爱的朋友，他们和平的声音，甜美的笑容，都蕴藏在文字里，跟着邮差送到我这里来；流畅的歌声，充满了空气；他活泼的眼光、清脆的嗓音也都涌现出来；更有他们无限的爱和同情，浸醉了我的心苗；又把宇宙完全浸醉了。现在我心里充满了愉快和希望，邮差不久就将甜美的感情，和平的消息带到我这里来。我想到这里，顿觉得满屋子都充满清净平和的空气，两只眼不住向邮差盼着，但是他却停在东边的一家门口了。

当当几声，壁上的钟正指六点，我的眼光不免随着那钟的响音转动；呵——我的心忽怦怦的跳动起来；忽然间只见墙上挂的那一面“公理战胜”的旗上边那个“战”字特别大了起来；从这战字上竟露出几个凶酷残忍的兵士，瞪着眼竖着眉，杀气腾腾的向着洪沟那边望着，一阵白烟从对岸滚了过来，一个兵士头上的血，冒了出来，晃了两晃，倒在地下；鲜红的热血，溅在他同伴灰色军衣上；他们很深沉的叹了一声，把他拉在一边；不能更顾甚么，只是把枪对准敌人，不住地击射燃放；对岸的敌人，也照样的倒下；空气中满了烟气和血腥；遍地上卧着灰白僵硬的尸体，和残折带血的肢体；远远三四个野狗，在那里收拾他们的血肉，几根白骨不再沾着甚么！

呀！现在又换了一种景象，只见他们的老娘，和他们的妻子，哭丧着脸，倚在篱笆墙上，遥遥地引望；遇着败逃回来的兵士，他们都很留心辨认；但是没有他们的儿子和丈夫；他们的泪止不住滴满了衣襟；他们知道他们的儿子丈夫必无幸事，但是他们仍不绝望，站在那里不住地盼望着。

一个军队上的邮差，到他们的门口，带来他们儿子丈夫的恶消息；他们的老娘心碎了！失却知觉，倒在地下，嘴里不住地流白沫；他们的妻，惨白的面孔上，更带了灰土色；他们床上的幼子，看着他们的娘和祖母的惨状，也随着宛转哀啼——门外洋槐树上的鸟，振着翅膀，也哀唳一声，飞到别处去了！

可怕的印象去了。一座华丽辉煌的洋楼，立在空气中；楼房前面，绿色窗户旁边，一个身着白色衣裙的女郎，倚在那里；脸上露着微微的笑容，但是两只眼满了清泪，不时转过脸去用罗帕偷拭。

街上站满了人，男的，女的，老的，少的，都有。五色的鲜花，雪白的手帕，在空气中旋转飘荡；一队整齐英武的少年兵士，列着队伍停的这里，一个年约二十一二的少年兵官，不住向红楼的绿窗那边呆望，对着那少女玫瑰色的两颊，和清莹含水的双睛看个不住；似乎说这是末次了，不能不使这甜美的印象，深深吸入脑中，真和他的灵魂渗而为一。

军乐响了；动员令下了；街上的人，不住喝采，祝他们的胜利。少年军官对着他亲爱的女友，颤巍巍地说了一声“再会”；两人的眼圈立刻都红了！然而她甜美的笑容仍流露了出来，祝他的前途幸福，并将一束鲜红色的玫瑰花，携在他身上；他接了放在唇边作很亲密的接吻后，就插在左襟上；回头来看他的女友，虽仍露着如醉的笑容，但两只眼却红肿起来，他的心忽如被万把利剑贯了似的，全身的汗毛竖了起来；不敢再看她，一直向前走去。她忍不住眼泪落了满襟，但仍含笑，拿着手帕，高高扬起，对着他的背影点头，表示欢送的意思。

砰砰砰——叩门的声音刺进我的耳壳里，把我的注意点更换了；眼前一切奇异的现象全不见了。我转过脸，往窗子下看，正是那个邮差送信来了。这时候我心里充满了恐惧和愁疑的感情；我不更盼望看邮差送来的信，因为这世界上恶消息太多！但是他急促的叩门声越发利害；我的心惊得碎了！我的灵魂失了知觉，一切愉快美满的感情，完全不知道到哪里去了！满宇宙的空气中，都被“战”字充满了，好似一层浓厚阴沉的烟雾，遮住了和熙甜美的大地；呀！这是甚么情景！……

（本篇最初发表于1922年5月“文学研究会丛书”《小说汇刊》，商务印书馆初版）

傍晚的来客

东边淡白色的天，渐渐灰上来了；西边鲜红色的晚霞回光照在窗子前面一道小河上，兀自闪闪地放光。碧绿的清流，映射着两排枝叶茂盛的柳树，垂枝受了风，东西的飘舞，自然优美充满在这一刹那的空气里；我倚在窗栏上出神地望着。

噹啷啷，一阵电铃声——告诉我有客来的消息。

我将要预备说甚么？……握手问好吗？张开我的唇吻，振动我的声带，使它发出一种欢迎和赞美我的朋友的言词吗？……这来的是谁？上月十五日傍晚的来客是岫云呵！……哦！对了，她还告诉一件新闻——

她家里的张妈，那天正在廊下洗衣服，忽然脸上一阵红——无限懊丧的表示，跟着一声沉痛的长叹，眼泪滴在洗衣盆里；她恰好从窗子里望过来……好奇心按捺不住，她就走出来向张妈很婉转的说了。

“你衣裳洗完了吗？……要是差不多就歇歇吧！”张妈抬起头来看见她，好象受了甚么刺激，中了魔似的，瞪着眼叫道，“你死得冤！……你饶了我罢！”

她吓住了，怔怔地站在那里，心里不住上下跳动，嘴里的红色全退成青白色。停了一刻，张妈清醒过来了，细细看着她不觉叫道——“嗳哟小姐……”

她被张妈一叫，也恢复了她的灵性，看看张妈仍旧和平常一样——温和沉默地在那里作她的工作，就是她那永远颦蹙的眉也没改分毫的样子。

“你刚才到底为了甚么？险些儿吓死人！”

张妈见岫云问她——诚恳的真情激发了她的良心，不容她再秘密了！

“小姐！……我是个罪人呵！前五年一天，我把她推进井里去了！……但是我现在后悔……也没法啦！”张妈说到这里呜咽着哭起来了。

“你到底把谁推进井里呵！”

“谁呵！我婆家的妹子松姑！可怜她真死得冤呵！”

“你和她有甚么仇，把她害死呢？”

“小姐，你问我为甚么？唳！我妈作的事！我现在不敢再恨松姑了；但是当时，我只认定松姑是我的锁链子，捆着我不能动弹；我要我自己的命，怎能不想法除去这条锁链呢？其实她也不过是个被支使，而没有能力反抗的小羔羊呵！小姐！我错了！唉！”

“她怎么阻碍你呢？这到是为了甚么呵？”

张妈低了头，不再说甚么，好久好久她才抬起头，露着凄切的愁容，无限的怨意，哀声说道：

“可怜的刘福，他是我幼年的小伴侣，当春天播种的时候，我妈我爹他们忙著撒种；我和刘福坐在草堆上替他们拾豆苗，有时沙子眯了我的眼，刘福急得哭了……一天一天我们都在一处玩耍和工作；日子很快的过去了。刘福到东庄贾大户家里作活去，我们就分开了；但是我们两人谁也忘不了谁——刘福的妈也待我好。当时十六岁的时候，刘福的妈，到我家和我妈求亲，我妈嫌人家地少，抵死不答应。过了一年，我妈就把我嫁给南村张家。——呵！小姐！他不止是一个聋子，还是一个跛子呢！凶狠的眼珠，多疑的贼心，天天疑东惑西，和我吵闹！唉，小姐！……”

张妈说到这里，忽咽住了，用衣擦了眼泪，才又接著再往下说：

“松姑，她是天真烂漫的小孩子，听了她哥哥的支使，天天跟著我，一步不离。我嫁后的三个月，刘福病了；我不能不去看看他；但是松姑阻碍著我，我又急又气，不禁把恨张大——我丈夫——的心，变成恨松姑的心了。就计算我要自由，一定要先除掉松姑。有一天我和松姑走到贾家的后花园，松姑说渴了；我们就到那灌花的井边找水喝——一阵情欲指使我，教我糊涂了，心里一恨，用力一推，可怜扑通一声淹死了！……”

岫云说到这里，忽然她家的电话来催她回去，底下的结局，她还没说完呢！今天也许是她来了吧！……

“哃啷啷”铃声越发响得利害，我的心也越发跳得利害，不知道她带来的是不是张妈的消息？

电灯亮了，黑暗立刻变成光明，水绿的电灯泡放出清碧的光，好似天空的月色，张妈暗淡灰死的脸，好象在那粉白的壁上，一隐一现的动摇，呀！奇怪！……原来不是张妈，是一张曼陀画的水彩画像——被弃的少妇。

砰的一声，门开了，进来一个西装少年——傍晚的来客，我的二哥哥。

（本篇最初发表于1922年5月“文学研究会丛书”《小说汇刊》，商务印书馆初版）

一个快乐的村庄

两岸嫩绿的柳树，夹着含蕊欲吐的刺梅花，被夕阳照得灿烂可爱。中间一道小河弯弯曲曲，从北向西流去，岸旁拴著两只渔船，五个少年唱着歌，向河边奔渔船走来，把渔船解下，一齐都上了船，解缆摇向河中。到了河中忽有一块笔直尖削的石头，拦住去路，大家把船停住，下了锚，张起网，上好钓钩向河里扔去。不到五分钟，就见那鱼网动了两动，一个少年就把网扯起，里边网住两条活脱脱的大鱼，忘忧笑向无愁道，“今天的鱼比昨天怎么样?”只见那靠船头坐的那个少年插嘴笑道，“一天是一天的事，比他作甚么！要比可就比不完了，须知天下的东西，同是一样，什么好坏是非都是比较出来的；因有比较才有你我之分；有你的不是我的、我的不是你的之别；因此就生出争夺的结果来。你看现在世界争攘不清，不都是因为你的不是我的，我就想要你的；我的不是你的，你就想要我的？所以闹得同室操戈，互相残杀。其实天地生物，原不过供人的需用，谁缺甚么就拿甚么，既不是你的，也不是我的；也可以说既是你的，又是我的。因为这不过是时间空间的关系，不是永久存在的；即如你说这房子是你的，不过是你现在在这时间占据了这个空间，等你死了，时间是已过去，空间的占据也就随著取消了，那时候还说这房子是你的，也就没意思了。并且我们人生在世，时间空间的占据都是暂时的，因为人没有不死的。那么有限时间、空间的占据，只求他够暂时的需用就完了，又何必多费精力谋子孙帝王万世之业呢？”这少年只顾侃侃而谈，大家也都听得出神。忽砰的一声把众人都吓了一跳，宁神一看，原来他们只顾高谈阔论，没留心那个鱼网，被浪头一冲，冲倒了。于是大家又重新把这网子系起，忘忧笑道：“寄尘君的话，说得倒十分透彻。只是因为我问那么一句话，惹起你一大车话；未免小题大作了。”怡生道：“他要不借题发挥，这一肚皮牢骚怎么打发呢？笑奴君为甚么沉默无言？莫不是又悟出甚么道理在那里自家领略吗？这也不妨公开叫我们也听一听，参悟参悟啊！”

笑奴忽把双桨一扔，溅得满船的水花，狂笑道：“你们都想参悟，只是不去参悟，就是由今生想到再生也参悟不了——就如现在有一般人，不是镇天家要想作改革家、发明家吗？但想尽管想，作可不作呢！究竟有甚么益处呢？你们今日想参悟而不去参悟，大类于此了。”寄尘说道：“你说我们想参悟而不去参悟，所以不能参悟，请问我们便要参悟，却怎么才能参悟呢？”笑奴道：“那个却要你自己理会去，我不能告诉你，就告诉你也是没用，天已不早，回去罢，晚上的工作就要开始了。”于是大家就把船向西一转，向一带芦苇深处走去。芦苇尽处，露出一片草地；有五间茅屋，屋外垂杨丝丝，随风拂荡，地上山花滴翠，蜂蝶徘徊；有三个女孩子坐在草地上编花篮，忽有一个翠色蝴蝶飞过来，一个女郎站起，蹑手蹑脚的直追到河边。那个蝴蝶飞过河去，女郎还站著发怔，恰巧他们五人已经把船摆拢了岸，提著鱼筐奔向草地上来，女郎迎上前去笑道：“寄尘叔叔，今天钓了多少鱼，这一筐满了没有?”寄尘摩着她的头道：“满了满了，天真，你说够了罢?”天真沉思了半天说，“我们这村子里一共五十个人，每两人吃一条整是二十五条……有二十五条吗?”

“当当当!”远远的铃声大振，天真道：“吃晚饭了。”回头招呼了那两个女孩子，大家一齐往东边一条马路走去。马路东头有架木桥，过了木桥，是两排瓦屋，中间一间大饭堂，排著四张长方桌，桌上放著四盆鲜花，清香扑鼻；两排放著匙箸茶饭，是每人一份，大家走到饭堂，自己到自己的位子上坐好了吃饭。饭完都到靠左边的一间茶厅盥漱喝茶，彼此谈说一天里工作的心得。

这时候天已经渐黑下来，各处的灯也都亮了。到了八点钟的时候，铃声又作，大家都一齐去上课了。过了两点钟的光景铃声又响，只见大家都从课堂里出来，向西密林一带走去，走到林子西头忽现出一个村子来，里面约有二十余家，就是村人的住处，各人到了家里休息了一会，睡觉的钟声响了，所有的电灯都灭了，大家都鼻息沉沉游黑甜乡去了。

旭日初升，树林上的飞鸟都起来振翅伸头，离开他们的窝巢，去觅饭食，村中的晓钟也就当当响起来了。大家忙忙收拾起来，背著锄拿著镰刀到田里去作工了。有的人到工厂里去，纺纱的纺纱，织布的织布。树林中无论大小男女都按各人的能力去作他们的工作。很快的已到了十一点半了。大家停住工作，结群成队的离了工厂，各寻快活去。

寄尘和他的女友兰真携手在松林里一条石凳谈天。忽然一个白兔跑到他们面前，寄尘把它捉住，搽在膝上笑向兰真道："你看它白毛如雪，眼光炯炯，不但活泼而且纯洁，真是可爱啊!"兰真听了这说话，怔怔的向着那兔子看了一会，又四面瞧瞧，叹了一声道："象这混浊世界，除了这些天然物纯洁活泼以外，那一件不是矫揉造作，诡诈百出的呢？不过我们也就比较的返朴归真了!""现在所处的境地比那桃花源怎么样?"兰真道："桃花源只是一种寓意的文章，何能和我们这个相提并论呢？我们的生活，只不过人的生活，并没有甚么神秘存乎其中，并且不是独善其身的意思，所以也不是桃花源的'别有天地非人间'的意思，不过作个世人的引导者，从黑暗的非人生活，引到人的生活里头去罢了。"

两人正在高谈阔论，忽听见后面笑声大作，把两人吓了一跳。回头一看，只见笑奴连跑带笑奔这边来，到了两人面前，向寄尘道："你们在这里指手画脚议论些甚么，我远远看着你们好象作电影似的。"说得大家都笑。停了一会，笑奴道："今天村中第五十次会议，你们有甚么案要提吗？我想著那个游戏场，还得想法扩张些，打算要提出来大家商量个具体办法，你们觉得赞成吗?"兰真道："那个游戏场果然太小，你提议扩张很好，我也来附议。"因又问寄尘道："寄尘君，你也能附议吗?"寄尘点头道："我很赞成，就请笑奴君把我们的名字填在你那议案上附议项下好了。呀！中饭钟点到了，我们吃饭去罢。"于是三人并肩缓缓向饭厅走来。路中兰真道：“今午的消夏会大家不要忘记，回头见着他们都提他们一声，并且叫他们把笙箫带来。”说着已到了饭厅，吃饭去了。

这日午后，天气清朗，微风拂面，暑气都消，更加着芦苇为屏，树荫为盖，尤觉得清凉爽快。在这个所在，放着一条石桌，旁边一张藤椅，一个女郎身衣缟素坐在椅上，手里拉［拿］着一本《社会主义史》在那里出神；忽然自言自语道：“这是那里来的音乐笙箫之声?”不禁把书放下，宁神细听，里边还夹着歌声唱道：“万紫千红的花，已零落了一半；一片片的残英飘流水面；鱼儿逐花影，蝶儿恋余香；这已经凋谢的花魂，还不得清闲，忙碌——忙碌——谁说年华常驻——只是逝水底流，一刹那底风光，我辈只消，及时行乐，过人的生活，更何必千方百计为子孙打算?”女郎听到这里，歌声已止，才要站起来去看到底是什么人唱?而歌声又作，复又坐下听他唱道：“清朗的天气，静悄的境地；水绕山环，一片芦苇为墙，与三五同志，放舟中流，畅谈细论；拿笙箫寄幽怀，人间天下，我不羡仙——玉皇何尝强似世上的魔王?分等级，奴隶，我们，朋友，那及得我们，你也是王，我也是王，大家一样，谋人的幸福，过人的生活，乐趣无疆!”

女郎听到这里，忽若想起什么似的，低下头看她身傍卧着的那个纯白色的兔子，停一会蹲下去抚摩着那个兔子作耍，冷不防这兔子一跳，跳出二尺多远去，把女郎吓了一跳，追上前去；一直追到河边；看见远远停着一只渔船，也有一个女郎倚在船头眺望。女郎定睛细看，原来是兰真，女郎就高声喊了两声，兰真回头一看，拍手笑道：“伴竹——伴竹——你一个人躲在那里作甚么？叫我们好找呵！”只见那个伴竹她对兰真怔了一会道：“你问我到这里作甚么？我只是作我的事情来了！你们找我找不着那可怪了！我又不会成仙，也不会为神，也不会隐身术，你们怎么会找不着我啊？只怕这话有点靠不住罢！”兰真道：“你们听听，尖嘴利舌的好不利害——得啦，不用说了，等我把船拢了岸，我们再细谈罢。”伴竹道：“你且站住，我问你，刚才那个歌可是你编的？”兰真笑道：“你听见就完了，何必追问这么清楚呢？”笑奴道：“你们二位不要唇枪舌剑的只管争了——请伴竹君等一等，把船拢了岸，请伴竹君也过来，我们还要钓几尾才回去呢！”伴竹果然跳上那只小船去，寄尘又摇起双桨，把船开向河中去；又流连了半天，直等到夕阳西下，暮色苍茫，才兴尽而归。

晚上村事会议第五十次开会，大家就把议案整理清楚。到了开会的时候，全村的人都聚齐在会议厅等候，铃声振后，由大家共推一位临时主席，于是大家都依次提议，讨论得了结果，已是下午十点钟，于是主席宣布散会，没有议决的，下次续议。……

闭会后大家都散在院子里，坐在草地上乘凉，兰真对笑奴道：“这种议会制度，我不想到居然能实行了——我想到这里反以为是梦境。”伴竹道：“只怕这个梦要蔓延到全国，全世界，全人类，人人都要梦见呢！”笑奴听到这里，哈哈大笑，大家都笑起来道：“一个快乐的村庄，人的生活呵。……”

（本篇最初发表于1922年5月“文学研究会丛书”《小说汇刊》，商务印书馆初版）

余　泪

这时候春天已快完了！尤牧师家里那两棵大白梨树上，已经没有花朵；我隔着窗子望过去，几个和枣一般大的小梨，挂在枝子上；我便问尤老太太道："这梨树种了几年了？结的梨还能吃吗？"尤老太太眯缝着眼；侧着头，向窗外望了望道："那个吗？……还能吃……种的年代已不少了！"说着便又用手指掐算了半天道："哼！……差不多和比伦一般年纪呢！日子真快呵！比伦已经十三岁了……便是你也不是从前的样子了。"说着又对我望了望。

我听了尤老太太的话，便不由得想起以往许多的陈迹来了！我记得十一年前，我不过是十二岁的孩子；因为过于顽皮的缘故，我的母亲便把我送到尤老太太这里来，请她用严厉的方法训练我，这时尤老太太正作着修道院的院长，并且在这修道院里还附属着一个高等小学校，尤老太太便叫我在一年级的课堂里上课；我初到这里来时，很觉得不惯；她们常常用很严厉的眼光，凝视我，每逢我卧在草地上，和那只白毛狮子狗玩耍的时候，没有一次不被尤老太太的责罚的！还有一次我为这个过失，被关在一间又黑又阴的地窖里；那个可恨没有怜悯心的黑猫，真把我吓死了！当时我便大声痛哭，喊叫起来，还好慈爱的白教师从这里过，听见我的哭声，便开了地窖，把我领了出来；那时尤老太太也因为听见我哭叫的声音赶来了，见我已经出来，伏在白教师怀里抖颤着的可怜形状，便改了她的怒容，露着愁闷的神气，叹了一声道："孩子！你该听话了吧！……这种的惩罚是上帝常常驯练他的小羊的。"我当时愤恨极了！嘴里虽不敢说甚么；心里着实的想咒骂她。

后来因为起了革命的战事；我全家都移往天津去了，母亲便叫人把我接回来；我临离修道院的时候，白教师亲自送我上了车，还微笑和我说："可爱的孩子！愿上帝保佑你！祝福你！……我们或者还可以再见呢！"我这时不知怎么也会觉得不好过起来，坐在车上，凝视白教师慈爱而微含泪痕的眼波，我又跳下车来，俯在白教师怀里呜呜咽咽哭起来了！这时尤老太太也来到门口送我上车；见我又跳下来，便奇异的叹着道："唉！上帝的小羊！现在应该分别了！……不要悲伤！孩子！上帝可以保佑你使我们一定有相见的日子，至迟也过不了最后受裁判的时候！……孩子！你舍不得那只狗吗？那实在是你的小伴侣！天父一样的也爱惜那些生物呢！不要悲伤！到处都有你的好伴侣；因为上帝承认一切人都是他的儿子！基督一样的要替他们流血！孩子！你明白吗？去吧！去吧！"我听了尤老太太这些话，心里已觉安慰了许多！又经车夫的催促，没法子又跳上车子，车夫很快的加了两鞭，那马便放开蹄子，向前飞奔去了。没有五分钟已看不见那尤老太太和白教师的影儿了。

自从那次分别后，我家里虽然不久又回到北京来，但是我已经改了求学的地点；一直不曾到那里去，现在不觉已是十一年了！

尤老太太这时正掀着那《颂主诗歌》看，嘴里也不住的哼哼着，和十一年前的样子似乎没有变更；不过嗓音觉得微弱些，头发更白了，竟和银丝那么白得发亮，——因为她正迎着太阳坐着——脸上的绉纹也深了，量起来总有两三分的光景，我看到这里也不禁叹道：——

“光阴实在快得和马跑一样，我们不见已经十一年了。”

“十一年了吗？可怕的日子。快得竟不容人喘气！像这个样子甚么事情，不都是一瞥就完了吗？”尤老太太说着不住的叹息着；我也没话回答她，只是怔怔地在那里回想那一句：“什么事情不都是一瞥就完了吗？”尤老太太见我不回答她的话，便又说道：“你们青年的人，大约不明白这个道理；你们高高兴兴在那里度春天的光阴；那里知道，一转眼可怕的秋天和冬天，便追着你们的后边来了！那时你们或者明白，什么事情都是一瞥就过去了！”

“是的！我们很明白事情真正和流水一般，一瞥就完了！过去了！”我随随便便地这么答应，其实我这时那有工夫，想到这些上头去呢？我正在回忆她——可亲可爱的白教师呢？她一副纯洁温蔼的眼波，时时流露出诚实和慈悲的表示来；衬着她那时现笑容的嘴唇，——不厚不薄的嘴唇皮，——实在没有一点不适当的样子，她总喜欢穿着一身白衣服，仿佛圣母那般纯洁！

那般尊严！她每次跪在神像前祈祷；我听了她那恳挚的声调，我不由得便要大受感动，……现在这些事情都已经过去了！我回想她便怎么样呢？我实在很愿意知道一点关于她的消息呢！……这个尤老太太许知道，我便决定问她了。

“尤老太太！你能告诉点关于白教师的消息吗？……我实在很记念她！”

“呵！孩子！……你现在大了！但是我还是称你孩子吧！孩子是没有罪孽的……你愿意知道白教师的消息吗？……不错！少年人总是有好奇心！”

尤老太太一边说着，一边用手理平那本圣书已经卷叠起来的书角；说到这里，忽然又把话截断，说别的去；用手指着那特别卷叠的书角说：“孩予们用东西永不知道爱惜……三角钱原不是很容易的呢！”我还是记挂白教师的消息，见她停住不说，因又提醒她道：——

“白教师到底怎么样呵！”

“哦！果然孩子们没有忍耐心，这算什么你便急了！……好！好！你把椅子靠近我些。”我果真把椅子向她挪了一挪。

“好孩子！……到底不和从前那样顽皮了！……上帝要永远保佑你呵！”尤老太太说着话又把眼镜脱了下来；谨谨慎慎把他放在盒子里，用手绢擦了擦眼睛，对我看了看才说道：

“孩子！注意听着呵！……不！当我告诉你她的消息之前，我应当祷告上帝！使她的光荣，永远普照在世界上！”说着她果真跪在神像前，发着诚恳的高声祷告说：——

“主呵！我们的天父！你是极慈悲的！你愿意人类都为他们的朋友舍命！爱他们的同伴和自己一样！主呵！时机到了！求

你帮助我，能使我的话，深深印在这个少年人的心上，爱她的同伴，和她自己一样！……主呵！我知道你必不拒绝我的请求呵！慈爱的天父！……阿们。”

她诚恳的声调，使我受了极大的感动；不由自主也跪在她的傍边了！

尤老太太祷告完，站了起来，满面露着安宁的微笑说道：“孩子！我们这里坐着吧！现在可以开始说这段故事了！”我们就都到靠窗户那边的椅子上坐下。

“孩子！你记得你为什么缘故离开我这里吗？”

“是的！我很记得！就是为了革命的战事！”尤老太太听我这样回答，便点点头叹了一口气道：“不错！你记性很不坏！……但是这种深刻的印象，谁都不容易把他忘记呢！……流了多少血呵！唉！上帝！……罪过！差不多成了河了！最可怕的在这修道院门前，大槐树上，挂着那个没有头，脖颈缩在腔子里边去，满了血痕的尸首，我那天真是不舒服！不幸的，残忍的人类，我为他们流泪！我为他们羞辱！为什么自己这样残害自己？”尤老太太说到这里当真的流下泪来，我也不免一阵心酸，觉得他们实在太残忍了！

“自从发见那个死尸之后，我在圣母的神像前，为他们祈祷了整整一个礼拜，有一天我正在替他们忏悔，祷告得最痛切的时候，我实在禁不住为他们痛哭！忽然听见一个人很深沉叹息的声音，我这时候真以为圣母显现，便慢慢抬起头来，往神像前面一看，只是一个人穿着洁白的大衣，低着头，垂着眼皮，丝毫不动的站在那里。那种静穆幽深的神情，我一时竟糊涂了，认不出她便是白教师，我用手在我胸前画了十字，又继续祈祷下去，那声调更加诚恳了！等到起来的时候，忽见那个女子，也跪在那神像的面前呢！这时我才认出她来，我便问她。

“‘你也是为那尸首的缘故，来替他们忏悔吗？’她便叹了一声道：‘这不过战事的开始呵！比这个残忍不知道还有多少呢！’

“‘那么我们应当怎么样呢？’我不免怀疑着这么问白教师，她只流着泪说：‘这只有求上帝帮助我们，用基督的名义唤醒他们罪恶的梦！……因为基督是吩咐他的门徒，爱他们的朋友，和爱自己一样！’

“好！这个使命要谁去担当呢！……差不多他们的心和铁一样的硬了！他们看流血是一件下酒的美菜呢！”

尤老太太述到这里，便拍着我的肩膀说：“这些都是已经过去的事情了！……他们流的血都已干得没有痕迹！但是现在怎么样呢？……他们现在不革命了，流的血倒快成了海了！这是为甚么？……唉！怕只有上帝知道吧！”尤老太太这时端起茶杯，咽了一口茶，用手摸了摸她额上那深而且宽的绉纹，又接着往下说道：——

“自从我们在神像前，遇见的那一天分手后，我一直五天，没有看见白教师，我很觉得奇怪！平常她不是这样的，我们差不多每一日在朝晨上查经的时候，都要见面一次的；……当时我很责怪她！……少年人作事没有一点计算，这种乱烘烘的时代，还敢到街上乱跑去，我问了她同住的朋友，她们也不明白她，究竟到什么地方去，就知道她在前五日的一个下午，她穿上出门旅行的外衣，手里提了一个小皮包，匆匆地出大门去了。她走到院子里的时候，曾遇见那个看门的犹大，她只告诉他，有要紧的事，出去走走，别的她也全没多说一句。

“一直过了两礼拜，还不见她回来；大家的确惊慌起来，我更没了主意！便跑到李牧师那里，请他派人去探访探访，李牧师便派了四个美国兵到大街各巷找了几天，也一点踪影都没有！……唉！孩子！你们大约没有尝过这种惊人的风波吧！

“又过了两天，忽然接到她一封信，这封信是在天津发的，她信里说：——

‘在基督的足下，不幸发生了自己残害自己的罪恶来，谁能不为这事伤心和羞耻呢？……在一堆的小羊里，我们看见了一个猛虎，来欺辱他们，我们不能不愤怒去赶开他，没有爱心的强暴！为这些小羊的保护者！若果我们看见一群羊，他们自己纷争起来了！甚至于大羊咬起小羊的脖颈来！我们怎么样呢？他们原是同类呵！唉，天下最可伤心的事，有过于这个的吗？最羞耻的事，有过于这个吗？不幸的羊群，现在真真自相残害起来了！他们在湖北武昌设下可怕的枪炮，他们的血已经成了河了！他们还没有明白他们的错误，唉！亲爱的院长呵！我愿意担当上帝的使命，去唤醒他们的迷梦，这是上帝委托我的，——是我应尽的责任，我在天津耽搁两天；还要折回来到汉口去，但是我没有机会，和你握别了！我们预备在上帝那里见吧！愿上帝祝福你！’

“她这封信到了以后，我们便都到礼拜堂为她祈祷上帝，帮助她早早成功！但从那天以后，我们便不知道她的踪迹了！不久战事终止，共和成功，我们会友正在礼拜堂聚会，感谢基督的恩惠；使人类不再发生拿流血作下酒的菜的残忍心。忽听见一个少年痛哭的声音，我们知道他一定有甚么很伤心的罪恶，所以我们也都替他恳切的忏悔！祷告完了，我们都站起来，同唱《颂主诗歌》，……孩子！这种习惯，你应该还记得吧！……我们那时按着这个顺序，聚完会，正要散会的时候；忽见适才痛哭的少年，跑到宣道台上来说：‘诸位亲爱的会友呵！唉！慈悲的天父！’他又不禁的流下泪来！我们到会的人没有一个脸上不现着惊奇的神气，……孩子！你知道！我那时侯也免不了惊奇呢！……我今年活到五十二岁只见过这么一次呢！

“那少年哭了半天，他才又接下去说：‘我在上帝面前犯了极大的罪，我的手杀死过许多我的同伴！——为了战争的缘故——他们流的血，可以把我飘起来，送到黑暗深坑里去！但是我还是不明白，我是犯了不可忏悔的罪！有一天，我正在杀戮我的敌军最出力的时候，——因为我是把他们战败了；所以我心里着实的快意！我觉得我的枪和刀，也非常活泼，和我一样露着笑容，忽然在我身后，发现了很奇异的声音，我不免回过头来一看，只见红十字队的一个队员叫作白吾性的，站在我的身后，眼里满蓄泪水，脸色惨白着，我看了忽然手便软了！不能再去残害我的同类了！因问她说你为什么这个样子？’

“‘唉！可怜的熊海夫，你杀了他们觉得怎么样？’唉！诸君！我对于白女士所问的这个问题，我从来没有想过，我杀他们一个头，便好像从西瓜梗上，切下一个西瓜来，杀了就完了！我觉得怎么样？但是当时我被她真诚热情激动了，我便不能不想一想，我杀了他们，觉得怎么样了！哝呀！诸君！我尝到了灵魂上的痛苦了！当真我这时觉得满身都是罪恶！和狞鬼一样的残忍！他们的头，和我的头，一样长在脖子上，这是很自然的，我为什么要把他故意的割下来呢？我当时越想越苦痛，我的灵魂真是受了绝大的创，忽然流下泪来，我把手里的枪刀都抛弃了，跪在她，——纯洁的天使——面前求她赦免我的罪，求她替我忏悔，她很温和在我额上亲了一下说道：‘上帝一定祝福你！……他永远不弃掉迷路能回头的小羊！’我这时心里得了她的洗刷，果然轻松多了！正要和她一齐回营去，谁知敌军乘我们没有防备，冷不防放过一枪来，正射在她的胸口上，唉！可怜她不久便到上帝那里去了！她临死的时候，还微笑说：‘熊先生，我能使你回到你应该走的正路上去，永远爱你的同伴，这是我最荣幸的纪念！我们再见吧！到上帝那里便可以见着了！’

“‘唉！诸君！可敬的上帝的使者，白女士她现在回到上帝那里去了！我们应该继续她的工作，给人类世界开一线的光明，替无数的罪人忏悔呵！’

“我们听了这少年述说完这一段故事；便又接着开了一个追悼白教师的会，这便是她最荣耀的纪念了！孩子！你以为怎么样呢！”

我这时一句话也回答不出来，只有点点头，过了些时，尤老太太又说道：“孩子！我回想起那残忍的把戏，挂在那槐树上，……这不过一瞥都完了！但是我余泪还没有干了！为这个羞耻和伤心，唉！上帝确能知道呵！”

一，八，一九二二，北京。

（本篇最初发表于1922年6月10日《小说月报》第13卷第6号，后收入《海滨故人》集）

灵魂的伤痕

我没有事情的时候，往往喜欢独坐深思，这时我便把我自己站在高高的地方，——暂且和那旅馆作别，不轩敞的屋子——矮小的身体——和深闭的窗子——两只懒睁开的眼睛——我远远地望着，觉得也有可留恋的地方，所以我虽然和他是暂别，也不忍离他太远，不过在比较光亮的地方，玩耍些时，也就回来了。

有一次我又和我的旅馆分别了，我站在月亮光底下，月亮光的澄澈便照见了我的全灵魂。这时自己很骄傲的，心想我在那矮小旅馆里，住得真够了，我的腰向来没伸直过，我的头向来没抬起来过，我就没有看见完全的我，到底是什么样子，今天夜里我可以伸腰了！我可以抬头了！我可以看见我自己了！月亮就仿佛是反光镜，我站在他的面前，我是透明的，我细细看着月亮中透明，自己十分的得意。后来我忽发见在我的心房的那里，有一个和豆子般的黑点，我不禁吓了一跳，不禁用手去摩，谁知不动还好，越动着这个黑点越大，并且觉得微微发痛了！黑点的扩张竟把月光遮了一半，在那黑点的圈子里，不很清楚的影片一张一张的过去了，我把我所看见的记下来：——

眼前一所学校门口挂着一个木牌，写的是："京都市立高等女学校"。我走进门来，觉得太阳光很强，天气有些燥热，外围的气压，使得我异常沉闷，我到讲堂里看她们上课，有的作刺绣，有的作裁缝，有的作算学，她们十分的忙碌，我十分的不耐烦，我便悄悄地出了课堂的门，独自站在院子里，想藉着松林里吹来的风，和绿草送过来的草花香，医医我心头的燥闷。不久下堂了，许多学生站在石阶上，和我同进去的参观的同学也出来了，我们正和她们站个面对面，她们对我们作好奇的观望，我们也不转眼的看着她们。在她们中间，有一个穿着紫色衣裙的学生，走过来和我们谈话，然而她用的是日本语言，我们一句也不能领悟，石阶上她的同学们都拍着手笑了。她羞红了两颊，低头不语，后来竟用手巾拭起泪来，我们满心罩住疑云，狭窄的心，也几乎拼［迸］出急泪来！

我们彼此忙忙地过了些时，她忽然蹲在地下，用一块石头子，在土地上写道："我是中国厦门人"。这几个字打到大家眼睛里的时候，都不禁发出一声惊喜，又含着悲哀的叹声来！

那时候我站在那学生的对面，心里似喜似悲的情绪，又勾起我无穷的深思。我想，我这次离开我自己的家乡，到此地来，不是孤寂的，我有许多同伴，我，不是飘泊天涯的客子，我为什么见了她——听说是同乡，我就受了偌大的刺激呢？……但是想是如此想，无奈理性制不住感情。当她告诉我，她在这里，好象海边一只雁那么孤单，我竟为她哭了。她说她想说北京话，而不能说，使她的心急得碎了，我更为她止不住泪了！她又说她的父母现在住在台湾，她自幼就看见台湾不幸的民族的苦况，……她知道在那里永没有发展的机会，所以她才留学到此地来，……但她不时思念祖国，好象想她的母亲一样，她更想到北京去，只恨没有能力，见了我们增无限的凄楚！她伤心得哭肿了眼睛，我看着她那暗淡的面容，莹莹的泪光；我实在觉得十分刺心，我亦不忍往下看了，也忍不住往下听了！我一个人走开了，无意中来到一株姿势苍老的松树底下来。在那树荫下，有一块平滑的白石头，石头旁边有一株血般的红的杜鹃花，正迎风作势；我就坐在石上，对花出神；无奈兴奋的情绪，正好象开了机关的车轮，不绝的旋转。我想到她孤身作客——她也许有很好的朋友，但是不自然的藩篱，已从天地开始，就布置了人间，她和她们能否相容，谁敢回答呵！

她说她父亲现在台湾，使我不禁更想到台湾，我的朋友招治——她是一个台湾人——曾和我说：“进了台湾的海口，便失了天赋的自由；若果是有血气的台湾人，一定要为应得的自由而奋起，不至象夜般的消沉！”唉！这话能够细想吗？我没有看见台湾人的血，但是我却看见眼前和血一般的杜鹃花了；我没有听见台湾人的悲啼，我却听见天边的孤雁嘹栗的哀鸣了！

呵！人心是肉作的。谁禁得起铁锤打，热炎焚呢？我听见我心血的奔腾了，我感到我鼻管的酸辣了！我也觉得热泪是缘两颊流下来了！

天赋我思想的能力，我不能使他不想；天赋我沸腾的热血，我不能使他不沸；天赋我泪泉，我不能使他不流！

呵！热血沸了！

泪泉涌了！

我不怕人们的冷嘲，也不怕泪泉有干枯的时候。

呵！热血不住地沸吧！

泪泉不竭地流吧！

万事都一瞥过去了，只灵魂的伤痕，深深地印着！

（本篇最初发表于1922年8月11日《时事新报·文学旬刊》第46号）

悠悠的心

一

今夜淡淡的月照着悠悠的心！
淡淡的月呵！
你究竟肯为我们传两地的情思吗？
雾般的烟云里火车放开轮子前奔了，
人影远了！
一切都和流云般过去了！

但是“不要忘了十五的月呵”依依的尾声①
还深深地荡漾在空气中，
萦绕在离别的心上呵！

二

淡淡的月照着悠悠的心，
淡淡的月呵！
你告诉我吧！
在那边的她们怎样叹息着望着你呢？
怎么唱“潭水桃花故人千里”的离别曲子呢？
那调子和冷泉的细流般呜咽着，
还是和夜莺般宛转着呢？
呵！依恋的悲哀，
只有求你可怜我！

三

淡淡的月照着悠悠的心，
悠悠的心呵！
你将什么托月儿带给她们呢？

---

① 当我返南京的前一日，曾在公园和诸友赏月，直至更深始别，但依依之情，仍不自已；因约望日之夜，我在上海看月，她们在北京看月，想藉此一轮皓魄，我们传两地的情思；火车将开时，她们仍再三叮咛。——庐隐原注

你唱“我永不忘你”的歌吗？
你将你眼前的清光照出来柔美的云——
织成清丽的手帕寄给她们吗？
你将你心头的热血染红了玫瑰花瓣送给她们吗？
唉！彷徨呵！
只有求你可怜我！

四

淡淡的月照着悠悠的心，
悠悠的心呵！
你倦了吗？去吧！望望你的朋友去吧！
她住在离这里不远，她母亲正病着呢！
“她的病应该好了吧！”我的朋友很希望的说着。
“好了吧！”我满心正是这样想着。
呵！到了那个黑门你去敲敲吧！
“东东冬冬”地敲开了，
“哝！她已经过去了！”开门的人呜咽的说着，
“谁？谁？谁？”我惶急的问着；
她——我的朋友——已如狂般伏在我的怀里痛哭了！
她哽咽着说：“哝！我从此没有娘了！没有娘呵！”
唉！我失了知觉，悠悠的心只是迷离着，
我不懂得什么是死的悲哀，
我但知道从此以后她再不能在娘怀里求安慰了！
她成了孤零零的小羊——彷徨在旷野的黄昏里，

山谷中发出惨凄呜咽的回声，我不禁心酸了！

悠悠的心呵！

只有痛快的流泪吧！

（本篇最初发表于1922年8月21日《时事新报·文学旬刊》第47号）

碧涛之滨

今天的天气燥热极了，使得人异常困倦。我从电车下来的时候，上眼皮已经盖住下眼皮；若果这时有一根柱子支住我的摇撼的身体，我一定可以睡着了。

竹[illegible]、玉亭、小酉、名涛、秀澄都主张到中国饭店去吃饭；我虽是正在困倦中，不愿多说话，但听见了他们的提议，也非常赞成，便赶紧接下道："好极！好极！"在中国饭店吃了一饱，便出来打算到我们预计的目的地——碧涛之滨去。

一带的樱花树遮住太阳，露出一道阴凉的路来。几个日本的村女站在路旁对我们怔视，似乎很奇异的样子；我们有时也对他们望望，那一双阔大的赤脚，最足使我们注意。

樱花的叶长得十分茂盛；至于樱花呢，只余些许的残香在我意象中罢了。走尽了樱花荫，便是快到海滨了，眼前露出一片碧绿平滑的草地来。我这时走的很乏，便坐在草地上休息。

这时一阵阵地草香打入鼻观，使人不觉心醉。他们催促我前进，我努力的爬了起来，奔那难行滑泞的山径。在半山上，我的汗和雨般流了下来；我的心禁不住乱跳。到山滨的时候，凉风打过来，海涛澎湃，激得我的心冷了，汗也止了，神情也销沉了。我独自立在海滨，看波浪上的金银花，和远远的云山；又有几支小船，乘风破浪从东向西去，船身前后摇荡，那种不能静止的表示，好像人们命运的写生。我不禁想到我这次到日本的机遇，有些实在是我想不到；今天这些同游的人，除了玉亭、竹筠、秀澄是三年以来芸窗相共的同学外，小西和名涛全都是萍水相逢，我和他们在十日以前，都没有见过面，更说不到同好，何况同到这人迹稀少的乡村里来听海波和松涛的鸣声……

我正在这样沉思的时候，他们忽催我走，我只得随了他们更前奔些路程。后来到了一个所在，那边满植着清翠的松柏，艳丽的太阳从枝柯中射进来，更照到那斜坡上的群草，自然分出阴阳来。

我独自坐在群草丛中，四围的芦苇差不多把我遮没了；同来的人，他们都坐在上边谈笑。我拿了一枝秃笔，要想把这四围的景色描写些下来，作为游横滨的一个纪念；无如奔腾的海啸，澎湃的松涛，还有那风动芦苇刷刷的声浪，支配了我的心灵，使我不知道要从什么地方写起来。

在芦苇丛中沉思的我，心灵仿佛受到深醇的酒香，只觉沉醉和麻木。他们在上面喊道："草上有大蚂蚁，要咬着了!"但是我绝不注意这些，仍坐着不动。后来小西他跑在我的面前来说："他们走了，你还不回去吗!"我只是摇头微笑。这时我手里的笔不能再往下写了；我对着他不禁又想起一件事来。前此我想不到我会到日本来，现时我又想不到会到横滨来，更想不到在这碧涛之滨，他伴着我作起小说来；这不只我想不到，便是他恐怕也想不到。天下想不到的事，原来很多；但是我的遭遇，恐怕比别人更不同些。

我无意的〈往〉下写，他无意的在旁边笑；竹[illegible]更不久也跑到这里来，不住地催我走。我舍不得斜阳，我舍不得海涛，我怎能应许她就走呢？并且看见她，我更说不出来的感想，在西京的时候，我认识了一个朋友，和她的容貌正是一样。现在我们相隔数百里，我看不见他天真的笑容，也听不着他爽利的声音；但他是我淘气的同志，在我脑子里所刻的印象，要比别的人深一些。世界上是一个大剧场，人类都是粉墨登场的俳优；但是有几个人知道自己是正在作戏，事事都十分认真，他们说人大了就不该淘气，什么事都要板起面孔，这就是道德，就是作人的第一要义；若果有个人他仍旧拿出他在娘怀里时的赤子天真的样子来，人家要说不会作人。我现在已经不是娘怀里的赤子了，然而我有时竟忘了我是应该学作人，正经的面孔竟没有机会板起，这种孩气差不多会作人的人都要背后讥笑呢。想不到他又是一样不会作人，不怕冷讥热嘲，竟把赤子的孩气拿出来了。——我从前是孤立的淘气鬼，现在不期而遇见同调了；所以我用不着人们介绍，也用不着剖肝沥胆，我们竟彼此了解，彼此明白，虽是相聚只有几天，然而我们却作了很好的朋友。……我想到这里，小西又来催我归去，我只顾向海波点头，我何尝想到归去！

竹筠悄悄地站在我的身后，我无意回头一看，竟吓了一跳，不觉对她怔视；她也不说什么，用手拊在我的肩上，很温存的对我轻轻说道："回去罢!"这种甜蜜的声浪，使得我的心醉了……

名涛从老远的跑来道："快交卷罢！不交便要抢了!"其实我的笔是随我的心停或动的，而我的心意是要受四围自然的支配的；若要我停笔，止有四围的环境寂静了，那时候我便可掷我的秃笔在那阔无际涯的海波里……。现在呢，我的笔不能掷；不过我却不能不同碧海暂且告别，也不能同涛声暂时违离。我又决不忍心叫这些自然寂寞；碧涛之滨的印象，要同我生命相终始呢!

（本篇最初发表于1922年8月丙辰学社《学艺》杂志第4卷第3号）

东游得来的礼物（外一篇）

当我离开祖国海岸的时候，正是落英缤纷，送春回去；现在我回来了，院子里头的碧桃，已结子了，“光阴草草人事劳劳”，真不禁怅往［惘］前尘！

我这次到了日本，沿途饱赏了海上的生涯，领略了岛国的风光；在我的脑膜上，刻了许多的新影片，时时涌现出来。每逢奔波的余暇常常碧［?］独凭栏；听满院的松声，澎湃如涌波涛，有时蕉雨淅沥，滴滴新翠，浸透了我软弱的心，微妙不可名言的情绪之流，占据了我心灵的全部，这时我的纸笔就不免要忙碌了。

我觉得万物都可以任意和我聚散，我对于万物的聚散，也觉得如行云流水，任其自然，在这种淡泊的生涯中，那枝不满三寸秃了尖的钢笔，和无论什么样的纸，却使我深深迷恋，不能有一天离开他，在我苦闷的时候，安慰我；在我兴奋的时候，鼓舞我；任是我用他诅咒人群，任是我用他赞美自然，他都不反抗我，在这广漠的世界上他们总算是我共生死，同患难的好朋友了。这次东游得来的礼物，也都亏他替我携回，我真是永远感激他，用最红的，最热的血，供养着他；更用最清的，最透明的——可以照见人心的泪，浸透了他，才能写出洋洋洒洒美丽的文字来，和人们赤裸裸地心接触，唉！怎样大的工作呵——现在东方微有亮光了——露出鱼白色的光——我们努力工作的时候到了。

冷酷的海潮

唉！冷冰冰，寒森森，和铁一般青的面孔，和山崩般的呼啸，船身为他惊得飘摇无主；心灵为他起了寒战；在那没有边际的碧波上，软弱人们的胆为他的怒吼吓破了！不敢预想那未来的前途，只有浸在绝望的悲哀里，唉！海潮呵！唯有冷酷是永远的吗？

危险呵！他一些没有怜悯的同情，朋友们！你们知道他窥见什么隐秘了？迷沉的人类，每人腰里都系着希望的带子呵！——是一条又坚固，又绵韧的带子——他冷笑了！他低声讽刺了！他说：“你们系着这条带子——希望的带子——你们可以在那里作发见宝藏的好梦，那里有光明的前途；灿烂的境界，这是很自然的，你们永不至有自杀的决心，我作个小小的游戏，使浪花起得高些，岂不是更把世界点缀得有神了吗？”

不知趣的她——一个年约二十五岁的少妇，长圆式的脸儿，很长的眉毛，微微上掀的嘴唇，露着孩子气的微笑，这时她受海潮的颠波［簸］，她凄苦着脸和她的丈夫——有两撇小胡须年在三十岁以内的男人说：“哎哟！风浪真恶！我真受不住了！”她的丈夫，微睁开严闭的两眼，很疲苦的对她望着，由不得“咳！”的一声呻吟，侧转身来，用手在她的心口上，慢慢摩挲了半天，她才安静睡了！

同时有一个很年轻的母亲——大约只有二十一二岁的光景；正抱着一个不到五个月的孩子吃奶；因微侧着身体，垂下软弱无力的头，那种勉强支持的苦楚，都从她紧皱的双眉，和嘴角边透示出来了。冷酷的海潮，刷剌剌又是一阵，船身左边沉下约有一丈的光景，又高起来。乘客都被颠顿得心旗摇摇，那孩子的母亲，禁不住哇的一声吐了深黄色的苦胆汁，污了孩子雪白的衣襟，孩子倒不知晕船，仍用力吸她母亲的乳汁；母亲被她吸得心头更发空，只见她紧皱眉头，勉强从孩子嘴里抽出乳头，无力的睡下了。孩子不知心痛母亲，兀自哇哇的大哭。孩子哭一声，母亲的心便痛一下，凄苦的眉头也要皱一下，后来她低声和孩子说：“哎！我真真顾不得你啦。”她的慈母的泪，随着声音滴下来了！

一个不耐烦的少年人，咒骂道：“可恨的浪头！……象这样受罪，真不如痛快一下子——”

“哎！别乱说吧！耐着点，反正会到家的。”他的妻很温和的劝慰他。

“耐着！除了耐着，还有什么法想，每年来往两次活受罪，唉！还不知要耐到什么时候是了呢！”少年回答他的妻。妻说：“你不用老想这些吧——越想着苦就更苦了——你就想着妈妈怎样盼望我们回来；我们到了家，她老人家够［该］多末喜欢，欢郎弟弟今年也回来了，快活的事多着呢!”

“是的，只有想着这些快活的，不想这个，我便发誓永远不走这条路了！——没得受尽无穷的颠波［簸］!”少年说完便侧转身体，闭上眼睛作他的归梦去了！全船顿时寂静，只有冷酷的海潮，在那里低唱得胜之歌。

（本篇最初发表于 1922 年 9 月 1 日《时事新报·文学旬刊》第 48 号）

华严泷下

呵！千辛万苦走尽了层叠不绝的群山，奔腾急湍的瀑布声，推出听觉中的一切声浪而占据了。白云般的急流，从半空中涌出来，细密的水花溅到面部来，一阵阵地微寒沁入心灵里；这时的知觉只有感到沉默和神秘。同游的伴侣乃和对我说："到了这种景地，叫人实在难以描写：四面削立千仞的高山隔绝尘世的一切；现在的思想，已经不是平日我们所有的思想了！现在的四围只有伟大的神秘可以形容他们。"我这时为一种神秘的静寞支配了，我对于乃和所说的话，只有心许，却不能回答她。

我独自沉默着。把心灵交给白云了，交给流水了；我万千的柔情，和沉迷的深恋，也都交给这一刹那的自然了。丞姐她好象是得到宇宙的生机，她永远不受神秘的支配，她从不曾说过灰心的话，她也从不问宇宙是什么，她喜欢活动，她到一个地方，她便想再换一个地方。这时她又在催我们走，她说："看见就完了，我们再到别处玩去罢!”我被她催促了，不知不觉心里一酸，流下泪来，唉！我知道自己的渺小，我更知道尘梦的短促；我何苦离开他作个失恋的可怜人！

乃和胆怯的坐在我的身旁，她悄悄地叹道：“人事有完的时候，水流没有竭的时候。”我听了这话，更由不得伤心，我忏悔我已往我的种种……唉！这时的心真失却主张了！

丞姐在半山上招手，劝我们更前进，我只懒懒地不愿动。她说：“你不是要看华严吗？为什么在那里老坐着不动呢?”我听了这话仍在踌躇，丞姐又高叫道：“唉呀！这真是奇怪极了！在高山时是水：流下来便成了烟了……”她的话打动了我的心，便随了她又奔了许多羊肠的山路，转弯处果见飞烟软雾中，云织成般的梯子，从山巅下垂，半生梦想的华严果然看见了！我理想中的瀑布，以为只是丝丝流水，却想不到从山巅上涌下来的急水，竟不是水，是一道的飞烟，是无数的白云，几至流到山湾时，因激流激石的缘故，喷出细腻的水花，那水花便随空气四散，因其浓厚，又象是半山罩了白雾。

我不禁迷醉了！怔怔坐在飞泷的对面凝望，忽然从左边山坡上下来几个人——搢绅样的态度[①]，站在我的斜对面，指点评论，我无意中对他们望了望，在他们怅惘怜乞的脸上，使我发觉了一件不幸的认识；我平日觉得人生事业的成功，是有无上的光荣，而这时我总觉成功实在是最伤心的事，并且是最有限的事。当我未到华严之前，我心灵中充满了无限的渴望，这个

---

① 搢（jìn）绅，古代高官的装束，也用为有官职、做过官的人的代称。

渴望增我许多生趣；我有时坐在葡萄架下看云天飘渺，我便在云端里造无穷的意象，那时白云作了我温柔的褥子，蓝天作了我遮日的屏风，月亮作了我的枕头；我安静睡在那里，永远不会想到失望的苦痛；——现在呢，华严是在我的眼睛里；和从那烂湿的污泥，爬到高坡上时的艰难；所得到的代价，当时的喜悦，只一声的长叹表示出来了；现在心里所有的除了忏悔和沉闷——间或含着些羞耻和惭愧的念头外，没有更多的思想了。

丞姐依旧兴高采烈，她发起一同照相，作个游华严的纪念；我没什么意见，因坐在乃和的旁边，手里拿着我唯一的良伴——日记本——对着瀑布下面潺潺的细流，寄我无穷的深意，和怅惘的情绪；照相我始终没有在意。

我好思虑的心，这时更跑到绝路上去了！我想到广漠的世界，只有一面真理的镜子是透明的，除了这面真理的镜子外，便全都有色彩了，无论什么人要是不拿那赤裸裸透明的真理镜子来照，自己是永远不认识自己，也更不认识别人了。

一个人被认识是最不容易的事，也是最不幸的事，我永不希望人们知道我，因为我是流动的，是矛盾的，是有限的；人们认识了我，便是苦了自己。

去年的夏天，一个黄昏里，我依稀记得那时候，正是下过一阵暴雨之后，斜阳从一带深碧的树林里，反射在白色的粉墙上，放出灿烂的金光，映出疏淡的树影；阵阵微风，吹过醉人的玫瑰花香。我独自坐在荼蘼架下，看被雨洗过的树叶，格外显得翠绿，衬着那如美人带酒，娇媚无力的红花，加倍使人迷醉了；那时我的朋友澄如，她从外面进来，拿着雨伞指着我说："这种美景，——在这所房子，除了你谁来享受?"我听了这话很觉不安；——我相信多和一个人接触便多一重苦恼。

我有时觉得我的生命太短促，不够我使用；有时我又觉得一天好象一年，实在太长久了，竟没有法子消遣。

吃饭，穿衣服，住房子，真是一件大事！不过若有一个人对我说："你是为吃饭，穿衣服，住房子，而生活的，"我一定觉得那个人太轻视我了。我一定要为自己申辩，或者还要恨说这个话的人；但是我今天认识我自己了，在我过去的历史中，我的生活除了吃饭，穿衣服，住房子，我真不知道还为什么？不过在全世界全人类组织体中的一个小我，原值不得什么。

现在我悄悄站在瀑布面前，看那不断的激湍，心里禁不住乱跳，我想若使我把躯壳交给他，这洁白的飞泉里就染上尘垢了！——其实用不到顾及这些，不过没有勇气的我，这一念也未尝不能造成未来万劫之因了！

我自己不自觉，对着那三千尺的华严泷，神往了多少时候；不过最后，在我麻木的心里，又起了变动，我仿佛看见，那飞泷里，所喷出来的水烟，都含着神秘的暗示；假若我这时是在水烟的中心，身上的污汗一定消涤无余，若再到了飞烟的深处，我的心——尘俗的心，——一定由极热而变到极冷，极浊而变极清，便是那不可捉摸的灵魂，也要同水烟搅和起来，随着空气的激荡，送到未来的许多游客脸上身上，更浸入他们的心里，使他们消了污汗，息了罪恶之愤火，灭了贪狠的欲望，而投降了伟大的自然。

绵绵不断的思想，忽被冷不防的一击而打断了，回头又见丞姐含笑说："还不让开，有人要在此地照像。"我无奈只得懒懒地走开了，回头看见秀姐还默默地蹲在山涧旁边，玩弄那石缝中的流水，丞姐叫了她两声，她才惊觉，深深地长叹一声躲开了。

那几个游人照完了像，他们不知想起什么来了，跑到我们面前打探我们的来历。我们和他们言语不通，始终不能彼此了解，后来引导我们来的那位山田先生替我们作了翻译。他们听说我们是中国的女学生，脸上的惊奇色，使我们震惊；后来他们拿出一张名片来，叫我们随意写几个字，或几句话作个游华严遇见我们的纪念；其实我真嫌他们多余，我接了片子不知写什么好，沉吟了半天，才随意把我那时的感想，作成一首短诗给他们道：——

“唉！庄严的女神呵！
在你的足下藐小的更藐小了！
纯洁的女神呵！
在你的足下尘浊的更尘浊了！
用你的泪洗清了吧！
用你的爱臂环抱了吧！
生命的认识者，向你膜拜了！”

他们拿了片子，离开我们回去了。四面不透日光的深山里，罩上将近黄昏的微雾，更觉得阴深幽秘了。同来的伴侣，也来催我归去；我不能对她们宣示我心头的隐秘，只得勉强离开灵魂的恋者，受那刺心离别的苦痛了！

我一壁扶着那石缝中的石根，向上攀缘，我竟忘了我这时足所履的地方，是上不接天日，下不着平地，是半山上的险径，两只眼睛，只管注视那多情的碧水，由不得流下泪来！

唉！险径走完了，到了山顶的平地上，更助人惝然的，是那将要下山的斜阳，照着那山阴下几株杜鹃，犹徘徊不忍归去，这情景更摧断我的愁肠，再回头，华严已经又是已往的印象了！

（本篇最初发表于1922年9月11日《时事新报·文学旬刊》第49号）

海边上的谈话

这里差不多没有什么人常来，因为我们走完了这一片草地，和芦草的长堤，我们差不多没有遇见一个象我们一流的人。只有几个头上包着青布包裹，手里拿着锄头的种地的女人，和那骑在牛背上的顽皮的童儿，脸上是常常涂着黑泥的。

草地过去了，便到了海边，那里的松柏树很多，我们耳朵里时时充满着松涛和海涛的混合声，仿佛吹箫的仙女，和弄笛子的牧童同唱一般。

我们同来的五个人，莹玉是个画家，在她丰神绰约的肩上，背着一副画具，这时她坐在海边，遥望着对面的奇峰，那里迷漫着白云，点缀着苍松，是一个比较最好的画面，她揣度些时，便开始放下她的画具，一笔一笔地描写。翟棠和我捡了一块横柯交叉的松荫下的草地上，悄悄地睡在那里，我们的头正枕着海滨的石头上，潮水冲荡，细沫时时飞溅在我们的面部。这时海上的风很大，浪头和山般涌起来，又落下去，雪白的浪花，好象卧在荷田里的睡莲，被风吹着，懒懒地摇摆着，有时竟藏在大而且绿的荷叶下面了。

我们一边领略飘渺空阔的海的妙趣，一边就闲谈起来了，但是我们谈什么呢？有时从身旁拾起一块清澈的小石子，向海里掷去，起一个小小的波浪，我便有谈说的材料了！忽然一阵笑声换了我们的注意点，离我们两丈远的松林里，明才——一个活泼，时时露着滑稽的笑容的少年——他坐在树干上，两手攀着树枝，仿佛是个猴子；心绮——比他年纪要小三四岁，最喜欢笑的孩子，这时拿着一根木棒在松树上，作欲击明才的样子，他们互相躲闪着，又互相看着大笑起来。

“你看他真是一个富有生趣的青年呵！就象那春天里最盛开的油菜花一样，鲜黄的颜色映着艳阳跳舞……他大约不明白愁苦两个字的意义吧！”翟棠轻轻地对我如此的说。我很情愿相信这话是真的——不过我把这话略略在脑里浸了一浸，我不幸的心门又开了，那里送出一件强有力，反抗我相信翟棠的话的证据——这个证据是个恶消息，“我告诉你一段故事吧！”我不觉对翟棠这么说。

“去年夏天的一个清晨，我和秀生到公园里，那时天气十分清朗，碧蓝的天空，浮着些鲜红的彩霞；荷花池里，——一望碧绿的荷田里——开着美丽的莲花。我们两人坐在池子上面的石阶上，那里离这池子园墙的门有五尺多远，有一座草亭，坐在草亭子里的人若不留心，是很不容易看见我们的。况且我们正都沉默着领略青莲的幽香呢。

“不久我们听见亭子那边有人说话的声音。起初我们并不在意，后来觉得这说话的声音，有些熟习，不由得我们便要注意起来，只听一个女子的声音说：——

“‘这事都怪不得我，你家里的人麻烦，叫我……当初若不是为了那一点不相干的闲话，何至于一定强我回家乡呢？’

“‘呵！现在我只有对你忏悔，……老人家的脑髓里，所构成的思想，全是不可思议！他说你去年在这里读书的时候，乡里的谣传说你到我们家里——但是你不要气，这话原是没有什么价值的……’

“说这话的是男子的声音，他说到这里止住了，后来又听那女的说：

“‘下文是什么？你只管说罢！我……不至于生气。’

“‘那么……真的不生气吗？那末我说了……他们说那时你已经到我家作童养媳了，我家里觉得这话很不好听，因而叫你回去了……你回去以后，我恰好从外国回来，家里就要我回家去结婚……但是，现在我觉得我很对你不起！不过那时我没见过你的面，我们还是不相识的路人，我……我终于不愿回去，……’

“‘你不回去，……我也不怪你，就是我那时也不希望你回去，也正是因为我不认得你。’

“‘不过现在我是后悔了！那时若勉强回去，也不至于把事情耽搁了，现在我为祖母的孝，要守制三年……三年的工夫原算不得长，不过你还有祖母，我还有年迈的父母呢，在我三年以内谁能保定不再出什么变故吗？……若果三年以外再加上三年或者竟再加上六年，那时我们差不多象是开过期的花了……

青春和电光般的过去了！谁说上帝能把这退伍的春天，再用暖风唤回呢？……唳！我只有后悔——我不曾预想到礼教的家庭的可怕……唳！现在怎么办呢？'

“他和她的谈话，到了这里便停止了，只听见他和她都从丹田深处深深地叹了一口气！……这时我和秀都耐不住，悄悄从栅栏门里望过去，见他和她正悲苦着，凄然相对。”

“他和她到底是谁呢？……你说半天这与明才又有什么关系呢？”翟棠等不得我都说完，怀疑着这么问我。

这时明才已从树上下来了，他走到我们面前说，“你们谈什么呢？”我这时禁不住心里乱跳，不能回答他的话，相怔视了半天，我因问他道，“她有信来吗？”明才的脸不觉得红了，歇了一刻，他叹息了一声说：“别提这话了！信来不来，又何补于事实呢？”

“你为甚么不打破这缚束，另辟一个境界呢？礼教的家庭，本没有什么可尊敬的，这只是看你们自己的决心了。”我对明才这么说，明才点点头说：“自然只有看我们的决心了！有限的青春谁忍眼看着这么轻易过去，看我们的决心吧！”

远远一只火轮，拨开浪头，向我们这边来了，呜呜的笛声打断了我们的谈话。看看太阳已经西斜了，莹玉的画稿已经完成两张，最后这一张正在设色，画的是黄昏的海景。碧绿的海水里，加上一层红色，海面上幻成一道道的紫光，和山林里的金光相映掩；天边一弯的淡月笼在稀薄的白云里，一个负薪的樵夫，正从山腰往下去，嘴里象是唱着天真的山歌。我们一面看她的画稿，一面看眼前的景，竟不知是景中的画还是画上的景。大家默默相对些时，暮色已从海里渐渐升上来，莹玉收拾了画具，我们便辞别海上的一切回去了。

一九二二年在横滨

（本篇最初发表于1922年9月21日《时事新报·文学旬刊》第50号）

月下的回忆

晚凉的时候，困倦的睡魔都退避了，我们便乘兴登大连的南山，在南山之巅，可以看见大连全市。我们出发的时候，已经是暮色苍茫，看不见娇媚的夕阳影子了。登山的时候，眼前模糊，只隐约能辨人影；漱玉穿着高底皮鞋，几次要摔倒，都被淡如扶住，因此每人都存了戒心，不敢大意了。

到了山巅，大连全市的电灯，如中宵的繁星般，密密层层满布太空，淡如说是钻石缀成的大衣，披在淡装的素娥身上，漱玉说比得不确，不如说我们乘了云梯，到了清虚上界，下望诸星，吐豪光千丈的情景更为逼真些。

他们两人的争论，无形中引动我们的幻想，子豪仰天吟道："举首问明月，不知天上今夕是何年?"她的吟声未竭，大家的心灵都被打动了，互相问道："今天是阴历几时？有月亮吗?"有的说十五；有的说十七；有的说十六；漱玉高声道："不用争了。今日是十六，不信看我的日记本去!”子豪说：“既是十六，月光应当还是圆的，怎么这时候还没看见出来呢?”淡如说：“你看那两个山峰的中间一片红润，不是月亮将要出来的预兆吗?”我们集中目力，都望那边看去了，果见那红光越来越红，半边灼灼的天，像是着了火，我们静悄悄地望了些时，那月儿已露出一角来了；颜色和丹沙一般红，渐渐大了也渐渐淡了，约有五分钟的时候；全个团团的月儿，已经高高站在南山之巅，下窥芸芸众生了。我们都拍着手，表示欢迎的意思；子豪说：“是我们多情欢迎明月？还是明月多情，见我们深夜登山来欢迎我们呢?”这个问题提出来后，大家议论的声音，立刻破了深山的寂静，和夜的消沉，那酣眠高枝的鹧鸪也吓得飞起来了。

淡如最喜欢在清澈的月下，妩媚的花前，作苍凉的声音读诗吟词，这时又在那里高唱南唐李后主的《虞美人》，诵到“故国不堪回首月明中”声调更加凄楚；这声调随着空气震荡，更轻轻浸进我的心灵深处；对着现在玄妙笼月的南山的大连，不禁更回想到三日前所看见污浊充满的大连，不能不生一种深刻的回忆了!

在一个广场上，有无数的儿童，拿着几个球在那里横穿竖冲的乱跑，不久铃声响了，一个一个和一群蜜蜂般地涌进学校门去了；当他们往里走的时候，我脑膜上已经张好了白幕，专等照这形形式式的电影，顽皮没有礼貌的行动；憔悴带黄色的面庞，受压迫含抑闷的眼光，一色色都从我面前过去了，印入心幕了。

进了课堂，里头坐着五十多个学生，一个三十多岁，有一点胡须的男教员，正在那里讲历史，“支那之部”四个字端端正正写在黑板上，我心里忽然一动，我想大连是谁的地方啊？用的可是日本的教科书——教书的又是日本教员——这本来没有什么，教育和学问是没有国界的，除了政治的臭味——他是不许藩篱这边的人和藩篱那边的人握手，以外人们的心都和电流一般相通的——这个很自然……

“这是那里来的，不是日本人吗？”靠着我站在这边两个小学生在那窃窃私语，遂打断我的思路，只留心听他们的谈话。过了些时，那个较小的学生说：“这是支那北京来的，你没有看见先生在揭示板写的告白吗？”我听了这口气真奇怪，分明是日本人的口气，原来大连人已受了软化了吗？不久，我们出了这课堂，孩子们的谈论听不见了。

那一天晚上，我们住的房子里，灯光格外明亮；在灯光之下有一个瘦长脸的男子，在那里指手画脚演说：“诸君！诸君！你们知道用玛琲培成的果子，给人吃了，比那百万雄兵的毒还要大吗？教育是好名词，然而这种含毒质的教育，正和玛琲果相同……你们知道吗？大连的孩子谁也不晓得有中华民国呵！他们已经中了玛琲果的毒了！……

“中了毒无论怎样，终久是要发作的，你看那一条街上是西岗子一连有一千余家的暗娼，是谁开的？原来是保护治安的警察老爷，和暗探老爷们勾通地棍办的，警察老爷和暗探老爷，都是吃了玛琲果子的大连公学校的卒业生呵！”

他说到那里，两个拳头不住在桌上乱击，口里不住的咀［诅］咒，眼泪不竭的涌出，一颗赤心几乎从嘴里跳了出来！歇了一歇他又说：——

“我有一个朋友，在一天下午，从西岗子路过；就见那灰色的墙根底下每一家的门口，都有一个邪形鸩面的男子蹲在那里，看见他走过去的时候，由第一个人起，连续着打起呼啸来；这种奇异的暗号，真是使人惊吓，好像一群恶魔要捕人的神气；更奇怪的，打过这呼啸以后立刻各家的门又都开了；有妖态荡气的妇人，向外探头，我那个朋友，看见她们那种样子，已明白她们要强留客人的意思，只得低下头，急急走过，经过他们门前，有的捉他的衣袖，有的和他调笑，幸亏他穿的是西装，他们不知道他到底是什么来历，不敢过于造次，他才得脱了虎口。当他才走出胡同口的时候，从胡同的那一头，来了一个穿着黄灰色短衣裤的工人；他们依样的作那呼啸的暗号；他回头一看，那人已被东首第二家的一个高颧骨的妇人拖进去了！”

唉！这不是玛琲果的种子，开的沈沦的花吗？

我正在回忆从前的种种，忽漱玉在我肩上击了一下说：“好好地月亮不看却在这漆黑树影底下发什么怔。”

漱玉的话打断我的回忆，现在我不再想什么了，东西张望，只怕辜负了眼前的美景！

远远地海水，放出寒栗的光芒来；我寄我的深愁于流水，我将我的苦闷付清光；只是那多事的月亮，无论如何把我尘浊的影子，清清楚楚反射在那块白石头上；我对着她，好像怜她，又好像恼她；怜她无故受尽了苦痛的磨折！恨她为什么自己要着迹，若没这有形的她，也没有这影子的她了，无形无迹，又何至被有形有迹的世界折磨呢？……连累得我的灵魂受苦恼……

夜深了！月儿的影子偏了，我们又从来处去了。

（本篇最初发表于 1922 年 10 月 10 日《小说月报》第 13 卷第 10 号，后收入《海滨故人》集）

最后的光荣

我从东京到下关的火车上，遇见一个朝鲜人和他的妻——他的面貌，和气中含着刚强，两道剑般的眉毛，时时露出英爽的气概，他的妻眉目清秀，年纪大约只二十三四。

夜深了，车儿仍不住隆隆地前进；车子里的乘客，都露着倦容，闭着眼睛，摇晃着脑袋，在那里作旅行的梦；车窗的外边，黑漆漆的看不见一颗星斗，四面乌云堆积着，细雨丝丝，敲着玻璃窗，发出沙沙的响声。我虽也闭目养神，只为了这种种摧人心肝的雨声，弄得心烦意乱，无论怎么镇静，总是睡不着，无奈何只好睁开眼睛，对着那些乘客怔望，但是看着他们睡觉，更感到一种说不出来的焦躁！

行箧打开了。看着这本小说，觉得没意思；再看看那本杂志，也一样的没意思；加着不解人意的风雨，一阵阵大起来，啸啸呼呼的声音，更弄得寸心无主了！

他忽然伸了一个懒腰，站起来了，看见我那种寂寞怅惘的神气，便走过来，和我招手。他用英语和我说，“我很荣幸得见你，和你完全的同伙!”后来他又问我到什么地方去。我告诉他，到了下关，以后要乘船到釜山，由釜山奔京城——他听了很惊喜地道：“呵！好极了！我也正要到京城去，我家就住在那里，”又指着那少妇说：“她是我的妻。”我们招呼了，就此谈论起来，岑寂的长夜，不觉得过来一半了。

我们越说越投机，后来渐渐谈到他们的国家的问题上来，不过这问题，是不能在车上可以任意说的，因而我们两人都拿出笔记本来，接续着笔谈起来!

“去年独立运动经过情形怎么样?”

“唉！可怜！竟死了我们的同胞十万人，……但朝鲜人总不只十万……”

“你们今后的宗旨怎么样呢?”

“女士！我不瞒你说，我尝受铁窗铜栏的监狱生活，已经四次了！最近一次，共关了四年，在那些满面泥垢，容貌憔悴的囚徒当中，我渐渐和他们握手，作了最好的朋友，他们也觉悟，今后所应作的事情，就是求最后的光荣……

“去年四月间，我的刑期满了，我乃得看见天日，然而我更相信：未了的残生，除了求恢复人格——最后的光荣——是我们唯一的宗旨了!”

“你们不打算恢复你们的国权吗?”

“朝鲜同胞所受的痛苦，是意志的不自由，是个性的被戕贼，朝鲜现在所需要的，不是那万恶的威权，只是人类应有的自由，恢复国权——有名无实的国权，于我们的前途是没有什么利益的。”

“你们的计划有把握吗?”

“详细的计划，请原谅我，不能告诉你！至于我们的决心，就是恢复我们的人格自由，女士！你知道吗？现在的朝鲜人，在世界上没有希望，没有生趣！精神的粮食，早就干竭了！前途的微光，早就销灭了！

“这不足轻重的形骸生活，不久我们都要为‘最后的光荣’而牺牲了——朝鲜有志的人，若果能作一个为朝鲜民族恢复人格的流血志士，便是朝鲜人唯一的光荣和希望了!”

“你们觉得现在世界的趋势是怎么样吗［呢］?”

“不必问趋势如何，我们知道，在这种灰色生活的旗帜下的世界，无论他表面的高调是唱得如何响亮，或者是已登了天国而实际受残害的民族，仍不能自然的由虎口里解放出来，我们对于这种的环境，只有抱绝大的牺牲去奋斗，朝鲜人是不怕死的!”

他正要再往下写，有几个乘客已经睡醒，他们多事的怅望，不得不打断了我们的笔谈，他叹息了一声，仍慢慢地回到他自己的坐位上去；我无聊赖，只隔着窗子往外看，满天阴霾，雨还是不住的向下洒，淅沥的雨声，和隆隆的机声，互相应和！凄苦的调子，使我脆弱的心，又受一层打激的悲苦了！

（本篇最初发表于1922年10月10日《时事新报·文学旬刊》第52号）

月　　下

月光之下，……
楼窗中的电灯含怒睁视着，
靠西边一张软钢丝小床上，
亲爱的母亲含笑地坐着；
妹妹呢，——总是倚着娘的左臂；
侄儿大约又在撒娇滚在祖母的怀里；
母亲右手摸着妹妹的肩左手抚着侄儿的头，
他们都深深地浸在爱的慈云里了！
“可怜孤零零的隐儿她这时睡了吧！”母亲忽然这么说，
侄儿仰起头张大那双透明的小眼说：
“奶奶！阿姑怎么还不回来？”
“你好好读书，她不久就要带许多有趣的玩物回来给你了。”
母亲说完，侄儿拍着灵巧的小手跳着舞要祖母吻他的小颊了！
母亲似乎眼圈微红了，但是笑着亲了侄儿的小颊了！
母亲的眼微微的红了！红了！
我的心寸寸的裂了！
寂寞的空庭，
除了“孤零零的隐儿”外空无所有呵！
母亲的两手已不空闲来抚摸她了！
只有冷酷的寒光兀自森森地临照着。

（本篇最初发表于1922年11月11日《时事新报·文学旬刊》第55号）

或人的悲哀

亲爱的朋友 KY：

我的病大约是没有希望治好了！前天你走后，我独自坐在窗前玫瑰花丛前面，那时太阳才下山，余辉还灿烂地射着我的眼睛，我心脏的跳跃很利害，我不敢多想甚么，只是注意那玫瑰花，娇艳的色采，和清润的香气，这时风渐渐大了，于我的病体不能适宜，媛姊在门口招呼我进去呢。

我到了屋里，仍旧坐在我天天坐着的那张软布椅上，壁上的相片，一张张在我心幕上跳跃着，过去的一件一件事情，也涌到我洁白的心幕上来，唳！KY，已经过去的，是事情的形式，那深刻的，使人酸楚的味道，仍旧深深地印在我的脑海中，渗在我的血液里，回忆着便不免要饮泣！

第一次，使我忏悔的事情，就是我们在紫藤花架下，那几张石头椅子上坐着，你和心印谈人生究竟的问题，你那时很郑重的说："人生那里有究竟！一切的事情，都不过像演戏一般，谁不是涂着粉墨；戴着假面具上场呢？……"后来你又说："梅生和昭仁他们一场定婚；又一场离婚的事情，简直更是告诉我们说：人事是作戏，就是神圣的爱情，也是靠不住的，起初大家十分爱恋的定婚，后来大家又十分憎恶的离起婚来。一切的事情，都是靠不住的，"心印听了你的话，她便决绝的说："我们游戏人间吧！"我当时虽然没有开口，给你们一种明白的表示，但是我心里更决绝的，和心印一样，要从此游戏人间了！

从那天以后，我便完全改了我的态度；把从前冷静考虑的心思，都收起来，只一味的放荡着，——好像没有目的地的船，在海洋中飘泊，无论遇到怎么大的难事，我总是任我那时情感的自然，喜怒笑骂都无忌惮了！

有一天晚上，我独自坐在冷清清的书房里，忽然张升送进一封信来，是叔和来的。他说：他现在很闷，要到我这里谈谈，问我有工夫没有？我那时毫不用考虑，就回了他一封说："我正冷清得苦；你来很好！"不久叔和真来了，我们随意的谈话，竟销磨了四点多钟的光阴；后来他走了，我心里忽然一动，我想今天晚上的事情，恐怕有些太欠考虑吧？……但是已经过去了！况且我是游戏人间呢！我转念到这里，也就安贴了。

谁知自从这一天以后，叔和便天天写信给我，起初不过谈些学术上的问题，我也不以为奇，有来必回，最后他忽然来了一封信说："我对于你实在是十三分的爱慕；现在我和吟雪的婚事，已经取消了，希望你不要使我失望！"

KY！别人不知道我的为人，你总该知道呵！我生平最恨见异思迁的人，况且吟雪和我也有一面之缘；总算是朋友，谁能作此种不可思议的事呢？当时我就写了一封信，痛痛地拒绝他了。但是他仍然纠缠不清，常常以自杀来威胁我，使我脆弱的心灵，受了非常的打激！每天里，寸肠九回，既恨人生多罪恶！又悔自家太孟浪！唉！KY！我失眠的病，就因此而起了！现在更蔓延到心脏了！昨天医生用听筒听了听，他说很要小心，节虑少思，或者可以望好，唉！KY！这种种色色的事情，怎能使我不思呢？

明天我打算搬到妇婴医院去，以后来信，就寄到那边第二层楼十五号房间；写得乏了！再谈吧！

你的朋友亚侠①

六月十日

亲爱的KY：

我报告你一件很好的消息，我的心脏病，已渐渐好了！失眠也比从前减轻，从前每一天夜里，至多只睡到三四个钟头，就不能再睡了。现在居然能睡到六个钟头，我自己真觉得欢喜，想你也一定要为我额手称贺！是不是？

我还告诉你一件事：这医院里，有一个看护妇刘女士，是一个最笃信宗教的人，她每天从下午两点钟以后，便来看护我，她为人十分和蔼，她常常劝我信教；我起初很不以为然，我想宗教的信仰，可以遮蔽真理的发现；不过现在我却有些相信了！因为我似乎知道真理是寻不到，不如暂且将此心寄托于宗教，

---

① 亚侠，这是庐隐早期的自号，“亚洲侠少”之意。

或者在生的岁月里，不至于过分的苦痛！

昨天夜里，月色十分清明，我把屋里的电灯拧灭了；看那皎洁的月光，慢慢透进我屋里来；刘女士穿了一身白衣服，跪在床前低声的祷祝，一种恳切的声音，直透过我的耳膜，深深地侵进我的心田里，我此时忽感一种不可思议的刺激，我觉得月光带进神秘的色采来，罩住了世界上的一切，我这时虽不敢确定宇宙间有神，然而我却相信，在眼睛能看见的世界以外，一定还有一个看不见的世界了。

我这一夜，几乎没闭眼，怔怔想了一夜，第二天我的病症又添了！不过我这时彷徨的心神好像有了归着，下午睡了一觉，现在已经觉得十分痊愈了！马大夫也很奇怪我好得这么快，他说：若以此种比例推下去，——没有变动；再有三四天，便可出院了。

今天心印来看我一次，她近来颜色很不好！不知道有甚么病，你有工夫可以去看看她，大约她现在彷徨歧路，必定很苦！

你昨天叫人送来的一束兰花；今天还很有生气，这时他正映着含笑的朝阳，更显得精神百倍，我希望你前途的幸福也和这花一样灿烂！再谈，祝你康健！

亚侠

七月六日

KY吾友：

我现在真要预备到日本去找我的哥哥，因为我自从病后便不耐幽居，听说蓬莱的风景绝佳，我去散散心，大约病更可以除根了。

我希望你明天能来，因为我打算后天早车到天津乘长沙丸东渡，在这里的朋友，除了你，和心印以外，还有文生，明天我们四个人，在我家里畅叙一下罢！我这一走，大约总要半年才能回来呢！

你明天来的时侯，请你把昨天我叫人送给你看的那封心印的信带了来，她那边有一个问题，——“名利的代价是什么?”我当时心里很烦，没有详细的回答她，打算明天见面时，我们四个人讨论一个结果出来，不过这个问题，又是和“人生究竟的问题”差不多，恐怕结果，又是悲的多，乐的少，唳！何苦呵！我们这些人，总是不能安于现在，求究竟，——这于人类的思想，固然有进步，但是精神消磨得未免太多了！……但望明天的讨论可以得到意外的完满就好了！

我现在屋子里乱得不成样子，箱子里的东西乱七八糟堆了一床，我理得实在心烦，所以跑到外书房里来，给你们写信，使我的眼睛不看见，心就不烦了！说到这里，我又想起一件事了。

KY！你记得前些日子；我们看见一个盲诗人的作品，他说：“中午的太阳，把世界和世界的一切惊异，指示给人们，但是夜，却把宇宙无数的星，无际限的空间，——全生活，广大和惊异指示给人们。白昼指示给人们的，不过是人的世界，黑暗和污秽。夜却能把无限的宇宙指示给人们，那里有美丽的女神，唱着甜美的歌，温美的云，织成洁白的地毡，星儿和月儿，围随着低低地唱，轻轻地舞。”这些美丽的东西，岂是我们眼睛所能领略得到的呢？KY，我宁愿作一个瞎子呢！倘若我真是个瞎子，那些可厌的杂乱的东西，再不会到我心幕上来了。但是不幸！我实在不是个瞎子，我免不了要看世界上种种的罪恶的痕迹了！

任笔写来，不知说些什么，好了！别的话留着明天面谈吧！

亚侠

九月二日

KY呵！

丝丝的细雨敲着窗子，密密的黑云罩着天空，澎湃的波涛震动着船身；海天辽阔，四顾苍茫，我已经在海里过了一夜，这时正是开船的第二天早晨。

前夜，那所灰色墙的精致小房子里的四个人，握着手谈着天何等的快乐？现在我是离你们，一秒比一秒远了！唉！为什么别离竟这样苦呵！

我记得：分别的那一天晚上，心印指着那迢迢的碧水说："人生和水一样的流动，岁月和水一样的飞逝；水流过去了，不能再回来！岁月跑过去了，也不能再回来！希望亚侠不要和碧水时光一样。早去早回呵。"KY这话真使我感动，我禁不住哭了！

你们送我上船，听见汽笛呜咽悲鸣着，你们便不忍再看我，忍着泪，急急转过头走去了，我呢？怔立在甲板上；不住的对你们望，你们以为我看不见你们了，用手帕拭泪；偷眼往我这边看，咳！KY，这不过是小别，便这样难堪！以后的事情，可以设想吗？

"名利的代价是什么？"心印的答案：是"愁苦劳碌。"你却说："是人生生命的波动；若果没有这个波动，世界将呈一种不可思议的枯寂!”你们的话在我心里；起伏不定的浪头，在我眼底；我是浮沉在这波动之上，我一生所得的代价，只是愁苦劳碌。唳！KY！我心彷徨得很呵！往那条路上去呢？……我还是游戏人间吧！

今天没有什么风浪，船很平稳，下午雨渐渐住了，露出流丹般的采霞，罩着炊烟般的软雾；前面孤岛隐约，仿佛一只水鸦伏在那里。海水是深碧的；浪花涌起，好像田田荷丛中窥人的睡莲。我坐在甲板上一张旧了的藤椅里，看海潮浩浩荡荡，翻腾奔掀，心里充满了惊惧的茫然无主的情绪，人生的真象，大约就是如此了。

再有三天，就可到神户；一星期后可到东京，到东京住什么地方，现在还没有定，不过你们的信，可寄到早稻田大学我哥哥那里好了。

我的失眠症，和心脏病，昨日夜里又有些发作，大约是因为劳碌太过的缘故，今夜风平浪静，当得一好睡!

现在已经黄昏了。海上的黄昏又是一番景象，海水被红日映成紫色，波浪被余辉射成银花，光华灿烂，你若是到了这里，大约又要喜欢得手舞足蹈了！晚饭的铃响了，我吃饭去。再谈！

亚侠

九月五日

KY吾友：——

我到东京，不觉已经五天了。此地的人情风俗和祖国相差太远了！他们的饮食，多喜生冷；他们起居，都在席子上，和我们祖国从前席地而坐的习惯一样，这是进化呢？还是退化？

最可厌的是无论到什么地方，都要脱了鞋子走路；这样赤足的生活，真是不惯！满街都是吱吱咖咖木屐的声音，震得我头疼，我现在厌烦东京的纷纷搅搅［扰扰］，和北京一样！浮光底下，所盖的形形色色，也和北京一样！莫非凡是都会的地方都是罪恶荟萃之所吗？真是烦煞人！

昨天下午我到东洋妇女和平会去，——正是她们开常会的时候，我因一个朋友的介绍，得与此会；我未到会以前，我理想中的会员们，精神的结晶，是纯洁的，是热诚的。及至到会以后，所看见的妇女，是满面脂粉气，贵族氏的夫人小姐；她们所说的和平，是片面的，就和那冒牌的共产主义者，只许我共他人之产，不许人共我的产一样。KY！这大约是：人世间必不可免的现象吧？

昨天回来以后，总念念不忘日间赴会的事，夜里不得睡，失眠的病又引起了！今天心脏，觉得又在急速的跳，不过我所带来的药，还有许多，吃了一些，或者不至于再患。

今午吃完饭后，我跟着我哥哥，去见一位社会主义者，他住的地方，离东京很远，要走一点半钟。我们一点钟，从东京出发，两点半到那里；那地方很幽静，四围种着碧绿的树木和菜蔬，他的屋子就在这万绿丛中。我们刚到了他那门口，从他房子对面，那个小小草棚底下，走出两个警察来，盘问我们住址、籍贯、姓名，与这个社会主义者的关系。我当时见了这种情形，心里实感一种非常的苦痛，我想这些，巩固各人阶级和权利的自私之虫，不知他们造了多少罪孽呢？KY 呵！那时我的心血沸腾了！若果有手枪在手，我一定要把那几个借强权干涉我神圣自由的恶贼的胸口，打穿了呢！

麻烦了半天，我们才得进去，见着那位社会主义者；他的面貌很和善，但是眼神却十分沈着。我见了他，我的心仿佛热起来了！从前对于世界所抱的悲观，而酿成的消极，不觉得变了！这时的亚侠，只想用弹药炸死那些妨碍人们到光明路上去的障碍物，KY！这种的狂热，回来后想想，不觉失笑！

今天我们谈的话很多，不过却不能算是畅快；因为我们坐的那间屋子的窗下，有两个警察在那里监察着；直到我们要走的时候，那位社会主义者才说了一句比较畅快的话，他说："为主义牺牲生命，是最乐的事，与其被人的索子缠死，不如用自己的枪，对准喉咙打死！"KY！这话的味道，何其隽永呵！

晚上我哥哥的朋友孙成来谈，这个人很有趣，客中得有几个解闷的，很不错！

写得不少了，再说罢！

亚侠

九月二十日

KY呵！

我现在不幸又病了！仍旧失眠，心脏跳动，和在京时候的程度差不多。前三天搬进松井医院，作客的人病了，除了哥哥的慰问外，还有谁来看视呢！况且我的病又是失眠，夜里睡不着，两只眼看见的，是桌子上的许多药瓶，药末的纸包，和那似睡非睡的电灯，灯上罩着深绿的罩子，——医生恐光线太强，于病体不适的缘故。——四围的空气，十分消沉、暗淡。耳朵所听见的，是那些病人无力的吟呻；凄切的呼唤，有时还夹着隐隐地哭声！

KY！我仿佛已经明白死是什么了！我回想在北京妇婴医院的时候看护妇刘女士告诉我的话了；她说："生的时候，作了好事，死后便可以到上帝的面前，那里是永久的乐园，没有一个人脸上有愁容，也没有一个人掉眼泪！"KY！我并不是信宗教的人，但是我在精神彷徨无着处的时候，我不能不寻出信仰的对象来；所以我健全的时候，我只在人间寻道路，我病痛的时候，便要在人间之外的世界，寻新境界了。

这几天，我一闭眼，便有一个美丽的花园，——意象所造成的花园，立在我面前，比较人间无论那一处都美满得多；我现在只求死，好像死比生要乐得多呢！

人间实在是虚伪得可怕！孙成和继梓——也是在东京认识的，我哥哥的同学；他们两个为了我这个不相干的人，互相猜忌，互相倾轧。有一次，恰巧他们两人，不约而同时都到医院来看我，两个人见面之后，那种嫉妒仇视的样子，竟使我失惊！KY！我这时才恍然明白了！人类的利己心，是非常可怕的！并且他们要是欢喜什么东西，便要据那件东西为已有！

唳！我和他们两个，只是浅薄的友谊，那里想到他们的贪心，如此利害！竟要作成套子，把我束住呢？KY！我的志向你是知道的，我的人生观你是明白的，我对于我的生，是非常厌恶的！我对于世界，也是非常轻视的，不过我既生了，就不能不设法不虚此生！我对于人类，抽象的概念，是觉得可爱的，但对于每一个人，我终觉得是可厌的！他们天天送鲜花来，送糖果来，我因为人与人必有交际，对于他们的友谊，我不能不感谢他们！但是照现在看起来，他们对于我，不能说不是另有作用呵！

KY！你记得，前年夏天，我们在万牲园的那个池子旁边钓鱼，买了一块肉，那时你曾对我说：“亚侠！作人也和作鱼一样，人对付人，也和对付鱼一样！我们要钓鱼，拿他甘心，我们不能不先用肉，去引诱他，他要想吃肉，就不免要为我们所甘心了！”这话我现在想起来，实在佩服你的见识，我现在是被钓的鱼，他们是要抢着钓我的渔夫，KY！人与人的交际不过如此呵！

心印昨天有信来，说她现在十分苦闷，知与情常常起剧烈的战争！知战胜了，便要沈于不得究竟的苦海，永劫难回！情战胜了，便要沈沦于情的苦海，也是永劫不回！她现在大有自杀的倾向。她这封信，使我感触很深！KY！我们四个人，除了文生尚有些勇气奋斗外，心印你我三个人，困顿得真苦呵！

我病中的思想分外多，我想了便要写出来给你看，好像二十年来，茹苦含辛的生活，都可以在我给你的信里寻出来。

KY！奇怪得很！我自从六月间病后，我便觉得我这病是不能好的，所以我有一次和你说，希望你，把我从病时，给你的信，要特别留意保存起来。……但是死不死，现在我自己还不知道，随意说说，你不要因此悲伤吧！有工夫多来信，再谈。祝你快乐！

亚侠

十一月三日

KY：

读你昨天的来信，实在叫我不忍！你为了我前些日子的那封信，竟悲伤了几天！KY！我实在感激你！但是你也太想不开了！这世界不过是个寄旅，不只我要回去，便是你，心印，文生，——无论谁？迟早都是要回去的呵！我现在若果死了，不过太早一点。所以你对于我的话，十分痛心！那你何妨，想我现在是已经百岁的人，我便是死了，也是不可逃数的，那也就没什么可伤心了！

这地方，实在不能久住了！这里的人，和我的隔膜更深，他们站在桥那边；我站在桥这边；要想握手是很难的，我现在决定回国了！

昨天医生来说：我的病很危险！若果不能摒除思虑，恐怕没有好的希望！我自己也这样想，所以我不能不即作归计了！我的姑妈，在杭州住，我打算到她家去，或者能借天然的美景，疗治我的沉疴，我们见面，大约又要迟些日子了。

昨夜我因不能睡，医生不许我看书，我更加思前想后的睡不着，后来我把我的日记本，拿来偷读，当时我的感触，和回忆的热度，都非常利害，我顾不得我的病了！我起来把笔作书，但是写来写去，都写不上三四个字，便写不下去了，因又放下笔，把日记本打开细读，读到三月十日，我给心印的信上面，有几首诗说：——

“我在世界上，
不过是浮在太空的行云！
一阵风便把我吹散了，
还用得着思前想后吗？”

“假若智慧之神不光顾我，

苦闷的眼泪
永远不会从我心里流出来呵!”

这一首诗可以为我矛盾的心理写照；我一方说不想什么，一方却不能不想什么，我的眼泪便从此流不尽了！这种矛盾的心理，最近更利害，一方面我希望病快好，一方面我又希望死，有时觉得死比什么都甜美！病得利害的时候，我又惧怕死神，果真来临！KY呵！死活的谜，我始终猜不透！只有凭造物主的支配罢了！

我的行期，大约是三天以内，我在路上，或者还有信给你。

现在天气渐渐冷了。长途跋涉，诚知不宜，我哥哥也曾阻止我，留我到了春天再走，但是KY！我心里的秘密，谁能知道呢？我当初到日本去，是要想寻光明的花园，结果只多看了些人类偏狭心理的怪现状！他们每逢谈到东亚和平的话，他们便要眉飞色舞的说：这是他们唯一的责任，也是他们唯一的权利！欧美人民是不容染指的。他们不用镜子，照他们魑魅的怪状，但我不幸都看在眼里，印在心头，我怎能不思虑？我的病如何不添重？我不立刻走，怎么过呢？

况且我的病，能好不能好，我自己毫无把握！我固然是厌恶人间，但是我活了二十余年，我究竟是个人，不能没有人类的感情，我还有母亲，我还有兄嫂，他们和我相处很久；我要走了，也应该和他们辞别，我所以等不到春天，就要赶回来了！

我到杭州住一个礼拜，就到上海去，若果那时病好了，当到北京和你们一会。

我从五点钟，给你写信，现在天已大亮了！医生要来我怕他责备我，就此搁笔吧！

亚侠

十二月五日

亲爱的KY：

我离东京的时候，接到你的一封信，当时忙于整理行装，没有覆你，现在我到杭州了。我姑妈的屋子，正在湖边，是一所很精致的小楼；推开楼窗，全湖的景色，都收入脑海，我疲病之身，受此自然的美丽的沐浴，觉得振刷不少①！

湖上天气的变幻，非常奇异，我昨天到这里，安顿好行李，我便在这窗前的藤椅上坐下，我看见湖上的雾，很快——大约五分钟的工夫，便密密幂起，四围的山，都慢慢地模糊了。跟着淅淅沥沥的雨点往下洒，游湖的小船，被雨打得船身左右震荡，但是不到半点钟，雨住云散，天空飞翔着鲜红的彩霞，青山也都露出格外翠碧的色彩来。山涧里的白云，随风袅娜，真是如画境般的湖山，我好像作了画中的无愁童子，我的病似乎好了许多。

我姑妈家里的表兄，名叫剑楚的，我们本是幼年的伴侣；但是隔了五六年不见，大家都觉得生疏了！这时他已经有一个小孩子，他的神气，自然不像从前那样活泼，不过我苦闷的时候，还是和他谈谈说说觉得好些！（十二月二十日写到此）

KY！我写这封信的一半，我的病又变了！所以直迟了五天，才能继续着写下去，唉！KY！你知道恶消息又传来了！

---

① 振刷，振作之意。如一念振刷，犹能转弱为强。

我给你写信的那天晚上，——我才写了上半段，剑楚来找我，他说：“唯逸已于昨晚死了！”唉！KY！这是什么消息？你回想一年前，我和你说唯逸的事情，你能不黯然吗？唯逸他是极有志气的青年，他热心研究社会主义，他曾决心要为主义牺牲，但是他因为失了感情的慰藉，他竟抑抑病了，昨晚竟至于死了。

他有一封信给我，写得十分凄楚，里头有一段说：“亚侠！自从前年夏天起，我便种了病的因，只因为认识了你！……但是我的环境，是不容我起奢望的，这是知识告诉我，不可自困！然而我的精神，从此失了根据。我觉得人生真太干枯！我本身失去生活的趣味，我何心去助增别人的生活趣味？为主义牺牲的心，抵不过我厌生的心，……但是我也不愿意作非常的事，为了感情，牺牲我前途的一切！且知你素来洁身自好，我也决不忍因爱你故，而害你，但是我终放不下你！亚侠！现在病已深入了！我深藏心头的秘密，才敢贡诸你的面前！你若能为你忠心的仆人，叫一声可怜！我在九泉之灵也就荣幸不少了！……”唉！KY！游戏人间的结果，只是如此呵！

我失眠两天了！昨天还吐了几口血，现在疲乏得很！不知道还能给你几封信呵！

亚侠伏枕书

十二月二十五日

KY 亲爱的朋友：

在这一个星期里，我接到你两封信，心印和文生各一封信，但是我病了，不能回你们！

唉！KY！我想不到，我已经不能回上海了！也不能到北京了！昨天我姑妈打电报，给我的家里，今天我母亲嫂嫂已经来了！她们见了我，只是掉眼泪，我的心也未尝不酸！但是奇怪得很！我的泪泉，不知在什么时候已经干枯了？

自从上礼拜起，我就知道我的病，是不能好了！我便把我一生的事情，从头回想一遍，拉杂写了下来！现在我已经四肢无力，头脑作痛，眼光四散，我不能写了！唳！

…………

“我一生的事情，平常得很！没什么可记，但是我精神上起的变化，却十分剧烈；我幼年的时候，天真烂漫，不知痛苦。到了十六岁以后，我的智情都十分发达起来。我中学卒业以后，我要到西洋去留学，因为种种的关系，作不到，我要投身作革命党，也被家庭阻止，这时我深尝苦痛的滋味！

但是这些磨折，尚不足以苦我！最不幸的，是接二连三，把我陷入感情的漩涡，使我欲拔不能！这时一方，又被知识苦缠着，要探求人生的究竟，化费了不知多少心血，也求不到答案！这时的心，彷徨到极点了！不免想到世界既是找不出究竟来，人间又有什么真的价值呢？努力奋斗，又有什么结果呢？并且人生除了死，没有更比较大的事情，我既不怕死，还有什么事不可作呢！……唉！这时的我，几乎深陷堕落之海了！……幸一方面好强的心，很占势力，当我要想放纵性欲的时候；他在我头上，打了一棒，我不觉又惊醒了！不敢往这里走，但是究竟往什么地方去呢？我每天夜里，睡在床上，殚精竭虑的苦事搜求，然而没有结果！

我在极苦痛的时候，我便想自杀，然而我究竟没有勇气！

我否认世界的一切；于是我便实行我游戏人间的主义，第一次就失败了！接二连三的，失败了五六次！唯逸因我而死！叔和因我而病！我何尝游戏人间？只被人间游戏了我！……自身的究竟，既不可得，茫茫前途，如何不生悲凄之感！

唉！天乎！不可治的失眠病，从此发生！心脏病，从此种根！颠顿了将及一年，现在将要收束了！

今夜他们都睡了。更深人静，万感丛集！——虽没死的勇气，然而心头如火煎逼！头脑如刀劈，剑裂！我纵不欲死，病魔亦将缠我至于死呵！死神还不降临我；实在等不得了！这时我努力爬下床来，抖战的两腿，使我自己惊异！这时窗子外面，射进一缕寒光来，湖面上银花闪烁，我晓得那湖底下朱红色的珊瑚床，已为我豫备好了！云母石的枕头；碧绿青苔泥的被褥，件件都整理了！……我回去吧！唉！亲爱的母亲！嫂嫂！KY……再见吧！”

…………

我表姊，昨夜不知什么时候，跳在湖心死了！她所写的信，和她自己的最后的一页日记，都放在枕边。唉！湖水森寒，从此人天路隔！KY！姊呵！我表姊临命时候，瘦弱可怜的影子，永远深深刻在我脑幕上，今天晚上，我走到她住的屋子里去，但见雪白的被单上，溅着几滴鲜红的血迹，那有我表姊的影子呢？我禁不住坐在她往日常坐的那张椅子上，痛哭了！

她的尸首，始终没有捞到，大约是沉在湖底，或者已随流流到海里去了。

她所有的东西，都收拾好，交给我舅母带回去，有一本小书，——《生之谜》，上面写着留给你作纪念品的，我现在由邮寄给你，望你好好保存了吧！

亚侠的表妹附书。
一月九日

（本篇最初发表于 1922 年 12 月 10 日《小说月报》第 13 卷第 12 号，后收入《海滨故人》集）

1923 年

彷　徨

“我记得我曾乘着一叶的孤舟，
荡漾在无边的大海里，
鼓勇向那茫茫的柔波前进。
我记得我曾在充满春夜明月的花园里，
嗅过兰芷的幽香；
穿过轻柔的柳丝，
走遍这座花园，
寻找那管花园的主人。
我记得我曾在微微下着白霜的秋天的早晨，
听芭蕉和梧桐喳喳喊喊地私语，
看见枫叶红得和朝霞似的；
这时我曾恳切的要找到和秋天同来的女神。
我记得我曾在没有人迹的穷崖绝谷里，

听石隙中细流潺潺地低唱着；
山顶上的瀑布怒吼般的长啸着；
我这时曾极力寻找散布自然种子的神秘使者。
但那里有彼岸？
那里有花园的主人？
那里有秋天的女神？
那里有自然的使者？
彷徨！失望！
无论在甚么地方，我只是彷徨着呵！”

“无论谁总尝过彷徨和失望的悲哀了！”这种牢不可破的观念——其实是信念常常横梗在无数的人类心里。

秋心他天生好深思——在他额颜上微微有两三道细嫩的绉褶，便可以知道了。他这时已经完了刻板的教师工作，安享那星期六下半天闲暇的清福，学生们都回去了。同事们都忙着个人的事情，也有出去拜会朋友的，静悄悄地学校里，只剩了他一个人，他忙着收拾书籍，洗澡，不觉得已到五点多钟了。

他打开抽屉，拿出一叠四五封朋友们的信来，打算一封封回覆。他提着饱吸墨水的笔，展开雪样白的信笺，在上面如飞般写了几行。忽又停住，放下笔，把那张信笺细细轻轻地念道：——

“友周！——

你的信收到了。教育对于人类究竟有甚么效力？我始终不敢回答你……不过你所说的青年的悲哀，我实在有同感！现在我们的同伴，十个有九个是沈沦在悲哀的海里——尤其是沈沦在矛盾的心流的苦海里，在他们脆弱嫩稚的心理［里］，横放着两件不相融洽的战器，——情与智——终日不住的战争……”

他看到这里，不觉叹了一口气，又把友周的来信读了几行，接着往下写道：——

“不错！悲哀的确是人生不能躲避的，尤其是我们青年人，我们一面受情感的支配；一面又受理智的压迫……我们充满着希望，完美的前途的热情，我们恳切的盼望我们能被每一个人慈祥而含重视的目光照临，当我们偶然听见我们的朋友微笑着，赞扬我们的时候，绚烂的光明的前途，仿佛就要寻到了。我们柔弱的心芽，活泼泼地跳跃起来了。但是当我们初次遇到人们无意的嘲笑，我们的心便受了冷森森锥子的伤痕，对于人间战兢了！甚至于痛哭绝望，否认我们的前途，我们这时没有希望了，绚烂的光明的前途，都成了深夜的梦，这时我们便镇静着愤怒和悲抑的情绪，更深一层问甚么是人生的究竟？唉！聪明人纵牺牲一生的精神，躲在神秘的研究室里，谁又曾找到人生的究竟？呵！明知没有究竟，偏要追求究竟，他们怎能不发狂呢？怎能不求脱弃躯壳；而使我们的灵魂徜徉于我们的故乡——白云深处呢！……”

他写到这里不能往下再写了，沙沙地一阵秋声，呜咽着，从一半萎黄的芭蕉树里，轻轻地透出来，他的心好像受了电流的激荡，迷离着，懒散着，睡在一张躺椅上了。他回忆——儿时的年华：

在一棵白杨树下，那时正是黄昏之后，淡薄的青光，映着白杨树摇摆着，震荡着，他第一次离开母亲的保护，儿时第一次的彷徨，深沈的悲哀浸透他嫩弱的心了。但他还希望着，母亲的爱，绚烂的光明的前途。

他第一次进学校的时候，只十岁，他离开他亲爱的母亲，他的心酸痛，但是他忍着泪，和他的小朋友说："我母亲告诉我，读了书，便可以作先生，便可以独立。"他的小朋友微笑说："我爹爹也是这样说的。"他们俩手牵着手，在白杨树下互相安慰着，这不过十二三年前的事。

光阴一年年的飞跑过去，他也一年年大了。小学毕业了，又考进中学，在中学四年，也是不负责任的过去了。到他进了高等师范，他希望作先生的心十分热烈了，很顺当过了三年。……

当他快毕业的那一年夏天，一个月夜的晚上，清光映进他的自修室里。他凄苦着，坐在案旁的椅上，他盘算着："再有两个月，就和这三年半朝夕亲近的自修室告别了！茫茫的世界，生疏的面孔的人们，叫他到甚么地方去呢？吃饭的问题不能不解决了！"上午他回到家里去，母亲曾对他说："好了！好容易盼望着你卒业了！家里以后也多一个帮手了！你的事情有了些眉目吗？"他想到这里只觉着无限心酸，今天听了校长和主任先生的报告，"现在知识阶级的生活，差不多要破产了，一般有志的青年，个人都是被压服于生计问题之下，使他们不能再有思想一切的余裕，所以我们这次卒业的三十几个人很不容易安置呢!”……若不得安置，怎么对母亲，怎么对亲友……咳！更怎么对自己！肚子饿便要吃饭呵！前途！唉可怕！

昨日听得一个亲戚说，“他这次试教的成绩很好，或者有希望留堂吧……但是靠不住，比自己好的还有……况且那几个同学同校长主任都有特别的联络，并且又是同乡，轮得到自己吗?……不留堂，怎么样？什么地方可以插足呢？若果终久失望，怎么对得住母亲，……什么意思再倚赖人家吃一口闲饭呢?”他想到绝路来了，不禁对着暗淡的月光滴下泪来……

多大的一个伤痕呵！当他听见他的同学和他说：“主任先生始终没有提起安置他的问题，留堂的事情恐怕也是失望了!”他想自己的学问或者不如人，平常又不大喜欢联络先生，现在谁又知道自己的抱负？岂不埋没了前途？——那里还有前途？只是绝望和悲哀。他那时正和几个朋友，站在公园里的山石旁，来往的游人，络绎不绝，从他身后走过，他禁不住呜咽哭了！他的朋友十三分温存劝慰着他，把他送回家去，这件事就算告了一个段落。然而深刻的伤痕，不时还要复现。

他想到这里，忽然自己站了起来，把他的住室，上下左右看了半天，又走到窗户面前，对着对面的课堂，望了望，不觉叹了一声道：“这不是学堂吗？我不是已经作了先生吗？生活独立了，真的！这一切真真实实绝不是梦了。呵！母亲！对得住她了。……”

这时他似乎很骄傲的，露着自喜的神气，光明绚烂的前途，……成功！呵！成功吗？他忽然又怀疑起来了，他回想他初到这学校里的时候，秋雨正淅淅沥沥地下着，秋风正呜呜咽咽的吹着，他独自坐在冷清清地屋子里，留恋着家人，思念着朋友，要想写封长篇的信，痛痛快快发舒，发舒，但是他才提起笔来，他的心又跳了，明天第一点钟就要上课，我第一句对他们怎么说？我的功课预备了，恐怕因为矜持，临时或者要遗忘，再看一遍吧！他赶紧放下笔，从书堆里抽出一本《地理》来，看了两行仿佛熟了，心又他驰，——母亲含笑的坐在软钢丝的床上，她呢？眼圈微红的，轻轻地说道："年假早点回来！"……"咳！看书吧！明天四十多个人怎么对付呢？"他自言自语的，勉力的打断了思路，极力低下头看书，……明天呵！要上战场了吗？……不是！不过是给四十多个学生讲学呵！我知道甚么？——历史、地理大约都还记得，但是"周朝封建制度的流弊如何"？似乎想不起来了！急忙走到书架上，把《通鉴》拿下来，翻了半天，又把《历史》教科书打开看看，仿佛知道了！紧张的心弦，微微平定了，写信吧！匆匆忙忙把《历史》《通鉴》依旧放在书架上，放下心写信，写了半天，"作人苦！——人生没意思"。唉！写不下去！息了灯，蒙起头努力的睡觉吧！

第二天，天色才朦胧，他便心慌得睡不着了，无精打采的，下了床，披上衣服，坐在案旁，又把讲义拿出来看了一遍，似乎有了把握，洗脸吧！推开窗户，望着讲堂的门，不觉又心跳起来。

时间又像快得很，眼看就要走进那个门，登在那座讲台上去，……不！这时间实在太不好过，快些上了堂吧！命运——没决定的命运；悬着，不如已受裁判！心里像吊桶般，七上八下的跳动着！

“铛铛铛”一阵响，仿佛一阵枪声，心跳了！不觉默默地沈思：“我作学生的时候，钟声怎么那种温和？这里的钟声怎么特别惨厉呢？”……“走吧！上堂了！”他听见一个同事对他这么讲，他跟着他们一齐走了，进了讲堂，四十多双眼睛，逼视的寒光，和电般激得他战悚了！只觉头昏，眼花，心头扑扑地乱跳，学生站起来了，他的右脚迈上讲堂，两腿不觉也抖起来了，勉强镇静了，鞠了一个躬，学生都坐下了。静悄悄地，没有一点声音，他仿佛只听见心房跳动，扑扑地响声，无论怎么样，实在得开口了，他用力的说“诸君！……”气又急促起来了！歇了半天，才又接着说……“鄙人很感愉快得有这个好机会……和诸君一堂研究！……”他说着话，看见有两个学生，微微地笑了笑，他不知不觉脸红了，心里更觉慌忙，眼前黑漆漆地；一秒钟里，他的确失了感觉，他想他自己站在四十几个冷冰冰地面孔的学生面前，好像孤身到了北冰洋，四面寒气紧逼着他，全身的血脉都凝固了！他的心冰冷了！但是还用力高声讲，继续着不竭声的讲，……看看表，下课还差二十分呢！讲！努力的讲！声音抖战着；心弦紧张着，但是不能不作他应作的事：“你们都明白了吗？”他问了一声，没有人答应，再问一声，有两三个人，微微点点头，他不由得，又焦灼，又心伤，他极力忍着泪说：“你们对于教授上，有什么意见吗？有，请你们说……我一定愿意采纳诸君的意见”……他诚恳的问。学生们只是微笑着，对面相望着，永没有人肯发言，他更心慌了！他想：莫非他们是取消极的抵抗法吗？……要想把他们的心，掀起来看看，但是不能，要想问他们：“你们不满意我教吗？”咳！没有勇气，若果他们果真答应“是!”怎么处呢？等了半天，有一个学生说话了。他说：“我们应当怎么去读书?”好大问题，我不能不对付他们，一件一件告诉他们，说了许多话，还不听见打下堂铃，咳！这一点钟怎么好像快到一年了！……挨了又挨，迟了又迟，赦罪的铃才响了，拍拍身上的白粉面，慌慌张张走下讲堂，无精打采回到屋子里，放下书，莫明其妙的辛酸味道，窜上心头，咳！人生什么意思？耐不住流泪了！

放下窗帘，斜倚在卧椅上，猜想这一点钟学生们的心理，好［满］意吗？不敢自信，他们笑甚么？……咳！若果不满意，或者不至于这么平安吧！……依旧不能自信，到外面打探打探同事们的口气，……一点的希望……真不敢再想了！掩上门出来，到了同事面前，看看他们的脸色，……要问，然而不敢开口，怯弱羞涩，——嗫嚅了半晌，只得自言自语的说：“今天教得真是不好!”……果然这话有效力，同事们都笑道：“你还有不好的吗？实在好得很!”这话仿佛可以安慰彷徨的心，然而不敢深信，深深回想适才讲堂上的情形，回想自己说的话，一遍两遍好像没有什么大缺漏，成绩大约不至于十分的坏吧！心弦渐渐弛缓了，紧绉的眉峰渐渐舒展了！渐渐地有说有笑，——奇怪这时间真作怪，快乐的时候，一点钟好像一分钟便过去，他觉得还没说上几句话，已经去了两点多钟。天又要黑，明天又得上课，心弦又紧张了！撒了一切，又躲到书堆里去看书，一页，两页，三页，眼皮盖下来了。伏在书案上，要睡，但是那里睡得着，——看看钟已经十二点，夜深了，哝！坐在软钢铁床的母亲。她和蔼的微笑，乡园的相片，又一张张摆在面前了！回想登船的那天晚上，辛酸失望，他伏在枕上哭了！迷迷昏昏，不知怎么便过了一夜……

一天一天和度年般挨过去了。他不觉已上了一星期的课，命运似乎有些把握了。不幸有一天他看见许多学生，围在一起，切切私语着，好像商议什么事，他脆弱的心，久经波折的心，禁不住又狂跳起来，这个私语莫非有关系自己吧？若果失望了，朋友们的冷眼，家人们的埋怨，自己的羞惭，呵！千万把的利刃，刺透了他的心！……

“希望作一个良好的教师，更不容易，现在德谟克拉西的声浪，非常激烈，教授时不取这种精神，总是不高明。”他自己殚精竭虑，想了一夜，到第二天，他上课了，走进讲堂，把气特别抑住，声音特别沈着说：“教育的目的，是阐发个人的个性的，所谓德谟克拉西的精神，所以我对于诸君的意见，是异常尊重，诸君有什么意见吗？——对于这一本教科书，觉得深还是浅呢？”他的问题发过了，台下的学生，切切的商议着，糟糟杂杂地谈论着，约摸乱了两三分钟，一个学生站起来说：“先生！我们觉得这本书生字太多了！换一本浅一点的罢！”他点点头答道：“这本书的生字，确实不少，你们大家都感困难吗？”台下一部分学生，小声答道：“是！困难得很！”他才要说换书的话，又有一个学生站起来说：“我们觉得，这本书于我们；很适宜，并且已经学了好几页了，再换书，不是很讨厌吗？”这个学生的话说完了，就听见台底下乱烘烘一阵响声，一部分人，仿佛抱愤不平的样子，跟着又有一个学生站起来说：“凡事应由浅而深，学英文更是不能好高骛远的，这本书我们觉得实在读不来，勉强下去，有什么益处呢？”他这时竟没有方法了！心想德谟克拉西的精神，是这个样子呵！……咳！台底下的秩序简直大乱了！有几个学生，私自争执起来，他直觉左右为难，怔怔站在台上，说不出一句话来……大家实在争执得不像样了，他蓄着满腔的闷气，嗫嚅着道："你们……你们先不要乱，慢慢想法子，……才要使你们两方面都不大吃亏!"学生们听了这话，稍微平静了，然而还有几个很露着不满意的神气，自言自语的，不知是抱怨反对自己意见的同学，还是觉得先生不能想个周全办法。他这时只觉心头闷郁，两颊发热，幸而这时下堂铃响了，这个德谟克拉西的教授法的败将，才得脱逃重围！

咳！教授了一个多月的书，没有一天不是在荆天棘地里恐慌着、战兢着办事呢？也一样的困难，——昨天为着学生们更换住室，自己事前大大地费了一番的盘算，——管理上便利，学生们的方便。他把这所有的住所，按着次序画了一张很整齐的图，作一张很有条理的启事，已经弄到夜深更静了，但是总算作成了一件事，心理略觉舒展，睡在床上，很快便入梦了。到了第二天早起，兴兴头头①，把这张图和启事都挂出来了，一方面，又去监督着学生搬移，——平常有秩序的生活，立刻呈着紊乱的现象，满院子都是学生们喧哗的声音，满地都是碎纸破书，随着秋风落叶一齐乱飞乱舞。他站在走廊上，默默地看着，自己一方感得肩着很重的责任，似乎很可以骄傲，一方又很感得烦躁，究竟作人是没多大意义吗？他想到这里，十分心烦，又觉得两腿站得很疲倦，因吩咐了学生们几句话，他便回到教员办事处，坐在椅上，正端着一碗茶，喝了两口，只见两个学生走进来说："先生，我们几个本来好好住在一间屋子里，

---

① 兴（xìng）兴头头，兴头，高兴的意思。兴兴头头，谓高兴之状。

彼此都很相得，现在把我们分到两三个地方，很觉得不方便，并且那两间屋子，又不是我们同年级的人住的，温习起功课来，种种不方便，请先生替我们掉换掉换吧!”他听完沈吟了半晌说：“这里实在有许多困难，你们顾了你们的小团体，管理上便大费麻烦！并且排的时候，四方八面都费了一次盘算，若你们一动，便要全局都牵动了！你们还是将就点吧!”那几个学生，又申说半天，他也照样的解释半天，那几个学生无奈何的走了，他心想或者他们还是可以搬吧？同事们大家也都这样想着，所以都轻轻把这问题放下了。但是没到半点钟又来了三四个学生说：“先生，你不是派我们三个住第五间房子吗？但是他们那几个人，不肯搬，说他们住得好好地，为什么又要叫他们分开？先生：我们到底住到甚么地方去呢?”他站了起来说：“他们不肯搬，等我和他们说去,”他和学生般一齐走了，到了那里，只是那几个学生，板着面孔，很不高兴的，站在廊庑上。他忍着气，和他们再三的解释，费了两点钟的光阴，才算把他们勉勉强强地说动了，答应搬。他的心略觉安慰，仍回到教务处坐下，不知不觉又把适才的事情，想了一遍，觉得自己为什么要这样低心［声］下气呢？——咳！作人只为了吃饭吗？精神上的苦痛，始终得不到代价，平心静气的，替他们布置了，而永远不能得到他们的谅解，以为先生总是他们的敌人，……咳！这碗饭真不容易吃！——我为吃饭，……他想到这里不觉脸红了，心酸了，眼泪滴下来了！这时又有几个学生，进来说：“先生我丢了东西。”他又只得跟着他们过住室这边来，检查了半天，那里有踪迹，——自己不免觉着责任的压迫，和失物学生的懊丧，定须想个追求的方法，一面又想到教育的效果在那里？教育的事业有甚么趣味？但是到那里去呢？前面是茫茫的大海，后面是荡荡的大河，四面又都是生疏的、冷酷的，没有一支渡船，“咳呀！作人原来只是吃饭——吃饭——值得这么劳碌的活着吗？悲哀呀！无论在甚么地方我只遇见他呵！”

秋心坐在躺椅上，想起往事，竟想出了神，他不觉得这是已往的旧痕，他不觉得这时正安坐着享星期六安闲的清福，他只觉得心头是苦的，喉头是哽着，鼻子是辣着，泪水是澎涨着，他不止住呜咽的哭，泪水湿了襟袖，灵魂的伤痕大大地爆烈了，静悄悄地黄昏里，一切都模糊了。唯有桌上放着的洋灯，吐着惨绿的光焰，从窗隙进来的冷风，吹得灯光摇荡不定。“咳！不可捉摸的命运，只有悲哀是永久系住了！……”

隐隐听得杂乱的脚步声，和谈话声，知道同事们已经回来了，看看手上的表，已经七点了，外面吃饭的铃响了！又惹起他的悲哀来，——不免要咒诅吃饭的事，因吹息了灯，关上房门立誓不吃今晚上的饭。……

（本篇最初发表于1923年1月10日《小说月报》第14卷第1号，后收入《海滨故人》集）

离开东京的前一天

我将要离开东京的前一天，我曾到那位面容瘦长，眼含慈祥气的天才著作家秋田的家里去[①]。他的寓所是在一个很僻静的地方，离热闹的市廛很远[②]，是个城里的乡下，房子的构造和布置都很简单，一共是两楼两底，底下是他的夫人和两个女儿住的，上头是他的书房；他书房里的布置，虽然望过去，好象很杂乱的，然而里头却都寓着艺术的美，在那很朴质的墙上挂着一个破轮船上割下来的朽木，然而在那木头上，点缀了两只活泼泼的鲤鱼，这鲤鱼有一只头和尾露在木头的外面，鱼肚子是

① 秋田，即秋田雨雀（1883—1962），日本戏剧家。曾参加日本社会主义同盟，从事无产阶级文化运动，对日本进步戏剧事业有很大贡献。

② 市廛（chán），指店铺集中的市区。

镶在木头里头；那一只是全体都露在木头外边，头向下仿佛将沉入水里的姿势。这时这块小小朽木，立刻变成汪洋大海，无数的鲤鱼在那里浮沉、游泳，这种艺术美，我不禁为之沉醉了！

我们这次的见面，已经是第二次了。在那间精雅的小书房里，不容留人间的虚伪；我和他，还有一个和我同来的杨先生，我们都赤裸裸地把我们心灵里要说的话都说了。我们谈来谈去，便谈到近代的文学趋势和文学家的使命上了。秋田先生他很滑稽地说："近来的文坛，竟越弄越奇了，他们在下笔以先，自己先套上一个圈子，讲起那一派那一个主义来，其实这些名词，都是后来的批评家，给作家的官衔，作者自身不应当自己限量自己，……我以为掬我内心的热诚，替灰色的人生写照，抉出他们的隐痛，使他们的创痕复原也就够了！……

"现在日本和中国的情形，差不多很相似的：都是在有产阶级和无产阶级，起了冲突的时期。文学是时代的产儿，自然也陷入不可调和的漩涡中，一班人倡言第四阶级的文学，一班人就来反对；他们的争论很剧烈，但是我们应该觉悟，文学家的使命，除了帮助第四阶级开花结果，没有更大的工作了！若果第四阶级是告了成功，也就用不着文学家了！"

秋田先生，他对于中国的情形，很隔膜——他心目中的中国，都是书本子上，不长进的中国，所以我们谈话的时候，他很注意我的行动和服装，他曾经奇异地问我道："女士没有缠足吗？"这话实在最使我难受和羞耻了！只得答道："这是中国从前的坏习惯，有知识的人早已觉悟，不更受这不自然人道刑罚了。"我说完这话，不觉心里一酸，并且觉得惭愧！那些没有知识的乡下人，不是还在那里缠足吗？人道的光焰不能遍照了她们吗？……我深悔失言，但是不失言又叫我怎么回答呢？……幸亏他不曾再往下追问，我们又换了谈话的目标了。

我们谈得很久了，彼此都有了些倦意，秋田先生便取出许多写真片来指点给我们看，看到中间有一张是日本有名文学家，已故岛村抱月的照片，我们对着这伟大精神的文学家的遗容，生出无限景仰的心来。秋田先生又告诉我们说："岛村先生是最能创作剧本的作家，他美丽的音调，精巧的结构，曾经一个绝代佳人的珠喉歌过，更是两美并济，使人叹息不易得了！

"那位佳人就是松井须磨子，在当时的艺术座上，她占最重要的位置，她所扮演的剧本，皆是岛村先生心血组织成的，并且也是他亲自教成的。

"这种心灵已经流通了，便不受任何种藩篱的阻隔，岛村和松井须磨子便发生了恋爱的关系，不过岛村先生已经有妇，松井须磨子，已经有夫，在法律上他们是不能再有结合的余地，但是爱情是不怕法律的，也不爱虚荣的，当时虽受一般人的非难，在他们已经调冶的爱情，是毫不因此而分开的。后来岛村先生死了，松井须磨子便为爱情而自杀，使干枯虚伪的世界上，开了一朵又灿烂又纯洁的花，现在的一座石坟，虽然已成过去的陈迹了，而在暗淡的斜阳中犹受人们的凭吊和回忆。"

他说到这里又指着一张照片，里头有一个修眉朗目的女子说："这便是伊的遗容……你看伊的容貌怎么样？"我果然细细看了一遍，觉得伊的好处，不在五官端正，而在伊挺拔超越的风采，伊一对眼角微向上吊着，眉梢长而细；和绿鬓差不多相接连；身材亭亭好象孤立的傲竹，真是不可多得的人才……可惜好花已经谢了，不知道掩埋秀骨的荒坟，曾否有满了荆棘的凄凉，恨不得立刻到那边去看……

不久我们便离开秋田先生的书房，向他的住所后边那一块坟地的路线进行。这时候已经六点钟了，天空漫着一层稀薄的雨云，太阳的光线，本来不强，亦被雨云一遮，更现着凄迷闪烁了！并且我们所走的路径，又是很僻静的小路，路旁除了几株榆树，开着细碎的白花，有时发出一阵清幽的香气来，此外没有别的点缀。我很快经过一段竹篱，前面露出一片很平滑的绿草地，有三个青年女子，一个穿着浅紫色的上衣，天青色的罗裙，头上乌云般的柔发，覆着前额；还有两个女子，面向东坐着，看不清楚，并且旁边还放着一把黑色大洋伞，遮住了伊们的全身，只露着白色罗衫的一角罢了！

在这荒野的地方，有她们来点缀点缀，实在可以减去许多寂寞！

经过伊们坐谈的绿草地，又来到一所房子面前，苍碧色的爬山虎，遮住灰色的土墙；一个赤着小胖足的孩子，站在墙根底下，两颗星般的眼珠，不住对我们望着。秋田先生微笑着说："这个孩子是没有偏狭心理的，因为他父亲是俄国人，母亲是日本人，在他的父母心里，已经破除种族和国家的界限了，他父亲和我很熟，我们常在这屋子里见面。"

我们闲谈着，已到了许多荒坟的面前，日本习俗，人死多火葬，所以他们的坟墓很简单，只用一个小盒子，把烧化的残灰藏在里头，埋在地下，在旁边插一颗小松树，安一块木牌或石碑，写着死者的姓名，和死的年月。从远远的地方望过去，只见这一带的林木苍郁，秋田先生指点道："这一带约有五十几个坟墓，都是不知姓名的人，死在大街上或荒野里，经警察所收葬埋在这里；他们才埋的时候，旁边所插的树，不过四五寸高，现在已经长到五六尺了，但是他们早已不明白世界上的一切了！"

这几句话，很能使我静止的心涛波动了，因此我们便谈到人生观方面来。秋田先生说："我从前曾走错了路，以为人类是超越万有的，现在我觉悟不对了，其实人类与兽类没有多少差别：只是智慧比较得高些，能创造一切——从前所没有的东西——罢了。虽然我并不觉得没趣味，因为去创造没有过的东西，来满足刹那的欲望，就是很有趣味的事情！"

过了一带无主的孤坟，又来到一带罪人的墓前。秋田先生叹息着告诉我们道："广漠的世界上，唯有这些人的遗骸是到处充满的，他们为一时兽欲的冲功，结果生下了儿女，这些不幸的小人类，不能光明正大见天日，因为他们的父母在人前是事事怕羞的，在法律之下是事事帖服的，所以私生子只能在那黑暗的地窟里，和那些静僻的野草丛中，另辟他们的世界了！

"日本的政府，规定救济私生子的法子，是每一个私生子呈报到政府那里，例有百金的赏格。有些不自爱的人们，一面领了赏银，一面放弃他们保护那孩子的责任，有的挖个土坑，把孩子活埋了；有的把孩子的脖头用力掐着，闭了气就完了！这些残忍的把戏，有时被人发觉了，便处他们以死刑……这一带共三十多个坟墓，都是犯了这罪致死的人们的遗骸！"

我们只顾指点闲说，不觉得连那反射在远远塔尖的斜阳余辉，也都藏起来；而我们所要看的坟墓还没有看见，因急忙走到那里，两扇极矮的柴门虚掩着，柴门的两旁有两根高石柱，墓上有一块心式的石牌竖在上面，比那石柱还要高。我们来到坟前，推开柴门，墓旁两个插鲜花的筒里还插着两把残余的野花，在地下还放着一个枯干的玫瑰花圈。我站在柴门口，望着荒坟，心里便造成无穷的意象，我想照片上的她已不是真的她了，这孤坟里的她也绝不是活泼泼的她，一个她可以幻成无数的她，然而真的她却只有一个，在我的心里，只有我心的眼可以看得见她，而肉的眼永远看不见她，只看见她的照片。她的坟墓——呵！真是生的惊奇，好象积气的天，飞翔变化的云，永远不可捉摸呢——

秋田先生向看坟人那里买花回来了，他将鲜花换了残花，将整香换了剩香，又叫人把坟前的灰尘打扫干净，脱下帽子恭恭敬敬向那坟里的松井须磨子深深鞠了一躬，在这一刹那，我看见人间无穷的伟大了！

离开这里约有五十步的光景，便是岛村先生和他夫人合葬的坟了，但是他的夫人现在还没有死，有人说，不如把松井须磨子的坟，跟他合葬了吧！而一般道德家、法律家，都很惊吓得发起狂来，这些人多余的主张也就打消了，其实不合葬的已合葬了！合葬的中间已竖起三千丈的壁垒，谁又明白这个呢？

我们在那里徘徊凭吊些时才遵旧路回来，不过路虽是旧路，那三个女子不见了！赤足的肥孩子也不见了！只看见一只牛，拴在那绿草地旁边的大槐树上，在草地的对面，一带松林里，隐隐有一所高台阶的房子，一个五六十岁的老头儿，弯着腰在那里扫地。世界上的东西未曾有一秒钟是静止的，未来的一切谁能预料得到？不过从这里回去的第二天，我的确离开东京了。

（本篇最初发表于1923年3月21日《时事新报·文学旬刊》第68期）

扶桑印影[①]

今年四月二十九日的夜里，疏星历落，清光掩映；我们二十个征人乘了一只日本船叫作“长沙丸”的，直奔烟波渺茫的大海里去；在海上过了五天五夜，已到那白云深处的“蓬莱仙岛”了。在岛中小住月余，曾游西京、东京、大阪、神户、奈良、横滨、日光、广岛诸胜地，归途又经釜山、汉城、平壤、大连、旅顺等地，万影灿烂，只可惜我的心幕有限，所印下来的不多，且自从回国以后，事忙心倦，更不知又模糊多少！

昨夜微雨，新凉宜人，幽斋独处，才能把笔略写心头残影；但千头万绪，真不知从什么地方写起，现在为便利回忆起见，拟分门别类，逐件写出，惟不能逐日详载，故不敢作《扶桑纪

① 庐隐说：“《扶桑印影》就是记载日本参观的一切，可惜被朋友拿去弄丢了。”所指不仅这篇游记，而是整本游日日记簿都弄丢。

游》，只作个《扶桑印影》罢了。

（一）风景　日本的风景，久为世界各国所注目，有东方公园的美誉，再加上我爱美景如生命，所以推己及人，也先把“蓬莱”的美景写出来以供同好：——

（1）西京　西京风景清幽，环山绕水，共有四座青山，吉田山、睿山、大文字山、圆山，四山中睿山最高，我们登睿山之巅，可窥西京全市，而最称胜绝的是清水寺、琵琶湖。

清水寺　在音羽山之巅，山上满植翠柏苍松；在万绿丛中，闲［间］杂几枝藤花，嫩紫之色，映日成彩，微风过处，松涛澎湃，花影袅娜。我独倚大悲阁的碧栏，近挹清香，远收黛绿，超然有世外感。庙宇之前，有滴漏，为香客顶礼时洗手之用，漏流甚急，其声潺潺，好像急雨缘屋檐而下。

琵琶湖　琵琶湖是西京第一名胜，沿江共有八景。我们在五月七日的那一天泛棹湖中，时正微雨，阴云四合，满湖笼烟漫雾，一片苍茫，另有一种幽趣；后来雨稍住，雾稍散，青山隐约可辨，远望诸峰，白云冉冉，因风变化，奇形怪状，两眼为之迷离。

后来船到石山寺，我们便舍舟登岸，直奔石山寺。此寺也在高山之巅，仿佛中国西湖之灵隐，寺中多独干老松，高齐庙阁，院中满植芭蕉，被急雨敲击，清碎如弄珠玉。

傍晚雨止雾收，斜阳残照，从白云隙中射出，照在湖面上，幻成紫的粉红的嫩黄的种种色彩。我们坐在船上如观图画，不久斜阳沉入湖心，湖上立刻幂上一层黑幕，青山白云，都隐入黑幕中，但数点渔火，犹兀自含情向人呢。

（2）日光　日光乃日本景致最好的地方，日本人有句俗话说："不到日光不算见物"，日光的身价可得而知了。日光共有十六景：一、日光国币中社、荒神社，二、日光神桥；三、日光华严泷；四、日光东照宫阳明门，五，日光中禅寺、歌ヶ滨观音；六、日光东照宫眠猫；七、日光中禅寺湖大尻桥；八、日光里见泷；九、日光东照宫五重塔；十、日光雾降泷；十一、日光大猷庙唐门；十二、日光东照宫唐门；十三，日光中宫祠湖上野岛；十四、日光中禅寺湖滨；十五、日光杉并木；十六、日光三佛堂及相轮塔。

这十六景中杉并木、中禅寺湖、雾降泷、里见泷、中禅寺湖大尻桥这几个地方，更自然更秀丽，不过最使我不能忘怀的，还要算是华严三千尺大瀑布了。

当日游华严往还走了六十里路，辛苦是最辛苦，而有了这种深刻的印象，也就算值得。在华严泷的背后，还有一个白云泷。当时我们到了白云泷，看见急水如云，从半山中奔腾而下，已经叹为奇观，及至到了华严泷时，只看见三千尺的云梯，从山巅下垂，云梯之下，是飞烟软雾，那有一滴看出是水。这种奇妙的大观，怎能不引诱人们忘记人间之乐呢？可惜我那时不曾大澈大悟，遂造成未来的万劫之因了。可叹！

（3）宫岛　宫岛乃日本三景之一，所谓三景是松岛（在北部），天之桥立及宫岛。我们于黄昏时泛舟海上，碧水渺渺，波光耀霞，斜阳余辉，映浪成花，沿海青山层叠，白云氤氲，在海上游荡些时，又登岸奔红叶谷，这时微风吹来，阵阵清香，夹路松杉峥嵘，渡过一架小红桥，就看见红叶如锦，喷火吐焰，真是妙境，便是武陵人到桃源，恐怕还要叹不及此呢！

"蓬岛"　称绝的三景，我只到了一处，未免是个憾事，不过在日本住了一个多月，到了八九个地方，无论到那处，都没有感到飞沙扬尘，满目苍凉的况味，就是坐在火车上，也是目不断青山的倩影，耳不绝松涛的幽韵，更有碧绿的麦垄，如荼的杜鹃，点缀田野，快目爽心，使我赞不绝口了。

其实中国江南川北，也何尝没有好风景，何值得我如是沉醉，不过“蓬莱”另有“蓬莱”之景，其潇洒风流，纤巧灵秀，不可与中国流丽中含端庄的西子湖同日而语，所以我虽赞许“蓬莱”之佳，亦不敢抹煞西子之胜，盖燕瘦环肥，各有可以使人沉醉之处呢！

（二）教育　日本的教育，是老老实实要办教育的教育，和中国拿教育作门面迥然不同了。这次在西京看的学校，是帝国大学、寻常小学校，第一女子高等学校、京都府立第一中学、同志社女学校；在大阪看了女子师范学校、附属小学校、奈良女子高等师范学校、附属中小学校；在东京看了音乐学校、学习院、女子大学、东京女子高等学校、东京帝国大学、东京盲学校、东京聋哑学校、迹见女学校、女子学习院、东京府立青山师范学校、东京高等师范学校、东京美术学校、东京府立女子师范学校、东京府立第二高等女学校、东京市立玉姬寻常学校。

以上各学校，自然各校有各校不同的性质，其具体的组织，用不着写也不能写，只能由这些具体里抽出日本教育的精神如何，现在可分三方面说：——

（1）日本教育的优点　日本教育的优点很多，然而也可以用一句话包括起来，就是所谓要办教育的教育，因为日本人知道教育的重要，彻底了解教育的重要，所以有要办教育的决心，有了要办教育的决心，这个办出来的教育，才有好处。日本政府对于他项的经费，可以斟酌添减，惟独教育经费，只有增而无减，中国却不然，第一拖欠是教育经费，相形之下，不知执政者作何感想呵。

就我眼光观察所得的日本教育的最大优点有二：——

①内容充实　走到日本各学校，无论他门面是如何不辉煌，而他的内容却没有不充实，就举一个例来说：帝国大学的图书馆里头，共藏书五十万册；工业学校仪器室占二十间屋子那么多，而他们的校舍哪有清华学校的华丽，北京大学的壮严呢！但这两个是东京的大学校，内容充实，也不足奇，他如府立寻常小学校理科试验室里的器具和暗室，种种的设备，比较中国最高学府唯一的女高师数理部的东西还多得多，完全得多呢，说到这里，固然太灭自家威风，长他人志气，无如他真好何！

②办事认真　日本政府和一般人民看教育界的人都很重，办教育人也都为教育而办教育，和中国之因饭碗而混迹教育界的根本不同，所以任职的人，是终身竭诚于教育，不存五日京兆之想。大阪女师范开办二十二年，校长在职亦二十二年；京都府立第一中学创办已五十年，校长亦久于职，其他各校校长在职年限，总在十年五年，从没有像中国一年一换，一方面是政府不明白教育原理，不重视教育，一方面是任职者没有竭忠为教育的决心，结果自然演出今日的中国教育特色来了。

(2) 日本女子教育　日本女子教育，和男子教育之比例相差太远，名义上固不乏女子高等求学机关，而察其内容，所谓女子大学，所谓女子高等学校，除家事科外，差不多没有更注重的学科了。这种现象，在他们办教育者，固然不能说没有片面的理由，不过他们所根据的女性专宜操持琐事的一点，到了现在的时代，是站不住了。凭心说来，现在没有打破家族主义的时期中，家庭方面，当然须人主持，而女性比较细密，这种责任，比较应多担负些，然而却不能根据这一点，而划定女性发展的范围，贤妻良母，女子未尝不可作，而女子除了作贤妻良母，没有别的责任，这话就未免不进步了。现在日本女子教育，最大的缺点，就是专让她作贤妻良母，而不叫她作人，在日本今日国家无事高唱升平的时候，女子的责任固然没有中国今日女子所负的责任大，然而间接于人类的幸福，多少也有些阻碍，因为人类的幸福，是根据于大家平等大家自由，而日本女子贤妻良母教育的结果，使女子退居于被动服从的地位，抹煞她们天赋的自由天赋的人格，在同一世界里同一人类中而分出高低不平的界限，人类还有幸福吗？我所以到京都市立高等女学校参观，看见她们“贞淑”两字的校训，不禁喟然长叹了。

然而日本女学生勤劳耐苦，肯作事，有精神，也未尝不是她们的优点，我们中国女学生可引为模范的。

还有一点，日本女子体育的发达之讲究，真有可以令人奇异的。从前我国人常骂日本为倭奴为小鬼，谁知这次我们到日本看过之后，这种徽号再不敢乱叫，现在的日本女学生，个个雄壮，男子也比从前高大，我们站在他们中间，反不免要惭其弱小了。

日本女学生，不但能作柔软的运动，就是剧烈的运动，她们也能作，她们也能和男子一齐作百码以上的比赛，她们的体操教员，多用男子，有一次我们到迹见女学校参观，她们体操练习跳高，她们大约都能跳过五尺的高度，我在旁边看了，不禁暗想像这么高的凳子，我便爬都爬不过去，慢说是跳。一方面回想我国近来女学校，对于体育简直是不注意，不用功的学生，东跑西跑还不觉得什么，那些用功的，进学校不到一年，什么胃病、肺病都生出来了，究其原因，多半是少运动，我平常也曾想到这里，不过想完也就完了，而这次到日本看了她们那种强壮活泼，回顾自己本国，这个刺激真真永远忘不了，我很希望办女子教育的，和女子本身，要早点觉悟，要明白健全的精神，是寄在健全的身体上呵！

（3）日本社会教育　日本的小公园非常多，电影院、图书馆、公共体育场到处都是，所以学生们于星期课余之暇，都到公园、电影院、公共体育场游散，到图书馆看书，这种潜移默化的功效，比学校教育还要收效大。日本小小三岛，而能经营如此周到，我国反赶不上他十分之一，偌大一个北京，统共只有一个中央公园，并且里头茶肆酒寮，弄得俗不可耐，那有一点自然的美趣，况且还要收入门券，更是叫那贫苦的人没有消散的地方。那一般有钱的，又被那些万恶的游艺场缠住了足，学生们在学校里所受的教育，还不够社会的罪恶破坏呢。有心教育事业的人，不可不注意社会教育了。

（三）风俗　我在日本日子有限，对于风俗人情的观察，只是浮光掠影，不过我觉得知道一点便写一点罢了。

日本人受儒教的影响很深，东京有孔子大成殿的建设，所以他们风尚也多儒教色彩，所谓君君臣臣父父子子五伦的道理他们十分崇拜。

日本系小家族制度，以夫妇为单位，未成年的子女与父母同居，已成年的子女除去嫡长子系家族相续人有承袭财产权的当然同居外，其余子女都别居，女出嫁，子就给人家作养子，或是作婿养子，不然也分给他一部分财产令他自谋生活，所以人人都不能不想独立了。

日本男女关系极不平等，日本是帝国主义，臣对君的关系极不平等，界限极严，而女子对男子也正如臣子对国君一样，便是作了母亲，也要听儿子的话。我曾听见一个留学生告诉我说，有一次有一个人送礼物给他的一个同学，这同学恰好不在家，就交给他母亲，他的母亲原封放好不敢稍动，因为儿子是男人，应该听他命令，和中国所谓三从——从父、从夫、从子——的旧道德一样。所以日本的女子今日所处的地位，实在可怜，没有人格，没有自由，简直是个奴隶！

公开的男女交际，是为一般人所不许，而背地里的秘密交涉，是到处都有，她们对于贞操的观念，简直没有，并且日本近来生活昂贵，女子又喜虚荣，所以一般女子在高等学校里读书，一方面多与男子发生关系，借着这个弄点报酬补助她们的费用，等到她们正式与人结婚的时候，那时她们就作贤母良妻了。

日本喜沐浴，到处都有汤池，不过日本女子在人前露体不觉羞耻，所以每一个汤池里十余人一共洗浴，亦习为惯，甚至下等社会之女子，尚与男子混浴。

总之岛国风俗，自有岛国人习惯，我等外国人到了那里，没有一件不觉得希奇的。

（四）日本的思想界　日本虽是帝国主义，而思想界却不寂寞，五光十色，倒很有可观，在我们将离东京的前两天晚上，曾听三个人的言论，而这三个人实足以代表日本三个思想界的各方面。一个是无政府主义者大杉荣，一个是改良派的山田ヮ力女士，一个是为第四阶级努力的文学家秋田雨雀。

大杉荣完全主张破坏了再说，他曾用冷讽热嘲的口气对我们说："前年罗素到中国，曾经论到中国社会主义的发生，要经过两个阶级：（1）是振兴实业，（2）是提倡教育。按此二说对于振兴实业今姑勿论，对于教育吾尚有数说……当罗素倡言提倡教育之一说后，我遇见朝鲜人、中国人都异口同声的赞许，不过我就极力反对教育——今日的教育是什么？教育人们不应当说谎话，而实际上在社会里能说谎话是最有利人生的。历史上差不多没有一天无说谎话的必要，教育又有什么用处！再说教育的根本是什么？不过是抉发人们固有的个性。但现代社会制度无往而非压迫个性及剥夺个人的自由，教育也不过教人服从强权及保护强权的法律罢了。现在教育的使命，应在解放人类固有的个性，及打破现在社会制度，那种手讲指画黑板粉笔的勾当，不过是骗饭吃罢了，那里说得上是教育？"

他这一段话很可以代表他思想的全部，就是先打破现在的制度再说，也就是激烈派的社会主义的代表。

山田ヮ力是日本女性思想界最稳健的一派，她与山川菊荣的思想正是相反，她讲的题目是"妇人归着点"。她是巩固家族主义的努力者，她所说的话，虽然不少，不过她的结论，是妇人种种问题，皆由家庭为出发点，与其他学者到社会活动的论调正相反对。大杉荣曾骂她是"笨货"，然而她却是那不彻底的改良派的代表呢。

秋田雨雀是文学家，他的态度和他论调的意［重］点，固然不同了，他根据托尔斯泰世界语言统一的四种假想，主张世界语为世界和平的唯一解决方法。

他所主张的文学，是为第四阶级努力的文学。他说：“现在日本和中国的情形大约相同，都是有产阶级和无产阶级发生了冲突的时候；文学的趋势也正在冲突式中，一部分人主张第四阶级的文学，一部分的人就来反对；他们的争论很剧烈。但我以为到了今日，文学家的使命，除了助成第四阶级的发达以外，没有更大的工作了。若果第四阶级告了成功，被压的民众抬起头来，文学家便没有负担了。”他的主张可以为努力第四阶级思想界的代表。

这三个代表，差不多可以包罗日本思想界的特色了。

（五）日本最近国民外交的政策　当我未到日本之前，我预料中日连年失和，日人对于我国人一定很轻慢。那末我们到日本去，岂不是要受许多苦痛吗？但是我们自从神户上岸起，一直到了大连上船回国，没有一天不是受他们十分的优待。什么侯爵请我们吃茶点，什么子爵请我们参观他的花园，什么商店送我们味之素、化妆品，什么团体请我们赴宴会，又送我们汽车坐，简直是上宾的待遇。甚至住旅馆也要减价，可谓受尽优礼了！且每一次和他们谈话的时候，没有一个人不提到“中日亲善”。有的说中日同文同种，应当亲善；有的谈中日有唇齿的关系，应当亲善；有的甚至把中日亲善来同日英同盟相提并论。我们在这种环境里不能不自己觉悟，也不能不钦佩他们；——他们的国民和政府真是一而二、二而一的国民的外交政策，可以代表政府的外交政策。

他们这种高唱中日亲善，或者是他们看为对付邻邦智识阶级最好的手段了！其实在在都露马脚，他们优待只管优待，亲善不亲善，还得我们斟酌斟酌呢！

我们在东京女子高师参观的时候，她们的校长曾对我们说："现在人们常提到中日亲善，其实要亲善须互助敬爱出乎中心，至于口头上之亲善又何足取"。这话真是为那一辈高唱中日亲善的人作个"晨钟暮鼓"。否则，专想利己的中日亲善，恐怕中日永远没有亲善的一天呢！若专靠着这个为外交手段，不久也是要失败的！假面目永远是要露出来的呢！

关于日本内地所得的印象，大约尽于此。现在再把我回来时沿途所见的略说一二：

釜山　釜山是日韩交界的地方，我们下车以后，也看见许多韩人，然而地方上种种制度，都与日本内地相同。韩人本有的文化，早已不知去所，正所谓"王侯第宅皆新主，文武衣冠异昔时"了！

我们在釜山没有多少时候耽搁，从船上下来以后就在火车站等火车，这时我们曾到车站附近的地方去置东西。朝鲜人一种奇异的装束，最易使人注目——男子头戴斗笠般的黑纱帽，足着船式的草鞋或布鞋；上等人也有着皮鞋的。——然其式仍是两头向上如船，袜乃棉絮补成，纵夏天暑气蒸热，也是穿棉袜。身上穿的是白麻布的长袍，衣服无钮，唯大襟靠右方用带子一根联结起来，女子就着短小上衣，长只到胸部，下面用各彩色的麻布作裙。麻布本硬性，穿在身上不易贴服，若再被风一吹，就要蓬蓬然如支营帐，真不美观。劳动妇人头上顶一布制的圈，重物置于其上，负以远行。

街上多日本商店，和日本式的房屋，来往的行人，多半是日本人，但清洁就远不如日本内地了。有如走到朝鲜人住的地方，一种葱韭臭味，令人作呕。他们一种污秽懒散不振的态度，看了真由不得人要心酸叹息致亡之有因了！

京城　我们在京城住了两天，曾到新建筑的李王府和朝鲜故宫改成的博物馆去看，后又到福景宫、北岳山各地方去，这几个地方都使人起无限的回忆！中日之役，袁世凯曾与日兵战于北岳山，叶志超被围于牙山；往事已成劫灰，而登临凭吊之余，仍不免慨然长叹呢！

此地街道清洁，电车轨道如网，交通极便利，房屋多高楼大厦；吾人到了这个地方，好像仍在日本内地，想不到这就是朝鲜的京城呵！

平壤　平壤本箕子所开的都会，他的坟基也在那里，在二千年前——周时平壤即所谓东海乐浪国，在大同江对面。我们在平壤只住了一天，早晨登箕子墓，东望则大同江如衣带，受日光映射而发银光。后来又到乙密台，乃中日之役马玉昆等败北的地方；我们凭高台而四顾，不禁生“江山如旧人物已非”的感想。在乙密台的壁上题着许多感慨悲愤的诗句，可惜当时仓卒未曾录下来。

下午我们又买棹泛大同江，江水碧绿，青山挹翠，滨江千尺石壁，即所谓清流壁，朝鲜亡国臣僚都在上面题字而殉。有四个朝鲜女学生，也和我们同游，我们曾问她们去年独立运动怎么样？她们只惛然长叹，泪光莹莹，不能更说一句话，我们看了真不忍再往下问了！唉！被征服的民族，满心除了悲哀还有什么呢！

奉天　奉天本是中国领土，而南满铁路沿线二十里的地方都归日本所有了！又有日本租界，我们从南满路下车的时候，看见来往的中国人固不少，而日本人亦居半数，所以奉天实在已入了日人的势力范围了！

我们在奉天住了三天，曾到各学校去参观；那种腐败的情形，可怜亦可笑！那边女师范的教员，和我们谈话，他说：“奉天的女子教育最为黑暗，女师范所用的修身教科书，是由她们第一任校长所编的；内容除了讲三从四德外没有别的东西了。学生多喜虚荣，奉天军阀最有势力，所以学校的女学生有一部分专喜欢作军官队长的如夫人。这种风气一开，女学校的学生人品，与种种黑暗，唉！那就一言难尽了！不过办事人，校长，监学，却非常专制，学生不能随意出学校的中门一步，也不能独自去请教男教员的功课。最初的时候，且不用男教员；后来进步些，专用胡须都白了的老头儿。现在又进化一点，用了一个年轻的男教员。然而逢到理化试验的时候，讲堂上派两个老妈子左右分立监察学生们的动作，——这种可笑的事情，可以说绝无仅有了！

近来有一般女学生，也很觉悟，想要改良，然而校长压得紧紧地，她们是不能活动。所以我们到了她们学校参观，她们就趁机会要求想开欢迎会；藉欢迎会的席上，稍吐她们心头郁积。她们的奋斗精神，很属可佩。但是黑幕太厚，要见阳光非有一番更大的牺牲不可呢。

大连　大连真是一个好地方！不独山清水秀，气候亦非常凉爽，出名的风景有所谓星浦，有所谓老虎滩，都在沿海一带，松柏苍翠，波光灿烂，海上小岛，历落如星，所以叫作星浦。

我们在大连，因为候船，所以竟住了五天。这五天之内，上自学校，下至茶寮、妓馆、大烟馆，都被我们看遍了；所以受的感触也特别深，现在把我们所看见的大略说说：

大连有许多日本人，为他们自己人设立的学校里头，虽也许有两三个中国人，然而这两三个中国人不是有钱的商家之子，或者就是已入日本籍的中国人了。这种学校的设施，和日本内地一样，此外有一种叫作大连公学校的，是专为大连本地人设立的；我们曾去参观，刚进校门就嗅到一种恶臭薰人的气味。再一看那些孩子身上，衣服褴褛，面容憔悴，和那些日本学校的学生竟有天壤之别了。后来我们又去参观他们的教授，教员都是日本人，所教的科目日语最重要，——他们课程表上写日语为国语，中国的国语就叫做汉语，这种情形不知读者诸君，作何感想？我们当时的愤慨，只觉心酸血沸罢了！

我们目睹的情形如此，后来又听见《泰东日报》的记者——这报是中国人办的——的报告，他说日本人对于大连子弟的教育，用的方法是纯粹奴隶制。他们只让会说日本话，将来好“助纣为虐”来鱼肉大连的同胞，所以公学校的卒业生所有的职业，不是充当横蛮的警察，就是衙役和暗探。按警察本是保护治安，而大连的警察却是专搅乱治安，欺负小百姓的！

大连暗娼最多，都是这些警察和地棍勾通了日本的警察长，狼狈为奸的办起来，这些暗娼都是大连人或外地拐来的中国人。暗娼的会集地，是在大连西岗子一带，一共三千余家；每逢劳动者和没有什么学识的商人经过那里，都被她们强拉进去，丧身败家的更不知多少人呢！

暗娼之外还有大烟馆，里头都是带辫子的中国人，和死尸般睡在那里狂吸怒抽。我们曾经去看过，一种暗淡的神情，真叫人要痛哭！

就大连种种情形看起来，就可以知道日人对于大连人所用自趋灭亡的方法了！大连不过是租界地，已经有“故国不堪回首”之叹，那已被灭亡的朝鲜、台湾更可想而知了！

旅顺　旅顺也是日本的租界［借］地，从前本属于俄国，经日俄一战，俄国失败就归日本了。然而种种文物都是俄国人所遗，最触目的大红俄国地毯在现在的关东厅的地板上铺着，使人生无限的感想！

在旅顺只停了半天，仍回到大连。由大连一直乘二十六共同丸回天津。倦游之余，不免归心如箭，所有触目惊心的材料，也渐渐减少了！到了北京更糊涂得看不见，怎怪“夜郎自大”呢？可恨我自己喜寻苦恼，使这深刻的印影时时作刺心之痛，所谓“自作孽不可绾［逭］”[①]，我惟有自恕［怨］自艾吧！

拉杂写来，读者亦厌我多事否？苍天总没有话，人仿佛都病着哟！我向那里唤起中国的魂呀！

（本篇最初发表于1923年4月1日丙辰学社《学艺》杂志第4卷第10号）

---

① 自作孽不可绾，绾，当作逭（huàn）。自己造成的罪过，是不能逃避的。

最后的命运[①]

突如其来的怅惘，不知何时潜踪，来到她的心房，她默默无言，她凄凄似悲。那时正是微雨晴后，斜阳正艳，葡萄叶上滚着圆珠，荼蘼花儿含着余泪，凉飙呜咽正苦，好似和她表深刻的同情！

碧草舒齐的铺着，松荫沉沉的覆着；她含羞凝眸，望着他低声说："这就是最后的命运吗？"他看着她微笑道："这命运不好吗？"她沉默不答。

松涛慷慨激烈的唱着，似祝她和他婚事的成功。

这深刻的印象，永远留在她和他的脑里，有时变成温柔的

① 这是庐隐和郭梦良的定情篇。

安琪儿，安慰她干燥的生命；有时变成幽闷的微菌，满布在她的全身血管里，使她怅惘！使她烦闷！

她想“人们驾着一叶扁舟，来到世上，东边飘泊，西边流荡，没有着落固然是苦，但有了结束，也何尝不感到平庸的无聊呢？”

爱情如幻灯，远望时光华灿烂，使人沉醉，使人迷恋，一旦着迹，便觉味同嚼蜡，但是她不解，当他求婚时，为什么不由得就答应了他呢？她深憾自己的情弱，易动！回想到独立苍冥的晨光里，东望滚滚江流，觉得此心赤裸裸毫无牵扯，呵！这是如何的壮美呵！

现在呢！柔韧的密网缠着，如饮醇醪，沉醉着，迷惘着！上帝呵！这便是人们最后的命运吗？

她凄楚着，沉思着，不觉得把雨后的美景轻轻放过，黄昏的灰色幕，罩住世界的万有，一切都销沉在寂静里，她不久也被睡魔引入胜境了！

（本篇最初发表于1923年6月1日《晨报副刊·文学旬刊》第1号）

丽石的日记

今日春雨不住响的滴着，窗外天容愔［黯］淡，耳边风声凄厉，我静坐幽斋，思潮起伏，只觉怅然惘然！

去年的今天，正是我的朋友丽石超脱的日子，现在春天已经回来了，并且一样的风凄雨冷，但丽石那惨白梨花般的两靥，谁知变成什么样了！

丽石的死，医生说是心脏病，但我相信丽石确是死于心病，不是死于身病，她留下的日记，可以证实，现在我将她的日记发表了吧！

十二月二十一日

不记日记已经半年了。只感觉着学校的生活单调，吃饭，睡觉，板滞的上课，教员戴上道德的假面具，像俳优般舞着唱着，我们便像傻子般看着听着，真是无聊极了。

图书馆里，摆满了古人的陈迹，我掀开了屈原的《离骚》念了几页，心窃怪其愚——怀王也值得深恋吗？……

下午回家，寂闷更甚；这时的心绪，真微玄至不可捉摸……日来绝要自制，不让消极的思想入据灵台，所以又忙把案头的《奋斗》杂志来读。

晚饭后，得归生从上海来信——不过寥寥几行，但都系心坎中流出，他近来因得不到一个归宿地，常常自戕其身，白兰地酒，两天便要喝完一瓶，……他说："沈醉的当中，就是他忘忧的时候。"唉！可怜的少年人！感情的海里，岂容轻陷？固然指路的红灯，只有一盏，但是这"万矢之的"底红灯，谁能料定自己便是得胜者呢？

其实像海兰那样的女子，世界上绝不是仅有，不过归生是永远不了解这层罢了。

今夜因为复归生的信，竟受大困——的确我搜尽枯肠，也找不出一句很恰当的话，那是足以安慰他的，……其实人当真正苦闷的时候，绝不是几句话所能安慰的哟！

十二月二十二日

今天因俗例的冬至节，学堂里放了一天假，早晨看姑母们忙着预备祭祖，不免起了想家的情绪，忆起"独在异乡为异客，每逢佳节倍思亲"怆然下泪！

姑丈年老多病，这两天更觉颓唐，干绉的面皮，消沉的心情，真觉老时的可怜！

午后沅青打发侍者送红梅来，并有一封信说："现由花厂买得红梅两株，遣人送上，聊袭古人寄梅伴读的意思。"我写了回信，打发来人回去，将那两盆梅花，放在书案的两旁，不久斜阳销迹，残月初升，那清淡的光华，正笼照在那两株红梅上，更见精神。

今夜睡得极迟，但心潮波涌，入梦仍难，寂寞长夜，只有梅花吐着幽香，安慰这生的漂泊者呵！

十二月二十四日

穷冬严寒，朔风虎吼，心绪更觉无聊，切盼沅青的信，但是已经三次失望了。大约她有病吧？但是不至如此，因为昨天见面的时候，她依旧活泼泼地，毫无要病的表示呵，咳！除此还有别的原因吗？……我和他相识两年了，当第一次接谈时，我固然不能决定他是怎样的一个人，但是由我们不断的通信和谈话看来，她大约不至于很残忍和无情吧！……不过："爱情是不能买预约券的，也不是一成不变的……"变幻不测的人类，谁能认定他们要走的路呢？

下午到学校听某博士的讲演，不期遇见沅青，我的忧疑更深，心想沅青既然没病，为什么不来信呢？当时赌气也不去理她，草草把演讲听完，愁闷着回家去了，晚饭懒吃，独坐沈思，想到无聊的地方，陡忆起佛经所说："菩萨畏因，众生畏果"，我不自造恶因，安得生此恶果？从此以后，谨慎造因罢！情感的漩涡里，只是愁苦和忌恨罢了，何如澄澈此心，求慰于不变的“真如”呢……想到这里，心潮渐平，不久就入睡乡了。

十二月二十五日

昨夜睡时，心境平稳，恶梦全无，今早醒来，不期那红灼灼的太阳，照满绿窗了。我忙忙自床上坐了起来，忽见桌上放着一封信，那封套的尺寸和色泽，已足使我澄澈的心紊乱了，我用最速的目力，把那信看完了，觉得昨天的忏悔真是多余，人生若无感情维系，活着究有何趣？春天的玫瑰花芽，不是亏了太阳的照拂，怎能露出娇艳的色泽？人类生活，若缺乏情感的点缀，便要常沦到干枯的境地了，昨天的芥蒂，好似秋天的浮云，一阵风洗净了。

下午赴漱生的约，在公园聚会，心境开朗，觉得那庄严的松柏，都含着深甜的笑容，景由心造，真是不错。

十二月二十六日

今天到某校看新剧，得到一种极劣的感想，——当我初到剧场时，见她们站在门口，高声哗笑着，遇见来宾由她们身边经过，她们总作出那骄傲的样子来，惹得那些喜趁机侮辱女性的青年，窃窃评论，他们所说的话，自然不是持平之论，但是喜虚荣的缺点，却是不可避免之讥呵！

下午雯薇来——她本是一个活泼的女孩，可惜近来却憔悴了——当我们回述着儿时的兴趣，过去的快乐，更比身受时加倍，但不久我们的论点变了。

雯薇结婚已经三年了，在人们的观察，谁都觉得她很幸福，想不到她内心原藏着深刻的悲哀，今天却在我面前发现了，她说："结婚以前的岁月，是希望的，也是极有生趣的，好像买彩票，希望中彩的心理一样，而结婚后的岁月，是中彩以后，打算分配这财产用途的时候，只感得劳碌，烦躁，但当阿玉——她的女儿——没出世之前，还不觉得，……现在才真觉得彩票中后的无趣了。孩子譬如是一根柔韧的彩线，被她捆住了，虽是厌烦，也无法解脱。"

四点半钟雯薇走了，我独自回忆着她的话，记得《甲必丹之女》书里，有某军官与彼得的谈话说："一娶妻什么事都完了。"更感烦闷！

十二月二十七日

呵！我不幸竟病了，昨夜觉得心躁头晕，今天竟不能起床了，静悄悄睡在软藤的床上，变幻的白云，从我头顶慢慢经过，爽飒的风声，时时在我左右回旋，似慰我的寂寞。

我健全的时候，无时不在栗六中觅生活，我只领略到烦搅，和疲敝的滋味，今天我才觉得不断活动的人类的世界，也有所谓"静"的境地。

我从早上八点钟醒来，现在已是下午四点钟了，我每回想到健全时的劳碌和压迫，我不免要恳求上帝，使我永远在病中，永远和静的主宰——幽秘之神——相接近。

我实在自觉惭愧，我一年三百六十日中，没有一天过的是我真愿过的日子，我到学校去上课，多半是为那上课的铃声所勉强，我恬静的坐在位子上，多半是为教员和学校的规则所勉强，我一身都是担子，我全心也都为担子的压迫，没有工夫想我所要想的。

今天病了，我的先生可以原恕我，不必板坐在书桌里，我的朋友原谅我，不必勉强陪着她们到操场上散步，……因为病被众人所原谅，把种种的担子都暂且搁下，我简直是个被赦的犯人，喜悦何如？

我记得海兰曾对我说：“在无聊和勉强的生活里，我只盼黑夜快来，并望永永不要天明，那末我便可忘了一切的烦恼了。”她也是一个生的厌烦者呵！

我最爱读元人的曲，平日为刻板的工作范围了，使我不能如愿，今夜神思略清，因拿了一本《元曲》就着烁闪的灯光细读，真是比哥仑布发现了新大陆，还要快活呢！

我读到《黄粱梦》一折，好像身驾云雾，随着骊山老母的绳拂，上穷碧落了。我看到东华帝君对吕岩说：“……把些个人间富贵，都作了眼底浮云，”又说：“他每得道清平有几人？何不早抽身？出世尘，尽白云满溪锁洞门，将一函经手自翻；一炉香手自焚，这的是清闲真道本。”似喜似悟，唉！可怜的怯弱者呵！在担子底下奋斗筋疲力尽，谁能保不走这条自私自利的路呢！

每逢遇到不如意事时，起初总是愤愤难平，最后就思解脱，这何尝是真解脱，唉！只自苦罢了！

十二月二十九日

二十八日热度稍高，全身软疲，不耐作字，日记因阙，今早服了三粒“金鸡纳霜”，这时略觉清楚。

回想昨天情景，只是昏睡，而睡时恶梦极多，不是被逐于虎狼，就是被困于水火，在这恐怖的梦中，上帝已指示出人生的缩影了。

午后雯薇使人来问病，并附一信说：“我吐血的病，三年以来，时好时坏，但我不怕死，死了就完了。”她的见解实在不错！人生的大限，至于死而已；死了自然就完了。但死终不是很自然的事呵！不愿意生的人固不少，可是同时也最怕死；这大约就是滋苦之因了。

我想起雯薇的病因，多半是由于内心的抑郁，她当初作学生的时代，十分好强，自从把身体捐入家庭，便弄得事事不如人了——好强的人，只能听人的赞扬，不幸受了非议，所有的希望便要立刻销沉了。其实引起人们最大的同情，只能求之于死后，那时用不着猜忌和倾轧了。

下午归生的信又来了，他除为海兰而烦闷外，没有别的话说，恰巧这时海兰也正来看我，我便将归生的信让她自己看去，我从旁边观察她的态度，只见她两眉深锁，双睛发直；等了许久，她才对我说：“我受名教的束缚太甚了，……并且我不能听人们的非议，他的意思，我终久要辜负了，请你替我尽友谊的安慰吧！……这一定没有结果的希望！”她这种似迎似拒的心理，看得出她智情激战的痕迹。

正月一日

今天是新年的元旦，当我睡在床上，看小表妹把新日历换那旧的时，固然也感到日子的飞快；光阴一霎便成过去了。但跟着又成了未来，过去的不断过去，未来的也不断而来，浅近的比喻，就是一盏无限大的走马灯，究有什么意思！

今天看我病的人更多了，她们并且怕我寂寞，倡议在我房里打牌伴着我，我难却她们的美意，其实我实在不欢迎呢！

正月三日

我的病已经好了，今天沅青来看我，我们便在屋里围着火炉清谈竟日。

我自从病后，一直不曾和归生通信，——其实我们的情感只是友谊的，我从不愿从异性那里求安慰，因为和他们——异性——的交接，总觉得不自由。

沅青她极和我表同情，因此我们两人从泛泛的友谊上，而变成同性的爱恋了。

的确我们两人都有长久的计画，昨夜我们说到将来共同生活的乐趣，真使我兴奋！我一夜都是作着未来的快乐梦。

我梦见在一道小溪的旁边，有一所很清雅的草屋，屋的前面，种着两棵大柳树，柳枝飘拂在草房的顶上，柳树根下，拴着一只小船，那时正是斜日横窗，白云封洞，我和沅青坐在这小船里，御着清波，渐渐驰进那芦苇丛里去。这时天上忽下起小雨来，我们被芦苇严严遮住，看不见雨形，只听见淅淅沥沥地雨声，过了好久时已入夜，我们忙忙把船开回，这时月光又从那薄薄凉云里露出来，照得碧水如翡翠砌成，沅青叫我到水晶宫里去游逛，我便当真跳下水，忽觉心里一惊就醒了。

回思梦境，正是我们平日所希冀的呵！

正月四日

今天因为沅青不曾来，只感苦闷！走到我和沅青同坐着念英文的地方，更觉得忽忽如有所失。

我独自坐在葡萄架下，只是回忆和沅青同游同息的陈事：玫瑰花含着笑容，听我们甜蜜的深谈，黄莺藏在叶底，偷看我们欢乐的轻舞，人们看见我们一样的衣裙，联袂着由公园的马路上走过，如何的注目呵！唉！沅青是我的安慰者，也是我的鼓舞者，我不是为自己而生，我实在是为她而生呢？

晚上沅青遣人送了一封信来说：“亲爱的丽石！我决定你今天必大受苦闷了！……但是我为母亲的使命，不能不忍心暂且离开你。我从前不是和你说过，我有一个舅舅住在天津吗？因为小表弟的周岁，母亲要带我去祝贺，大约至迟五六天以内，总可以回来，你可以找雯薇玩玩，免得寂寞！”我把这信，已经反覆看得能够背诵了，但有什么益处，寂寞益我苦！无聊使我悲！渴望增我怒！

正月十日

沉青走后，只觉恹恹懒动，每天下课后，只有睡觉，差强人意！

今天接到天津的电话，沅青今夜可以到京，我的心怀开放了，一等到柳梢头没了日影，我便急急吩咐厨房开饭；老妈子打脸水，姑母问我忙甚么？我才觉得自己的忘情，不禁羞惭得说不出话来。

到了火车站，离火车到时还差一点多钟呢！这才懊悔来的太早了！

盼得心头焦躁了，望得两眼发酸了，这才听见呜呜汽笛响，车子慢慢进了站台，接客的人，纷纷赶上去欢迎他们的亲友，我只远远站着，对那车窗一个个望去；望到最后的一辆车子，果见沅青含笑望我招手呢！忙忙奔了过去，不知对她说什么好，只是嬉嬉对笑，出了站台，雇了车子一直到我家来，因为沅青应许我今夜住在这里。

正月十一日

昨夜和沅青说的话太多了，不免少睡了觉，今天觉得十分疲倦，但是因沅青的原故，今夜依旧要睡的很晚呢？

今天沅青回家去了，但黄昏时她又来找我，她进我屋门的时候，我只乐得手舞足蹈！不过当我看她的面色时，不禁使我心脉狂跳，她双睛红肿，脸色青黄，好像受了极大的刺激。我禁不住细细追问，她说“没有什么！作人苦罢了！”这话还没说完，她的眼泪却如潮涌般滚下来，后来她竟俯在我的怀里痛哭起来，急得我不知怎样才好，只有陪着她哭。我问她为什么伤心？她始终不曾告诉我，晚上她家里打发车子来接她，她才勉强擦干眼泪走了。

沅青走后，我回想适才的情境，又伤心，又惊疑，想到她家追问她，安慰她，但是时已夜深，出去不便。只有勉强制止可怕的想头，把这沉冥的夜度过。

正月十二日

为了昨夜的悲伤和失眠，今天觉得头痛心烦，不过仍旧很早起来，打算去看沅青，我在梳头的时候，忽沅青叫人送封信来，我急急打开念道：

> “丽石！丽石！
>
> 人类真是固执的，自私的呵！我们稚弱的生命完全被他们支配了！被他们戕贼了！
>
> 我们理想的生活，被她们所不容，丽石！我真不忍使你知道这恶劣的消息！但是我们分别在即了，我又怎忍始终瞒你呢！
>
> 我的表兄他或者是个有为的青年——这个并不是由我观察到的，只是我的母亲对他的考语，他们因为爱我，要我与这有为的青年结婚，咳！丽石！你为什么不早打主意，穿上男子的礼服，戴上男子的帽子，妆作男子的行动，和

我家里求婚呢？现在人家知道你是女子，不许你和我结婚，偏偏去找出那什么有为的青年来了。

他们又仿佛很能体谅人，昨晚母亲对我说："你和表兄，虽是小时常见面的，但是你们的性情能否相合，还不知道，你舅舅和我的意思，都是愿意你到天津去读书，那末你们俩可以常见面，彼此的性情就容易了解了。如果合得来，你们就订婚，合不来再说。"丽石！母亲的恩情不能算薄，但是她终究不能放我们自由！

我大约下礼拜就到天津去。唉！丽石！从此天南地北，这离别的苦怎么受呢？唉！亲爱的丽石！我真不愿离开你，怎么办？你也能到天津来吗？……我希望你来吧！"

唉！失望呵！上帝真是太刻薄了！我只求精神上一点的安慰，他都拒绝我！"沅青！沅青！"唉！我此时的心绪，只有怨艾罢了！

正月十五日

我自得到沅青要走的消息，第二天就病了，沅青虽刻刻伴着我，而我的心更苦了！这几天我们的生活，就如被判决的死囚，唉！我回想到那一年夏天，那时正是雨后，蕴泪的柳枝，无力的荡漾着，阶前的促织，切切私语着，我和沅青，相倚着坐在浅蓝色的栏杆上，沅青曾清清楚楚对我说："我只要能找到灵魂上的安慰，那可怕的结婚，我一定要避免，"现在这话，只等于往事的陈迹了！

雯薇怜我寂寞，和失意，这两天常来慰我，但我深刻的悲哀，永远不能销除呵！

今天雯薇来时，又带了一个使我伤心的消息来，她告诉我说："可怜的欣於竟堕落了！"这实在使我惊异！"他明明是个志趣高尚的青年呵！"我这么沈吟着，雯薇说："是呵！志趣高尚的青年，但是为了生计的压迫，——结婚的结果——便把人格放弃了；他现在作了某党派的走狗，谄媚他的上司；只是为四十块钱呵！可怜！"

唉！到处都是污浊的痕迹！

二月一日

懊恼中，日记又放置半月不记了，我真是无用！既不能澈悟，又不能奋斗，只让无情的造物玩弄！

沅青昨天的来信，更使我寒心，他说："丽石，我们从前的见解，实在是小孩子的思想，同性的爱恋，终久不被社会的人认可，我希望你还是早些觉悟吧！

我表兄的确是个很有为的青年，他并且对我极诚恳，我到津后，常常和他聚谈，他事事都能体贴入微，而且能任劳怨！……"

唉！人的感情，真容易改变，不过半个月的工夫，沅青已经被人夺去了，人类的生活，大约争夺是第一条件了！

上帝真不仁，当我受着极大的苦痛时，还不肯轻易饶我，支使那男性特别显著的少年郦文来纠缠我，听说这是沅青的主意，她怕我责备，所以用这个好方法堵住我的口，其实她愚得很，恋爱岂是片面的？在郦文粗浮的举动里，时时让我感受极强的苦痛，其实同是一个爱字，若出于两方的同意，无论在谁的嘴里说，都觉得自然和神圣，若有一方不同意，而强要求满足自己的欲望，那是最不道德的事实，含着极大的侮辱。郦文真使我难堪呵！唉！沅青何苦自陷？又强要陷人！

二月五日

今天又得到沅青的信，大约她和她表兄结婚，不久便可成事实。唉！我不恨别的，只恨上帝造人，为什么不一视同仁，分什么男和女，因此不知把这个安静的世界，搅乱到什么地步？……唉！我更不幸，为什么要爱沅青！

我为沅青的缘故，失了人生的乐趣！更为沅青故得了不可医治的烦纡！

唉！我越回忆越心伤！我每作日记，写到沅青弃我，我便恨不得立刻与世长辞，但自杀我又没有勇气，抑郁而死吧！抑郁而死吧！

我早已将人生的趣味，估了价啦，得不偿失，上帝呵！只求你早些接引！……

我看着丽石的这些日记，热泪竟不自觉的流下来了。唉！我什么话也不能再多说了。

（本篇最初发表于 1923 年 6 月 10 日《小说月报》第 14 卷第 6 号，后收入《海滨故人》集）

月色与诗人

艺术家固然是一种天才卓绝的人，因为他们的情感特别热烈；想象特别丰富；思想特别精密；直觉的力特别强，这绝不是后天所可培成的。但是无论是怎样多才卓绝的艺术家，他们绝不能躲避环境的影响，所谓环境，一方面是人为的政治风俗教育等，一方面是天然的如清莹之月，蓊蔚之草，旖旎之花，峥嵘之山，凡自然的种种都是。

每个时代代表的作家，他作品里绝没有不含时代色采的，这是关于人为的环境说，至于与自然接触各不同的方面，也绝没有不影响于作家，而表现于其作品。太史公说得好，要想文章有奇特之气，必要多游天下之名山巨川，这就是说艺术家与自然的关系了。

我闲尝翻阅中国古人的诗词，看他们所用为描写的材料，风花雪月，固然是常用的，而其中关于月要特别多些，现在就唐诗的一部分举几个例子来看看：——

“共看明月应垂泪”——白居易

“松月生夜凉”——孟浩然

“山月映石壁”——王维

“山月静坐编”——李颀

“月色偏秋凉”——李嶷

“浩歌待明月”，

“对此石上月”，

“山月随人归”，

“花间一壶酒，独酌无相亲，举杯邀明月，对影成三人。月既不解饮，影徒随我身，暂伴月将影，行乐须及春，我歌月徘徊……”——以上皆李白之作。

“中天悬明月”，

“初月出不高”——以上杜甫

“秋月照潇湘，月明闻荡桨”——刘长卿

“缺月烦屡瞰”——韩愈

“月下谁家砧”——孟郊

“月明松下房拢静”——王维

“何用孤高比秋月”，

“莫使金樽空对月”——以上李白

“行宫见月伤心色”，

“秋月春风等闲度”，

“别时茫茫江浸月”，

“唯见江心秋月白”，

“绕船明月［月明］江水寒”——以上白居易

“夜半月高弦索鸣”——元稹

“明月来相照”——王维

“床前明月光”——李白

“故为待月处”——刘禹锡

“澮月照中庭”——韩愈

“只今唯有西江月”——李白

“虎溪闲月引相过”——释灵一

“江村月落正堪眠”——司空曙

“月照高楼一曲歌”——温庭筠

“秋来见月多归思”——雍关

“月光如水水如天，同来玩月人何在”——赵嘏

“多情只有春庭月”——张泌

“明月自来还自去”——崔鲁

“秋月夜窗虚”——孟浩然

“明月松间照”——王维

“客散青天月”——李白

“等舟望秋月”——李白

“风林纤月落”——杜甫

“不夜月临关”——杜甫

“晓月过残垒”——司空曙

“泡江好湮月”——杜牧

“深夜月当花”——李商隐

“沙场烽火侵胡月”——祖泳［咏］

“中天月色好谁看”——杜甫

“请看石上藤萝月”——杜甫

“西楼望月几回圆”——韦应物

“万里归心对月明”——卢纶

“明月好同三径夜”——白居易

“五更残月有莺啼”——温庭筠

以上的例子，不过是一部分，他如张若虚《春江花月夜》等，还不知有多少。诗人为什么喜欢用风花雪月这些字呢？最大的原因，这些字所包含的内容是很美的，所以诗人多喜欢用他，太史公评屈原的《离骚》有句话说：“其行洁，故其称物芳”就是这个意思了。

况月色的美，和“风花雪”等又不同。月色以青为至色，青是寒色，且是寒色的主体；寒色与暖色不同，暖色如红，看了足使人兴奋，其结果使人生渴怒烦燥之感。而青色是使人消沉平静，其结果使人得到闲适慰藉之感。

再说到由青色所生的变化色（1）为绿色——和青黄而成——画家谓黄是理想色（主意志变化），绿色使人生希望，故称为希望色。（2）为紫色——和青红而成——紫色画家称为渴仰色。

又月的青色，与其它不同。盖其色淡近白，而光较日暗而带灰，白色则洁无我相，灰色则近黑而消沉，使人不生利禄想，超越的情感遂油然而生，艺术的冲动亦因之而起了。

况且月所照的世界为夜，日为奋斗于生活的时候，而夜是休养生息的时候，所以日所照的世界，各个自相皆异色而现，不免为外界引诱而此心亦紊乱了，此时只想如何对付事实，绝对没有超卓之想；而月所照的世界，则无自相，使人觉得“实在世界之消失”而忘我相，这时的喜怒哀乐，绝不止以一身的喜怒哀乐为标准。因为在这种纯洁消沉的月光之下，已将人们的小我忘了，而入于大我之境，有限的现实的桎梏，既除去，于是想象波涌，高尚之情鼎沸，艺术的冲动就不可制止了。

因为艺术——无论人生的艺术，或是艺术的艺术，——美总是个必需的条件；月色，既如此的美，那么诗人提笔每联想到月色，或因月色而想提笔，那是很自然的事呵！

由此看来，月色实在能帮助艺术家得到好作品了，又何怪艺术家常喜欢在月下吟咏，和以月色为他们艺术的背景呢？

（本篇 1923 年 5 月 21 日脱稿，最初发表于 1923 年 6 月 11 日《晨报副刊·文学旬刊》第 2 号）

中国小说史略

中国“小说”的名目，最初见于《汉书·艺文志》：“小说家者流，盖出于稗官。街谈巷议［语］、道听涂说之所造也。孔子曰：‘虽小道，必有可观者焉，致远恐泥，是以君子弗为也’；然亦弗灭也，闾里小知者之所及，亦使缀而不忘，如或一言可采，此亦刍荛狂夫之议也。”

观此小说之名目实起于汉，而其实在汉以前，中国已不乏小说，但形式未成，只能称之为小说的先驱罢了。这一时期是神话传说时期。

第一节　神话传说时期

无论何种民族，当太古蒙昧之时，皆有神话之传说：印度如此；希腊如此；中国也是如此。但太古的时候，我们民族都居住在比较缺乏天惠的黄河流域，少清秀的山水，多宽广的平原，所以中国自古便以农立国，《汉书·食货志》上说："……自神农之世，斫木为耜，煣木为耒，耒耜之利，以教天下，而食足。"在五谷没有蕃殖的时候，所谓"不毛之地"，所以必用数倍人力，去开辟经营。贾谊说："尝闻之古之人曰：一夫不耕，或受之饥；一女不织，或受之寒"，于此便可想见当时生活的艰难了。此时民风朴质，崇尚实际，只逐逐于日常生活，排斥空洞的理想。盖沉思冥想必于余裕之暇。这时神怪之说很少，况且孔子又平生不道神怪，其教人专在修身治国平天下，注重实际的方面，那些幽玄深奥，荒唐不稽之传说，皆极力排斥，不但小说没有发达的机会，就是从前存留在杂家中的神话，也渐渐消灭。按古来神话，多集成于诗说，然后有幽玄的小说，孔子既极端排斥神话，那末中国古代小说不发达，岂不是当然的吗？

但是我们翻开诸子的书，那断片的神话，存留的还不少，如《庄子》里的"鲲鹏之对话"、"蜗角上之争"、"姑射神人"等。及《列子》里的"愚公移山"、"夸父追日"、"龙伯国之大人"，这都是神话——小说的先驱。他如《楚辞·天问》篇，王逸的序说："天问者，屈原之所作也。屈原放逐，彷徨山泽；见楚有先王庙，及公卿祠堂，图画天地，山川神灵，琦玮谲诡，及古圣贤怪物行事，因书其壁，呵而问之，以泄愤懑，泻愁思"，这于小说也极有关系。又《山海经》也是于后世小说极有影响的，李白作《清平调》，里头所用的"瑶池"，"群玉山"——相传群玉山西王母所居——这些神话的传说，都出于《山海经》。

中国神话传说时期，起于太古，终于两汉，到汉时已是小说成立时期了，下面分述两汉六朝、唐宋元明清各代之小说。

第二节　两汉六朝小说

A项　汉代小说

《汉书·艺文志》载小说十五家[①]，共千三百八十篇：

《伊尹说》　二十七篇

《鬻子说》　十九篇

《周考》　七十六篇

《青史子》　五十七篇

《师旷》　六篇

《务成子》　十一篇

《宋子》　十八篇

《天乙》　三篇

《黄帝说》　四十篇

《封禅方说》　十八篇（武帝时）

《待诏臣饶心术》　二十五篇（武帝时）

《待诏臣安成未央术》　一篇

《臣寿周纪》　七篇（项国圉人，宣帝时）

《虞初周说》　九百四十三篇（河南人氏武帝时云云议后出）

《百家》　百三十九卷

---

① 以下十五家小说集均已散佚，但其中部分片段为后人所引。

右列小说十五家，千三百八十篇，自伊尹说至黄帝说九篇，系汇集上代的传说，辞多迂怪，意亦浅薄，以下五家皆汉代之作，就中以虞初周说为最精，可为后世小说之祖。虞初之事，就《汉书》注说："虞初，河南人，武帝时，以方士侍郎，陇黄车使者。"应劭曰：其说以周书为本，师古曰："史记云：虞初，洛阳人，即张衡《西京赋》'小说九百，本自虞初'者也。"

观此，虞初乃方士，兼明医术，得武帝之宠，乘骏马，着黄衣，为甘肃黄车使者，其书名曰《周说》，系集周代的传说而汇之。当此之时，汉兴百年，武帝承文景二帝富厚之后，征匈奴于漠北，开西域南夷的交通，汉家威信震于四方，武帝既深尝富贵安荣的极味，欲望未满，因之求长生不死之情颇切，因信神仙方士之说，重用方士，于是李少君，少翁等，争以神怪之说进，以邀宠幸。虞初亦是等方士之一人，其书亦系收集神仙奇怪之说，然此所谓街谈巷议，道听途说者流之所作，随起随灭，不传于后世。

此外汉魏丛书中，所收集两汉六朝小说主要者，略述一二：

(1)《神异经》一卷　旧本题东方朔撰（四库全书提要小说家类）。

东方朔，与虞初同时人，博识雄辩，得武帝宠幸。《汉书·论赞》说："朔之诙谐，逢占射覆，其行事浮浅，行于众度，童儿牧竖，莫不眩耀，而后世好事者，原取奇言怪语附著之朔。"《汉书·艺文志·杂家》中载东方朔之作二十篇，惜今不传，今仅存此《神异经》，及《海内十洲记》二种。

《神异经》为晋之张华注，但世或谓《神异经》词华缛丽，或保［系］六朝人士之所作，张华之注亦属伪托——见《四库全书提要》。《隋书·经籍志》则载系东方朔作，张华注，故此书无论如何，总系隋以前人作。

至于此书之内容，全学《山海经》，述四方之事，颇怪诞不经，其后唐之诗人，多于此中取材，如："东荒山中，有大石室，东王公居焉，长一丈，头发皓白，人形兽面而虎尾，载一黑熊。左右顾望，恒与一玉女投壶，每投千二百矫，设有入不出者，天为之噫嘘，矫出而脱误不接者，天为之笑。"

《玉女投壶》，徐陵之《玉台新咏》曾引用，其后唐李白之《梁甫吟》亦曾引用：

"我欲攀龙见明主，雷公砰訇震天怒。帝旁投壶多玉女，之时大笑开电光，倏烁晦暝起风雨，阊阖九门不可通，以额控关阍者怒。"

他如《东荒经》中之《不孝鸟》，多寓教训之意，其辞曰：——

"不孝鸟，状如人身：犬毛，有齿，猪牙，额上有文曰'不孝'，目下有文曰'不慈'，鸟上有文曰'不道'，左胁有文曰'爱夫'，右胁有文曰'怜妇'，故天立此异畀，以显忠孝也。"

(2)《海内十洲记》一卷　旧本题汉东方朔撰（《四库全书提要》小说家类）。

所谓十洲：祖洲，瀛洲，玄洲，炎洲，长洲，元洲，流洲，生洲，凤麟洲，聚窟洲，此十洲都是人迹稀到之处，相传东方朔乃异人，能知十洲之所在，及其中所产物等，因详举以答汉武之问，因成此书。

(3)《汉武故事》一卷　旧本题汉班固撰（《四库全书提要》小说家类）。

（4）《汉武内传》一卷　（同上）。

此两书乃记录汉武宫中的逸事遗闻。武帝初即位的时候，确是英迈之主，晚年颇迷信神仙妖妄之说，宠遇迂怪之方士。《史记·孝武本纪》所载关于神仙之奇闻，及《汉书》中的《封禅书》，及《郊祀志》等所载，实小说家好材料，《汉武故事》，及《内传》两书，实据此修饰敷衍而成。

《汉武故事》内载神君下降事，兹录其一节曰："初霍去病微时，数自祷于神君，神君乃见其形，自修饰，欲与去病交接，去病不肯，及责之曰：'吾以神君清洁，故斋戒祈福，今欲为淫，此非神明也。'因绝不复往，神君亦惭。去病疾骂，上令为祷于神君。神君曰，'霍将军精气少，寿命弗长，吾尝欲以太一精补，可以延年。霍去病不晓此意，遂见断绝，今病必死，非可救也。'去病竟薨。"

《汉武内传》则记武帝迎西王母于宫中事，兹节录之："到七月七日，乃修除宫掖，设坐大殿，以紫罗荐地，燔合和之香，张云锦之帏，燃九光之灯，列玉门之枣，酌葡萄之醴，宫监香果，为天宫之馔。帝乃盛服立于阶下，敕端门之内，不得有妄窥者，内外寂谧，以候云驾。到夜二更之后，忽见西南如白云起，郁然直来，径趋宫庭。须臾转近，闻云中箫鼓之声，人马之响，半食顷，王母至也。悬投殿前，有似鸟集，或驾龙虎，或乘白麟，或乘白鹤，或乘轩车，或乘天马，群仙数千，光耀庭宇。既至，从官不复知所在，唯见王母乘紫云之辇，驾九色斑龙，别有五十天仙，侧近鸾舆，皆长丈余，同执彩旄之节，佩金刚灵玺，戴天真之冠，咸住殿下。王母唯扶二侍女上殿，侍女年可十六七，服青绫之袿，容眸流盼，神姿清发，真美人也。王母上殿东向坐，著黄金褡裾，文采鲜明，光仪淑穆；带灵飞大绶，腰佩分景之剑。头上太华髻，戴太真晨婴之冠，履元璚凤文之舄。视之可年三十许，修短得中，天姿掩蔼，容颜绝世，真灵人也。下车登床，帝跪拜问。寒暄毕，立，因呼帝共坐。帝面南，王母自设天厨，真妙非常，丰珍上果，芳华百味，紫芝葳蕤，芬芳填樏，清香之酒，非地上所有；香气殊绝，帝不能名也。又命侍女更索桃果，须臾以玉盘盛仙桃七颗，大如鸭卵，形圆青色，以呈王母。母以四颗与帝，三颗自食，桃味甘美，口有盈味，帝食辄取其核。王母问帝，帝曰：'欲种之'。母曰：'此桃三千年一生实。中夏地薄，种之不生'。帝乃止于坐上。酒觞数遍，王母乃命诸侍女，王子登弹八琅之璈，又命侍女董双成吹云和之笙，石公子击昆庭之金，许飞琼鼓震灵之簧，婉凌华拊五灵之石，范成君击湘阴之罄，段安香作九天之钧，于是众声澈朗，灵音骇空，又命法婴歌元灵之曲……"

此中所载之西王母乃一神仙美人也。而《山海经》所载则虎齿豹尾之疫病神，究竟孰是，殊不可考。

(5)《别国洞冥记》四卷　旧本题汉郭宪撰（《四库全书提要》小说家类）。

此本四卷，实集六十则之零闻琐语而成。郭宪自序有曰："……汉武帝明俊特异之王，东方朔因滑稽浮诞以匡谏，洞心于道教，使冥迹之奥，昭然显著……"等语。则此书之作意，可得而知了。

郭宪字子横，刚正忠直，不应王莽之招，王莽欲杀之，宪因逃匿海滨，光武时出仕，以直谏忤旨，时有"关东觥觥郭子横"之语。而此书文辞艳缛，或云系六朝人所假托。

(6)《飞燕外传》一卷　旧本题汉伶玄之撰（《四库全书提要》小说家类存目）。

此书乃述汉成帝之皇妃赵飞燕与其妹合德争宠事。

(7)《杂事秘辛》一卷　不著撰者名氏（《四库全书提要》小说家类存目）。

此书乃记述后汉桓帝之后懿德皇后事，文辞奇丽，委曲尽致，但不免秽亵之讥。

(8)《吴越春秋》六卷　汉赵晔撰。

(9)《越绝书》十五卷　汉袁康撰，同吴平校定。

此二书记吴越之兴亡关系史传之事，为后世演义小说之滥觞，元曲多引用此中故实。

B项　六朝小说

六朝的小说，多取材于神仙道术，是因佛教东来的影响。盖佛说之入中国，始于后汉（世传汉明帝永平七年佛法始入中国）。魏晋以后名僧辈出，经典之翻译甚多。梁武帝时，达摩大士到中国，武帝沈约等都归依三宝。又北魏之胡太后亦笃信神佛。所以南北朝佛法横流，其势滂渤。渐渐浸染于读书人脑中，小说中遂不能不带佛说的色彩。其间最著名的小说，略如下列：

《拾遗记》十卷　秦王嘉撰（《四库全书提要》小说家类）。

王嘉乃苻秦之方士，此书从第一卷，到第九卷，皆录述庖牺神农五帝，历三国而至于晋，其中之奇谈珍闻。第十卷乃载昆仑山，蓬莱山等之传说。全仿郭宪的《洞冥记》，皆荒诞妖妄之说，固不足信，然文章丰艳富丽，则不可掩没。

《搜神记》八卷　旧本题干宝撰（《四库全书提要》小说家类）。

干宝，东晋时人，博览强志，以才名闻，元帝时召为著作郎，著《晋纪》三十卷，世称良史，其所作之《搜神记》，写古今之神祇，灵异，人物变化等共二十卷（或谓三十卷，但汲古阁毛氏《津逮秘书》中，只载二十卷篇目，汉魏丛书中仅载八卷，或其后散佚，亦未可知），以示刘惔，刘惔称为鬼之董狐。此书事柄古雅，文字简洁，实六朝小说中之巨擘。书中多佛法、慈悲、轮回等传说，对于时代精神，表现十足。例如燕惠王墓上之狐狸化为二少年，及终南山之道士徐启玄过王大夫之宅门，见怨气冲天，为解祓冤结。他如猪精化少女，到李文书房通殷勤等，极富趣味，开后世《聊斋志异》之源流。兹将其中最富佛教意味的作品，节录一段如下：

“彭蠡湖侧，有乡人李进勍者，以贩彭蠡湖鱼为业，常以大船，满载其鱼于金陵，及维扬肆中，积有年矣。一旦复贩鱼于金陵，夜泊三山之浦。其夕风静波澄，月色如昼。进勍乃步于岸侧，闻船内有千万人诵经声，勍惊而异之。伺听于岸，其音清亮非常。勍即登舟察之，乃船内鱼耳。进勍曰：‘由我鄙见，贩易众士，轮回之身，不可测也。’因悉放鱼于江中。临放鱼时言曰：‘诸鱼既各通灵，他日某若困苦，敢希方便垂恩矣。’由是改业贩鬻荻薪。数年之间，大作簰筏，载薪于金陵货之。未到间，值大风吹溺簰筏，一时沉没，唯进勍堕于江中不溺，足下如有所履，俄而吹风飐竹数竿，至于进勍身侧，进勍扶此竹，而稍获其济。乃见大鱼数百头于进勍足下乘之，及有竹头，共拽竹而行，于时到于洲，乃得登岸。回顾诸鱼，各已散去。至夜不得渡江，即栖于洲上，将更深矣，进勍即独坐愁苦，两泪迸洒，嗟身之蹇踬，一至于兹。忽见荻丛碎罅中光茫然，进勍即以手摸之，获金二斤，乃袖于怀中，愁闷顿息。俄见一人者，白衣向波心涌立，谓进勍曰：‘朝来得存性命及获金，乃于前者所放诸鱼，今各报子恩也。’言讫不见，待旦即有鱼数十头，又曳一叶舟来，桡棹俱备，进勍因得及岸而归矣。余尝览佛书见论十天子报恩，何异于是乎？”（《搜神记》卷五。）

《搜神后记》二卷　旧本题晋陶潜撰（《四库全书提要》小说家类）。

《异苑》十卷　宋刘敬撰（同上）。

《续齐谐记》一卷　梁吴均撰（同上）。

《述异记》二卷　旧本题梁任昉撰（同上）。

右《异苑》，《续齐谐记》，《述异记》三书，皆写神怪荒诞之事，《异苑》收于《津逮秘书》中，及《汉魏丛书》中，《述异记》系零片之作，《四库全书提要》谓其文，大抵剽剟诸小说而成，说是后人伪托，非任昉所作。

《还冤志》一卷　隋颜之推撰（《四库全书提要》小说家类）。

颜之推初仕梁为湘东王参军，后奔北齐，领中书舍人，善于文字，号为称职，齐亡入周，为御史上士，隋开皇中，太子召为学士。颜之推笃信佛法，其著《颜氏家训》之《归心篇》，盛说因果之理，此书上自春秋，下迄晋宋，列举事实，以证报应之说。但其文古雅，异于小说体之冗滥，然报应劝戒之说，不免浅薄之讥。

此外如《西京杂记》，《博物志》，《世说新语》，《高士传》，《神仙传》，《枕中书》，《金楼子》，《华阳国志》，《佛国记》，《洛阳伽蓝记》，《水经注》，《荆楚岁时记》，皆极好的小说材料。

第三节　唐代小说

唐自太宗平定了各地割据的小国，前后三百余年，故文化也有从容发展的机会。唐代之文学如诗如散文，皆盛极一时。小说亦随一般文学共同发达。从前汉魏的小说，皆系神仙之议，及断片的宫闱秘事遗闻。至于唐代之小说，虽然也是短篇的，但皆系述一人一事者。并且作家如元稹，陈鸿，杨巨源，白行简，段成式，韩偓等，诚所谓人材济济，大都皆下第不遇之秀才，藉仙侠，艳情之作，以吐胸中不平之感愤。故叙事新奇，言情凄惋，文辞典丽，风韵富裕，有一唱三叹之妙。洪容斋说：

“唐人小说，不可不熟，小小情事，凄惋欲绝，洵有神遇而不自知者，与律诗可称一代之奇。”

虽然此时代之小说，无论如何卓绝，要不外为文人之余业，酒前饭后之谈助，较之李杜之诗，韩柳之文，诚不可同日而语。其实后世之戏曲小说，多取材于唐代之传奇小说，如有名之《西厢》，《琵琶》等皆是。其在文学上的位置，正未遑多让呢。

据《四库全书提要》，唐代小说可分三类：

(1) 叙述杂事；

(2) 记录异闻；

(3) 缀辑韵语。

但此种区别，尚欠明白，槐翁因改为左三类：

(1) 别传　关于一人一事之逸事奇闻（如传奇小说）；

(2) 异闻琐语　凭空之怪谈奇说；

(3) 杂事　史外之余谈，虚实掺半，以补实录之缺。

兹更由别传，剑侠，艳情，神怪四种细别，《唐人说荟》中之小说：

（一）别传　（史外之逸闻）

（1）《海山记》，（2）《迷楼记》，（3）《开河记》，（4）《李卫公别传》，（5）《李林甫外传》，（6）《东城父老传》，（7）《高力士传》，（8）《梅妃传》，（9）《长恨歌传》，（10）《太真外传》。

（二）剑侠　（侠义男女之武勇谈）

（1）《虬髯客传》，（2）《红线传》，（3）《刘无双传》，（4）《剑侠传》。

（三）艳情　（佳人才子艳事）

（1）《霍小玉传》，（2）《李娃传》，（3）《章台柳传》，（4）《会真记》，（5）《游仙窟》。

（四）神怪　（神仙释道之怪谈）

（1）《柳毅传》，（2）《杜子春传》，（3）《南柯记》，（4）《枕中记》，（5）《非烟传》，（6）《离魂记》。

第一项　别传

《海山记》　韩偓撰（唐代丛书）

《迷楼记》　同上

《开河记》　同上

右三种皆关于隋炀帝之逸事，但文辞鄙俚，或系宋人之依托，其故实唐代诗人多取为诗材，李商隐之《咏隋宫》曰：

“紫泉宫殿锁烟霞，欲取芜城作帝家。玉玺不缘归日角，锦帆应是到天涯。于今腐草无萤火，终古垂杨有暮鸦。地下若逢陈后主，岂宜重问后庭花。”

《海山记》起笔系记炀帝即位之事，其中叙造长安之西苑，及江都之离宫，以至被弑，次第叙之。《迷楼记》为炀帝往年沉迷女色，命名匠项升造迷楼，曲房小室，幽轩短槛，穷极奢侈。《开河记》为炀帝将游幸江都，命麻叔谋等开运河，开河时往往遇见古人陵墓，奇事极多，记载详尽。

《李卫公别传》 无名氏撰

此篇系写卫国公李靖微时，遇龙母于山中，代其行雨事。

《虬髯客传》 张说撰（唐代丛书）

此篇叙李靖以一布衣谒司空杨素，共谈国事。素姬红拂慧眼识李靖，因夜投靖寓，约同归太原，途中遇一异人即虬髯客，为之援手，赠金银财宝，嘱靖与红拂，好助李世民，共图大业。已则南行至扶余国，杀其主而自立。

《李林甫外传》 无名氏撰（唐代丛书）

李林甫乃天宝时之宰相，为人险诈，时人谓之为"口蜜腹剑"。本篇乃叙李林甫遇一道士，告之说："尔本有仙缘，若能为僧，可以白日升天，否则当有二十年宰相之份。"林甫称愿为宰相，道士因嘱林甫好积阴德而别。及林甫为宰相，顿忘道士之言，横行无忌。但佛仍护之，卒打退安禄山五百众铜头铁额之阴兵，云云。

《东城老父传》 陈鸿撰（唐代丛书）

当玄宗时斗鸡之风盛行，贾昌（东城老父）少年时，以善斗鸡，邀玄宗宠爱，称"神鸡童"，时人为之歌曰：

"生儿不用识文字，斗鸡走马胜读书。贾家小儿年十三，富贵荣华代不如。能令金距期胜负，白罗绣衫随软舆。父死长安千里外，差夫持道挽丧车。"

又李白之《古风》内有一首写贾昌之声势：

“路逢斗鸡者，冠盖何辉赫，鼻息干虹霓，行人皆怵惕。”

洪容斋曾批此篇曰：“读此传，玄宗全盛，俨然在目，至昌一段去国失宠，尤足寓凄感也。”

由此看来此传对于当时社会享乐的颓废，表现尽致了。

《高力士传》　郭湜撰（唐代丛书）

《梅妃传》　同上

《长恨歌传》　同上

《太真外传》　同上

右四篇乃记玄宗皇帝宫闱之秘事，实好史料。高力士乃玄宗之忠仆，固正人君子，恪勤尽忠，玄宗盛时常侍左右，承贵妃之欢。天宝之乱，从玄宗至蜀，备尝艰辛。后玄宗还京师，贼臣李辅国擅权，陷之流巫州。后玄宗肃宗崩，力士哀痛病发，殁时七十九岁。

《梅妃传》，乃载玄宗之宠姬江采蘋之事。开元中高力士使闽粤，见采蘋之丽色，选充宫庭，极邀宠幸。时长安之大内、大明、兴庆之三宫，及东都之大内，上阳两宫，宫人不下四万，自得梅妃，帝视其余宫人如尘土。妃善属文，性淡泊，爱梅花，故赐号曰梅妃。后杨贵妃入，梅妃失宠，贵妃复深妒梅妃，欲立除之。一夜玄宗召梅妃叙旧欢，贵妃忽闯入，因拆散。梅妃悲身之不遇，以千金赠高力士，求司马相如，拟《长门赋》……，欲挽回天子之意。高力士畏贵妃之势力，不敢奉命。妃自作《东楼赋》。后玄宗思梅妃，赐珍珠一斛，妃献诗述志曰：

“柳叶双眉久不描，残妆和泪污红绡。长门自是无梳洗，何必珍珠慰寂寥。”

及安禄山之乱，贵妃缢死马嵬，梅妃死于乱兵之手。玄宗还幸之后，悬钱百万，搜求妃之所在，又命方士升天入地访妃消息，因宦者进画容，题诗其上曰：

“忆昔娇妃在紫宸，铅华不御得天真。霜绡虽似当时态，争奈娇波不顾人。”

后玄宗梦见梅妃，知葬于温泉汤池侧之梅树下，乃自制文诔之，以贵妃礼改葬。

《长恨歌传》，白乐天有《长恨歌》，名播遐迩，此传事实与此歌相同，分上下二卷，唐明皇与杨贵妃之爱情，为千古词坛之佳话，诗人词客多以之为吟诵材料，亦多取为剧本资料。元之白仁甫的《梧桐雨》杂剧，明之屠长卿的《彩毫记》，吴世美的《惊鸿记》，清之洪昉思的《长生殿传奇》，皆本于《长恨歌》，及《太真传》等。其中以《长生殿》为最详尽，《夜怨》，《絮阁》之两出，记杨妃、梅妃争宠事，全据于《梅妃传》。贵妃唱曲中有“北水仙子”曰：“问问问问华萼娇，怕怕怕怕不似楼东花更好，有有有有梅枝儿曾占先春，又又又又何用绿杨牵绕，请请请请真心向故交，免免免免人怨为妾情薄，拜拜拜拜辞了往日君恩天样高，把把把把深情密意从头缴，省省省省可自承旧赐福难消。”（《絮阁》）

读此曲，可以想见贵妃之娇嗔和骄妒状了。

第二项　剑侠

唐中叶以后，藩镇跋扈，拥兵权，藐天子，殆有独立之势。各蓄死士，为暗杀之事，所谓剑侠者横行于当世。于是关于剑侠的小说，乃应运而兴，如下列：

《红线传》　杨巨源撰（唐代丛书）

《剑侠传》　薛调撰（同上）

《刘无双传》　段成式撰（同上）

杨巨源为中唐有名的诗人，此篇是否渠所撰虽不可知，但文章为四六艳丽之调，与《会真记》同体，则敢必其为通达文人所撰。

红线是潞州节度使薛嵩家的青衣，善弹阮咸之乐，又通经史，为嵩司文书兼内记室。当是时，承安禄山之乱后，地方骚动，潞州与其邻魏博（直隶大名府）、滑台（河南卫辉府）两镇，各不相下。朝廷患之，谕三镇互通婚姻，以弭兵祸。然魏博节度使田承嗣祸肺疾，遇热增剧，欲并潞州，窃为出师之备。红线知薛嵩忧虑颇深，因请为探虚实。乃入闱房，饰其行具再拜而行，倏忽不见，嵩乃返身闭户，背烛危坐，饮酒待之，忽闻晓角吟风，一叶坠落，惊而起问，红线回矣。嵩喜问所事成败，红线俱道始末，并出金盒为据。盖红线能飞行术，一举七百里，直到魏博，且抵承嗣卧内，窃其枕旁金盒而归。于是嵩大喜，早草一纸书，遣使者走魏博，并将金盒还之。初承嗣早起失金盒大惧，后嵩使者来，承嗣更惊，因厚赠嵩礼物且议婚。从此两河地方乃得无事。后红线求去，嵩惜别止之。红线曰，“自分前世系男子身，因犯罪罚生女身，为公家役使。今公之患既除，厚恩已报，当谋消除罪孽，以图男子本形。”嵩知不可留，张夜宴于中堂，以送其行，坐客冷朝阳请为诗曰：

“采菱歌怨木兰舟，送客魂消百尺楼。还似洛妃乘雾去，碧天无际水空流。”

红线拜泣，既醉离席，倏忽而去。

此段事实，极富趣味，其后明之梁伯龙作《红线记》，胡元瑞为之评曰：

“唐传奇小传，如柳毅，陶岘，红线，虬髯客诸篇，撰述浓至，有范晔、李延寿所不及。”

《剑侠传》，中乃载车中女子、僧侠、京西店老人等十一剑侠之事，其中最著名的是《聂隐娘》及《昆仑奴》二篇。

《刘无双传》，刘无双乃建中中朝臣刘震之女，幼许字与震之甥王仙客。会泾原之兵士反，长安城中大骚动，王仙客与刘震一家皆星散。后仙客出遇旧仆塞鸿，因探舅家之消息，知无双已被召入后宫，仙客哀痛欲绝。后得古押衙乃义侠士，为之设计，卒得团聚。此篇文章甚工，唯事实过不经，故胡元瑞评曰：

“王仙客亦唐人小说事，大奇而不情，盖润饰之过，或乌有亡是类不可知。”

第三项　艳情

艳情一类，即写佳人才子风流韵事，实唐代小说之精粹。

《霍小玉传》，此传乃记中唐诗人李益之逸闻。霍小玉乃唐之宗室霍王之庶子。霍王殁后，以贱生母郑氏，不许入王府，乃分给资财使与王府绝缘。小玉长成为歌妓，住胜业坊。李十郎益为大历中及第进士，时年二十岁，佳词丽句当时无双。益亦自矜风流，思得佳偶，各处物色名妓，厚赂媒婆鲍十一娘，鲍乃往说郑氏。小玉亦夙闻李十郎才名，且慕之，常喜念李十郎“开帘风动竹，疑是故人来”之句，事故得谐。与十郎相见大喜，定情之夕，山誓海盟，结白头之约。如是同楼二年之后，李益更赴吏部之试及第，除郑县之主簿，因到任，别小玉时，小玉置辞曰：“君之才华名声，人之求结婚者必众。且严亲在堂，室缺冢妇①，此去必别配伉俪。妾今年十八岁，君二十二岁，距君之壮尚有八年，得于此时期中尽一生之欢爱，然后任君别配高门，妾当削发为尼，则心愿足矣。”李益闻言，且感且愧，因誓以生死不相渝。后太夫人为聘表妹卢氏，卢氏乃名门望族，益许之。小玉自别益后，思念极切，而音信久绝遂病。求签问卜，终不知益之消息。时玉家庭大衰，资财卖尽，终将其祖传紫金〈玉〉钗卖之。玉工见而惊曰：“此为霍玉［王］小姐上发祝仪，何得卖出?”问得因缘，为之大悲，因代卖十二万钱。

后李益来长安，与卢氏结婚，秘不使小玉知。此消息传出，风流之士共感小玉之多情，而怒李益薄幸。三月某日，益与同辈五六人，至崇敬寺赏牡丹，时有黄衫豪士，进揖益曰：“久仰大名，今日得会，务祈枉顾。”乃一同策马赴胜业坊，益欲托事辞去，豪士不许，使奴仆数人挟之，赴小玉寓，报曰：“李十郎来。”初前夜小玉曾梦，有黄衫大夫抱益来，小玉往见鞋忽脱落，因自断所梦曰：“鞋者谐也，脱者解也，是盖夫妇再合即当永诀。”于是强起梳妆。下午益果来。小玉见益凝眸含怒责之，其原文曰：

“玉乃侧身转面，斜视生，良久，遂举杯酒酹地曰：‘我为女子，薄命如斯；君是丈夫，负心若此。韶颜稚齿，饮恨而终。慈母在堂，不能供养。结罗弦管，从此永休。征痛黄泉，皆君所致。李君！李君！今当永诀。我死之后，必为厉鬼。使君妻妾，终日不安。’乃引左手握生臂，掷杯于地，长号哭数声

① 冢妇，嫡长子之妻。

而绝。”

益厚葬之。益从此伤情感物，郁抑寡欢，三度娶妇，皆不能偕老。

《李娃传》 白行简撰

白行简字知退，白乐天之季弟，善文尤精辞赋。

李娃为长安任侠之名妓。天宝中常州刺史荥阳公，知命之年，始得一子，甫弱冠，文采辞藻已为时辈所推伏，公十分钟爱，尝曰：“此吾家千里驹”。时上京应试，公为备二年分学费，生亦自负其才，视功名如探囊取物。至长安住布政里。一日游东市平康过鸣珂曲，经一室门，见一绝代女子凭扉而立，生魂飞天外，徘徊不能去，不觉马鞭坠地。侍者为取之，生时流盼李娃，娃亦回眸凝睇，意甚相慕。生归忽忽如有所失。友人讯之，知为名妓李娃。生因盛装往叩其门，侍儿启扉，见而惊曰：“前时遗策郎也。”娃闻而大悦，易服出迎，设盛馔，尽殷勤之意，遂告姥留生宿，因定情焉。

于是生屏迹不通亲知，日会娼优游，囊金空乏，乃卖骏乘及家僮。姥之意渐怠，娃之情弥笃。一日娃约生至竹林神者处求嗣，生不知是计，大喜，与娃同往，须再宿始归。途中至娃之姨氏处饮茶，休息。且使者乘马来，报姥急病，速娃即归。娃因先去，使生后归，及晚生至旧宅，门已扃闭，且加封焉。生大骇，因返诘姨氏，姨氏亦亡。乃流落道途，后为人佣为唱挽歌，为其父荥阳公所见，乃诱至曲江边。杖责欲死，裹以苇席，弃之江滨。歌肆长怜之，扪其心头，尚有微温，因负归救活，而杖疮溃烂，秽不可近。同辈患之，一夕弃之路侧，过往行人怜之，时投饮食。十旬杖而能起。但一身褴褛，持一破瓯，乞食于市，已成流亡矣。

一日大风雪，生饥饿难堪，冒雪出门乞食。雪中人家多闭门，唯路侧一家，半开左扉，乃娃之舍也。生连声诉饥冻，音响凄切。娃闻声细辨，知为生也，乃急走出，见生枯瘠疥厉，殆非人状，大为感动。娃进抱其头，放声长恸，息绝复苏。姥闻大骇，欲逐生出，娃敛容含泪曰："郎之至此，皆我所致，始贪其金，金去又计去之，使被弄于父，欺天负人。且姆已六十岁，今以二十年养老费与姆，请从此别居。"娃以余金构一室，与生同栖，极谋复生健康。一年痊可，娃乃为生购书，温习举子业，生大发愤，二年业大就，三年登科甲，名声振礼闱。后又以第一种及第，官授成都府参军。将赴任时，娃请去，仍归养老，生必与娃同行，娃不可。生赴任至剑门，得会其父，相见恸哭，遂为父子如初，且备礼娶娃为妇。娃归治家有术，极受两亲眷爱，生累官显要，娃封汧国夫人。

《章台柳传》　许尧佐撰（唐代丛书）

此篇为唐诗人韩翃的逸话。天宝中韩翃诗名甚高，然颇落魄。友人李生，家累千金，负气爱才，有宠姬柳氏，艳绝一时，喜诙谐，善歌咏，慕翃之才，窃属意焉。李生知之，遂以柳氏赠韩翃。明年擢上第。归家省亲，留柳氏于京。适逢安禄山之乱，京师大骚动。柳氏惧不免，毁姿寄居法灵寺。是时韩翃为淄青节度使侯希逸的书记。乱平后，遣使者访求柳氏，且为诗曰：——

"章台柳！章台柳！昔日青青今在否？纵使长条似旧垂，也应攀折他人手。"

柳氏见诗大悲，亦为诗答之曰：

“杨柳枝，芳菲节，所恨年年赠离别！一叶随风忽报秋，纵使君来岂堪折?”

时名将沙叱利，闻柳氏之色，劫归其第。后翃从侯希逸入朝，一日忽遇柳氏于途中，乘牛车，知已失身蕃将，大失望。会淄青诸将宴会请翃，翃席中怅然不乐。座中虞侯许俊素任侠，察翃不乐，因问所以，翃实告之。许虞侯曰：“此易事。”因请翃手书与柳氏者怀之，驰马至沙叱利宅，候其外出，因直入报曰：“将军途中患急症，使迎夫人。”遂升堂，趁机出翃扎［札］示柳氏，扶之乘马而去。及至，四座惊叹，柳氏与翃执手而泣。翃等惧沙叱利之不肯干休，因告侯希逸，希逸大惊，上书诉沙叱利之残暴。代宗见奏下诏将柳氏还翃，且赐许俊钱二百万。

《会真记》　元稹撰（唐代丛书）

《会真记》一篇乃元微之所作，记崔莺莺与张君瑞西厢遇合事，北曲中之《西厢记》即用此事实，或曰所谓张君瑞者即微之自身，《会真记》乃其自传，莺莺为其中表。盖就诸家之考证，微之曾作姨母郑氏墓志，又白乐天也曾咏微之母郑夫人墓志等，于此可知微之与莺莺的关系了。微之的母亲为郑济之女，莺莺之父崔鹏亦娶郑济之女，崔元两人之母为姊妹，微之与莺莺自是中表兄妹。虽传奇中略有出入，安知非微之有意遮布?

《会真记》一篇是为后世戏曲之中心，如赵德麟的商调鼓子词，董解元的西厢挡弹词[①]，王实甫、关汉卿的西厢杂剧等皆本《会真记》，由此可知《会真记》在中国文学史的功绩如何了。

《游仙窟》　张文成撰

---

① 挡（chōu）弹，弹拨乐器，如挡琵琶。

此篇记张文成奉使河源，迷入神仙窟，受十娘、五嫂两女仙之款待，文章皆骈四俪六，绚烂缛丽之致。

第四项　神怪

神怪类为神仙、道释、怪谈等。关于小说者，亦有《神异经》，《搜神记》等之流亚[①]。不过唐人文笔清丽，事实极富趣味，因未可同日而语了。

《柳毅传》　李朝威撰（唐代丛书）

此篇记柳毅遇龙女及洞庭君事，文法变化波澜曲折，盖老手笔。

《杜子春传》　郑还古撰（唐代丛书）

《南柯记》　李公佐撰（同上）

《枕中记》　李泌撰（同上）

杜子春为周隋间人，落魄，资产荡尽，亲故皆并，后遇一老人，先给以钱，后教解脱之术，事极奇幻。

《南柯记》为淳于棼，昼寝槐树下，梦至槐安国（槐安国即蚁的世界）。如读庄列寓言，极有趣。

《枕中记》　为卢生于邯郸客舍，借仙翁之枕寝而梦，五十年之荣华享尽，梦觉时只黄粱一炊耳。

《非烟传》　皇甫枚撰（唐人丛书）

步非烟为武公业之爱妾，与青年赵象通。事露，公业笞之死。艳情幽怪兼而有之，事实有趣，文辞艳丽。

《离魂记》　陈元祐撰（唐代丛书）

此篇叙倩娘与王宙契爱事。倩娘离魂五年，相伴王宙至蜀，

---

① 流亚，流辈，皆谓同辈或同一类的人或物。

生两子，后归省倩娘父母，方知倩娘同病五年，曩所见者倩娘之魂。元之郑德麟本此作《倩女离魂》杂剧。

《周秦行》　牛僧孺撰（唐代丛书）

《睦仁蒨传》　陈鸿撰（同）

《蒋子文传》　罗邺撰（同）

《袁氏传》　顾夐撰（同）

《猎狐记》　孙恂撰（同）

《人虎传》　李景亮撰（同）

《任氏传》　沈既济撰（同）

右皆妖怪变化的故事，文章多四六。

唐代小说除上举外尚有《李泌传》、《同昌公主外传》、《冯燕传》、《谢小娥传》、《黑昆仑传》、《奇男子传》、《杜秋传》、《扬州梦记》、《牛应贞传》、《灵应传》等，皆见唐代丛书。

宋代小说

如上述小说起于汉代，经六朝及唐，渐渐发达。但皆不过词人文士的余业，文体多秾艳绮丽。至于宋朝，多以俗语为书，其论学记事者有语录，杂史琐闻有平话，即所谓弹词小说。——《永乐大典》有平话一门，所收至夥，皆优人以前代轶事敷衍而口说之。（见《四库全书提要》杂史类附注。）按《七修类稿》说："小说起宋仁宗时，国家闲暇，日欲进一奇怪之事以娱之，故小说得胜头回之后，即云宋某年"云云，此即平话。

仁宗的时候，宋兴方百年，且太平久，一代的文化，得酝酿而成。平民文学亦于是时勃兴，所以宋朝可算是平民——白话——文学的一个重要时代。其章回的开头每用话说。耐得翁的《古杭梦游录》说：说话有四家，一曰小说，谓之银字儿，如烟粉灵怪传奇。说公案，皆是搏拳，提刀，赶棒，及发迹变态［泰］之事。说铁骑儿，谓士马金鼓之事。说经，谓演说佛书。说参〈请〉，谓参禅。说史，谓说前代兴废战争之事。宋代平话小说今惟传《宣和遗事》，黄荛圃刊入《士礼居丛书》中，为章回小说存于世最古的。又宋刘斧所著《青琐高议》，每条亦以七字标目，如“张乖崖明断分财，回处士磨镜题诗”之类，都与平话体例相近。

《宣和遗事》乃南宋无名氏作。内有徽钦蒙尘事。宋徽宗是淫逸骄奢之君，任用小人，无心政治，卒致父子被金人所囚，客死异域。叙事委曲尽致，摘录徽钦北狩，途坎困顿的一段如下：

“六月初一日，时甚暑，行沙碛中。每风起，尘埃如雾，面目皆昏。又乏水泉。监者二十余人为首者阿计替，稍怜二帝，乃谓曰：‘今大暑热，稍稍食饱，恐生它疾，此中无药。’至有水处，必令左右供进。又戒左右，勿得叱喝。日中极热时，亦得稍息于木阴之下。时帝年二十二岁，太上皇五十六岁，形容枯黑，不复有贵人形。若此行无阿计替护卫，六月甚暑中，一死无疑也。十二日，至安肃军城下。其城皆是土筑，不甚高。入门，守卫皆搜抢，以至郑后脐腹间，亦不免摸过，虽它人出入亦然。盖入城防内事故也。

“自此以后，日行五七十里，辛苦万状。二帝及后，足痛不能行，时有负而行者。渐入沙漠之地，风霜高下，冷气袭人，常如深冬。帝后衣袂单薄，病起骨立，不能饮食，有如鬼状。途中监者，作木格，付以茅草，肩舆而行，皆垂死而复苏。又行三四日，有骑兵约三四千，首领衣紫衣袍，讯问左右，皆不可记。帝卧草舆中，微开目视之，左队中有绿衣吏，若汉人，乃下马驻军，呼左右取水，吃干粮，次于皮篋中，取出干羊肉数块，赠帝。且言曰：‘臣本汉儿人也，臣父昔事陛下，为延安钤辖，周忠是也。元符中，因与西夏战，父子为西夏所获，由是皆在西夏。宣和中，西夏遣臣将兵，助契丹攻大金，为金人执缚，降之。臣今为灵州总管，顾陛下勿泄。’又言：‘四太子下江南，稍稍失利，全国中皆言，张浚、刘锜、韩世忠、刘光世、岳飞数人，皆名将，皆可中兴。臣本宋人，不忍陛下如此，故以少肉为献。’经行已久，是夕宿一林下。时月微明，有番首吹笛，其声呜咽特甚，太上口占一词曰：

“玉泉曾忆旧繁华，万里帝王家。琼林玉殿，朝喧弦管，暮列笙琶。花城人去今萧索，春梦绕胡沙。家山何处，忽听羌笛，吹彻梅花。”

太上谓帝曰：“汝能赓乎？”帝乃继韵曰：

“宸传四百旧京华，仁孝自名家。一旦奸邪，倾天拆［坼］地，忍听挡琶。如今塞外多离索，迤逦远胡沙。家邦万里，伶仃父子，向晓霜花。”

歌成，三人相执大哭。或曰所行之地，皆草莽萧索，悲风四起，黄沙白雾，日出尚烟雾浮动，经五七里，无人迹。时但见牧羊儿往来，盖非正路，忽见城邑，虽在路之东西，不复入城。时方近夏，榆柳夹道，泽中有小萍，褐色不青翠，及如此有十余日，方至一小城，云是西凉州卫者。”

《宣和遗事》似梁唐晋汉周五代之军谈，是后来演义小说之元祖。

元代的小说

元代为弹词小说及杂剧流行之时，盖元世祖忽必烈汗以蒙古人入主中原，并吞宋国，统一天下，醉心汉族文化，而趋向于娱乐方面，故欢迎杂剧、小说等，实际又可由此探中原的人情风俗。元代的小说最出名的，为《水浒传》，及《三国演义》，世称双璧，加以《西厢》、《琵琶》为元代四大奇书。至于小说上的四大奇书，是《水浒传》、《三国演义》，及明代的《西游记》、《金瓶梅》四种。

（1）《水浒传》的作者，据各家之说颇形纷纭，大约可分四种：

一、施耐庵；

二、罗贯中；

三、施、罗合作；

四、施作罗续。

金圣叹评曰："一部书七十回，可谓大铺排，此一回可谓大结束，读之正如千里群龙，一齐入海，更无丝毫未了之憾，笑杀罗贯中，横添狗尾，徒见其丑也。"

施耐庵的名字不可考。罗贯中名本，字贯中（《七修类稿》），又《续文献通考》说罗贯字本中，究不知谁是。

据《庄岳委谈》说："今世传街谈巷语，有所谓演义者，盖尤在传奇、杂剧下，然元人武林施某所编《水浒传》，特为盛行，世率以其凿空无据，要不尽原也。余偶阅一小说序，称施某尝入市肆，细阅故书于敝楮中，得宋张叔夜离贼招语一通，备悉其一百八人所由起，因润饰成此篇。其门人罗某，亦效之，为三国志，绝浅鄙可嗤也。——郎〈瑛〉谓此书及三国，并罗贯中撰，大谬，二书浅深工拙，若霄壤之悬，讵有出一手理，世传施号耐庵，名字竟不可考。”

世传施耐庵〈作〉《水浒传》之前，曾画三十六人的像，挂在壁上，天天凝神注视，故能描写入里，有天龙啸、地虎跃的气概。至于结构的雄大，文笔的刚健，可为中国小说的冠冕，也足以雄飞于世界文坛。金圣叹说：“水浒传可比庄子，离骚，史记，国策!”又“天下之文章，无有出水浒右者，天下之格物君子，无出施耐庵先生右者!”

《水浒传》的内容，看过的人很多，用不着细说，唯现世所流行的刊本有两种，一为百二十回本，一为七十回本，前七十回为天罡星三十六员，地煞星七十二员，合百零八人的豪杰，离散聚合的事迹，乃写豪壮痛快的方面；至于七十回以后，宋江等应招谕，改节仕朝廷，乃北伐契丹，南征方腊，立大功，而多数豪杰多丧于此役，其余的或出家或病死，或辞官爵，或逃海外，当年的豪杰，风流云散，宋江，卢俊义又皆毙命于谗人之手，是写末路的悲痛惨淡。金圣叹只取先半所谓七十回本者，以梁山泊英雄惊恶梦作结，神韵缥缈，寓无量数的感慨。

《水浒传》写智勇的两面，可供中国国民性及风俗的研究。其中《鲁提辖拳打镇关西》一段，描写得十分活跃，真有笔下生风之概，这是写勇的方面的，至于《吴用智取生辰纲》一段是写智的。

《水浒传》的后编为雁宕山樵的《水浒后传》，雁宕山樵是陈忱，清朝人。

（2）《三国志演义》世传为罗贯中所作，是书是根据陈寿《三国志》而来，其中演述汉末的争乱，三分鼎立之势，董卓吕布二袁的忽起忽灭，曹操戡定群雄，奄有中原，孙权父兄占据江东，刘玄德的流寓飘泊，备尝艰辛，后三顾隆中，始得孔明，为之定计，天下因成鼎立的局面。此书为平话中极有趣的，《东坡志林》内有一条说：

“王彭尝云，途巷中小儿薄劣，其家所厌苦，辄与钱，令聚坐听说古话。至说三国事，闻刘玄德败，频蹙眉，有出涕者；闻曹操败，即喜唱快。以是知君子小人之泽，百世不斩。”

《三国演义》一书，势力颇大，金元曲目中，有《赤壁鏖兵》，《诸葛亮秋风五丈原》等，元曲选中，收有《隔江斗智》及《连环计》两种，在今日则有：《空城计》，《打鼓骂曹》，《辕门射戟》等剧，这都是取材于《三国演义》的。

据全书百二十回，以《宴桃园豪杰三结义》始，以《降孙皓三分归一统》终。

附录

《西厢》及《琵琶》皆元曲，《西厢》为王实甫撰，根据唐元微之的《会真记》而来。世传王实甫作《西厢记》，到“碧云天，黄花地，西风紧，北雁南飞”，构思极苦，思竭仆地遂死。其下皆关汉卿所续云。《琵琶记》为元南曲脚本，高则诚所撰。

明代的小说

《明史·艺文志》录小说至一百二十七部，三千三百七卷，然皆琐谈杂记，而平话体未列入。其实明代最有名的小说，一为《西游记》，一为《金瓶梅》，今分述如下：

一、《西游记》，世传长春真人邱处机，应元太祖西域之召，其从行弟子李志常，掇其往还所历，撰为此记。元史的《释老传》说："岁已卯，太祖自乃蛮命近臣，持诏求之。处机乃与弟子十有八人，同往见焉。明年宿留山北。又明年趣使再至，乃发抚州。经数十国，为地万有余里，盖喋血战场，避寇叛域，绝粮沙漠，自昆仑历四载，而始达雪山。当马行深雪中，马上举策试之，未及积雪之半。既见太祖大悦。"

然今世所传的《西游记》，另是一本，乃记唐释玄奘西域取经事。中经虎豹魔鬼种种险境，盖本于《后汉书·西域传》。所云毛奇龄据《辍耕录》以为邱处机所作实误。其实乃明代无名氏所撰，运绝大的幻想，演述佛旨的。《玄奘传》见《旧唐书》："僧玄奘陈氏，洛州偃师人，大业末出家，博经涉论，尝谓翻译者多有讹谬，故就西域广求异本，以参验之。贞观初，随商人，往游西域；玄奘既辨博出群，所在必为讲释论难，蕃人远近咸尊服之。在西域十七年，经百余国，悉解其国之语，乃采其山川谣俗，土地所有，撰《西域记》十二卷。贞观十九年，归至京师，太宗见之，与之谈论，大悦，于是诏将梵文六百五十七部，于宏福寺翻译。"

又《庄岳委谈》说："沙门玄奘，唐武德初，往西域取经，行至罽宾国，道险虎豹，不可过。奘不知为计，乃锁房门而坐。至夕开门，见一异僧，头面疮痍，身体脓血，床上独坐，莫知来由。奘乃体拜勤求，僧口授多心经一卷，令奘诵之，遂得山川常易，道路开辟，虎豹藏形，魔鬼潜迹。至佛国，取经六百余部而归。”

明之小说家即本以上数说为传奇，更取《神异经》，《十洲记》，《神仙谭》等为材料，逞绝大的想象，写种种妖魔的危害，得三徒弟的保护，设想荒诞谬悠。全篇一百回，始于“灵根育孕源流出，心性修持大道生”，终于“经回东土，五圣成真。”

《五杂俎》云：“西游记，曼衍虚诞，而其纵横变化以猿为心之神。以猪为意之驰，其始之放纵，上天下地，莫能禁制，而归于紧箍一咒，能使心猿驯伏，至死靡他，盖亦求放心之喻，非浪作也。”

要之此书全部用比喻，曲写人类的性情，去烦恼，求解脱，悟元道人评《西游》贯通三家之理，诚非虚语。想像的丰富，文笔的雄健，在文学史实占得一席。

二、《金瓶梅》　此书被社会上一般人所唾弃，斥为古今第一淫书，今日书坊多不敢公然刊行。全篇百回，乃采取《水浒传》中，西门庆与潘金莲的一段艳话，敷衍而成。所描写的不外西门庆一家的妇女，酒色，饮食，言笑等事，描写市井小人的状态，维妙维肖。对于人情的微细机巧处更发泻无余。可以说是为世人说法，戒好色贪财的作品，不过在礼教束缚的中国社会上，此书到底难入君子之堂。此书与《西游记》的空想，恰成一反比例，乃中国最写实的小说，认识社会的半面。

作者为明大文豪王世贞。至于王世贞因何作此书，据说为极大的苦衷。当时明相严嵩及其子严世蕃，朋比为奸，暴虐无道，杀王世贞之父王抒及其家人，无法报仇，后知严世蕃淫昏且喜读淫书，读书时习惯必以手指蘸口水翻书页，王世贞乃苦心经营成此书，并于书隅中暗浸毒液，求其近侍献之，以谋毒杀世蕃。其苦心孤诣也就可悯了。后世的道学家，骂王世贞作《金瓶梅》，为名教中罪人，真不免拘迂呵！

《金瓶梅》的续篇是《玉娇梨》，说报应因果之理，又名《隔帘花影》。

明代小说除上举二种外，尚有许多种，唯不出名，今略举其目录：

一、《好逑传》；

二、《玉娇梨》；

三、《平山冷燕》；

四、《平妖传》；

五、《今古奇观》；

六、《龙图公案》；

七、《女仙外史》；

八、《两汉演义》；

九、《东周列国》。

清代小说

清朝为学问最盛的时代，不但诗家文豪辈出，又有极伟大的批评家，金圣叹、李笠翁等亦于此时出现。金圣叹初名采，字若采，后名人瑞字圣叹。评第五六才子书，吐万丈光芒。李笠翁名渔，号笠翁，除作曲之外，又精曲论。笠翁极推重元曲，至比之于汉史、唐诗、宋文。其言曰："历朝文字之盛，其名各有所归，汉史，唐诗，宋文，元曲，此世人口头语也。汉书，史记，千古不磨，尚矣。唐则诗人济济，宋有文士跄跄，宜其鼎足文坛，为三代后之三代也。元有天下，非特政刑礼乐，一无可家，即语言文字之末，图书翰墨之微，亦少概见。使非崇尚词曲，得《琵琶》、《西厢》，以及元人百种诸书，传于后代，则当日之元，亦与五代，金辽，同其泯灭，焉能附三朝骥尾，而挂文学士文人之齿颊哉？此帝王国事，以填词而得名者也。由是观之，填词非末技，乃与史传诗文，同源而异派者也。"

清代的戏曲有洪昉思的《长生殿》，孔云亭的《桃花扇》，可与《西厢》《琵琶》媲美。至于小说有《红楼梦》，足与《水浒》《西游》相颉颃。实际上《西游记》极幽玄奇怪之思，《水浒传》富豪大博宏之致，《红楼梦》饶华丽丰赡之趣，可配为天、地、人，三者在中国小说界上，诚足鼎争学霸。

《红楼梦》又名《石头记》，因开首详述女娲氏炼石补天，余一块弃于青埂峰下，日久通灵，自叹不能补天，日夜泣涕。后遇一僧一道，识为奇物，乃携之入隆盛昌明之邦，诗礼簪缨之族，花柳繁华之地，温柔富贵之乡，安身乐业，……因名《石头记》。又以此书乃情僧所录，又名《情僧录》。东鲁孔梅溪则题为《风月宝鉴》。后曹雪芹，于悼红轩中披阅，经十载，增删五度，纂成目录，分出章回，又题曰《金陵十二金钗》。并题一绝曰："满纸荒唐言，一把辛酸泪，都云作者痴，谁解其中味？"

《红楼梦》一书，其中人物，主要的公子贾宝玉，宝玉之爱人林黛玉，宝玉之正室薛宝钗，及贾家四艳，——元春，迎春，探春，惜春，王熙凤，李纨，秦可卿，史湘云，妙玉，巧姐，所谓十二金钗的正册，外加侍妾等为十二金钗的副册，及贾家的诸公子，外家的兄弟，僮仆等，总计男子二百三十五人，女子二百十三人。错综配合，全篇分一百二十回，其计画之大，规模之宏，结构细密，用意周到，祸福相倚，吉凶互伏，虽千变万化，如线穿珠，如珠走盘，唯其中小节仍有疏漏处，如史湘云、妙玉何时进府，均未记清。

此书滔滔九十万言，为古今东西第一部情人小说的大著作，其描写的方面，异《水浒》的智勇，别于《金瓶梅》的淫险，乃写中国上流社会的方面，发挥两性爱恋，及悲欢离合，嬉笑怒骂的心理状态，并且极富个性色彩。

作此书的人，一般都认为是曹雪芹。雪芹乃曹寅之子。寅字子清，号楝亭，汉军旗人，康熙中江宁的织造，颇富资财，且为风雅人。雪芹传系雍正乾隆时代的举人，文采风流，撰《红楼梦》。《随园诗话》说：

“康熙间，曹楝亭为江宁织造，其子雪芹撰《红楼梦》一部，备记风月繁华之盛，中有所谓大观园者，即余之随园也。”

《红楼梦》有两种本，一为一百二十回本，一为八十回本，八十回以后之四十回乃高鹗所续。鹗字兰墅，乾隆六十年之进士，《春在堂丛书·曲园杂纂·小浮梅闲话》说：“此书末卷自具作者姓名曰曹雪芹。袁子才《诗话》云：‘曹楝亭，康熙中为江宁织造，其子雪芹撰《红楼梦》一书，备极风月繁华之盛。’则曹雪芹固有可考矣。又《船山诗草》有《赠高兰墅鹗同年一首》云：‘艳情人自说红楼’，注云：‘传奇《红楼梦》八十回以后，俱兰墅所补。’然则此书非出一手。按乡试增五言八韵诗，始乾隆朝，而书中叙科场事，已有诗，则其为高君所补可证矣。”

至于《红楼梦》的背景，世人研究的很多，据《曲园杂纂》说：“《红楼梦》一书，脍炙人口，世传为明珠之子而作，明珠之子何人也，余曰明珠子名成德字容若。《通志堂经解》每一种有纳兰成德容若序，即其人也”云云。

又王梦阮，沈瓶庵共撰的《红楼梦索隐》说：“盖尝闻之京师故老云，是书全为清世祖与董鄂妃而作，兼中当时诸名王奇女也。”

又蔡孑民的《红楼梦索隐》说：“石头记者，清康熙朝政治小说也。作者持民族主义甚挚，书中本事在吊明之亡，揭清之失，而尤于汉族名士仕清者，寓痛惜之意。”

以上各说不同，要以蔡氏之说为近情理，寓证据。

《红楼梦》的续编为《红楼梦补》，《红楼后梦》，然皆狗尾续貂，无一足称。此外又有《红楼梦赋续梦》、《红楼梦诗》、《红楼梦词》、《红楼梦赞》、《红楼梦谱》、《红楼图咏》、《红楼梦散套》、《红楼梦奇》等。

清朝小说除《红楼梦》外尚有多种，今举其中比较出名的书目如下：

一、《笠翁十二楼》；

二、《儿女英雄传》；

三、《儒林外史》；

四、《品花宝鉴》；

五、《镜花缘》；

六、《花月痕》。

李翁的《十二楼》：“合影，夺锦，三与，夏宜，归正，叶雅，拂云，十卺，鹤归，奉先，生我，闻过”是。

《儿女英雄传》为燕北闲人撰。《儒林外史》，吴敬梓撰，《儒林外史》在今日文坛上比较更有势力。

写到这里，中国小说史略就算完了，但不过是个大略，其中不详不尽的地方，自然多极，而且因时间匆促的关系，笔误处亦也［有］很多，这是编者抱歉的地方，唯望阅者予以原谅！

（本篇最初发表于1923年6月21日—9月11日《晨报副刊·文学旬刊》；后又以《中国历代小说》为题，连载于《北京周报》日文版）

她的来信

昨夜清光溶溶里，
我接到她的来信；
她说：
“朋友！亲爱的朋友！
我养了一只大狗叫它替我看家；
养了四只肥胖的母鸡叫它给我下蛋；
养了一只高冠丰羽的公鸡，
启明光里听它鸣；
养了一对解事的小鸟，
宛转清歌慰我客中的凄寂。
但——决不养猫，
它不但笨而且没有良心。”

（本篇最初发表于 1923 年 7 月 28 日《晨报副刊》）

秋　　菊

几时黄了芭蕉，
枯了阶前芳草？
闲步到东篱，
且喜阿菊含笑，
奇骨傲秋霜，
娇靥压樱桃，
低问何心情？
悄然意转高！

十二、九，十二日上午

（本篇最初发表于1923年9月21日《晨报副刊·文学旬刊》）

流　　星

（一）第一次的忏悔

的确呵，在他自己绝没有预料到一件小小的事情，便会有如许的痕迹，尤其是在他心上刻了极深的痕迹了。上帝呵！只有你知道，他也只有求你了解，谁肯从他那最严秘的心，坦白得象雪般，而原谅他呢？

在世界上谁不是孤独者？在夜来香前，虽然也曾听见夜莺婉转的歌声，澄月皎光的下面，不可思议的幻梦，虽然也曾萦绕过他，唳！这一切只是流星呵！光焰虽只一瞬，伤痕却永久深炙了！

最不可深忆的游戏冲动，使他拿着将要分叉的破笔，学写情书，他第一次写的时候，实在觉得羞涩。“唉！怎么开始写第一个字呢?”他深深地思维着，最后走到玫瑰花前，恳切的和向［赘字］那朵含苞欲吐的鲜花说：“你指示我吧！怎样的写情书，才能使情人，象对你般——爱而且敬呢?”

好呵！他居然敢决心试试了，他说：“谁是我的情人呢?”唉！伊远在苍花烟霞里，伊深居在缥渺碧落中，这第一次试写的情书，如何能寄给伊呢？算了吧，暂且游戏人间吧！

他开始写了，写给他的邻居的小姐，这小姐与他只是邻居，绝不是他的情人，但是他在这百无聊赖中，权且想象这小姐是他暂时的情人，他用一张雪白的信笺，用紫罗兰色的墨水，恭恭敬敬地写了。但是他不敢写什么，在他看他所写的情书，简直大失败了，因为他好象是给妹妹写信。

他怀着他写好的情书，走到那竹篱笆外，徘徊于喇叭花的旁边，只等到西方露出霞光万道，彩云千朵，才看见那小姐拂着柳树来了，他于是把怀里的信拿出来，放在竹篱笆的楄子里；他想象中小姐一定理会他的意思，他便毫不怀疑的回去了。

过了两天，他想他这情书写去，一定有点反响吧？因又走到邻居小姐的住室左右徘徊，但是总不见小姐的影子，他正待要走，忽听小姐的父亲叹道：“阿娟这孩子，原不该叫她念什么书……你看这不是现世报吗？不知那里的野孩子，竟给她写起情书来了!”他听了这话，不禁流下泪来，忏悔自己不该游戏，这一小片图画固然只是和流星般一闪，但光焰虽熄，伤痕却永久深灸了！

（二）小伤痕

这种燥热的天气，的确可以使得他格外烦闷了。他强自抑制，费了许多周折，打电话把伊约了来，满望从这里得到些安慰。但是伊呢！在家里时，已种下烦燥的种子了，也是满望从这里得些安慰，及至见了他，也许是心流交通，烦燥的微菌，乃相因滋长，伊开始责备他了，伊说他每次失信，下次再不相信他了。其实伊不过随便说说，在平日他或者也就一笑完了。但这一次实在不幸，他开始不承认伊责备的理由，他的朋友又向伊替他辩护。这些事伊全不介意。不过愿意在他面前使小孩性子，因用讥讽的语调说道："我的话原不值什么，你不承认便算了，管他呢?"他听了这话心里更觉得不自在，起初不过有些焦急，最后竟引起他的悲凄了。他对于伊的驳诘虽然是不满意，但他的确没有存心恼伊，只觉心灵深处发生一缕如怨如哀的情绪，使他心房紧张，这时伊正在吃冰激凌，他故意将桌子推歪；伊有些急了，因放下冰激凌愤然说道："你原来把我叫来出气的呵!"他默默不语，只把神光凝住，露出受了很深感触的表示。

他的朋友约伊同他一齐去吃晚饭，他故意不起来，伊也赌气坐下了。三人沉默的对坐着，但是伊想不要弄假成真吧，知道他的性子发了，只得忍着气来邀他了，他这才勉强站起来同到饭馆去。

他们围着饭桌坐着的时候，他的神气更不对了。照伊的脾气，便要使起小孩气，简直不理会他，但是又怕他真正生了气，或者在饭馆里发作起来，很不方便，因深深叹了一口气，把悲哀和愤怒全都收起，和他的朋友，谈了些不相干的事情，想无形中把这痕迹擦拭干净，但他依旧沉思无言，而那种急燥的神情使伊不安，终至使伊悲凄了。伊想人生真是没趣，不但生老病死不能免，便是气恼也无处不遇着，况且知己如他，也不能终始谅解，别人自然更不用说了！再思自己的身世，孤零漂泊，所以兢兢业业生活着，到底为了什么？……倘若慈母在世，唳！伊不忍再想了，只觉一阵阵心酸，眼泪禁不住向外滚，只是在许多人的面前伊终究忍住了。

伊偷眼看他，眼圈红了，面色变了，他把乌木的筷子，一连气撅折两根，伊似恼似悲，但觉哀怨不胜，只得叫酒保打些酒来，伊想苦闷的生活，只有昏醉能暂时免却，想不到酒才拿到，他如狂般已一口喝下一杯去，在他平日一杯酒要喝半点钟的比例下，怎能不使伊惊心呢？因急将酒壶拿了过来，不顾冷暖，把一壶酒，急急喝完，他只喝了两杯，而满脸已经红涨了。伊又急又伤心，只得十三分的忍耐着，希望这只是一场恶梦！

吃完了饭，他们依旧坐在海棠荫里，伊对清光，越思量，越凄伤，禁不住背人拭泪，唳！这真是极平常的事呵！但流星的光焰虽只一闪，而伤痕却永久深炙了！

（三）母亲的死

往事原值不得思量，但灵魂里完全浸透这悲哀的质流，由不得伊不思量。伊走到街上，看见一个三十多岁的买卖人，挑着一篮娇黄的杏儿，伊便想起慈爱的母亲最爱吃这杏儿，或者伊要回想去年暑假在上海，正是红梅结实的时候，伊用白玉般磁盘，托着那鲜如胭脂的红梅，放在母亲的面前，怡声说道："妈妈，好吃吗?"母亲含笑说："比上次甜些。"呵！现在呢！记得伊回家的时候，母亲住的房间，只摆得几张方桌大椅，已变成客厅了，母亲睡的床，已被他们拆毁，放在院子里，只有一个长方形黑漆木盒，哥哥告诉伊母亲睡在里边已经三天了，唉！母亲睡了！伊从今以后不能再见母亲了！"上帝呵！我只相信，你那里是安乐园，我慈善的母亲一定早已到了你白玉阶前，听你抚慰和洗礼了。"

伊或许是一夜不曾睡熟，伊想着这次离家的时候——离母亲的死不过一个月——那时正是冬天的早晨，母亲坐在软钢丝的铁床上，指点女仆替伊拿行李，一方面又亲自切了两块面包，叫伊一定要吃下去，伊匆匆忙忙接过来，嚼了两口便放下忙着走了，当伊出了房门，还听见母亲说："路上一切要小心，钱收好，到京立刻来信，……"呵！谁想这便是母亲对伊最后的叮嘱呢！早知道如此，那剩下一块半的面包，无论如何，也要吃下去了！唉！这也只是流星般一闪，但伤痕却永久深炙了！

(四) 固执的人们

谁相信伊居然敢站在许多青年人面前，侃侃议论起来，伊说："你们要记住，无论谁来到这绝大的舞台上，都只是作戏，不过一个剧里要用许多角色，你们不能不各涂粉墨，欺人于一时，等到闭幕铃一响，你们退到后台去，你们是一样的人呵！世界上两性的分别，各种阶级的不同，也一样不是根本的，你们不要把假当作真，互相争夺起来，等到闭幕后懊悔自己的无谓已经是晚了！”伊觉得这种议论是很新颖而且确切的，讲完之后，又恳切问听众说：“你们有所怀疑吗？”有一个青年站起来说：“男子究竟不是女子，阶级制度都可打破，唯有这男女两性的区别不能含糊呵！”伊说：“是的，棉花造成一个人，和木头刻成一个人，固然不是一样，但我们不能不承认他同是个人，男人当然是男人，女人当然是女人，但是终究他和她全是一个人，仿佛夹衣服的两面，里和面虽是不同，而合起来只是一件夹衣服……”好深奥的解释，他们似解似不解只怔怔地看着伊，仿佛说：“上帝真好弄人，到处洒满神秘的种子！”

青年人退出去了，一辈年纪很大的听众进来了，他们都是这些青年人的师表，但是他们这时候走到歧路上来了，不胜彷徨的痛苦，一个担任管理的先生，更是凄苦，他锁紧两道浓眉眯着一双小眼，用一种极沉着的语调对伊说：“唳！对于现在新旧潮流交替期中，管理尤其困难，严了吧，学生不服，都说现在新潮流，应尊重个人自由，若是压制了便要反抗；松了吧，纪律又不整齐，我们究竟应取何种态度呢？”呀！好困难的问题，伊思索了些时说：“对于青年，用一种划一的方法管理他们，养成他们被压迫，而生出的阳奉阴违的现象，是很可悲观的，反不如让他们自由发展，虽然纪律不整，而是真实的表现……但是引导他们到光明路上的使者，必定是人格健全，能以人格化人于无形中的人。”他似乎不大领会说：“这法子虽好……但严厉的手段也未尝没有效果。这一点，我可以举个实例：在我们的学校园里，栽着一棵大杏树，树上的杏子结得很多，起初一年还没等熟，杏子已被学生吃得精光，后来定了一个规约，若有摘杏子的学生，一定要重重责罚，从此这颗杏子树，居然到了成熟，也没人敢吃了……照这样看来，严厉的方法，未尝不可用……”伊听完之后，微微笑了一笑说：“是的，在严刑重罚之下，绝没有不服从法律的，但这是压迫的结果，只要一得机会，这久蓄的弹性，将爆发得更远，以至于不可收拾了……”底下的话，伊不愿再说了，那位管理先生依旧不大以为然，只是点头叹道：“……这事真难！真难！”

伊知道他们的毒受得深了！活泼泼的青年，真不知要牺牲多少个性发展的机会！唉！伊觉得这虽是和流星般一闪即息，伤痕却永久深炙了。

（五）她的信

她今天无意中接到阿娟一封信，白而且平的云笺上，明明白白写道：——

> “姐姐！
>
> 我告诉你件很奇怪的消息，那不合你意的少年，竟宣言爱我了。他现在很觉得‘恋爱自由’四个字，有无上的价值。你觉得这件事情很滑稽吗？其实呢，什么不时髦，和思想陈旧都是不自然的假面具，等到他自己需要时髦时，便要重整旗鼓另开张了！可笑世界上的事情，比那戏台上五花八门的变化还多呢！……”

她看完这信，觉得一幕电影，在她眼前映照出来了：

记得那少年，穿着很狭小的长袍，笔直象那烟筒般，尤其是有油渍的大襟，更和烟筒在太阳下闪烁，一样的耀人眼目呢，而他的思想，也和他的衣服一样的表示不时髦，只要一个新名辞的声浪，不幸跑到他耳朵去，他总要摇头不迭，示意反对。

在那天晚饭后，全家人都坐在回廊上乘凉，天上微微浮着几片白色的行云。月姐娇懒的，搴着云幕，用那纯洁的月光，射到污黑的人类世界上，这一家人都笼罩在月姐的光辉之下。在那西边的角上坐着一个十七八岁的女子，带着病后怯弱的娇喘，青白色的双腮，无力的睡在一张沙发上，使人感到柔弱的美，好象爱惜雨后梨花般的心情，离这女子约有三尺的藤椅上，那个很活泼的阿侠，左腿站在地下，右腿搁在藤椅上，手里拈着一朵含露的白茶花，放在鼻边轻轻的嗅着，眼望着她身旁的老妇人——两鬓如银丝般，随风飘拂着——说："阿娟病得久了，怎么总不见起色！"老妇人摇着头嘘着气，正要说话，忽见阿侠发极怯弱的呼声道："呵！妈妈！那树底下，活似一个人！"老妇人仰着头，垫起脚，往那幽黑的树林里愕望，阿侠似乎已经知道是谁了，放下茶花，飞步往树林里跑去，只见柳条儿，在她头上和眉上拂了两拂便不见了。

阿娟和那老妇都怀疑着凝望，没一刻忽听到两个人争辩的声音，阿娟侧耳听了听说："只是轩哥同姐姐争论什么了。"那老妇微微叹道："阿侠总是这个脾气！"阿娟笑道："妈妈快别说吧！他们来了！"

阿侠姗姗来了，背后跟着轩哥，正是那个和烟筒一样古板的怪物。老妇问道："轩哥儿！你和阿侠吵些什么？"那少年带着滑稽的口调道："舅妈！现在的女孩子，简直想的事情太奇怪了！……侠妹说：'男人和女人是一样的，'她全没读古人的书，岂不知道乾为父，坤为母，乾属阳，是指男子，坤属阴，是指女子；又说内言不出于阃，外言不入于阃，……照这些古人的名训说起来，男女天然一样，还说什么平等自由……侠妹她不服我的话，因此争辩起来。”老妇人微笑着说：“原是呵！她们现在是洋学生，自然不讲究这些了！”阿侠冷笑瞧着那少年说：“算了吗？和你们越说越没劲！”从栏杆上拾起那朵白茶花，慢慢回房去了。阿娟看着那少年，点头微笑，那少年站起来，伸了伸懒腰，叹了一声，仿佛有无限感慨似的。

（六）惆　怅

静悄悄的幽斋里，只有壁上的钟摆，均齐的滴答着，沙发旁有一盆已开残的丹桂，碎蕊和金星般铺在地上，余香兀自阵阵浸我的鼻观，那无力秋天的斜阳，随着树叶忽隐忽现的照在我的书案上，无聊的我，仿佛有些惆怅，《水浒》里的李逵，我觉得他太煞风景了，不愿再看下去，只支颐闷坐，无意中抬头，忽见从对面的象框里，映出一个憔悴的人影，仿佛不胜悲愁的压迫，两目凝视天空，“呵！莫不是感到生的厌烦，求慈悲的上帝接引吗？”我想着把像片拿过来，翻来复去的细看，只见像片背后写道：“亲爱的姐姐！病后的小妹，直瘦到这般！不是贪吃了零嘴，不是受了晚凉，只那固结的思母之情，不时的摧伤肝肠！”

呵！这是何等的悲伤呵，只身独寄的客子，寂寞独坐的时候，有什么能力来抗这惆怅之魔呢？流星呵，你本是天空的过客，无奈我脆弱的心，被你炙得焦痕斑斓了！

（七）微　笑

她说："当她用眼梢瞬我的时候，总带着三分滑稽的微笑，这微笑你理会得出吗？不是春雨之后，晚霞的微笑，也不是，骄杨熏醉后的玫瑰的微笑，也不是，少女听见人们赞美她时，含羞带媚的微笑。她的微笑是带着滑稽的引诱性，我只要看见她微笑，便不觉地大笑。"

有一天我和她同在聚会场，听人演说，这时候我们的心，绝不旁驰，只是静静听讲，和深味所讲的真理，在这会场里听众极多，我们板着面孔直着腰板，作足十分的模样，仿佛凛凛不可侵犯的神气，但是我们终久是沦于不幸的漩涡里。当我矜持得过度时，真有些不支了，因把背靠在椅子上，头略偏些。忽见左边那椅角上，如电光刺着我们的脑子似的时，那憨痴带滑稽的微笑面孔发现了！我和她不由得笑起来，四周的听众很惊怪的对我们望着，我们觉得很不好意思，只得低下头，忍住了笑，凝神听坛上的演说，……这流星似的光焰，直到如今犹时浮上我的观念界上来呢！

（八）一片很美丽的图画

"世界的美景太平凡了，我看过之后，不久便淡忘了！"我正在这么想着，忽见有一辆繁星为盖的车子，停在我的面前，仿佛是为我预备的，我便不由自主的坐上去，那车子便如乘御风般飞奔去了。也不知经过多少宽碧浪滔天的大海，和高峰入云的青山，后来停在一个所在，月光发出绿碧的颜色，罩着一片绒毯般的绿草地，草地的两旁，连绵不断的素心兰，随着温暖的风，飘拂着，天色是浅紫的，在这草地的中央，有一座宝塔，直与天上的白云相接，在塔顶上，站着一个女子，赤着双足，披着软而轻的白云织成的纱，头发如香云般散拂在削软的柔肩上，手里拈着一朵素心兰，在她的脚下有几个字道："希望之神"。我看到这里，仿佛心里一动，凝神一辨，那里是人间的美景呵！只是我一个朋友，从外国寄来的一片美丽的图画罢了。

心象之美，原来比着迹的人间美景强得多呢，这一张小画片，也正是一颗流星呵！好深炙的痕辙哟！

（九）猜　疑

如狂的心浪，渴望着她的来信，朦胧中，似见朝旭已上纱窗，灼灼红艳，陡从懒散的梦里惊醒了，披衣下了床，畏缩的向案上凝望，桌面上什么都没有，更那来她的信？呵！怎能禁此心无理由的猜疑，莫非病了吧？……她客馆凄清，独卧病榻，嘴唇烧得火红，谁拿凉水止她的焦渴？唉，但愿不是！也许不是，临别时她曾送我上车，依旧康健活泼，那有一丝病容……

也许门房的人耽误了，不曾把信拿进来，走到门口，把绵软的门帘掀起，花匠正在打扫院子，哈着早寒吹僵的手，望着满地的残枝败叶，如在低声唱送葬的挽歌，我对他说："花匠！你到门房看看有我的信没有？"他应了一声，将扫帚倚在墙角，如飞的去了。这一刹那心弦的紧张，已达极点．似有望似无望的猜想着。

花匠去了仿佛好久，我只怔立门口凝望，直到他回来，我远远望见他手里似乎有一封信，不由得全身松快了，等不得花匠递给我，已追上前去拿了，呵，果然是一封信，但是失望，而且麻烦，原来不是她的信，是报馆催稿的信，无情无绪的看完，如痴如醉的又睡下了。

迷朦间，忽来到一个极可怕的境地，没有人烟，四面皆是白浪滚滚，我相依为命的朋友，悄然倒在沙滩的上面，两目紧闭，嘴唇雪白，仿佛这就是人间最可怕的死的表象，我心痛极了，呜咽一声已自醒来，那有什么海，更那有我那朋友，但我的猜疑，不由得来到死的绝路下了，我想若果死了，我怎么样呢？我还孤零的活着，让我的心受凌迟的罪吗？绝不！人生自古谁无死，况且我早想到死的庄严了，只要我的确知道她死了，我将我们来往的书信，用棉袱包了放在一只水晶的小盒里，先将它沉下海去，然后我用海水洗净了人间的尘垢，将白云般软绸裁作长袍，遮严这有限的躯壳，然后捉一只沙鸥将我灵魂驼起，送到青碧的天空，直探白云深处的神境——

正幻想层出，不知何时又来到模糊的梦里，忽见一尊金甲神，用一把光芒闪耀的快剑，向我头顶劈来，我嗐呀一声，睁开眼来，我的小表妹正拿着一封信叫我呢。我接过来一看正是她的信呵！一切的猜疑都消解了，正如流星之一闪，但那刻骨的苦痛，伤痕早又深炙了。

（十）受了小朋友的责罚

在这崎岖的世路上，我不知道摔过几次了。有时摔酸了腰，有时摔伤了腿，最不幸是摔伤了心……

他们原是小孩子，只知道踢球，玩铁环，无目的的吵嚷，他们原不懂什么是神学？什么是精神？什么是物质？至于宗教的起源，更是讲不到了。

好奇的我，第一次尝试要开他们的心门，有一天上课，正讲托尔斯泰的三问题，这篇文章原是喻意的。他们里头有许多小朋友说："没意思。"有的说："我们不懂得。"我便一层一层对他们解说。后来讲到"宗教的信仰"，我便告诉他们宗教的起源，是因为最初人智未开，对于宇宙间的森罗万象，都感一种希奇的情趣，一方面又被智的压迫，对于这希奇的森罗万象，要求个解答。而那时智力有限，科学不曾发明，不知道什么是自然法则，因此在意象中造出一个上帝来，作为创造和支配人世间的主宰，那末一切的惊奇都有了解答了……。我只顾滔滔不绝的讲，忽听一个小朋友问我道："现在外国科学不是很发达吗？他们怎么还信宗教？……"我就对他们说，科学只能解释物质界的一切，至于精神界的慰安，还要求助于宗教的信仰。我的话说完了，小朋友们怀疑的眼光，使我羞惭了，这是什么意思，把这些抽象的话，来纷搅他们单纯的头脑，小朋友们很不满意的说："我一点也不明白。"我这时不能再讲下去了，心浪狂震着，急急下了堂。到了家里，自思道：今天又摔了一次，事实不过流星之一闪，但伤痕却深灸了。

（十一）海棠树下

无聊时，走到书架旁，随手翻了几本书，娇红的海棠花瓣，忽然打入我的眼帘。拈来看时，平板好似红绫剪就，细嗅还微微有些许残香。

合上书，细细追想，这是什么地方撷来的花呢……哦，是了，今年春天，我的朋友文娟病在医院里，有一天下午我去看她，走进医院的园里，只见一棵大海棠树，正缀着千朵如荼如火的花儿，我随手采了几朵，压在书里了。

我很真切的回忆着，心海的波浪不断的汹涌：

在医院东廊尽头的那间屋子，前几天搬来一个青年大学生，他患的是时症，但治得太迟了，竟在到院的第四天下午死了，他是抛撇家乡的孤零客，当他死时，只有几个同学来送他，这些青年都静悄悄围着他的死尸叹气，最后又来了一个青年，手里提着一大包东西，放在死尸的面前，顿足叹道："唉！谁想得到就这样完了，……可惜！可惜！"一壁叹着，一壁解开包，——长袍，马褂，帽子，摆满了，只预备人来装殓。

他们望着那死尸，见他两目微睁，双颊削缩，但长眉丰额，犹能仿佛他的生平，都不禁凄然下泪！

这时房门又呀的一声开了，一个十八九岁的女学生，气促色败的奔了进来，青年们都无言，向两边让开，那女子只奔到死尸面前站住，面色更惨白了，用力咬着嘴唇，眼泪一滴滴的落了下来，沉郁的吁了一声，又将站在两旁的青年望了一望，仿佛有什么话要诉说似的，但只见她脸上微红了一阵，依旧悄然无语的走了出去。

她在廊上踱来踱去，眼泪不歇止的流下来。这时已经冬天了，那院子的树木，只有秃枝枯干，她来到一棵海棠树下，背着手怔怔的倚着树干，两睛凝住，直向天空呆视，嘴唇仿佛不时的掀动，竟是欲说不能的神气。

隐隐听见人们嘈杂的脚步声，“棺材已抬进来了，”有一个青年走到她面前说，“密司陈还到里面去看看吗?”那女子不言不动，只向那青年惨笑着流下泪来。

不久听见盖棺材的响声，那女子两目直瞪，无力的倒在海棠树下了，许多青年招呼着医院里的看护，把她扶在廊上的椅上坐下，歇了半天，她才“哝呀!”的一声哭了出来。

…………

这一幅死别悲哀的图画，在事实上不过流星的一闪，但我只要看见海棠树，或者是海棠花，我便不由得要想起海棠树下站着的她了!

(本篇最初发表于 1923 年 10 月 1 日—12 月 21 日《晨报副刊·文学旬刊》)

寂　寞

我已旅行到天涯之孤岛了！
疲乏里似梦到春天的花园，
紫蝶儿恋着雪白的梨花，
吸尽了她的心液，
瓣儿便无力的飘零树下！
残忍的狸奴又爬上树颠，
不提防压损许多枝叶，
梨树终至憔悴而枯了！
我含泪走出花园，
不觉回到孤岛上，
这时夜月正指示我回人间的路，
我只觉得惨愔［黯］可怕，
唉！我终老于寂寞之乡吧！

（本篇最初发表于 1923 年 10 月 7 日《晨报副刊》）

秋　　别[①]

泪泉原来不曾枯，
又共别绪织在千针万线里。
但赶不上作临别的赠品——
秋风阵阵价紧，
不嫌征裳太薄吗？

唉！慢说柳条儿枯黄，
纵隋堤青青，
谅来也难绾！
行也！行也！
回顾处：

---

① 这是庐隐送郭梦良回乡商酌婚事的留别诗。

烟树苍茫，
想到伊孤影独吊，
心头酸也不？

（本篇最初发表于1923年10月7日《晨报副刊》）

海滨故人

一

呵！多美丽的图画！斜阳红得像血般，照在碧绿的海波上，露出紫蔷薇般的颜色来，那白杨和苍松的荫影之下，她们的旅行队正停在那里，五个青年的女郎，要算是此地的熟客了，她们住在靠海的村子里；只要早晨披白绡的安琪儿，在天空微笑时，她们便各拿着书跳舞般跑了来。黄昏红裳的哥儿回去时，她们也必定要到。

她们到是什么来历呢？有一个名字叫露沙[①]，她在她们五人里，是最活泼的一个。她总喜欢穿白纱的裙子，用云母石作枕

① 露沙，即庐隐本人。文中所指“她们”都是北京女高师的学生。

头，仰面睡在草地上默默凝思。她在城里念书，现在正是暑假期中，约了她的好朋友——玲玉、莲裳、云青、宗莹住在海边避暑[①]，每天两次来赏鉴海景。她们五个人的相貌和脾气都有极显著的区别，露沙是个很清瘦的面庞和体格。但却十分刚强，她们给她的赞语是“短小精悍”，她的脾气很爽快，但心思极深，对于世界的谜仿佛已经识破，对人们交接，总是诙谐的。玲玉是富于情感，而体格极瘦弱，她常常喜欢人们的赞美和温存。她认定世界的伟大和神秘，只是爱的作用；她喜欢笑，更喜欢哭，她和云青最要好。云青是个智理比感情更强的人。有时她不耐烦了，不能十分温慰玲玉，玲玉一定要背人偷拭泪，有时竟至放声痛哭了。莲裳为人最周到，无论和什么人都交际得来，而且到处都被人欢迎，她和云青很好。宗莹在她们里头，是最娇艳的一个，她极喜欢艳妆，也喜欢向人夸耀她的美和她的学识，她常常说过分的话。露沙和她很好，但露沙也极反对她思想的近俗，不过觉得她人很温和，待人很好，时时的牺牲了自己的偏见，来附和她，她们样样不同的朋友，而能比一切同学亲热，就在她们都是很有抱负的人，和那醉生梦死的不同。所以她们就在一切同学的中间，筑起高垒来隔绝了。

有一天朝霞罩在白云上的时候，她们五个人又来了，露沙睡在海崖上，宗莹蹲在她的身旁，莲裳、玲玉、云青站在海边听怒涛狂歌，看碧波闪映，宗莹和露沙低低地谈笑，远远忽见

---

① 玲玉，即陈定秀，苏州人。云青，即王世瑛，庐隐福州籍老乡。家住福州鼓楼布政司埕王宅，离庐隐家三坊七巷很近。宗莹，即程俊英，庐隐福州籍老乡。

一缕白烟从海里腾起。玲玉说："船来了！"大家因都站起来观看，渐渐看见烟筒了，看见船身了，不到五分钟整个的船都可以看得清楚，船上许多水手都对她们望着，直到走到极远才止。她们因又团团坐下，说海上的故事。

开始露沙述她幼年时，随她的父母到外省作官去，也是坐的这样的海船。有一天因为心里烦闷极了，不住声的啼哭，哥哥拿许多糖果哄她，也止不住哭声，妈妈用责罚来禁止她的哭声，也是无效。这时她父亲正在作公文，被她搅得急起来，因把她抱起来要往海里抛。她这时惧怕那油碧碧的海心，才止住哭声。

宗莹插言道："露沙小时的历史，多着呢，我都知道。因我妈妈和她家认识，露沙生的那天，我妈妈也在那里。"玲玉说："你既知道，讲给我们听听好不好?"宗莹看着露沙微笑，意思是探她许可与否，露沙说："小时的事情我一概不记得，你说说也好，叫我也知道知道。"

于是宗莹开始说了："露沙出世的时候，亲友们都庆贺她的命运，因为露沙的母亲已经生过四个哥儿了。当孕着露沙的时候，只盼望是个女儿。这时露沙正好出世。她母亲对这嫩弱的花蕊，十分爱护，但同时意外的事情发生了，不免妨碍露沙的幸运，就是生露沙的那一天，她的外祖母死了。并且曾经派人来接她的母亲，为了露沙的出世，终没去成，事后每每思量，当露沙闭目恬适睡在她臂膀上时，她便想到母亲的死，晶莹的泪点往往滴在露沙的颊上。后来她忽感到露沙的出世有些不祥，把思量母亲的热情，变成憎厌露沙的心了！

"还有不幸的，是她母亲因悲抑的结果，使露沙没有乳汁吃，稚嫩的哀哭声，便从此不断了。有一天夜里，露沙哭得最凶，连她的小哥哥都吵醒了。他母亲又急又痛，止不住倚着床沿垂泪，她父亲也叹息道：‘这孩子真讨厌！明天雇个奶妈，把她打发远点，免得你这么受罪！’她母亲点点头，但没说什么。

“过了几天，露沙已不在她母亲怀抱里了，那个新奶妈，是乡下来的，她梳着奇异像蝉翼般的头，两道细缝的小眼，上唇撅起来，露着牙龈。露沙初次见他，似乎很惊怕，只躲在娘怀里不肯仰起头来。后来那奶妈拿了许多糖果和玩物，才勉强把她哄去。但到了夜里，她依旧要找娘去，奶妈只把她搂在怀里，轻轻拍着，唱催眠歌儿，才把她哄睡了。

“露沙因为小时吃了母亲忧抑的乳汁，身体十分孱弱，况且那奶妈又非常的粗心，她有时哭了，奶妈竟不理她，这时她的小灵魂，感到世界的孤寂和冷刻了。她身体健康更一天不如一天。到三岁了她还不能走路和说话，并且头上还生了许多疮疥。这可怜的小生命，更没有人注意她了。

“在那一年的春天，鸟儿全都轻唱着，花儿全都含笑着，露沙的小哥哥都在绿草地上玩耍，那时露沙得极重的热病，关闭在一间厢房里。当她病势沈重的时候，她母亲绝望了，又恐怕传染，她走到露沙的小床前，看着她瘦弱的面庞说：‘唉！怎变成这样了！……奶妈！我这里孩子多，不如把他抱到你家里去治吧！能好再抱回来，不好就算了！’奶妈也正想回去看看他的小黑，当时就收拾起来，到第二天早晨，奶妈抱着露沙走了。她母亲不免伤心流泪。露沙搬到奶妈家里的第二天，他母亲又生了个小妹妹，从此露沙不但不在她母亲的怀里，并且也不在她母亲的心里了。

“奶妈的家，离城有二十里路，是个环山绕水的村落，她的屋子，是用茅草和黄泥筑成的，一共四间，屋子前面有一座竹篱笆，篱笆外有一道小溪，溪的隔岸，是一片田地，碧绿的麦秀，被风吹着如波纹般涌漾。奶妈的丈夫是个农夫，天天都在田地里作工，家里有一个纺车，奶妈的大女儿银姊，天天用它纺线；奶妈的小女儿小黑和露沙同岁。露沙到了奶妈家里，病渐渐减轻，不到半个月已经完全好了，便是头上的疮也结了痂，从前那黄瘦的面孔，现在变成红黑了。

“露沙住在奶妈家里，整整过了半年，她忘了她的父母，以为奶妈便是她的亲娘，银姊和小黑是她的亲姊姊。朝霞幻成的画景，成了她灵魂的安慰者，斜阳影里唱歌的牧童，是她的良友，她这时精神身体都十分焕发。

“露沙回家的时候，已经四岁了。到六岁的时候，就随着她的父母作官去，以后的事情我就不知道了。”

宗莹说到这里止住了。露沙只是怔怔地回想，云青忽喊道：“你看那海水都放金光了，太阳已经到了正午，我们回去吃饭吧！”她们随着松荫走了一程已经到家了。

在这一个暑假里，寂寞的松林，和无言的海流，被这五个女孩子点染得十分热闹，她们对着白浪低吟，对着激潮高歌，对着朝霞微笑，有时竟对着海月垂泪。不久暑假将尽了，那天夜里正是月望的时候，她们黄昏时拿着箫笛等来了。露沙说：“明天我们就要进城去，这海上的风景，只有这一次的赏受了。今晚我们一定要看日落和月出……这海边上虽有几家人家，但和我们也混熟了，纵晚点回去也不要紧，今天总要尽兴才是。”大家都极同意。

西方红灼灼地光闪烁着，海水染成紫色，太阳足有一个脸盆大，起初盖着黄红色的云，有时露出两道红来，仿佛火神怒睁两眼，向人间狠视般，但没有几分钟那两道红线化成一道，那彩霞和彗星般散在西北角上，那火盆般的太阳已到了水平线上，一霎眼那太阳已如狮子滚绣球般，打个转身沈向海底去了。天上立刻露出淡灰色来，只在西方还有些五彩余辉闪烁着。

海风吹拂在宗莹的散发上，如柳丝轻舞，她倚着松柯低声唱道：

我欲登芙蓉之高峰兮，
白云阻其去路。
我欲攀绿萝之俊藤兮；
惧颓岩而踟躇。
伤烟波之荡荡兮；
伊人何处？
叩海神久不应兮；
唯漫歌以代哭！

接着歌声，又是一阵箫韵，其声嘤嘤似蜂鸣群芳丛里，其韵溶溶似落花轻逐流水，渐提渐高激起有如孤鸿哀唳碧空，但一折之后又渐转和缓恰似水渗滩底呜咽不绝，最后音响渐杳，歌声又起道：

临碧海对寒素兮，
何烦纡之萦心！

浪滔滔波荡荡兮，
伤孤舟之无依！
伤孤舟之无依兮，
愁绵绵而永系！

大家都被了歌声的催眠，沈思无言，便是那作歌的宗莹[①]，也只有微叹的余音，还在空中荡漾罢了。

二

她们搬进学校了。暑假里浪漫的生活，只能在梦里梦见，在回想中想见。这几天她们都是无精打采的。露沙每天只在图书馆，一张长方桌前坐着，拿着一枝笔，痴痴地出神，看见同学走过来时，她便将人家慢慢分析起来，同学中有一个叫松文的从她面前走过，手里正拿着信，含笑的看着，露沙等她走后，便把她从印象中提出，层层地分析，过了半点钟，便抽去笔套，在一册小本子上写道：——

“一个很体面的女郎，她时时向人微笑，多美丽呵！只有含露的荼蘼能比拟她。但是最真诚和甜美的笑容，必定当她读到情人来信时才可以看见！这时不止像含露的荼蘼了，并且像斜阳薰醉的玫瑰，又柔媚又艳丽呢！”她写到这里又有一个同学从她面前走过。她放下她的小本子，换了宗旨不写那美丽含笑的

---

① 在北京女高师黄季刚先生指导下，女弟子们都能做几首诗词，写通顺的文言。

松文了！她将那个后来的同学照样分析起来。这个同学姓郦，在她一级中年纪最大。——大约将近四十岁了——她拿着一堆书，绉着眉走过去。露沙望着她的背影出神。不禁长叹一声，又拿起笔来写道：——“她是四十岁的母亲了，——她的儿已经十岁——当她拿着先生发的讲义——二百余页的讲义，细细的理解时，她不由得想起她的儿来了。她那时绉紧眉头，合上两眼，任那眼泪把讲义湿透，也仍不能止住她的伤心。

“先生们常说：‘她是最可佩服的学生。’我也只得这么想，不然他那紧绉的眉峰，便不时惹起我的悲哀：我必定要想到：‘人多么傻呵！因为不相干什么知识——甚至于一张破纸文凭，把精神的快活完全牺牲了……’”哨哨一阵吃饭钟响，她才放下笔，从图书馆出来，她一天的生活大约如是，同学们都说她有神经病，有几个刻薄的同学给她起个绰号，叫“著作家”，她每逢听见人们嘲笑她的时候，只是微笑说：“算了吧！著作家谈何容易？”说完这话，便头也不回的跑到图书馆去了。

宗莹最喜欢和同学谈情。她每天除上课之外，便坐在讲堂里，和同学们说：“人生的乐趣，就是情。”她们同级里有两个人，一个叫作兰馨，一个叫作孤云，她们两人最要好，然而也最爱打架。她们好的时候，手挽着手，头偎着头，低低地谈笑。或商量两个人作一样衣服，用什么样花边，或者作一样的鞋，打一样的别针，使无论什么人一见她们，就知道她们是顶要好的朋友，有时预算星期六回家，谁到谁家去，她们说到快意的时候，竟手舞足蹈，合唱起来。这时宗莹必定要拉着玲玉说：“你看她们多快乐呵！真是人若没有感情，就不能生活了。情是滋润草木的甘露，要想开美丽的花，必定要用情汁来灌溉。”玲玉也悄悄地谈论着，我们级里谁最有情，谁有真情，宗莹笑着答她道："我看你最多情，——最没情就是露沙了。她永远不相信人，我们对她说情，她便要笑我们。其实她的见地实在不对。"玲玉便怀疑着笑说道："真的吗？……我不相信露沙无情，你看她多喜欢笑，多喜欢哭呀。没情的人，感情就不应当这么易动。"宗莹听了这话，沈思一回，又道："露沙这人真奇怪呀！……有时候她闹起来，比谁都活泼，及至静起来，便谁也不理的躲起来了。"

她们一天到晚，只要有闲的时候，便如此的谈论，同学们给她们起了绰号，叫"情迷"。她们也笑纳不拒。

云青整天理讲义，记日记。云青的姊妹最多，她们家庭里因组织了一个娱乐会。云青全份的精神都集中在这里，下课的时候，除理讲义，抄笔录，和记日记外，就是作简章，和写信。她性情极圆和，无论对于什么事，都不肯吃亏，而且是出名的拘谨。同级里每回开级友会，或是爱国运动，她虽热心帮忙，但叫她出头露面，她一定不答应。她唯一的推辞只说："家里不肯。"同学们能原谅她的，就说她家庭太顽固，她太可怜；不能原谅她，就冷笑着说："真正是个薛宝钗。"她有时听见这种的嘲笑，便呆呆坐在那里。露沙若问她出什么神？她便悲抑着说："我只想求人了解真不容易！"露沙早听惯看惯她这种语调态度，也只冷冷地答道："何必求人了解？老实说便是自己有时也不了解自己呢！"云青听了露沙的话，就立刻安适了，仍旧埋头作她的工作。

莲裳和他们四人不同级，她学的是音乐。她每日除了练琴室里弹琴，便是操场上唱歌。她无忧无虑，好像不解人间有烦恼事，她每逢听见云青、露沙谈人无味一类的话，她必插嘴截住她们的话说：“唳呀！你们真讨厌。竟说这些没意思的话，有什么用处呢？来吧！来吧！操场玩去吧！”她跑到操场里，跳上秋千架，随风上下翻舞，必弄得一身汗她才下来，她的目的，只是快乐。她最憎厌学哲理的人，所以她和露沙她们不能常常在一处，只有假期中，她们偶然聚会几次罢了。

她们在学校里的生活很平淡，差不多没有什么意外的事情发现。到了第三个年头，学校里因为爱国运动，常常罢课。露沙打算到上海读书。开学的时候，同学们都来了，只短一个露沙，云青、玲玉、宗莹都感十分怅惘，云青更抑抑不能耐，当日就写了一封信给露沙道：

露沙：

赐书及宗莹书，读悉一是，离愁别恨，思之痛，言之更痛，露沙！千丝万缕，从何诉说？知惜别之不免，悔欢聚之多事矣！悠悠不决之学潮，至兹告一结束，今日已始行补课，同堂相见，问及露沙，上海去也。局外人已不胜为吾四人憾，况身受者乎？吾不欲听其问，更不忍笔之于此以增露沙愁也！所幸吾侪之以志行相契，他日共事社会，不难旧雨重逢，再作昔日之游，话别情，倾积愫，且喜所期不负，则理想中乐趣，正今日离愁别恨有以成之；又何惜今日之一别，以致永久之乐乎？云素欲作积极语，以是自慰，亦勉以是为露沙慰，知露沙离群之痛，总难恝然于心。姑以是作无聊之极想，当耐味之榆柑可也。

今日校中之开学式，一种萧条气象，令人难受，露沙！

所谓“别时容易见时难”。吾终不能如太上之忘情，奈何！得暇多来信，余言续详，顺颂康健！

云青

云青写完信，意绪兀自懒散，在这学潮后，杂乱无章的生活里，只有沈闷烦纡，那守时刻司打钟的仆人，一天照样打十二回钟，但课堂里零零落落，只有三四个人上堂。教员走上来，四面找人，但窗外一个人影都没有。院子里只有垂杨对那孤寂的学生教员，微微点头。玲玉、宗莹和云青三个人，只是在操场里闲谈。这时正是秋凉时候，天空如洗，黄花满地，西风爽竦［飒］。一群群雁子都往南飞，更觉生趣索然。她们起初不过谈些解决学潮的方法，已觉前途的可怕，后来她们又谈到露沙了，玲玉说：“露沙走了，与她的前途未始不好。只是想到人生聚散，如此易易，太没意思了，现在我们都是作学生的时代，肩上没有重大的责任，尚且要受种种环境支配，将来投身社会，岂不更成了机械吗？……”云青说：“人生有限的精力，消磨完了就结束了，看透了到不值得愁前虑后呢！”宗莹这时正在葡萄架下，看累累酸子，忽接言道：“人生都是苦恼，但能不想就可以不苦了！”云青说：“也只有作如此想。”她们说着都觉倦了，因一齐回到讲堂去。宗莹的桌上忽放着一封信，是露沙寄来的，她忙忙撕开念道：——

人寿究竟有几何？穷愁潦倒过一生；未免不值得！我已决定日内北上，以后的事情还讲不到，且把眼前的快乐享受了再说。

宗莹！云青！玲玉！从此不必求那永不开口的月姊——传我们心弦之音了！呵！再见！

宗莹喜欢得跳起来，玲玉云青也尽展愁眉，她们并且忙跑去通知莲裳，预备欢迎露沙。

露沙到的那天，她们都到火车站接她。把她的东西交给底下人拿回去。她们五个人一齐走到公园里。在公园里吃过晚饭，便在社稷坛散步，她们谈到暑假分别时曾叮嘱到月望时，两地看月传心曲，谁想不到三个月，依旧同地赏月了！在这种极乐的环境里，她们依旧恢复她们天真活泼的本性了。

她们谈到人生聚散的无定。露沙感触极深，因述说她小时的朋友的一段故事：

“我从九岁开始念书，启蒙的先生是我姑母，我的书房，就在她寝室的套间里。我的书桌是红漆的，上面只有一个墨盒，一管笔，一本书，桌子面前一张木头椅子。姑母每天早晨教我一课书，教完之后，她便把书房的门倒锁起来，在门后头放着一把水壶，念渴了就喝白开水，她走了以后，我把我的书打开。忽听见院子里妹妹唱歌，哥哥学猫叫，我就慢慢爬到桌上站在那里，从窗眼往外看。妹妹笑，我也由不得要笑；哥哥追猫，我心里也像帮忙一块追似的，我这样站着两点钟也不觉倦，但只听见姑母的脚步声，就赶紧爬下来，很规矩的坐在那里，姑母一进门，正颜厉色的向我道：‘过来背书。’我那里背得出，便认也不曾认得。姑母怒极，喝道：‘过来！’我不禁哀哀地哭了。她拿着皮鞭抽了几鞭，然后狠狠的说：‘十二点再背不出，不用想吃饭呵！’我这时恨极这本破书了。但为要吃午饭，也不能不拼命的念，侥倖背出来了，混了一顿午饭吃。但是念了一年，一本《三字经》还不曾念完。姑母恨极了，告诉了母亲，把我狠狠责罚了一顿，从此不教我念书了。我好像被赦的死囚，高兴极了。

“有一天我正在同妹妹作小衣服玩，忽听见母亲叫我说：‘露沙！你一天在家里不念书，竟顽皮，把妹妹都引坏了。我现在送你上学校去，你若不改，被人赶出来，我就不要你了。’我听了这话，又怕又伤心，不禁放声大哭。后来哥哥把我抱上车，送我到东城一个教会学堂里，我才迈进校长室，心里便狂跳起来。在我的小生命里，是第一次看见蓝眼睛、高鼻子的外国人，况且这校长满脸威严。我哥哥和她说：‘这小孩是我的妹妹，她很顽皮，请你不用客气的管束她。那是我们全家所感激的。’那校长对我看了半天说：‘哦！小孩子！你应当听话，在我的学校里，要守规矩，不然我这里有皮鞭，它能责罚你。’她说着话，把手向墙上一捺。就听见‘琅琅！’一阵铃响，不久就走进一个中国女人来，年纪二十八九，这个人比校长温和得多，她走进来和校长鞠了个躬，并不说话，只听见校长叫他道：‘魏教习！这个女孩是到这里读书的，你把他带去安置了吧！’那个魏教习就拉着我的手说：‘小孩子！跟我来！’我站着不动，两眼望着我的哥哥，好似求救似的，我哥哥也似了解我的意思，因安慰我说：‘你好好在这里念书，我过几天来看你。’我知道无望了，只得勉勉强强跟着魏教习到里边去。

“这学校的学生，都是些乡下孩子，她们有的穿着打补钉的蓝布褂子，有的头上扎着红头绳，见了我都不住眼的打量，我心里又彷徨，又凄楚。在这满眼生疏的新环境里，觉得好似不系之舟，前途命运真不可定呵。迷糊中不知走了多少路，只见魏教习领我走到楼下东边一所房子前站住了，用手轻轻敲了几下门，那门便‘呀’的一声开了。一个女郎戴着蔚蓝眼镜，两颊娇红，眉长入鬓，身上穿着一件月白色的长衫，微笑着对魏教习鞠了躬说：‘这就是那新来的小学生吗?’魏教习点点头说：‘我把她交给你，一切的事情都要你留心照应。’说完又回头对我说：‘这里的规矩，小学生初到学校，应受大学生的保护和管束。她的名字叫秦美玉，你应当叫她姐姐，好好听她的话，不知道的事情都可以请教她。’说完站起身走了。那秦美玉拉着我的手说：‘你多大了？你姓什么？叫什么？……这学校的规矩很利害，外国人是不容情的，你应当事事小心。’她正说着，已有人将我的铺盖和衣物拿进来了。我这时忽觉得诧异，怎么这屋子里面没有床铺呵？后来又看她把墙壁上的木门推开了。里头放着许多被褥，另外还有一个墙橱，便是放衣服的地方。她告诉我这屋里住五个人，都在这木板上睡觉，此外，有一张长方桌子，也是五个人公用的地方，我从来没看见过这种简鄙的生活，仿佛到了一个特别的所在，事事都觉得不惯。并且那些大学生，又都正颜厉色的指挥我打水扫地，我在家从来没作过，况且年龄又太幼弱，怎么能作得来。不过又不敢不作，到烦难的时候，只有痛哭，那些同学又都来看我，有的说‘这孩子真没出息!’有的说：‘管管她就好了。’那些没有同情的刺心话，真使我又羞又急，后来还是秦美玉有些不过意，抚着我的头说：‘好孩子！别想家，跟我玩去。’我擦干了眼泪，跟她走出来，院子里有秋千架，有荡木，许多学生在那里玩耍，其中有一个学生，和我差不多大，穿着藕荷色的洋纱长衫，对我含笑的望，我也觉得她和别的同学不同，很和气可近的，我不知不觉和她熟识了，我就别过秦美玉和她牵着手，走到后院来，那里有一棵白杨树，底下放着一块捣衣石，我们并肩坐在那里，这时正是黄昏的时候，柔媚的晚霞，缀成幔天红罩，金光闪射，正映在我们两人的头上，她忽然问我道：‘你会唱圣诗吗?’我摇头说‘不会’，她低头沈思半晌说：‘我会唱好几首，我教你一首好不好?’我点头道：‘好!’她便轻轻柔柔地唱了一首，歌词我已记不得了。只是那爽脆的声韵，恰似娇莺低吟，春燕轻歌，到如今还深刻脑海。我们正在玩得有味，忽听一阵铃响，她告诉我吃晚饭了。我们依着次序，走进膳堂，那膳堂在地窖里，很大的一间房子，两旁都开着窗户，从窗户外望，平地上所种的杜鹃花正开得灿烂娇艳，迎着残阳，真觉爽心动目。屋子中间排着十几张长方桌，桌的两旁放着木头板凳，桌上当中放着一个绿盆，盛着白木头筷子和黑色粗碗，此外排着八碗茄子煮白水，每两人共吃一碗，在桌子东头，放着一菠萝棒子面的窝窝头，黄腾腾好似金子的颜色，这又是我从来没吃过的，秦美玉替我拿了两块放在面前。我拿起来咬了一口，有点甜味，但是嚼在嘴里，粗糙非常，至于那碗茄子，更不知道是什么味道，又涩又苦。想来既没有油，盐又放多了，我肚子其实很饿，但我拿起筷子勉强吃了两口，实在咽不下，心里一急，那眼泪点点滴滴都洒在窝窝头上了。那些同学见我这种情形，有的诽笑我，有的谈论我，我仿佛听见她们说：‘小姐的派头倒十足，但为什么不吃小厨房的饭呢?’我那时不知道这学校的饭是分等第的，有钱的吃小厨房饭，没钱就吃大厨房的饭，我只疑疑惑惑不知道她们说什么，只怔怔地看着饭菜垂泪，直等大家都吃完，才一齐散了出来。我自从这一顿饭后，心里更觉得难受了，这一夜翻来覆去，无论如何睡不着，看那清碧的月光，从树杪上移到我屋子的窗棂上，又移到我的枕上，直至月光充满了全屋，我还不曾入梦，只听见那四个同学呼声雷动，更感焦燥，那眼泪又不由自主的流下来了。直到天快亮，我才迷迷忽忽睡了一觉。

“第二天的饭菜，依旧是不能下箸。那个小朋友知道这消息，到吃饭的时候，特把她家里送来的菜，拨了一半给我，我才得吃了一顿饱饭，这种苦楚直挨了两个星期，才略觉习惯些。我因为这个小朋友待我极好，因此更加亲热。直到光复那一年，我家里搬到天津去，我才离开这学校，我的小朋友也回通州去了。到光复以后我已经十三岁了，我的小朋友十二岁，我们一齐都进公立某小学校，后来她因为想学医到别处去，我们五六年不见，想不到前年她又到北京来，我们因又得欢聚，不过现在她又走了——听说她已和人结婚——很不得志，得了肺病，将来能否再见，就说不定了。”

“你们说人生聚散有一定吗？”露沙说完，兀自不住声的叹息，这时公园游人已渐渐散尽，大家都有倦意。因趁着光慢慢散步出园来，一同雇车回学校去。

露沙自从上海回来后，宗莹和云青、玲玉，都觉格外高兴，这时候她们下课后，工作的时候很少，总是四个人拉着手，在芳草地上，轻歌快谈。说到快意时，便哈天扑地的狂笑，说到凄楚时便长呼短叹，其实都脱不了孩子气，什么是人生！什么是究竟！不过嘴里说说，真的苦趣还一点没尝到呢！

三

光阴快极了，不觉又过了半年，不解事的露沙、玲玉、云青、宗莹、莲裳，不幸接二连三都卷入愁海了。

第一个不幸的便是露沙，当她幼年时饱受冷刻环境的薰染，养成孤僻倔强的脾气，而她天性又极富于感情，所以她竟是个智情不调和的人。当她认识那青年梓青时①，正在学潮激烈的当儿。天上飘着鹅毛片般的白雪，空中风声凛冽，她奔波道途，一心只顾怎么开会，怎么发宣言，和那些青年聚在一起，讨论这一项，解决那一层，她初不曾预料到这一点的因，而生出绝大的果来。

梓青是个沈默孤高的青年，他的议论最澈底，在会议的席上，他不大喜欢说话，但他的论文极多，露沙最喜欢读他的作品，在心流的沟里，她和他不知不觉已打通了，因此不断的通信，从泛泛的交谊，变为同道的深契，这时露沙的生趣勃勃，把从前的冷淡态度，融化许多，她每天除上课外，便是到图书馆看书，看到有心得，她或者作短文，和梓青讨论，或者写信去探梓青的见解，在这个时期里，她的思想最有进步，并且她又开始研究哲学，把从前懵懵懂懂的态度都改了。

有一天正上哲学课，她拿着一枝铅笔记先生口述的话，那时先生正讲人生观的问题，中间有一句说："人生到底作什么?"她听了这话，忽然思潮激涌，停了手里的笔，更听不见先生继

① 梓青，即北大学生郭梦良，福建闽侯郭宅人。

续讲些什么，只怔怔的盘算，“人生到底作什么？……牵来牵去，忽想到恋爱的问题上去，——青年男女，好像是一朵含苞未放的玫瑰花，美丽的颜色足以安慰自己，诱惑别人，芬芳的气息，足以满足自己，迷恋别人。但是等到花残了，叶枯了，人家弃置，自己憎厌，花木不能躲时间空间的支配，人类也是如此，那末人生到底作什么？……其实又有什么可作？恋爱不也是一样吗？青春时互相爱恋，爱恋以后怎么样？……不是和演剧般，到结局无论悲喜，总是空的呵！并且爱恋的花，常常衬着苦恼的叶子，如何跳出这可怕的圈套，清净一辈子呢？……”她越想越玄，后来弄得不得主意，吃饭也不正经吃，有时只端着饭碗拿着筷子出神，睡觉也不正经睡，半夜三更坐了起来发怔，甚至于痛哭了。

这一天下午，露沙又正犯着这哲学病，忽然梓青来了一封信，里头有几句话说：“枯寂的人生真未免太单调了！……唉！什么时候才得甘露的润泽，在我空漠的心田，开朵灿烂的花呢？……恐怕只有膜拜‘爱神’，求她的怜悯了！”这话和她的思想，正犯了冲突。交战了一天，仍无结果，到了这一天夜里，她勉勉强强写了梓青的回信，那话处处露着彷徨矛盾的痕迹，到第二天早起从新看看，自己觉得不妥，因又撕了，结果只写几个字道：“来信收到了，人生不过尔尔，苦也罢，乐也罢，几十年全都完了，管他呢！且随遇而安罢！”

活泼泼地露沙，从此憔悴了！消沈了！对于人间时而信，时而疑，神经越加敏锐，闲步到中央公园，看见鸭子在铁栏里游泳，她便想到，人生和鸭子一样的不自由，一样的愚钝，人生到底作什么？听见鹦鹉叫，她便想到人们和鹦鹉一样，刻板的说那几句话，一样的不能跳出那笼子的束缚。看见花落叶残便想到人的末路——死——仿佛天地间只有愁云满布，悲雾迷漫，无一不足引起她对世界的悲观，弄得精神衰颓。

露沙的命运是如此。云青的悲剧同时开演了，云青向来对于世界是极乐观的，她目的想作一个完美的教育家，她愿意到乡村的地方——绿山碧水，——的所在，招集些乡村的孩子，好好的培植她们，完成甜美的果树，对于露沙那种自寻苦恼的态度，每每表示反对。

这天下午她们都在学校园葡萄架下闲谈，同级张君，拿了一封信来，递给露沙，她们都围拢来问“这是谁的信，我们看得吗?”露沙说“这是蔚然的信[①]，有什么看不得的。”她说着因把信撕开，抽出来念道：——

> 露沙君：
>
> 不见数月了！我近来很忙。没有写信给你，抱歉得很！你近状如何？念书有得吗？我最近心绪十分恶劣，事事都感到无聊的痛苦，一身一心都觉无所着落，好像黑夜中，独架扁舟，漂泊于四无涯际，深不见底的大海汪洋里，彷徨到底点了呵！日前所云事，曾否进行，有效否，极盼望早得结果，慰我不定的心。别的再谈。
>
> 蔚然

宗莹说，“这个人不就是我们上次在公园遇见的吗？……他

① 蔚然，即郑振铎，福建长乐人。和庐隐在学潮中认识。

真有趣，抱着一大捆讲义，睡在椅子上看，……他托你什么事？……露沙！”

露沙沈吟不语，宗莹又追问了一句，露沙说：“不相干的事，我们说我们的吧！时候不早，我们也得看点书才对。”这时玲玉和云青正在那唧唧哝哝商量星期六照像的事，宗莹招呼了她们，一齐来到讲堂。玲玉到图书室找书预备作论文，她本要云青陪她去，被露沙拦住说：“宗莹也要找书，你们俩何不同去。”玲玉才舍了云青，和宗莹去了。

露沙叫云青道：“你来！我有话和你讲。”云青答应着一同出来，她们就在柳阴下，一张凳子上坐下了。露沙说：“蔚然的信你看了觉得怎样？”云青怀疑着道：“什么怎么样？我不懂你的意思？”露沙说：“其实也没有什么！……我说了想你也不至于恼我吧？”云青说：“什么事？你快说就是了。”露沙说：“他信里说他十分苦闷，你猜为什么？……就是精神无处寄托，打算找个志同道合的女朋友，安慰他灵魂的枯寂！他对于你十分信任，从前和我说过好几次，要我先容，我怕碰钉子，直到如今不曾说过，今天他又来信，苦苦追问，我才说了，我想他的人格，你总信得过，作个朋友，当然不是大问题是不是？”云青听了这话，一时没说什么，沈思了半天说：“朋友原来不成问题，……但是不知道我父亲的意思怎样？等我回去问问再说吧！”……露沙想了想答道：“也好吧！但希望快点！”她们谈到这里，听见玲玉在讲堂叫她们，便不再往下说，就回到讲堂去。

露沙帮着玲玉找出《汉书·艺文志》来，混了些时，玲玉和宗莹都伏案作文章，云青拿着一本《唐诗》，怔怔凝思，露沙叉着手站在玻璃窗口，听柳树上的夏蝉不住声的嘶叫，心里只觉闷闷地，无精打彩的坐在书案前，书也懒看，字也懒写。孤云正从外头进来，抚着露沙的肩说："怎么又犯了毛病啦！眼泪汪汪是什么意思呵！"露沙满腔烦闷悲凉，经她一语道破，更禁不住，爽性伏在桌上呜咽起来，玲玉、宗莹和云青都急忙围拢来，安慰她，玲玉再三问她为什么难受，她只是摇头，她实在说不出具体的事情来。这一下午她们四个人都沉闷无言，各人叹息各人的，这种的情形，绝不是头一次了。

冬天到了，操场里和校园中没有她们四人的影子了，这时她们的生活只在图书馆或讲堂里，但是图书馆是看书的地方，她们不能谈心，讲堂人又太多，到不得已时，她们就躲在栉沐室里，那里有顶大的洋炉子，她们围炉而谈，毫无妨碍。

最近两个星期，露沙对于宗莹的态度，很觉怀疑。宗莹向来是笑容满面，喜欢谈说的，现在却不然了，镇日坐在讲堂，手里拿着笔在一张破纸上，画来画去，有时忽向玲玉说："作人真苦呵！"露沙觉得她这种形态，绝对不是无因。这一天的第二课正好教员请假，露沙因约了宗莹到栉沐室谈心，露沙说："你有什么为难的事吗？"她沉吟了半天说："你怎么知道？"露沙说："自然知道，……你自己不觉得，其实诚于中形于外，无论谁都瞒不了呢！"宗莹低头无言，过了些时，她才对露沙说："我告诉你，但请你守秘密。"露沙说："那自然啦，你说吧！"

"我前几个星期回家，我母亲对我说有个青年，要向我求婚，据父亲和母亲的意思，都很欢喜他，他的相貌很漂亮，学问也很好，但只一件他是个官僚。我的志趣你是知道的，和官僚结婚多讨厌呵！而且他的交际极广，难保没有不规则的行动，所以我始终不能决定。我父亲似乎很生气，他说：'现在的女孩子，眼里那有父母呵，好吧！我也不能强迫你，不过我觉得这是个好机会，我作父亲的有对你留意的责任，你若自己错过了，那就不能怨人，……据我看那个青年，实在是不可多得的人才，将来至少也有科长的希望……’我被他这一番话说得真觉难堪，我当时一夜不曾合眼，我心里只恨为什么这么倒霉？若果始终要为父母牺牲，我何必念书晋学校。只过我六七年前小姐式的生活，早晨睡到十一二点起来，看看不相干的闲书，作两首谰调的诗，满肚皮佳人才子的思想，三从四德的观念，那末父母之命，媒妁之言，我自然遵守，也没有什么苦恼了！现在既然晋了学校，有了智识，叫我屈伏在这种顽固不化的威势下，怎么办得到！我牺牲一个人不要紧，其奈良心上过不去，你说难不难？……”宗莹说到伤心时，泪珠儿便不断的滴下来，露沙到弄得没有主意了，只得想法安慰她说：“你不用着急，天下没有不爱子女的父母，她绝不忍十分难为你……”

宗莹垂泪说：“为难的事还多呢！岂止这一件。你知道师旭常常写信给我吗[1]？”露沙诧异道：“师旭！是不是那个很胖的青年？”宗莹道：“是的。”……“他头一封信怎么写的？”露沙如此的问，宗莹道：“他提出一个问题和我讨论，叫我一定须答覆，而且还寄来一篇论文叫我看完交回，这是使我不能不回信的原因。”露沙听完，点头叹道：“现在的社交，第一步就是以讨论学问为名，那招牌实在是堂皇得很，等你真真和他讨论学问时，他便再进一层，和你讨论人生问题，从人生问题里便渲染上许多愤慨悲抑的感情话，打动了你，然后恋爱问题就可以

① 师旭，即张耀翔。

应运而生了。……简直是作戏，所幸当局的人总是一往情深，不然岂不味同嚼蜡!”宗莹说：“什么事不是如此?……作人只得模糊些罢了。”

她们正谈着，玲玉来了，她对她们作出娇痴的样子来，似笑似恼的说：“啊哟！两个人像煞有介事，……也不理人家，”说着歪着头看她们笑，宗莹说：“来！来！……我顶爱你!”一壁说，一壁走，过来拉着她的手，她就坐在宗莹的旁边，将头靠在她的胸前说：“你真爱我吗?……真的吗?”……“怎么不真!”宗莹应着便轻轻在她手上吻了一吻。露沙冷冷地笑道：“果然名不虚传，情迷碰到一起就有这么些做作!”玲玉插嘴道：“咦！世界上你顶没有爱，一点都不爱人家。”露沙现出很悲凉的形状道：“自爱还来不及，说得爱人家吗?”玲玉有些恼了，两颊绯红说：“露沙顶忍心，我要哭了！我要哭了!”说着当真眼圈红了，露沙说：“得啦！得啦！和你闹着玩呵！……我纵无情，但对于你总是爱的，好不好?”玲玉虽是哈哈地笑，眼泪却随着笑声滚了下来。正好云青找到她们处来，玲玉不容她开口，拉着她就走说：“走吧！去吧！露沙一点不爱人家，还是你好，你永永爱我!”云青只迟疑的说：“走吗?……真是的!”又回头对我［她］们笑道：“这是怎么回事?……你们不走吗……”宗莹说：“你先走好了，我们等等就来。”玲玉走后，宗莹说：“玲玉真多情，……我那亲戚若果能娶她，真是福气!”露沙道：“真的！你那亲戚现在怎么样?你这话已对玲玉说过吗?”宗莹说：“我那亲戚不久就从美国回来了，玲玉方面我约略说过，大约很有希望吧!”“哦！听说你那亲戚从前曾和另外一个女子订婚，有这事吗?”露沙又接着问，宗莹叹道：“可不是吗?现在正在离婚，那边执意不肯，将来麻烦的日子有呢!”露沙说：“这恐怕还不成大问题，……只是玲玉和你的亲戚有否发生感情的可能，到是个大问题呢！……听说现在玲玉家里正在介绍一个姓胡的，到底也不知什么结果?”宗莹道：“慢慢地再说吧!现在已经下堂了。底下一课文学史，我们去听听吧!”她们就走向讲堂去。

她们四个人先后走到成人的世界去了。从前的无忧无愁的环境，一天一天消失。感情的花，已如荼如火的开着，灿烂温馨的色香，使她们迷恋，使她们尝到甜蜜的爱的滋味，同时使她们了解苦恼的意义。

这一年暑假，露沙回到上海去，玲玉回到苏州去，云青和宗莹仍留在北京。她们临别的末一天晚上，约齐了住在学校里，把两张木床合并起来，预备四个人联床谈心。在傍晚的时候，她们在残阳的余辉下，唱着离别的歌儿道：

潭水桃花，故人千里，
离歧默默情深悬，
两地思量共此心!
何时重与联襟?
愿化春波送君来去，
天涯海角相寻。

歌调苍凉，她们的声音越来越低，直至无声，露沙叹道：“十年读书，得来只是烦恼与悲愁，究竟知识误我？我误知识?”云青道：“真是无聊！记得我小的时候，看见别人读书，十分羡慕，心想我若能有了知识，不知怎样的快乐，若果知道越有知识，越与世不相容，我就不当读书自苦了。”宗莹说：“谁说不是呢？就拿我个人的生活说吧！我幼年的时候，没有兄弟姊妹，父母十分溺爱，也不许进学校，只请了一位老学究，教我读《毛诗》《左传》，闲时学作几首诗。一天也不出门，什么是世界我也不知道，觉得除依赖父母过我无忧无虑的生活外，没有一点别的思想，那时在别人或者看我很可惜，甚至于觉得我很可怜，其实我自己到一点不觉得。后来我有一个亲戚，时常讲些学校的生活，及各种常识给我听，不知不觉中把我引到烦恼的路上去，从此觉得自己的生活，样样不对不舒服，千方百计和父母要求晋学校，晋了学校，人生观完全变了。不容于亲戚，不容于父母，一天一天觉得自己孤独，什么悲愁，什么无聊，逐件发明了。……岂不是知识误我吗？”她们三人的谈话，使玲玉受了极深的刺激，呆呆地站在秋千架旁，一语不发，云青无意中望见。因撇了露沙、宗莹走过来，拊在她的肩上说：“你怎样了？……有什么不舒服吗？”玲玉仍是默默无言，摇摇头回过脸去，那眼泪便扑朔朔滚了下来，她们三人打断了话头，拉着她到栉沐室里，替她拭干了泪痕，谈些诙谐的话，才渐渐恢复了原状。

到了晚上，她们四人睡在床上，不住的讲这样说那样，弄到四点多钟才睡着了。第二天下午露沙和玲玉乘京浦的晚车离开北京，宗莹和云青送到车站。当火车头转动时，玲玉已忍不住呜咽起来。露沙生性古怪，她遇到伤心的时候，总是先笑，笑够了，事情过了，她又慢慢回想着独自垂泪。宗莹虽喜言情，但她却不好哭。云青对于什么事，好像都不足动心的样子，这时对着渐去渐远的露沙、玲玉，只是怔怔呆望，直到火车出了正阳门，连影子都不见了，她才微微叹着气回去了。

在这分别的期中，云青有一天接到露沙的一封信说：

云青：

人间譬如一个荷花缸：人类譬如缸里的小虫，无论怎样聪明，也逃不出人间的束缚。回想临别的那天晚上，我们所说的理想生活——海边修一座精致的房子，我和宗莹开了对海的窗户，写伟大的作品；你和玲玉到临海的村里，教那天真的孩子念书，晚上回来，便在海边的草地上吃饭，谈故事，多少快乐——但是我恐怕这话，永久是理想的呵！你知道宗莹已深陷于爱情的漩涡里，玲玉也有爱剑卿的趋势。虽然这都是她们俩的事，至于我们呢？蔚然对于你陷溺极深，我到上海后，见过他几次，觉得他比从前沉闷多了。每每仰天长叹，好像有无限隐忧似的。我屡次问他，虽不曾明说什么，但对于你的渴慕仍不时流露出来。云青！你究竟怎么对付他呢？你向来是理智胜于感情的，其实这也是她们不到的观察，对于蔚然的诚挚，能始终不为所动吗？况且你对于蔚然的人格曾表示相信，那末你所以拒绝他的，岂另有苦衷吗？……

按说我的为人，在学校里，同学都批评我极冷淡寡情，其实人间的虫子，要想作太上的忘情，只是矫情吧［罢］了！不过有的人喜欢用情——即世上所谓的多情——有的不喜欢用情，一旦若是用了，更要比多情的深挚得多呢！我相信你不是无情，只是深情，你说是不是？

你前封信曾问我梓青的事，在事实上我没有和他发生爱情的可能，但爱情是没有条件的。外来的桎梏，正未必能防范得住呢！以后的结果，实不可预料，只看上帝的意旨如何罢了。

露沙

云青接到这封信，受了极大的刺激，用了两天两夜的思维，仍不能决定，她只得打电话叫宗莹来商量，宗莹问她对于蔚然本身有无问题，云青答道："我向来没有和男子们交接，我觉得男子可以相信的很少，至于蔚然的人格，我始终信仰，不过我向来理智强于感情，这事的结果，若是很顺当的，那末到也没什么，若果我父母以为不应当……或者亲戚们有闲话，那我宁可自苦一辈子，报答他的情义，叫我勉强屈就是作不到的。"

宗莹听完这话，沉想些时说："我想你本身若是没有问题，那末就可以示意蔚然，叫他托人对你父母提出，岂不妥当吗？"云青懒懒道："大约也只有这么办了，……唉！真无聊……"她们商量妥当，宗莹也就回去了。

傍晚的时候，兰馨来找云青，谈话之间，便提到露沙。兰馨说："我前几天听见人说，露沙和梓青已发生恋爱了，但梓青已经结婚了，这事将来怎么办呢？"

云青怔怔地看着墙上的风景画出神，歇了半天说："这或者是人们的谣传吧！……我看露沙不至于这么糊涂！"

"咦！你也不要说这话，……固然露沙是极明白，不至于上当，但梓青的婚姻是父母强迫的，本没有爱情可言，他纵对于露沙要求情爱，按真理说并不算大不道，不过社会上一般人，未免要说闲话罢了。……露沙最近有信吗?”

“有信，对于这事，她也曾说过，但她的主张，怕不至于就会随随便便和梓青结婚吧？她向来主张精神生活的，就是将来发生结婚的事情，也总得有相当的机会。”

“其实她近年来，在社会上已很有发展的机会，还是不结婚好，不然埋没了未免可惜……你写信还是劝她努力吧!”

她们正谈着，一阵电话铃响，原来是孤云找兰馨说话，因打断了她们的话头，兰馨接了电话。孤云要约她公园玩去，她于是辞了云青到公园去。

云青等她走后，便独自坐在廊子底下，默默沈思：“觉得人生真是有限，像露沙那种看得破的人，也不能自拔？宗莹更不用说了……便是自己也不免宛转因物!”云青正在遐想的时候，只见听差走进来说有客来找老爷，云青因急急回避了，到屋里看了几页书，倦上来就收拾睡下。

第二天早晨，云青才起来，她的父亲就叫她去说话，她走进父亲的书房，只见她父亲绉着眉道：“你认得赵蔚然吗?”云青听了这话，顿时心跳血涨，嗫嚅半天说：“听见过这人的名字。”她父亲点头道：“昨天伊秋先生来，还提起他，我觉得这个人太懦弱了，而且相貌也不魁武［梧］,”一壁说着，一壁看着云青，云青只是低头无言，后来她父亲又道：“我对于你的希望很大，你应当努力预备些英文，将来有机会，到外国走走才是。”说到这里，才慢慢站起来走了。

云青怔怔望着窗外柳丝出神，觉有无限怅惘的情绪，萦绕心田，因到书案前，申纸染毫写信给露沙道：

露沙：

前信甫发，接书一慰，因连日心绪无聊，未能即覆，抱歉之至！来书以处世多磨，苦海无涯为言，知露沙感喟之深，子固生性豪爽者，读到“雄心壮志早随流水去”之句，令人不忍为设地深思也。“不享物质之幸福，亦不愿受物质之支配”。诚然！但求精神之愉快，闭门读书，固亦云唯一之希望，然岂易言乎？

宗莹与师旭定婚有期矣，闻宗莹因此事，与家庭冲突，曾陪却不少眼泪。究竟何苦来？所谓“有情人都成眷属”亦不过霎时之幻影耳，百年容易，眼见白杨萧萧，荒冢累累，谁能逃此大限？此诚“天下本无事庸人自扰之也。”渠结婚佳期闻在中秋，未知确否，果确，则一时之兴尚望露沙能北来，共与其盛，未知如愿否？

玲玉事仍未能解决，而两方爱情则与日俱增，可怜！有限之精神，怎经如许消磨，玲玉为此事殊苦，不知冥冥之运命将何以处之也！嗟！嗟！造化弄人！

最后一段，欲不言而不得不言，此即蔚然之事，云自幼即受礼教之薰染。及长已成习惯，纵新文化之狂浪，汩没吾顶，亦难洗前此之遗毒，况父母对云又非恶意，云又安忍与抗乎？乃近闻外来传言，又多误会，以为家庭强制，实则云之自身愿为家庭牺牲，何能委责家庭，愿露沙有以正之！至于蔚然处，亦望露沙随时开导，云诚不愿陷人滋深，且愿终始以友谊相重，其他问题都非所愿闻，否则只得从此休矣！

思绪不宁，言失其序，不幸！不幸！不知无常之天道，

伊于胡底也，此祝

健康！

云青

云青写完信后，就到姑妈家找表姊妹们谈话去了。

四

露沙由京回到上海以后，和玲玉虽隔得不远，仍是相见苦稀，每天除陪了母亲兄嫂姊妹谈话，就是独坐书斋，看书念诗，这一天十时左右，邮差送信来，一共有五六封，有一封是梓青的信，内中道：——

露沙吾友：

又一星期不接你的信了！我到家以来，只觉无聊。回想前些日子在京时，我到学校去找你，虽没有一次不是相对无言，但精神上已觉有无限的安慰，现在并此而不能，怅惘何极！

上次你的信说，有时想到将来离开了学校生活，而踏进恶浊的社会生活，不禁万事灰心，我现虽未出校，已无事不灰心了！平时有说有笑，只是把灰心的事搁起，什么读书，什么事业，只是于无可奈何中聊以自遣，何尝有真乐趣！——我心的苦，知者无人——然亦未始非不幸中之幸，免得他们更和我格格不入了。

我于无意中得交着你，又无意于短时间中交情深刻这步田地！这是我最满意的事，唉！露沙！这的是我们一线的生机！有无上的价值！

说到“人生不幸”，我是以为然而不敢深思的，我们所想望的生活，并不是乌托邦，不可能的生活，都是人生应得的生活；若使我们能够得到应得的生活，虽不能使我们完全满意，聊且满意，于不幸的人生中，我们也就勉强自足了！露沙！我连这一层都不敢想到，更何敢提及根本的“人生不幸”！

你近来身体怎样，务望自重，有工夫多来信吧！此祝快乐！

梓青书

露沙接到信后，只感到万种凄伤，把那信翻来覆去，看了无数遍，直到能背诵了，她还是不忍收起——这实在是她的常态，她生平喜思量，每逢接到朋友们的来信，总是这种情形——她闷闷不语，最后竟滴下泪来，本想即刻写回信，恰巧蔚然来找，露沙才勉强拭干眼泪，出来相见。

这时已是黄昏了，西方的艳阳余辉，正射在玻璃窗上，由玻璃窗反折过来，正照在蔚然的脸上，微红而黑的两颊边，似有泪痕，露沙很奇异的问道：“现在怎么样？”蔚然凄然说：“不知道为什么？这几天心绪恶劣，要想到西湖，或苏州跑一趟，又苦于走不开，人生真是干燥极了！”露沙只叹了一声，彼此缄默约有五分钟，蔚然才问露沙道：“云青有信吗？……我写了三封信去，她都没有回我，不知道怎样，你若写信时，替我问问吧！”露沙说：“云青前几天有信来，她曾叫我劝你另外打主意，她恐怕终久叫你失望……她那个人作事十分慎重，很可佩服，不过太把自己牺牲了！……你对她到底怎样呢?”蔚然道：“我对于她当然是始终如一，不过这事也并不是勉强得来的，她若不肯，当然作罢，但请她不要以此介介，始终保持从前的友谊好了。”露沙说：“是呀！这话我也和她谈过，但是她说为避嫌疑起见，她只得暂时和你疏远，便是书信也拟暂时隔绝，等到你婚事已定后，再和你继续前此友谊……我想云青的心也算苦了。她对于你绝非无情，不过她为了父母的意见，宁可牺牲她的一生幸福……说到这里，我又想起今年春假云青、玲玉、宗莹、莲裳，我们五个人，在天津住着，有一天夜里，正是月色花影互相厮并，红浪碧波，掩映斗媚，那时候我们坐在日本的神坛的草地上，密谈衷心，也曾提起这话，云青曾说对于你无论如何，终觉抱歉，因为她固执的缘故，不知使你精神上受多少创痕，……但是她也绝非木石，所以如此的原因，不愿受人訾议罢了。后来玲玉就说：这也没有什么訾议，现在比不得从前，婚姻自由本是正理，有什么忌讳呢?云青当时似乎很受了感动，说道：‘好吧！我现在也不多管了。叫他去进行，能成也罢，不成也罢！我只能顺事之自然，至于最后的奋斗，我没有如此大魄力——而且闹起来，与家庭及个人都觉得说来不好听……’当日我们的谈话虽仅此而止，但她的态度可算得很明了。我想你如果有决心非她不可，你便可稍缓以待时机。”蔚然点头道：“暂且不提好了。”

蔚然走后，玲玉恰好从苏州来，邀露沙明天陪她到吴淞去接剑卿去，露沙就留她住在家里，晚饭后闲谈些时，便睡下了，第二天早晨才五点多钟玲玉就从睡中惊醒，悄悄下了床，梳好了头。这时露沙也起来了，她们都收拾好了，已经到六点半，因乘车到火车站，距开车才有十分钟，忙忙买了车票，幸喜车上还有坐位，玲玉脸向车窗坐着，早晨艳阳射在她那淡紫色的衣裙上，娇美无比，衬着她那似笑非笑的双靥，好像浓绿丛中的紫罗兰，露沙对她怔怔望着，好像在那里猜谜似的。玲玉回头问道："你想什么？你这种神情，衬着一身雪般的罗衣，直像那宝塔上的女石像呢！"露沙笑道："算了吧！知道你今天兴头十足，何必打趣我呢？"玲玉被露沙说得不好意思了，仍回过头去，佯为不理。

半点钟过去了，火车已停在吴淞车站。她们下了车，到泊船码头打听，那只美国来的船，还有两三个钟头才进口。她们便在海边的长堤上坐下，那堤上长满了碧绿的青草。海涛怒啸，绿浪澎湃，但四面寂寥。除了草底的鸣蛩，抑抑悲歌外，再没有其他的音响和怒浪骇涛相应和了。

两点多钟以后，她们又回到码头上。只见许多接客的人，已挤满了，再往海面一看，远远的一只海船，开着慢车冉冉而来，玲玉叫道"船到了！船到了！"她们往前挤了半天，才站了一个地位，又等半天，那船才拢了岸。鼓掌的欢声，和呼唤的笑声，立刻充溢空际。玲玉只怔怔向船上望着，望来望去终不见剑卿的影子，十分彷徨。只等到许多人都下了船，才见剑卿提着小皮包，急急下船来，玲玉走向前去，轻轻叫道"陈先生！"剑卿忙放下提包，握着玲玉的手道："哦！玲玉！我真快活极了！你几时来的？那一位是你的朋友吗？……"玲玉说"是的！让我给你介绍介绍。"因回过头对我［露沙］道："这位是陈剑卿先生[①]。”又向陈先生道：“这位是露沙女士。”彼此相见过，便到火车站上等车。玲玉问道：“陈先生的行李都安置了吗?”剑卿道：“已都托付一个朋友了，我们便可一直到上海畅谈竟日呢!”玲玉默默无言，低头含笑，把一块绢帕叠来叠去。露沙只听剑卿缕述欧美的风俗人情。不久到了上海，露沙托故走了，玲玉和剑卿到半淞园去，到了晚上，玲玉仍回到露沙家里，住了一夜，第二天早上就回苏州。

过了几天，玲玉寄来一封信，邀露沙北上，这时候已经是八月的天气，风凉露冷，黄花遍地，她们乘八月初三早车北上。在路上玲玉告诉露沙，这次剑卿向她求婚，已经不能再坚执了。现在已双方求家庭的通过，露沙因问她剑卿离婚的手续已办没有?玲玉说：“据剑卿说，已不成问题，因为那个女子已经有信应允他。不过她的家人故意为难，但婚姻本是两方同意的结合，岂容第三者出来勉强，并且那个女子已经到英国留学去了。……不过我总觉得有些对不住那个女子罢了!”露沙沈吟道：“你到没什么对不住她。不过剑卿据什么条件一定要和这女子离婚呢?”玲玉道：“因为他们定婚的时候，并不是直接的，其间曾经第三者的介绍，而那个介绍人又不忠实，后来被剑卿知道了，当时气得要死，立刻写信回家，要求家里替他离婚，而他的家庭很顽固，去信责备了他一顿，他想来想去没有办法，只有自己出马，当时写了一封信给那个女子，陈说利害。那个女子到也明白，很爽快就答应了他，并且写了一封信给她的家人，意思是说，婚姻大事，本应由两个男女，自己作主，父母所不

① 陈剑卿，即程树仁，程俊英的叔父。

能强逼，现在剑卿既觉得和她不对，当然由他离异，等语，不过她的家人，十分不快，一定不肯把订婚的凭证退还，所以前此剑卿向我求婚，我都不肯答应。……但是这次他再三的哀求，我真无法了，只得答应了他。好在我们都有事业的安慰，对于这些事都可随便。”露沙点头道：“人世的祸福正不可定，能游嬉人间也未尝不是上策呢?”

玲玉同露沙到北京之后，就在中学里担任些钟点，这时她们已经都毕业了。云青、宗莹、露沙、玲玉都在北京，只有莲裳到天津女学校教书去了。莲裳在天津认识了一个姓张的青年，不久她们便发生了恋爱，在今年十月十号结婚，她们因约齐一同到天津去参与盛典。

莲裳随遇而安的天性，所以无论处什么环境，她都觉得很快活，结婚这一天，她穿着天边彩霞织就的裙衫，披着秋天白云网成的软绡，手里捧着满蓄着爱情的玫瑰花，低眉凝容，站在礼堂的中间。男女来宾有的啧啧赞好，有的批评她的衣饰，只有玲玉、宗莹、云青、露沙四个人，站在莲裳的身傍，默默无言。仿佛莲裳是胜利者的所有品，现在已被胜利者从她们手里夺去一般，从此以后，往事便都不堪回忆！海滨的联袂倩影，现在已少了一个。月夜的花魂不能再听见她们五个人一齐的歌声。她们越思量越伤心，露沙更觉不能支持，不到礼完她便悄悄地走了。回到旅馆里伤感了半天，直至玲玉她们回来了，她兀自泪痕不干，到第二天清早便都回到北京了。

从天津回来以后，露沙的态度，更见消沈了。终日闷闷不语，玲玉和云青常常劝她到公园散心去，露沙只是摇头拒绝。人们每提到宗莹，她便泪盈眼帘，凄楚万状！有一天晚上，月色如水，幽景绝胜，云青打电话邀她家里谈话，她勉强打起精神，坐了车子，不到一刻钟就到了。这时云青正在她家土山上一块云母石上坐着，露沙因也上了山，并肩坐在那块长方石上。云青说："今夜月色真好，本打算约玲玉、宗莹我们四个人，清谈竟夜，可恨剑卿和师旭把她们俩伴［绊］住了不能来——想想朋友真没交头，起初情感浓挚，真是相依为命，到了结果，一个一个都风流云散了，回想往事，只恨多余！怪不得我妹妹常笑我傻。我真是太相信人了！"露沙说："世界上的事情，本来不过尔尔，相信人，结果固然不免孤另之苦，就是不相信人，何尝不是依然感到世界的孤寂呢？总而言之，求安慰于善变化的人类，终是不可靠的，我们还是早些觉悟，求慰于自己吧！"露沙说完不禁心酸，对月怔望，云青也觉得十分凄楚，歇了半天，才叹道："从前玲玉老对我说：同性的爱和异性的爱是没有分别的，那时我曾驳她这话不对，她还气得哭了，现在怎么样呢？"露沙说："何止玲玉如此？便是宗莹最近还有信对我说：'十年以后同退隐于西子湖畔'呢！那一句是可能的话，若果都相信她们的话，我们的后路只有失望而自杀罢了！"

她们直谈到夜深更静，仍不想睡。后来云青的母亲出来招呼她们去睡，她们才勉强进去睡了。

露沙从失望的经验里，得到更孤僻的念头，便是对于最信仰的梓青，也觉淡漠多了。这一天正是星期六，七点多钟的时候，梓青打电话来邀她看电影，她竟拒绝不去，梓青觉得她的态度变得很奇怪。当时没说什么，第二天来了一封信道：

露沙！

我在世界上永远是孤零的呵！人类真正太惨刻了！任我流涸了泪泉；任我粉碎了心肝，也没有一个人肯为我叫一声可怜！更没有人为我洒一滴半滴的同情之泪！便是我向日视为一线的光明，眼见得也是暗淡无光了！唉！露沙！若果你肯明明白白告诉我说："前头没有路了！"那末我决不再向前多走一步，任这一钱不值的躯壳，随万丈飞瀑而去也好；并颓岩而同堕于千仞之深渊也好；到那时我一切顾不得了。就是残苛的人类，打着得胜鼓宣布凯旋，我也只得任他了……唉！心乱不能更续，顺祝

康健！

梓青

露沙看完这封信，心里就像万弩齐发，痛不可忍，伏在枕上呜咽悲哭，一面自恨自己太怯弱了！人世的谜始终打不破，一面又觉得对不住梓青，使他伤感到这步田地，知情交战，苦苦不休，但她天性本富于感情，至于平日故为旷达的主张，只不过一种无可如何的呻吟。到了这种关头，自然仍要为情所胜了，况她生平主张精神的生活，她有一次给莲裳一封信，里头有一段说：

"许多聪明人，都劝我说：'以你的地位和能力，在社会上很有发展的机会，为什么作茧自束呢?'这话出于好意者的口里，我当然是感激他，但是一方我却不能不怪他，太不谅人了！……若果人类生活在世界上，只有吃饭穿衣服两件事，那末我早就葬身狂浪怒涛里了，岂有今日？……我觉得宛转因物，为

世所称，倒不如行我所适，永垂骂名呢？干枯的世界，除了精神上，不可制止情的慰安外，还有别的可滋生趣吗？……”

露沙的志趣，既然是如此，那末对于梓青十二分恳挚的态度，能不动心吗？当时拭干了泪痕，忙写了一封信，安慰梓青道：——

梓青！

你的信来，使我不忍卒读！我自己已是世界上最不幸的人了！何忍再拉你同入漩涡？所以我几次三番，想使你觉悟，舍了这九死一生的前途，另找生路，谁知你竟误会我的意思，说出那些痛心话来！唉！我真无以对你呵！

我也知道世界最可宝贵，就是能彼此谅解的知己，我在世上混了二十余年，不遇见你，固然是遗憾千古，既遇见你，也未尝不是夙孽呢？……其实我生平是讲精神生活的，形迹的关系有无，都不成问题，不过世人太苛毒了！对于我们这种的行径，排斥不遗余力，以为这便是大逆不道，含沙射影，使人难堪，而我们又都是好强的人，谁能忍此？因而我的态度常常若离若即，并非对你信不过，谁知竟使你增无限苦楚。唉！我除向你诚恳的求恕外，还有什么话可说！愿你自己保重吧！何苦自戕过甚呢？祝你

精神愉快！

露沙

梓青接到信后，又到学校去会露沙，见面时，露沙忽触起前情，不禁心酸，泪水几滴了下来，但怕梓青看见，故意转过

脸去，忍了半天，才慢慢抬起头来，梓青见了这种神情，也觉十分凄楚，因此相对默默，一刻钟里一句话也没有。后来还是露沙问道："你才从家里来吗？这几天蔚然有信没有？"梓青答道："我今天一早就出门找人去了，此刻从于农那里来，蔚然有信给于农，我这里有两三个礼拜没接到他的信了。"露沙又问道："蔚然的信说些什么？"梓青道："听于农说，蔚然前两个星期，接到云青的信，拒绝他的要求后，苦闷到极点了，每天只是拚命的喝酒。醉后必痛哭，事情更是不能做，而他的家里，因为只有他一个独子，很希望早些结婚，因催促他向他方面进行，究竟怎么样还说不定呢！不过他精神的创伤也就够了。……云青那方面，你不能再想法疏通吗？"

"这事真有些难办，云青又何尝不苦痛？但她宁愿眼泪向里流，也绝不肯和父母说一句硬话。至于她的父母又不会十分了解她，以为她既不提起，自然并不是非蔚然不嫁。那末拿一般的眼光，来衡量蔚然这种没有权术的人，自难入他们的眼，又怎么知道云青对他的人格十分信仰呢？我见这事，蔚然能放下，仍是放下吧！人寿几何？容得多少磨折？"

梓青听见露沙的一席话，点头道："其实云青也太懦弱了！她若肯稍微奋斗一点，这事自可成功……若果她是坚持不肯，我想还是劝蔚然另外想法子吧！不然怎么了呢？"说到这里，便停顿住了，后来梓青又向露沙说："……你的信我还没覆你，……都是我对不住你，请你不要再想吧！"说到这里眼圈又红了。露沙说："不必再提了，总之不是冤家不对头！……你明天若有工夫，打电话给我，我们或者出去玩，免得闷着难受。"梓青道："好！我明天打电话给你，现在不早了，我就走吧。"说着站起来走了。露沙送他到门口，又回学校看书去了。

宗莹本来打算在中秋节结婚，因为预备来不及，现在改在年底了。而师旭仿佛是急不可待，每日下午都在宗莹家里直谈到晚上十点，才肯回去，有时和宗莹携手于公园的苍松荫下，有时联舞于北京饭店跳舞场里，早把露沙和云青诸人丢在脑后了。有时遇到，宗莹必缕缕述说某某夫人请宴会，某某先生请看电影，简直忙极了，把昔日所谈的求学著书的话，一概收起。露沙见了她这种情形，更觉格格不入，有时觉得实在忍不住了，因苦笑对宗莹说："我希望你在快乐的时候，不要忘了你的前途吧！"宗莹听了这话，似乎很能感动她。但她确不肯认她自己的行动是改了前态，她必定说："我每天下午还要念两点钟英文呢！"露沙不愿多说，不过对于宗莹的情感，一天淡似一天，从前一刻不离的态度，现在竟弄到两三个星期不见面，纵见了面也是相对默默，甚至于更引起露沙的伤感。

宗莹结婚的上一天晚上，露沙在她家里住下，宗莹自己绣了一对枕头，还差一点不曾完工，露沙本不喜欢作这种琐碎的事，但因为宗莹的原故，努力替她绣了两个玫瑰花瓣。这一夜她们家里的人忙极了，并且还来了许多亲戚，来看她试妆的。露沙嫌烦，一个人坐在她父亲的书房，替她作枕头。后来她父亲走了进来，和她谈话之间，曾叹道："宗莹真没福气呵！我替她找一个很好的丈夫她不要，唳！若果你们学校的人，有和那个姓祝的结婚，真是幸福！不但学问好，而且手腕极灵敏，将来一定可以大阔的。……他待宗莹也不算薄了，谁知宗莹竟看不上他！"露沙不好回答什么，只是含笑唯诺而已。等了些时她父亲出去了，宗莹打发老妈子来请露沙吃饭，露沙放下针线，随老妈子到了堂屋，许多艳装丽服的女客，早都坐在那里，露沙对大家微微点头招呼了，便和宗莹坐在一处。这时宗莹收拾得额覆卷发，凸凹如水上波纹，耳垂明珰，灿烂与灯光争耀，身上穿着玫瑰紫的缎袍，手上戴着订婚的钻石戒指，锐光四射。露沙对她不住的端相，觉得宗莹变了一个人。从前在学校时，仿佛是水上沙鸥，活泼清爽。今天却像笼里鹦鹉，毫无生气，板板地坐在那里，任人凝视，任人取笑，她只低眉默默，陪着那些钗光鬓影的女客们吃完饭。她母亲来替她把结婚时要穿的礼服，一齐换上。祖宗神位前面点起香烛，铺上一块大红毡子，叫人扶着宗莹向上叩了三个头。后来她的姑母们，又把她父母请出来，宗莹也照样叩了三个头。其余别的亲戚们也都依次拜过。又把她扶到屋里坐着。露沙看了这种情形，好像宗莹明天就是另外一个人了，从前的宗莹已经告一结束，又见她的父母都凄凄悲伤，更禁不住心酸，但人前不好落泪，仍旧独自跑到书房去，痛痛快快流了半天眼泪，后来客人都散了，宗莹来找她去睡觉。她走进屋子，一言不发，忙忙脱了外头衣服，上床脸向里睡下。宗莹此时也觉得有些凄惶，也是一言不发的睡下，其实各有各的心事，这一夜何曾睡得着。第二天天才朦胧，露沙回过脸来，看见宗莹已醒，她似醉非醉，似哭非哭的道："宗莹！从此大事定了！"说着涕泪交流，宗莹也觉得从此大事定了的一句话，十分伤心，不免伏枕呜咽。后来还是露沙怕宗莹的母亲忌讳，忙忙劝住宗莹。到七点钟大家全都起来了，忙忙地收拾这个，寻找那个，乱个不休，到十二点钟，迎亲的军乐已经来了，那种悲壮的声调，更搅得人肝肠裂碎。露沙等宗莹都装饰好了，握着她的手说："宗莹！愿你前途如意！我现在回去了，礼堂上没什么意思，我打算不去，等过两天我再来看你吧！”宗莹只低低应了一声，眼圈已经红润了，露沙不敢回头，一直走了。

露沙回到家里，恹恹似病，饮食不进，闷闷睡了两天，有一天早起家里忽来一纸电报，说她母亲病重，叫她即刻回去。露沙拿着电报，又急又怕，全身的血脉，差不多都凝住了，只觉寒战难禁。打算立刻就走，但火车已开过了，只得等第二天的早车，但这一下半天的光阴，真比一年还难挨。盼来盼去，太阳总不离树梢头，再一想这两天一夜的旅程，不独凄寂难当，更怕赶不上与慈母一面，疑怕到这里，心头阵阵酸楚，早知如此，今年就不当北来？

好容易到了黄昏。宗莹和云青都闻信来安慰她，不过人到真正忧伤的时候，安慰决不生效果，并且相形之下，更触起自己的伤心来。

夜深了，她们都回去，露沙独自睡在床上，思前想后，记得她这次离家时，母亲十分不愿意，临走的那天早起，还亲自替她收拾东西，叮嘱她早些回来，——如果有意外之变，将怎样？她越思量越凄楚！整整哭了一夜，第二天早起，匆匆上了火车，莲裳这时也在北京，她到车站送她，莲裳惜然的神情，使露沙陡怀起，距此两年前，那天正是夜月如水的时候，她到莲裳家里，问候她母亲的病，谁知那时她母亲正断了气，莲裳投在她怀里，哀哀地哭道：“我从今以后没有母亲了！”呵！那时的凄苦，已足使她泪落声咽。今若不幸，也遭此境遇，将怎么办？觉得自己的身世真是可怜，七岁时死了父亲，全靠阿母保育教养。有缺憾的生命树，才能长成到如今，现在不幸的消息，又临到头上。……若果再没有母亲，伶仃的身世，还有什么勇气和生命的阻碍争斗呢？她越想越可怕，禁不住握着莲裳的手，呜咽痛哭。莲裳见景伤情，也不免怀母陪泪，但她还极诚挚的安慰她说：“你不要伤心，伯母的病或者等你到家已经好了，也说不定……并且这一路上，你独自一个，更须自己保重，倘若急出病来，岂不更使伯母悬心吗？”露沙这时却不过莲裳的情，遂极力忍住悲声。

后来云青和永诚表妹都来了。露沙见了她们，更由不得伤心，想每回南旋的时候，虽说和她们总不免有惜别的意思，但因抱着极大的希望——依依于阿母肘下，同兄嫂妹妹等围绕于阿母膝前如何的快活？自然便把离愁淡忘了，旅程也不觉凄苦了。但这一次回去，她总觉得前途极可怕，恨不得立时飞到阿母面前。而那可恨的火车，偏偏迟迟不开，等了好久，才听铃响，送客的人纷纷下车，宗莹莲裳她们也都和她握手言别，她更觉自己伶仃得可怜，不免又流下泪来。

在车上只是昏昏恹恹，好容易盼到天黑，又盼天亮，念到阿母病重，就如堕身深渊，混身起栗，泪落不止。

不久车子到了江边，她独自下了车，只觉混身疲软，飘飘忽忽上了渡船，在江里时，江风尖利，她的神志略觉清爽，但望着那奔腾的江浪，只觉到自己前途的孤零和惊怕，唉！上帝！若果这时明白指示她母亲已经不在人间了，她一定要藉着这海浪缀成的天梯，去寻她母亲去……

过了江上了沪宁车，再有六七个钟头到家了，心里似乎有些希望，但是惊惧的程度，更加甚了，她想她到家时，或者阿母已经不能说话了，她心里要怎样的难受？……但她又想上帝或不至如此绝人——病是很平常的事，何至于一病不起呢？

那天的车偏偏又误点了，到上海已经十二点半钟，她急急坐上车奔回家去，离家门不远了，而急迫和忧疑的程度，也逐层加增，只有极力嘘气，使她的呼吸不至壅塞。车子将转湾[弯]了，家门可以遥遥望见，母亲所住的屋子，楼窗紧闭，灯火全熄，再一看那两扇黑门上，糊着雪白的丧纸，她这时一惊，只见眼前一黑，便昏晕在车上了，过了五分钟才清醒过来，等不得开门，她已失声痛哭了，等到哥哥出来开门时，麻衣如雪，涕泪交下，她无力的扑在灵前，哀哀唤母，但是桐棺三寸，已隔人天，露沙在灵前哭了一夜，第二天更不支，竟寒热交作卧病一星期，才渐渐好了。

露沙在母亲的灵前守了一个月，每天对着阿母的遗照痛哭，朋友们来函劝慰，更提起她的伤心。她想她自己现在更没牵挂了，把从前朋友们写的信，都从书箱里拿出来，一封封看过，然后点起一把火烧了。觉得眼前空明，心底干净。并且决心任造物的播弄，对于身体毫不保重，生死的关头，已经打破。有一天夜里她梦见她的母亲来了，仿佛记起她母亲已死，痛哭起来，自己从梦中惊醒，掀开帐子一看，星月依稀，四境凄寂，悄悄下了床，把电灯燃着，对着母亲的照像又痛哭了一场。然后含泪写了一封信给梓青道：

> 梓青！
>
> 可怜无父之儿复抱丧母之恨，苍天何极，绝人至此——清夜挑灯，血泪沾襟矣！
>
> 人生朝露，而忧患偏多，自念身世，怆怀无限！阿母

死后，益少生趣。沙非敢与造物者抗，特雨后梨花，不禁摧残，后此作何结局，殊不可知耳！

目下丧事已楚，友辈频速北上，沙亦不愿久居此地，盖触景伤情，悲愁益不胜也！梓青来函，责以大义，高谊可感。唯沙经此折磨，灰冷之心，有无复燃之望，实不敢必。此后惟飘泊天涯，消沈以终身，谁复有心与利禄征逐，随世俗浮沈哉，望梓青勿复念我。好自努力可也。

沙已决明旦行矣。申江云树，不堪回首，嗟乎？冥冥天道，安可论哉？……

露沙

露沙写完信后，天已发亮。因把行李略略检楚，她的哥哥妹妹都到车站送她。临行凄凉，较昔更甚，大家洒泪而别。露沙到京时，云青曾到车站接她，并且告诉她，宗莹结婚后不到一个月，便患重病，现在住在医院里，露沙觉得人生真太无聊了！黄金时代已过，现在好像秋后草木，只有飘零罢了！

玲玉这时在上海，来信说半年以内就要结婚，露沙接信后，不像前此对于宗莹、莲裳那种动心了，只是淡淡写了一封贺她成功的信。这时露沙昔日的朋友，一个个都星散了。北京只剩了一个云青和久病的宗莹，至于孤云和兰馨，虽也在北京，但露沙轻易不和她〈们〉见面，所以她最近的生活，除了每天到学校里上课外，回来只有昏睡。她这时住在舅舅家里，表妹们看见她这样，都觉得很可忧的。想尽种种方法，来安慰她，不但不能止她的愁，而且每一提起，她更要痛哭。她的表妹知道她和梓青极好，恐怕能安慰她的只是他了，因给梓青写了一封信道：

梓青先生：

我很冒昧给你写信，你一定很奇怪吧？你知道我表姊近来的状况怎样吗？她自从我姑母死后，更比从前沈默了！每天的枕头上的泪痕，总是不干的，我们再三的劝慰，终无益于事，而她的身体本来不好，那经得起此种的殷忧呢？你是她很好的朋友，能不能想个法子安慰她？我盼望你早些北来，或者可稍杀她的悲怀！

我们一家人，都为她担忧，因为她向来对于人世，多抱悲观，今更经此大故，难保没有意外的事情发生。……要说起她，也实在可怜，她自幼所遇见的事，已经很使她感觉世界的冷苛，现在母亲又弃她而去，一个人四海飘泊，再有勇气的人，也不禁要志馁心灰呵！你有方法转移她的人生观吗？盼望得很，再谈吧！此祝

康乐！

露沙的表妹上

露沙这一天早起，觉得头脑十分沈闷，因走到院子里站了半晌，才要到屋里去梳头，听差的忽进来告诉她说，有一个姓朱的来访，她想了半天，不知道是谁，走到客厅，看见一个女子，面上微麻，但神情眼熟得很，好像见过似的，凝视了半天，才骇然问道："你是心悟吗①？我们三年多不见了！……你从那里来？前些日子竹荪有信来，说你去年出天花，很危险，现在

① 心悟，即吴婉贞，庐隐中学同学。

都康全了?”心悟愔然道：“人事真不可料，我想不到活到二十几岁，还免不了出这场天灾，我早想写信给你，但我自病后心情灰冷，每逢提笔写信，就要触动我的伤感。人们都以为我病好了，来称贺我！其实能在那时死了，比这样活着强得多呢!”露沙说：“灾病是人生难免的，好了自然值得称贺，你为什么说出这种短气的话来?”心悟被露沙这么一问，仿佛受了极大的刺激般，低头哽咽，歇了半天，她才说：“我这病已经断送了我梦想的前途，还有什么生趣?”露沙不明白她的意思，只为不过她一时的感触，不愿多说，因用别的话叉开，谈了些江浙的风俗，心悟也就走了。

过了几天，兰馨来谈[①]，忽问露沙说：“你知道你那朋友朱心悟已经解除婚约了吗?”露沙惊道：“这是怎么一回事，怪道那天她那样情形呢!”兰馨因问什么情形，露沙把当日的谈话告诉她。兰馨叹道：“作人真是苦多乐少，像心悟那样好的人，竟落到这步田地？真算可怜！心悟前年和一个青年叫王文义的订婚，两个人感情极好，已经结婚有期，不幸心悟忽然出起天花来，病势十分沉重，直病了四个多月才好。好了之后脸上便落了许多麻点，其实这也算不得什么，偏偏心悟古怪心肠，她说：‘男子娶妻，没一个不讲究容貌的，王文义当日再三向她求婚，也不过因爱她的貌，现在貌既残缺，还有什么可说，王文义纵不好意思，提出退婚的话，而他的家人已经有闲话了。与其结婚后使王文义不满意，到不如先自己退婚呢!’心悟这种的主张发表后，她的哥哥曾劝止她，无奈她执意不肯，无法只得照她

① 兰馨，即舒畹荪，此时为安庆实验小学校长。

的话办了。王文义起初也不肯答应，后来经不起家人的劝告，也就答应了。离婚之后心悟虽然达到目的，但从此她便存心逃世，现在她哥哥姊妹们都极力劝她。将来怎么样，还说不定呢！”兰馨说完了，露沙道：“怎么年来竟是这些使人伤心的消息呵！心悟从前和我在中学同校时，是个极活泼勇进的人，现在只落得这种结果，唉！前途茫茫，怎能不使人望而生畏！”不久兰馨走了。露沙正要去看心悟，邮差忽送来一封信，是梓青寄的。她拆开看道：

露沙！露沙！

你真忍决心自戕吗？固然世界上的人都是残忍的，但是你要想到被造物所播弄的，不止你一个人呵，你纵不爱惜自己，也当为那同病的人，稍留余地！你若绝决而去，那同病者岂不更感孤零吗？

露沙！我唯有自恨自伤，没有能力使你减少悲怀，但是你曾应许我作你唯一的知己，那末你到极悲痛的时候，也当为我设想，若果你竟自绝其生路，我的良心当受何种酷责？唉！露沙！在形式上，我固没有资格来把你孤寂的生活，变热闹了。而在精神上，我极诚恳的求你容纳我，把我火热的心魂，伴着你萧条空漠的心田，使她开出灿烂生趣的花，我纵因此而受任何苦楚，都不觉悔的。露沙！你应允我吧！

我到京已两日，但事忙不能立时来会你，明天下午我一定到你家里来，请你不要出去。别的面谈，祝你快活！

梓青

露沙看过信后，不免又伤感了一番，但觉得梓青待她十分诚恳，心里安慰许多。第二天梓青来看她，又劝她好些话，并拉她到公园散步，露沙十分感激他，因对梓青道："我此后的岁月，只是为你而生！"梓青极受感动，一方面觉得露沙引自己为知己，是极荣幸的，但一方面想到那不如意的婚姻，又万感丛集，明知若无这层阻碍，向露沙求婚，一定可操左券，现在竟不能。有一次他曾向露沙微露要和他妻子离婚的意思，露沙凄然劝道："身为女子，已经不幸！若再被人离弃，还有生路吗？况且因为我的缘故，我更何心？所谓我虽不杀伯仁，伯仁由我而死，不但我自己的良心无以自容，就是你也有些过不去，……不过我们相知相谅，到这步田地；申言绝交，自然是矫情。好在我生平主张精神生活，我们虽无形式的结合，而两心相印，已可得到不少安慰。况且我是劫后余灰，绝无心情，因结婚而委身他人，若果天不绝我们，我们能因相爱之故，在人类海里，翻起一堆巨浪，也就足以自豪了！"梓青听了这话，虽极相信露沙是出于真诚，但总觉得是美中不足，仍不免时时怅惘。

过了几个月，蔚然从上海寄来一张红帖，说他已与某女士订婚了①，这帖子一共是两张，一张是请她转寄给云青的，云青接到帖子以后，曾作了一首诗贺蔚然道：——

燕语莺歌，
不是赞美春光娇好，

① 某女士，即高梦旦之女高君箴。

是贺你们好事成功了！
祝你们前途如花之灿烂！
谢你们释了我的重担！

云青自得到蔚然订婚消息后，转比从前觉得安适了，每天努力读书，闲的时候，就陪着母亲谈话，或教弟妹识字，一切的交游都谢绝了，便是露沙也不常见，有时到医院看看宗莹的病，宗莹病后，不但身体孱弱，精神更加萎靡，她曾对露沙说："我病若好了，一定极力行乐，人寿几何？并且像我这场大病，不死也是侥倖！还有什么心和世奋斗呢？"露沙见她这种消沉，只有凄楚，也没什么话可说。

过了半年宗莹病虽好了，但已生了一个小孩子，更不能出来服务了。这时云青全家要回南，云青在北京教书，本可不回去，但因她的弟妹都在外国求学，母亲在家无人侍奉，所以她决计回去。当临走的前一天，露沙约她在公园话别，她们到公园时才七点钟，露沙拣了海棠荫下的一个茶座，邀云青坐下。这时园里游人稀少，晨气清新，一个小女娃，披着满肩柔发，穿着一件洋式水红色的衣服，露出两个雪白的膝盖，沿着荷池，跑来跑去，后来蹲在草地上，采了一大堆狗尾巴草，随身坐在碧绿的草上，低头凝神编玩意，露沙对着她怔怔出神，云青也仰头向天上之行云望着，如此静默了好久，云青才说："今天兰馨原也说来的，怎么还不见到？"露沙说："时候还早，再等些时大概就来了。……我们先谈我们的吧！"云青道："我这次回去以后，不知我们什么时候再见呢？"露沙说："我总希望你暑假后再来！不然你一个人回到孤僻的家乡，固然可以远世虑，但生气未免太消沈了!”云青凄然道：“反正作人是消磨岁月，北京的政局如此，学校的生活也是不安定，而且世途多难，我们又不惯与人征逐，到不如回到乡下，还可以享一点清闲之福。闭门读书也未尝不是人生乐事!”她说到这里，忽然顿住，想了一想又问露沙道：“你此后的计划怎样?”露沙道：“我想这一年以内，大约还是不离北京，一方面仍理我教员的生涯，一方面还想念点书，一年以后若有机会，打算到瑞士走走；总而言之，我现在是赤条条无牵挂了。作得好呢，无妨继续下去，不好呢，到无路可走的时候，碧玉宫中，就是我的归局了。”云青听了这话，露出很悲凉的神气叹道：“真想不到人事变幻到如此地步，两年前我们都是活泼极的小孩子，现在嫁的嫁，走的走，再想一同在海边上游乐，真是作梦。现在莲裳、玲玉、宗莹都已有结果，我们前途茫茫，还不知如何呢?……我大约总是为家庭牺牲了。”露沙插言道：“还不至如是吧!你纵有这心，你家人也未必容你如此。”云青道：“那倒不成问题，只要我不点头，他们也不能把我怎样。”露沙道：“人生行乐罢了，也何必过于自苦!”云青道：“我并不是自苦……不过我既已经过一番磨折，对于情爱的路途，已觉可怕，还有什么兴趣再另外作起?[①]……昨天我到叔叔家里，他曾劝我研究佛经，我觉得很好，将来回家乡后，一切交游都把她谢绝，只一心一意读书自娱，至于外面的事，一概不愿闻问。若果你们到南方的时候，有兴来找我，我们便可在堤边垂钓，月下吹箫，享受清雅的乐趣，若有兴致，

---

① 云青（王世瑛）最后与张君劢结婚。后以“释因”为笔名写了《悼庐隐》长文，为知己之论、倾情之吊。

作些诗歌，不求人知，只图自娱。至于对社会的贡献，也只看机会许我否，一时尚且不能决定。”

她们正谈到这里，兰馨来了，大家又重新入座，兰馨说：“我今天早起有些头昏，所以来迟！你们谈些什么？”云青说：“反正不过说些牢骚悲抑的话。”兰馨道：“本来世界上就没有不牢骚的人，何怪人们爱说牢骚话！……但是我比你们更牢骚呢！你知道吗？我昨天又和孤云生了一大场气。孤云的脾气真可算古怪透了。幸亏是我的性子，能处处俯就她，才能维持这三年半的交谊，若是遇见露沙，恐怕早就和她绝交了！”云青道：“你们昨天到底为什么事生气呢？”兰馨叹道：“提起来又可笑又可气，昨天我有一个亲戚，从南边来，我请他到馆子吃饭，我就打电话邀孤云来，因为我这亲戚，和孤云家里也有来往，并且孤云上次回南时也曾会过他，所以我就邀她来，谁知她在电话里冷冷地道：‘我一个人不高兴跑那么远去。’其实她家住在东城，到西城来也并不远，不过半点钟就到了！——我就说：‘那末我来找你一同去吧！’她也就答应了，后来我巴巴从西城跑到东城，陪她一齐来，我待她也就没什么对不住她了。谁知我到了她家，她仍是作出十分不耐烦的样子说：‘这怪热的天我真懒出去。’我说：‘今天还不大热，好在路并不十分远，一刻就到了。’她听了这话才和我一同走了。到了饭馆，她只低头看她的小说，问她吃什么菜？她绉着眉头道：‘随便你们挑吧，’那末我就挑了，吃完饭后，我们约好一齐到公园去。到了公园我们正在谈笑，她忽然板起脸来说：‘我不耐烦在这里老坐着，我要回去，你们在这里畅谈吧！’说完就立刻嚷着‘洋车！洋车！’我那亲戚看见她这副神气，很不好过，就说：‘时候也不早了，我们一齐回去吧。’孤云说：‘不必！你们谈得这么高兴，何必也回去呢?’我当时心里十分难过，觉得很对不住我那亲戚，使人家如此的难堪！……一面又觉得我真不值！我自和她交往以来，不知陪却多少小心！在我不过觉得朋友要好，就当全始全终……并且我的脾气，和人好了，就不愿和人坏，她一点不肯原谅我，我想想真是痛心！当时我不好发作，只得忍气吞声，把她招呼上车，别了我那亲戚，回学校去，这一夜我简直不曾睡觉，想起来就觉伤心，”她说到这里，又对露沙说："我真信你说的话，求人谅解是不容易的事！我为她不知精神受多少痛楚呢!"

云青道："想不到孤云竟怪僻到这步田地?"露沙道："其实这种朋友绝交了也罢！……一个人最难堪的是强不合而为合，你们这种的勉强维持，两方都感苦痛，究竟何苦来?"

兰馨沉思半天道："我从此也要学露沙了！……不管人们怎么样，我只求我心之所适，再不轻易交朋友了。云青走后可谈的人，除了你（向露沙说）也没有别人，我倒要关起门来，求慰安于文字中。与人们交接，真是苦多乐少呢!"云青说："世事本来是如此，无论什么事，想到究竟都是没意思的。"

她们说到这里，看看时候已不早，因一齐到来今雨轩吃饭，饭后云青回家，收拾行装，露沙、兰馨和她约好了，第二天下午三点钟车站见面，也就回去了。

云青走后，露沙更觉得无聊，幸喜这时梓青尚在北京。到苦闷时，或者打电话约他来谈，或者一同出去看电影。这时学校已放了暑假，露沙更闲了，和梓青见面的机会很多，外面好造谣言的人，就说她和梓青不久要结婚，并且说露沙的前途很危险，这话传到露沙耳里，十分不快，因写一封信给梓青说：——

梓青！

吾辈夙以坦白自勉，结果竟为人所疑，黑白倒置，能无怅怅！其实此未始非我辈自苦，何必过尊重不负责任之人言，使彼喜含毒喷人者，得逞其技俩，弄其狡狯哉？

沙履世未久，而怀惧已深！觉人心险恶，甚于蛇蝎！地球虽大，竟无我辈容身之地，欲求自全，只有去此浊世，同归于极乐世界耳！唉！伤哉！

沙连日心绪恶劣，盖人言啧啧，受之难堪！不知梓青亦有所闻否？世途多艰，吾辈将奈何？沙怯懦胜人，何况刺激频仍，脆弱之心房，有不堪更受惊震之忧矣！梓青其何以慰我？临楮凄惶，不尽欲言，顺祝

康健！

露沙上

梓青接到信后，除了极力安慰露沙外，亦无法制止人言，过了几个月，梓青因友人之约，将要离开北京，但是他不愿抛下露沙一个人，所以当未曾应招之前，和露沙商量了好几次，露沙最初听见他要走，不免觉得怅怅，当时和梓青默对至半点钟之久，也不曾说出一句话来。后来回到家里，独自沉沉想了一夜，觉得若不叫梓青去，与他将来发展的机会，未免有碍，而且也对不起社会，想到这里，一种激壮之情潮涌于心，第二天梓青来，露沙对他说："你到南边去的事情，你就决定了吧！

我觉得这个机会，很可以施展你生平的抱负，……至于我们暂时的分别，很算不了什么！况我们的爱情也当有所寄托，若徒徒相守，不但日久生厌，而且也不是我们的夙心。”梓青听了这话，仍是犹疑不决道：“再说吧！能不去我还是不去。”露沙道：“你若不去，你就未免太不谅解我了！”说着凄然欲泣，梓青这才说：“我去就是了！你不要难受吧！”露沙这才转悲为喜，和他谈些别后怎样消遣，并约年假时梓青到北京来。他们直谈到日暮才别。

云青回家以后曾来信告诉露沙，她近来生活十分清静，并且已开始研究佛经了，出世之想较前更甚，将来当买田造庐于山清水秀的地方，侍奉老母，教导弟妹，十分快乐。露沙听见这个消息，也很觉得喜慰，不过想到云青所以能达到这种的目的，因为她有母亲，得把全副的心情，都寄托在母亲的爱里，若果也像自己这样漂零的身世，……便怎么样？她想到这里不禁又伤感起来。

有一天露沙正在书房，看《茶花女遗事》，忽接到云青的来信，里头附着一篇小说：露沙打开一看，见题目是《消沈的夜》，其内容是：

只见惨绿色的光华，充满着寂寞的小园，西北角的榕树上，宿着啼血的杜鹃，凄凄哀鸣，树荫下坐着个年约二十三四的女郎，凝神仰首。那时正是暮春时节，落花乱瓣，在清光下飞舞，微风吹绉了一池的碧水，那女郎沈默了半晌，忽轻轻叹了一口气，把身上的花瓣轻轻拂拭了，走到池旁，照见自己削瘦的容颜，不觉吃了一惊，暗暗叹道：

“原来已憔悴到这步田地!”她如悲如怨，倚着池旁的树干出神，迷忽间，仿佛看见一个似曾相识的青年，对她苦笑，似乎说：“我赤裸裸的心，已经被你拿去了，现在你竟弃了我！唉!”那女郎这时心里一痛，睁眼一看，原来不是什么青年，只是那两竿翠竹，临风摇摆罢了。

这时月色已到中天，春寒兀自威凌逼人，她便慢慢踱进屋里去了，屋里的月光，一样的清凉如水，她便拥衣睡下，矇眬之间，只见一个女子，身披白绢，含笑对她招手，她便跟了去，走到一所楼房前，楼下屋窗内，灯光亮极，她细看屋里，有一个青年的女子，背灯而坐，手里正拿着一本书，侧首凝神，好像听她旁边坐着的男子讲什么似的，她看那男子面容极熟，就是那个瘦削身材的青年，她不免将耳头靠在窗上细听，只听那男子说：“……我早应当告诉你，我和那个女子交情的始末，她行止很端庄，性情很温和，若果不是因为她家庭的固执，我们一定可以结婚了。……不过现在已是过去的事，我述说爱她的事实，你当不至怒我吧!”那青年说到这里，回头望着那女子，只见那女子含笑无言……歇了半晌那女子才说：“我到不怒你向我述说爱她的事实，我只怒你为什么不始终爱她呢?”那青年似露着悲凉的神情说：“事实上我固然不能永远爱她，但在我的心象里，却始终没有忘了她呢！……”她听到这里，忽然想起那人，便是从前向她求婚的人，他所说女子，就是自己，不觉想起往事，心里不免凄楚。因掩面悲泣，忽见刚才引她来的白衣女郎，又来叫她道：“已往的事，悲伤无益，但你要知道许多青年男女的幸福，都被这戴紫金冠的魔鬼剥夺了！你看那不是他又来了！”她忙忙向那白衣女郎手指的地方看去，果见有一个青面獠牙的恶鬼，戴着金碧辉煌的紫金冠。那金冠上有四个大字是“礼教胜利”。她看到这里，心里一惊就醒了，原来是个梦，而自己正睡在床上，那消沉的夜已经将要完结了，东方已经发出清白色了。

露沙看完云青这篇小说，知道她对蔚然仍未能忘情，不禁为她伤感，闷闷枯坐无心读书，后来兰馨来了，才把这事忘怀，兰馨告诉她年假要回南，问露沙去不去，露沙本和梓青约好，叫梓青年假北来，最近梓青有一封信说他事情太忙，一时放不下，希望露沙南来，因此露沙就答应兰馨，和她一同南去。

到南方后，露沙回家，到父母的坟上祭扫一番，和兄妹盘桓几天，就到苏州看玲玉，玲玉的小家庭收拾得很好，露沙在她家里住了一星期。后来梓青来找她，因又回到上海。

有一天下午，露沙和梓青在静安寺路一带散步，梓青对露沙说：“我有一件事要和你商量，不知肯答应我不?”露沙说：“你先说来再商量好了。”梓青说：“我们的事业，正在发轫之始，必要每个同志集全力去作，才有成熟的希望，而我这半年试验的结果，觉得能实心蹋地作事的时候很少，这最大的原因，就是因为悬怀于你……所以我想，我们总得想一个解决我们根本问题的方法，然后才能谈到前途的事业。”露沙听了这话，呻吟无言，……最后只说了一句：“我们从长计议罢!”梓青也不往下说去，不久他们回去了。

过了几个月，云青忽接到露沙一封信道：——

云青！

别后音书苦稀，只缘心绪无聊，握管益增怅惘耳，前接来函，藉悉云青乡居清适，欣慰无状！沙自客腊南旋，依旧愁怨日多，欢乐时少，盖飘萍无根，正未知来日作何结局也！时晤梓青，亦郁悒不胜；唯沙生性爽宕，明知世路险峻，前途多难，而不甘踯躅歧路，抑郁瘦死。前与梓青计划竟日，幸已得解决之策，今为云青陈之。

曩在京华沙不曾与云青言乎？梓青与沙之情爱，成熟已久，若环境顺适，早赋于飞矣，乃终因世俗之梗，夙愿莫遂！沙与梓青非不能铲除礼教之束缚，树神圣情爱之旗帜，特人类残苛已极，其毒焰足逼人至死！是可惧耳！

日前曾与梓青，同至吾辈昔游之地，碧浪滔滔，风响凄凄，景色犹是，而人事已非，怅望旧游，都作雨后梨花之飘零，不禁酸泪沾襟矣！

吾辈于海滨徘徊竟日，终相得一佳地，左绕白玉之洞，右临清溪之流，中构小屋数间，足为吾辈退休之所，目下已备价购妥，只待鸠工造庐，建成之日，即吾辈努力事业之始。以年来国事蜩螗，固为有心人所同悲，但吾辈则志不在斯，唯欲于此中留一爱情之纪念品，以慰此干枯之人生，如果克成，当携手言旋，同逍遥于海滨精庐，如终失败，则于月光临照之夜，同赴碧流，随三闾大夫游耳。今行有期矣，悠悠之命运，诚难预期，设吾辈卒不归，则当留此庐以飨故人中之失意者。

宗莹、玲玉、莲裳诸友，不另作书，幸云青为我达之。此牍或即沙之绝笔，盖事若不成，沙亦无心更劳楮墨以伤子之心也！临书凄楚，不知所云，诸维珍重不宣！

露沙书

云青接到信后，不知是悲是愁，但觉世界上事情的结局，都极惨淡，那眼泪便不禁夺眶而出。当时就把露沙的信，抄了三份，寄给玲玉、宗莹、莲裳，过了一年，玲玉邀云青到西湖避暑。秋天的时候，她们便绕道，到从前旧游的海滨，果然看见有一所很精致的房子，门额上写着“海滨故人”四个字，不禁触景伤情，想起露沙已一年不通音信了，到底也不知道是成是败，屋迩人远，徒深驰想，若果竟不归来，留下这所房子，任人凭吊，也就太觉多事了！

她们在屋前屋后徘徊了半天，直到海上云雾罩满，天空星光闪烁，才洒泪而归，临去的一霎，云青兀自叹道：“海滨故人！也不知何时才赋归来呵！”

（本篇最初分别发表于 1923 年 10、12 月《小说月报》第 14 卷第 10、12 号，后收入 1925 年 7 月由商务印书馆印行的《海滨故人》集）

淡　　雾

天空充满了淡雾，在这里面的一切，星光呵，月华呵，都只是绰约的，人们要想把这淡雾洗荡干净，更逼真的认清了一切，那只是心的低呼，便颠顿了一生，也是徒劳的哟！

在这使人迷惘的淡雾中，她已被轻风从梦里惊醒了，抬头看见星光正和她眉语，月儿正同她微笑，她从沙发上坐了起来，那云罗的睡衣正象天空的淡雾，隐隐看出她胸前的一只金盒，闪烁着仿佛淡雾背后的明星。她轻轻的摩挲着，不知不觉已来到窗前，淡白的星月融化的光，如幻灯般正射在一丛白茶花上，一片溶溶，仿佛溪水悄悄流过雪色的沙滩，芬馨的花气如醉人的美酒，她陶醉了不知多少时候，若不是夜莺一声低唱，她的心灵将和花魂，交绕成一朵彩云飞腾到万点星光之上，游翔于廓大的太空里了。

她正抚摩着那胸前的金盒，想像着盒中人影，忽见远处柳条儿微微荡动，在花影铺满的白石上，走过一个少年来，正是那盒中的人影的，她不禁心花颤动，低声问道：“你从那里来……夜已深了。”

那少年两手插在衣袋里，仰头望着天空说：“原来夜已深了……但是你不知道美的神，正在那里唱着呼唤失了心的青年的歌吗……”

她似乎不很了解他的命意，只是对他怔望着，一言不发，但她此刻的确感到这画图般的夜色里，正是他应来的时候，她含笑说：“你见过宣哥吗？”他说：“我正从他那里来，宣哥曾告诉我，你的窗前一丛茶花，正开的十分美丽，但我来时，被花神降伏了，心身都不自由，竟顾不到评赏了。”

这时她走到回廊边，对那少年说：“你看淡雾夺了星月的光彩，此地树荫花影又特别浓厚……我们把电灯开了谈吧！”

“不！这样的清境，若加上人间的烟火，太煞风景了！”他说着已走近她的身旁，畏怯着伸过手来，抚着她的肩说：“你为什么仿佛不痛快似的？……哦！莫非你不愿意我来搅你吗？……”她只摇摇头，默默无言，他捏着她的手，心脉狂激着，似恨自己太蠢，怎么不知道她需要什么呢？于是他又问她道：“你生气了吗？若果是的，我就走开吧，……但是……”她这时很感动的，侧转头含泪望着他，似乎有无限的隐衷，不过她依然不说一句话，而她不愿意他就走的表示，比言语的挽留，更明显而有魔力，他立刻决定说：“不！我绝不就走，好在这时不过十一点钟，至少还有六十分可以厮守。”

淡雾里的月光，又被浮云遮蔽了，四围渐渐黑暗起来，她怯怯的傍着他，一同坐在雕栏上，浓郁的花香，熏醉了人间的怯弱者，她的头如经风的花朵，无力的依在他的胸前，微微的叹息着；他用温和的手，抚着她覆额的软发说：“星呵！不要悲苦，听我唱你作的恋歌吧：

圣母在儿心中播了爱的种，
春天长出嫩黄色的芽，
现在开了五瓣灿烂的花，
除了妈妈带走的一朵，
儿一并都送给他，
他那里有青苍润泽的心田，
所有的花，将在那里生根了，
繁荣了，
呵！爱人！
不要粗心摧伤她，
瓣儿萎了，儿的心要片片碎了，
你的心田也将荒芜了！

他低声悠扬的唱着，她闭着眼睛在他的臂上，直至歌声止了，她才抬起头来，忽见月儿又拨开云被，得胜的清光，很明显的，照在这树荫和花影之下，她看见白石地上，有一双相偎的人影，这影儿仿佛恶魔般使她惊吓，陡然从他怀里离开他，凄然道：“这是应该的吗？我们还不曾……”

“哦！星呵！这到底有什么要紧呢？爱神永远隐在神秘的淡雾后面，谁能预先知道降临的时候，……她带着新鲜的生趣来，我们何忍过于残忍的拒绝她呢！而且她最喜欢和不曾结婚，而有爱情的男女来往，她极力发扬她伟大的光耀，使那青年男女忘了一切的愁苦，努力的跟她奔上人间的道路，……那已经衰老的父亲和母亲，他们固然比我们聪明，不受爱神的支配了，但他们已经是老了……星呵！光阴比驾驷马的车，跑得还要快，我们自己要爱惜我们的青春!”

“不！我总是怯弱，我不敢和你表同情，我曾看见许多被人侮辱而唾骂的女子，都是因为不能躲避爱神的降临。”

他说：“星！这都是人类不自然的做作，……结婚！单只是结婚，便可遮盖一切的罪恶吗？无论他和她不是因爱神的使命，而勉强的亲密，至少是像狗和狗的亲密没什么分别!”

“呵，你不应当说得太奇怪了!”这时她仿佛有些不服气的神情，但他的话，决不因此而止，如同决了口的河流，不住的潺潺流着：

“星！你知道爱是全人类活动的中心的力，若使拒绝了爱，谁还能如槁木死灰般活着，——人绝不是只有物质的身体呵！我们培养身体不遗余力，独独拒绝灵的资料，不是愚得可怜吗?!”

她听到这里，实在忍不住了，含怒道：“不用说了！你的话怕不是真理吗？但世界上的人，不能人人都象你，……惭愧，我又是女子，没这么大魄力，来作这个先锋，作得好还罢了，失败了谁肯为她表一星半星的同情，而原谅她呢？而且世界上肯负责任的男子，也太少了，这些大题目，只好让你们去高调独唱吧!”

她说完愤愤站了起来，把电灯开了，他觉得不好再久留，露着怅惘的神情说：“星！你大约倦了，我们暂且分别吧!”她只点点头道："好！再见吧！"他无精打彩的去了，她依旧站在花前不动，心里觉得很不安，把将才的怒气，都化成轻烟，微雾，随着爱的微风，散净了。

花丛里，忽然飞出一对萤火虫来，清光缥碧，绕着花丛，一前一后的飞翔，仿佛爱神联袂来临人间，在她们自由的翅上闪烁着爱的奇光，她们时时低唱着微妙的恋歌，这时她不知不觉流出愉快而惊奇的泪来，她张开温柔的双臂，环抱着那一丛香气馥郁的白茶花，用火热爱情焚烧的唇，轻轻的吻着；直到星月的光华，都隐入淡雾的神幔中，她才更回到人间，惊喜的赞美那伟大爱的光辉，和无穷的神秘，正合淡雾般，笼罩了干枯的人间，使她忘记了实在的丑恶，深恋着无边的前途！

（本篇最初发表于1923年12月1日《晨报五周年纪念增刊》）

新的遮拦

在东方森沈的空气里，忽然多出一股新鲜的气流，这气流敲着东方人陈旧的遮拦说："怯弱而固执的朋友！你们看这五色缥缈的朝旭，不是又轻妙又昳丽吗[①]？为什么用这又高又大的遮拦挡住呢？还有自由的溪水，绕着无数的沙砾奔驰，它们多末活泼呵！为什么用这又高又大的遮拦挡住呢？朋友，开了你们的心门吧！努力打倒这个又高又大的遮拦吧！"气流天天在东方人的心门外叫着，那住在遮栏旁边的人们，渐渐注意这种的呼声了。

这气流的呼声，越来越高。这一天早晨住在遮拦里的琅珠女士第一次听见气流的呼声了。她自言自语的道："怪呵！原来这遮拦以外还有如许美丽的所在吗？"她悄悄走到遮拦旁边，寻

① 昳（yì）丽，形容光艳美丽。

觅了好久，最后她找到一个隙孔了。她将眼凑着隙孔，往外看，呵！真美丽，如絮的飞云，托着鲜红的彩霞，金色的光闪烁着，缥碧的溪流，从洁白的沙砾上，有时从容漫步，彷佛窃听沙砾底下蚌蛤私语似的；又有时飞奔而前，仿佛追逐匆促的韶光似的；此外还有清秀的山，在山脚斜坡的地方，有许多自由的青年男女，在那里聚会。……琅珠女士这时叹了一口气，悄悄离了那地方。这时遮拦这边的人们，都慢慢从梦里醒了，看见琅珠女士从他们门前走过时，大家都不觉诧异，为什么她满面怅惘呢？邻家的人，好奇的探问琅珠说："姐姐！你的生活很快乐，什么事情使你发愁？"琅珠摇头不答，只是用手指那遮拦的隙孔，那人很怀疑的跑过去，看见那隙孔，并且看见隙孔以外的东西，于是遮拦里的人，立刻骚搅起来，那隙孔被青年们用刀剜得越来越大，最后他们竟把那遮拦推倒了。

从这一天以后，东方的世界，逞了大变动，从前种种的习惯，都觉得很不惯了，本来东方的人们，男女的界限分得最清楚，他们的古训，有男女授受不亲这一条，但自从这又高又大的遮拦倒坏以后，他们受了遮拦以外青年男女的同化，他们感觉自己的愚笨了。

这一天正是他们国家被邻国欺侮的消息，传到民间的时候，无论男的女的，都愤愤不平，他们这时仿效着遮拦以外的青年男女的办法，立刻聚集起会议来。

在午后四点多钟的时候，他们都陆续来到一座楼房面前，在西北角上一间会场，现在已经布置好了。到会的人，越来越多，不久全会场已没有多余的位子了。主席上了讲台，正预备开始会议，这时门外走进一个女子来，年纪约二十左右，白净面皮，细高身材，两只眼神，十分沉着，正是琅珠女士。她右脚已垮［跨］进门槛，但一看四围已经没有坐位，她便怔住不再前进了。脸上露出很失望而羞惭的样子。她正要退了出去，那靠门很近第一排椅上坐着的青年，这时站起来，把位子让给琅珠，他自己往后面站着去了。琅珠点了一点头，含笑坐下，向四围一看，全会场静悄悄的，但许多的眼光，都冷森森射到自己这边来，便是那主席也似哑子沉默无言怔望着。

琅珠觉得不很自在，心想这是什么意思呢？莫非这种事实，是第一次发现吗？他们对于女子参与会议，总感着新鲜的趣味，正仿佛从来不曾开过花的铁树，第一次开花谁也不能不惊奇和注意呵！

会议不久结束了，但是这些青年的脚，似乎被钉子钉住了，往日等不得主席宣布散会，他们已拿着帽子，露出不耐烦的神情，急着要走，今天他们却很从容的，慢慢的站起来，整整他们的衣服，又慢慢用手巾摸擦他们的帽缘，有时侧转头，和他们的同伴谈讲着，仿佛这会场的四围，充溢了吸力，使他们恋恋不舍离去。

琅珠在散会的时候，便想走，后来觉得人多拥挤，因坐下等他们走完了，自己再走，谁知等了半天，这些青年，永没有走的意思，她不耐烦，先走了，但她的脚才迈过门槛，这些青年也站起来跟着走了。他们仿佛是琅珠的侍从，直送琅珠上了车，走得连影子都看不见了，这才如魂归躯壳，各奔自己的路程去。

自从琅珠大胆加入青年们的团体后，觉得这些青年个个谦和，当她从他们面前走过时，他们无论怎样忙，也要垂下手来，含笑致敬，别的女子，看见琅珠如此的受优容，觉得十分羡慕，并且想像和青年们共同工作，必有一种很特别的新鲜趣味，足以使人兴奋，于是会场里的女子，一天天多了起来，青年们也觉得集会没有女子，总像少些点缀，所以也极力招致女会员。

这般新鲜的气流，自从来到遮栏里的世界后，运气很好，不到两年的功夫，把东方森沈的空气改变了，从前永不看见青年男女，在公开的地方并着肩走，现在却到处都可以看见了。

琅珠仿佛狂醉般，憧憬着新的光辉，她绝不怀疑眼前的金碧辉煌，是梦里的假象，有一天正是夜月如水的时候，在万株松影摩荡之下，她和一个青年正谈讲那遮栏外面美丽的风景，自由的溪流，反映着星月交融的光辉。那青年正是那天在会场里，让坐给她的。他这时站在琅珠的椅背后面，仰面望见疏枝交映的地方，露出清澈的月光，后来他含笑对琅珠说："我那天看见你肯出席，我就晓得你是一个有觉悟的女子，……我们本应当，打破一切的遮栏，享受天赋的自由。……"

琅珠点头道："我唯相信这个真理，才肯夷然独行呢！"

他们正谈着，忽见对面走来两个青年男女，他们便停住话头，直到那两个人走得很远了，那青年忽然作出很鄙夷的样子冷笑道："你知道适才走过去的那个女子是谁吗？"琅珠摇头不答。那青年又接着说道："那是一个最时髦的女学生，最喜欢出风头，……我们送她一个极恰当的绰号——女政客——她的朋友至少在两打以上，要是我绝不和这种人来往。"

琅珠听了这话，仿佛电击似的，由不得脑子里起了万丈思浪，她忽想起前几天有一个朋友曾告诉她适才走过去的那个女子，是一个很洁身自好的人，想不到人们对她的舆论倒是如此苛毒，怪不得伊倩说："东方的人还不配说解放呢。"她沈沈的想着，不由得打了一个寒战，立刻感到前途的黑暗，那遮栏外的一切光辉，不过是她梦里的乐园，……她想到这里，觉得万念都冷。叹了一口气，向那青年说："天不早了，我要回去。"

那少年很惊异的，对她望了一望，迟疑的说："月光还没到中天，最多不过九点钟，何必忙忙回去呢！"琅珠觉得十分凄楚，并不理会那青年的话，只从椅上站起来，匆匆往门外走。那青年只得怏怏的陪她出来，替她雇了车，便分别了。

第二天，那青年正在猜想昨天的事情，觉得他并不曾冒犯她，"为什么她那种不高兴呢，……其实我也多余担心，这个时代，社交公开，有的是女子，好便好，不好便算了。……"

邮差来到门口，那青年跑出去，拿进一封信，打开看道：——

> 渊生先生：
>
> 昨夜一席话，使我得了极大的教训，人类原来没一个不是自私的呵！无论什么东西——或者是人——只要不能供我专利，便要百般侮辱和破坏，所谓打破一切的遮栏，是的！我相信先生的话是出于真诚，不过旧的遮栏打破了，新的遮栏又相继而生！
>
> 先生昨晚所侮辱的那个女子，正是最努力打破遮栏的人，但是不幸，先生又立刻给她竖起新的遮栏了。唉！先生！我相信人类不曾学好之先，无论谁都无路可走呵！
>
> 可怜！我一向的梦想，现在证实是梦了，当我隔着旧遮栏的隙孔，像发狂似的艳羡着遮栏外的光辉，唉！多么

愚蠢呵！

先生！我并不敢责备你一个人，因为人类并没有强过你的，除非是在月光淡淡，花魂飘拂的超美的梦境中，偶尔忘了谁是我的仇敌，罢了……。

琅珠

他看完这封信，立时发见自己的丑劣，同时发见人类的丑劣，不由得心脉狂激，愧悔和觉悟的情绪，幻成万道寒气，缠绕着他，好像封锁在永不见阳光的冰窟里。但这只是顷刻的变象，不久冷气全消，一切的自觉性，又埋没在火热的忿怒里了，将那封信，撕成粉碎，恨恨的道："世界上这种事情还多呢，希罕什么?"说完依旧拿起帽子，若无其事的出去了。

（本篇最初发表于 1923 年 12 月 10 日文学研究会会刊《星海》，商务印书馆初版）

将我的苦恼埋葬

（一）

这崎岖的路我不曾走过一半，
遍体已全是荆棘刺的鳞伤！
我思痛坐在绝巘的悬崖上，
水渊里的冷气吹寒我火热的丹田，
抖战着，悲咽着，
石壁间走出死神——天上的庄严。
我闭住肉眼，
寻那幽远的神境，
将我的苦恼埋葬！

（二）

薄雾淡霞里一朵希望的红花，
已被奇兀冷峭的狂飙吹化，
前途苍茫，魂飞魄散。
我闭住肉眼，
渴望寻到那幽远的神境，
将我的苦恼埋葬！

（三）

呵，灵的神光！
疲于奔命的人间，
我已绝恋。
我闭住肉眼，
诚恳的求你指示那幽远的神境，
将我的苦恼埋葬！

十二，十一，十三，北京

（本篇最初发表于1923年12月11日《晨报副刊·文学旬刊》第20号）